Oliver Bär

Blau und Braun

Fantasy

Bibliografische Information der Deutschen Nationalbibliothek
Die Deutsche Nationalbibliothek verzeichnet diese Publikation
in der Nationalbibliografie, detaillierte bibliografische
Daten sind im Internet über http://dnb.dnb.de abrufbar

© 2017 Oliver Bär
Herstellung und Verlag
BoD – Books on Demand, Norderstedt

ISBN 9783743101661

BLAU UND BRAUN

ERSTER TEIL

KAPITEL EINS: JEDEDIAH

-

Auf diesen ersten Seiten werden wir Zeugen eines Duells unter Freunden und lernen einen neuen Akteur kennen. Unseren Helden, die jetzt erstmals gemeinsam unterwegs sind, wird ein Angebot unterbreitet, und prompt geraten sie in äußerste Bedrängnis.

-

1.
„Du wirst besser, Daniel", gab Jocelin zu, als ich nach einem fünfminütigen Übungskampf keuchend die Waffe sinken ließ und um eine Pause bat.
„Natürlich hätte ich dich mindestens zwölf Mal in Stücke hauen können!", fuhr er fort und grinste herablassend. Der verdammte Angeber!
„Achtmal!", widersprach ich, immer noch nach Atem ringend. „Du hättest mich höchstens achtmal in Stücke hauen können. Und bilde dir bloß nichts auf deine Schwertkünste ein, ich stamme schließlich aus einer zivilisierten Welt - im Gegensatz zu dir - und bin den Umgang mit derlei primitiven Waffen nicht gewöhnt!"
Laq, der Jjarde, hatte es sich im Gras bequem gemacht und sah uns lächelnd zu. Unser Disput schien ihn zu amüsieren. Beim Gedanken, dass ich meine eigene Welt in Bezug auf ihre Waffen gerade als zivilisiert bezeichnet hatte, musste ich

selbst grinsen. Das war ja wohl schon keine Ironie mehr, sondern eine blanke Lüge, aber das konnte Jocelin nicht wissen. Natürlich bekam ich sofort die angemessene Antwort:
„Ach nein? Wenn ihr euch auf deiner Welt mit derartigen Waffen wie diesem Feuer spuckenden Rohr umbringt, dann nennt man das wohl Zivilisation? Ich danke!"
Ich seufzte. Sollte ich vielleicht erzählen, dass es auch noch Maschinengewehre, Panzer, Raketen, Giftgas und Atombomben gab?
Lieber nicht.
„Es heißt Gewehr, diese Waffe", erklärte ich wenigstens. „Wenn du sie Feuerrohr nennst ... das klingt ja wie in einem Indianerfilm!"
„Wie was?"
Der Jjarde lachte schallend, als er Jocelins erstaunten Gesichtsausdruck sah. „Ich habe dir doch schon gesagt, dass unser Freund Daniel manchmal seltsame Sachen sagt, die niemand versteht. Ich glaube, daran wirst du dich gewöhnen müssen!"
„Seltsame Sachen?", fragte der Souvaner, als ich auch lachte. „Er redet vollkommenen Quatsch daher! Nicht einmal Ybkallis würde so wirres Zeug ... Gestern sagte er zu mir, ich solle mir nicht den Kopf zerbrechen. Den Kopf zerbrechen!"
„Das bedeutet, dass du dir nicht zu viele Gedanken machen sollst", erklärte ich.
„Sicher!" nickte Laq mit todernstem Gesicht. „Was soll es auch sonst heißen?" Und wieder prustete er los.
Jocelin steckte sein Langschwert in die Scheide zurück, die er auf dem Rücken trug. „Und dieses ... Gewehr, das spuckt Feuer, oder was tut es?"
„Auch!", antwortete ich. „Aber das ist nicht das Entscheidende. Es schießt Kugeln aus Metall, viele kleine Kugeln mit hoher Geschwindigkeit."

Er schüttelte den Kopf und meinte dann: „Na schön! Aber mit deinem Degen musst du noch besser werden. Wer weiß, ob du deine seltsame Waffe immer zur Hand hast. Wenn ich dich jetzt zum Beispiel angreifen würde ..."
Natürlich hatte er recht. Trotzdem beschloss ich, mir eine kleine Probe zu erlauben. Ich setzte also ein möglichst breites Grinsen auf und stichelte dann:
„Was wäre dann? Na sag schon!"
„Na was wohl? Ich könnte dich töten; dein Gewehr hängt an deinem Sattel!"
„Das glaube ich nicht, Jocelin de Martin!"
Er seufzte und wandte sich an den Jjarden: „Er redet schon wieder wirres Zeug, dein Freund Daniel. Zwölf Mal hätte ich ihn vorhin treffen können."
Laq wiegte nur den Kopf und erwiderte nichts. Aber ich ließ nicht locker. „Kämpfen wir noch mal! Aber diesmal werden die Hiebe nicht angedeutet, sondern es wird wirklich zugeschlagen!"
Er schüttelte abermals den Kopf und sah mich an, als hätte ich den Verstand vollkommen verloren. „Bist du verrückt geworden? Nachher kannst du deinen Kopf im Gras suchen!"
„Das wird nicht gehen!"
„Was?"
„Den Kopf im Gras suchen - er hat doch die Augen!" Einen Moment lang stand dem Souvaner wirklich vollständige Verblüffung ins Gesicht geschrieben, dann grunzte er abfällig: „Witzig auch noch!"
„Ich meine auch nicht, dass wir mit unseren scharfen Waffen kämpfen sollten, sondern nur mit Stöcken. Wer den ersten Treffer landet, hat gesiegt!"
Jocelin zog die Augenbrauen hoch und überlegte kurz. „Eine Wette?", fragte er schließlich und setzte sein übliches Grinsen wieder auf. Jetzt hatte ich ihn.

Vanessa und Ybkallis hatten sich von der Feuerstelle erhoben und trotteten langsam herbei. Sie schienen bemerkt zu haben, dass hier etwas vorging, was interessanter sein könnte als unsere Waffenübungen.

In der beginnenden Abenddämmerung stiegen dünne Rauchschwaden des Lagerfeuers in den grauen Himmel. Ein appetitlicher Geruch machte sich bemerkbar. Der Hofnarr hatte mit einer selbst gebastelten Angel drei große Fische aus einem Bach gezogen, welche jetzt an hölzernen Spießen vor sich hin brutzelten.
„Eine Wette!", bestätigte ich. „Der Verlierer zahlt das Bier, falls wir doch einmal auf so etwas wie eine Taverne oder eine Herberge stoßen."
„Einverstanden!", stimmte der Souvaner zu. „Morgen Abend werden wir den Solvian erreichen. Dort gibt es eine Fähre und ein kleines Dorf mit einer Herberge. Und du wirst dort das Bier bezahlen!"

Die anderen drei sahen uns gespannt zu, als wir von einem niedrigen Laubbaum zwei starke Äste abschnitten und die Zweige abbrachen. Wie ich erwartet hatte, schnitzte sich Jocelin eine längere 'Waffe' als ich. Er schwang sie einige Mal pfeifend durch die Luft und stellte sich dann in Positur.
„Möchte vielleicht jemand auf mich wetten?", fragte er und sah erwartungsvoll zu unseren Gefährten. In dieser Hinsicht wurde er enttäuscht, denn Vanessa schüttelte missbilligend den Kopf, Ybkallis schnitt nur eine Grimasse und der Jjarde meinte lakonisch:
„Nein! Du wirst verlieren!"
„Ich werde verlieren? Hast du genauso den Verstand verloren wie dieser ... dieser ...?"

Momentan fehlten dem Souvaner die Worte, und er schaute Hilfe suchend in die Runde. Lediglich der Hofnarr fühlte sich verpflichtet, sich zu äußern:
„Ich halte das für Quatsch, mit Verlaub! Zwei ... na ja ... erwachsene Männer wollen mit Holzstecken aufeinander losgehen, um festzustellen, wer schneller oder geschickter ist."
„Lass ihnen den Spaß!", grinste Laq. „Ich will doch einmal genau sehen, wie er das macht."
„Wie wer was macht?"
„Lass dich überraschen!"
Ybkallis zog verwundert die Augenbrauen hoch und sagte nichts mehr. Auch Jocelin schien kurz nachzudenken, aber dann stellte er sich abermals in Positur und forderte mich auf:
„Na los!"
„Wohl gesprochen!", spottete ich. „Der Worte sind genug gewechselt - lasst nun Taten folgen!"
Der Souvaner quittierte meine Frechheit mit einem kurzen scharfen Schnaufen durch die Nase und griff an.

2.
Seit den an anderer Stelle geschilderten Ereignissen waren etwa zwei Wochen vergangen. Unser kleiner Trupp - Laq, Jocelin, Vanessa, Ybkallis und ich - hatte die Ravensrück-Berge nördlich umgangen, um nicht auf Vorausabteilungen oder Kundschafter der Lyshiten zu treffen. Dieser Ritt durch das unwegsame Waldgebiet der westlichen Souvanmark hatte uns doch mehr Zeit gekostet, als Jocelin geschätzt hatte. Allerdings hatte sich die Vorsichtsmaßnahme, möglichst weit nach Norden auszuweichen, als klug herausgestellt, und außer den Unbilden der Natur und des Wetters hinderte uns nichts am Vorwärtskommen.
Nordwestlich des Ravensrücks meinte Jocelin, dass wir uns nun in der Yllianmark befänden, der benachbarten Graf-

schaft, wo er vielleicht auf Unterstützung hoffen könnte, zumindest jedoch auf eine gastfreundliche Aufnahme.
Ich hatte die Worte des Gottes Arboreysth nicht vergessen: „Folgt der Straße der Alten Götter!"
Wenn wir weiter nach Westen ritten, würden wir wieder auf sie stoßen und, ihr folgend, nach Verrn gelangen, der Hauptstadt der Yllianmark. Ich bezweifelte allerdings aus einem unbestimmten Gefühl heraus, dass der Grüne Gott diesen Rat ausgesprochen hatte, damit Jocelin Waffenhilfe bei den Yllianern suchte. Nein, bei der Komplexität des Spiels erschien mir dieser Zug zu einfach. Im Übrigen wusste ich genau, dass ich bis jetzt nur einen Bruchteil durchschaut hatte.

Das Terrain, durch das wir uns bewegten, unterschied sich nicht wesentlich von den dichten Wäldern der Souvanmark. Es herrschte mehr Laub- als Nadelwald vor, und die Hügel waren höher und von zerklüfteten Schluchten durchzogen, so dass wir öfters einen Umweg machen mussten. Jocelin kannte sich hier nicht mehr aus und meinte nur, in westlicher Richtung würden wir früher oder später auf die Straße der Alten Götter treffen.
Es gab genug jagdbares Wild, und so brauchten wir keinen Hunger zu leiden. Bei unserer Flucht aus Mattincourt hatten wir natürlich wenig Vorräte mitnehmen können, aber Jocelin beherrschte den Langbogen der Ostländer virtuos und schoss uns so manchen Braten.
Während des Ritts hatte ich natürlich genügend Gelegenheit, meine neuen Gefährten etwas näher kennenzulernen. Vanessa - ich wusste immer noch nicht recht, ob ich ihr vollständig vertrauen konnte. Zu verworren erschien mir ihre Geschichte: vollständiger Gedächtnisverlust, ein Land namens 'Raigneau', der gelbe Himmel über Bliansrein, der Hauptstadt des Lyshitenreiches - damals angeblich ein friedliches Nomaden-

volk -, ihre 'Erweckung' durch Crusan, die zufällig mit dem Angriff auf Fort Souvansfinn zusammentraf ...
Nein, irgendetwas stimmte hier nicht! Sie war ohne Zweifel mit den Lyshiten durch die Wüste gekommen - wie? Und natürlich ihre Fähigkeit, Nebel zu erzeugen; ich hatte ein ungutes Gefühl, wenn ich sie so ansah.
Ybkallis? Ich musste meinen ersten Eindruck von dem 'Hofnarren' gründlich revidieren: Hatte ich bei unserem ersten Zusammentreffen am Kanal in Mattincourt gedacht, dieser Zwerg sei ein aufgeblasener Dummschwätzer, so erfuhr ich aus Jocelins Schilderung der vorangegangenen Ereignisse, dass dem durchaus nicht so war.
Ybkallis war ein vernünftiger, logisch denkender und überlegt planender Mensch, dessen Ratschläge man nicht leichtfertig verwerfen sollte. Wahrscheinlich überspielte er durch seinen manchmal etwas drastischen Humor und seine trockenen Sprüche nur seine wenig imponierende Gestalt.
Und der Souvaner selbst? Ich muss zugeben, dass ich bei mir bei seiner Charakterisierung nicht ganz sicher war. Vielleicht war er zu sehr von sich eingenommen, oder zu schnell mit Worten - oder mir zu ähnlich. Mir fiel auf, dass der Jjarde sich in Gegenwart seines Freundes im Gespräch mehr zurückhielt als sonst. Die klassische Rollenverteilung zwischen Adligen und dem Volk? Oder zwischen wortgewandten Menschen und eher praktisch orientierten?
Die Zeit würde zeigen, was ich von Jocelin halten sollte. Im Übrigen durfte ich mir auf meine Fähigkeiten - außer den verbalen - auch nicht allzu viel einbilden.

.

Jocelin wechselte den Griff um den Ast, der sein Schwert darstellte, und schwang ihn in einem kurzen Bogen zurück, aber der Handwechsel nutzte ihm nichts mehr: Meine 'Klinge' tippte ihm leicht gegen die Brust.

„Ich hab's dir ja gesagt!", stellte Laq trocken fest und gähnte ostentativ. Mir schien, als ob er seinem Freund die Niederlage in diesem Scheingefecht gönnte.
„Wie ... wie ...", stotterte der Souvaner und starrte auf den Ast in meiner Rechten. Dann warf er sein 'Schwert' ärgerlich zu Boden und suchte nach Worten.
„Mylord haben die Ehre, unsere erlauchte Gesellschaft in der nächsten Herberge festlich zu bewirten", bemerkte ich und trat einen Schritt zurück. Wie ich es in Mantel- und Degen-Filmen gesehen hatte, küsste ich die 'Waffe' und tat so, als würde ich sie in den Gürtel stecken. „Aber ich stehe Eurer Exzellenz natürlich für eine Revanche zur Verfügung!"
Jocelin knirschte mit den Zähnen und schüttelte den Kopf.
„Das war ein verdammter Trick, und du", - er zeigte auf den Jjarden -, „du hast es gewusst!"
Der zuckte die Schultern und grinste.

.

Dieser kurze Auftritt war für mich in zweierlei Beziehung erfolgreich gewesen: Erstens hatte es mir wirklich Spaß gemacht, den souvanischen Prinzen zu verblüffen, und zweitens war ich mir nun endgültig sicher, meine Fähigkeit, diese 'Ebene' für kurze Zeit zu verlassen, bewusst und gezielt einsetzen zu können. Wie sich gezeigt hatte, konnte mir dies selbst gegen einen meisterhaften Schwertkämpfer den entscheidenden Vorteil sichern.
Ich hätte gegen Jocelin, der ja praktisch mit dem Langschwert aufgewachsen war, nicht den Hauch einer Chance gehabt. Also beschloss ich, aus der Not eine Tugend zu machen, und gab mir nach zwei halbherzig abgewehrten Hieben eine - wie er natürlich meinte - dumme Blöße. Natürlich war er viel zu erfahren, um jetzt alles auf eine Karte zu setzen, also fintete er zunächst, um zu sehen, wie ich reagieren würde. Bei einer Parade von mir wäre dann der eigentliche Hieb

erfolgt. Dass ich gar keine Abwehrbewegung machen würde, damit hatte er natürlich nicht gerechnet.
Ich wich einfach aus - nach 'innen' oder 'oben', anders kann ich es nicht beschreiben - und stieß dann zu. Wie ich erwartet hatte, ging sein schräg geführter Hieb ins Leere. Mein gerade geführter Stoß dagegen kam auf den Punkt: Im Ernstfall hätte ich ihm jetzt die Brust durchbohrt.

„Wie macht er das?", knurrte der Souvaner und setzte sich neben Laq, während Ybkallis den gebratenen Fisch 'servierte', indem er einfach jedem von uns einen hölzernen Spieß in die Hand drückte.
„Ich weiß es auch nicht - frag ihn selbst!", antwortete dieser und biss in sein Stück. Eifrig kauend fuhr er fort: „Ehrlich gesagt, Exzellenz, ich will es auch lieber gar nicht wissen."
„Ich vermute, ich kann aus dieser Welt für einen kurzen Moment verschwinden", warf ich ein, „weil ... aber fragt mich nicht, wie!"
„Das ist doch ..." schnitt Jocelin eine Grimasse, doch dann wurde er nachdenklich und spielte gedankenverloren mit seinem Schwert herum.
„Ich weiß, was du jetzt denkst!", hakte ich nach. „Du warst selbst Zeuge, wie jemand aus Spielkarten herausgelesen hat, dass Laq dein Freund ist, und wie du von demselben in deinem Versteck aufgespürt worden bist - ist das nicht genauso rätselhaft?"
„Natürlich!", gab er zu. „Aber - ist das nicht Hexerei?"
„Wenn du es so bezeichnen willst! Wird man bei euch - ich weiß das aus der Vergangenheit meiner Welt - dafür verbrannt?"
Er rümpfte die Nase. „In manchen Gegenden vielleicht. Solange mein Vater die Souvanmark regierte, hat es so etwas jedenfalls nicht gegeben. Im Übrigen dachte man eigentlich bei uns, dass Zauberei nur in Märchen existiert."

Er zeigte mit dem Finger auf mich und fuhr mit vorwurfsvollem Ton fort: „Ich habe schon gemerkt, dass du uns für zurückgeblieben hältst, aber so blöd sind wir nun auch wieder nicht!"
„So habe ich das auch nicht gemeint", lenkte ich ein, „es ist nur so, dass man bei einem mangelnden Verständnis der Naturgesetze vielleicht glaubt, gewisse ... äh ... Vorkommnisse seien übernatürlich und ..."
Ab diesem Moment merkte ich, dass ich mich in die Bredouille hineinredete. Laq und Jocelin hatten die Augenbrauen hochgezogen und lauschten gespannt auf meine weiteren Erklärungen, und ich war an einem toten Punkt angelangt.
„Und?", kostete der Souvaner mein Suchen nach Worten genüsslich aus. „Willst du, Daniel Undsoweiter, damit andeuten, dass man auf deiner sogenannten zivilisierten Welt für - wie du gerade gesagt hast - gewisse Vorkommnisse verbrannt worden ist? Na?"
Ich überlegte. Verdammt noch mal, ich hätte Jocelin nicht unterschätzen sollen! Wenn ich jetzt erklären würde, dass man Frauen wegen ihrer roten Haare auf den Scheiterhaufen gebracht hatte, oder wegen so genannter Buhlschaft mit dem Teufel ... Nein! Hier half nur Angriff!
„Ich meine damit", fuhr ich also in sachlichem Ton fort, „dass den Menschen zu allen Zeiten ganz natürliche Vorgänge als übernatürlich erschienen, weil sie eben da noch nicht erklärbar waren. Spätere Generationen konnten dies natürlich schon und …"
„Du meinst also, dass dein Enkel meinem dann endlich erklären kann, wie du es gemacht hast, dass mein Hieb durch dich hindurchging? Das beruhigt mich, Daniel!"
Ich seufzte. „Ich wollte damit nur ausdrücken, dass auf dieser Welt - oder zwischen unseren Welten - gewisse Gesetzmäßigkeiten existieren, die weder du noch ich bisher verstanden haben."

„Aber warum existieren solche Gesetzmäßigkeiten, oder wer schafft sie?"
Jetzt musste ich lächeln, obwohl bei seiner durchaus ernsthaft gemeinten Frage kein Anlass dazu bestand. Es war kaum zu glauben:
Ich befand mich in der Situation des Mittelstufen-Mathematiklehrers, der einem kritischen Schüler den Sinn eines Axioms erklären sollte. Eigentlich konnte ich dies nur mit meinen eigenen Worten begründen:
„Es ist einfach vernünftig, Grundregeln, die sich im Einklang mit der praktischen Erfahrung befinden, als gegeben hinzunehmen, solange man nichts Besseres findet."
Nein, das war Quatsch, so begründet man kein Axiom.
„Ich meine", ergänzte ich, „es ist unsinnig, eine gedankliche Grundvoraussetzung infrage zu stellen, auf der die ganze weitere Theorie aufbauen soll." Jocelin sah mich an wie jemanden, der ihm einen schrottreifen Gebrauchtwagen verkaufen wollte. In diesem Moment mischte sich Ybkallis ein:
„Ich glaube, ich verstehe: Wenn man fortfährt, alles zu hinterfragen, führt das zu nichts. Irgendwelche Grundprinzipien muss man einfach als gegeben hinnehmen, richtig?"
Ich stimmte zu. Der Hofnarr hatte wirklich einen beeindruckenden Verstand. Aber Jocelin gab sich noch nicht geschlagen:
„Ich glaube, dass unser Freund Daniel mit seinen hochgestochenen Worten nur kaschieren will, dass er selbst überhaupt nichts von dem versteht, was hier in letzter Zeit passiert ist. Irgendwie erinnert mich das verdammt an das Geschwafel der Arboreysth-Priester!"
Sollte ich ihm hier widersprechen? Mit dem Ausdruck 'Geschwafel' lag er jedenfalls nicht ganz falsch. Ich wollte gerade antworten, als etwas geschah, das unser Gespräch jäh beendete:

Direkt gegenüber dem Feuer teilte sich das dichte Gebüsch und ein Mann trat hervor. Laq und Jocelin rollten sich sofort zur Seite und griffen nach ihren Waffen. Doch jemand war noch schneller: Der unbekannte Besucher stand noch nicht einmal richtig im Freien, als neben ihm eine schlanke Gestalt aufsprang und ihm ein Schwert an die Kehle drückte: Vanessa.
Ich hatte bei unserem Gespräch nicht auf sie geachtet, da sie etwas abseits saß.
„Aber, aber, meine Dame!", meinte der Fremde mit einem Seitenblick auf ihr wallendes blondes Haar. „Begrüßt Ihr Gäste immer so?"
Durch den hellen Schein hindurch konnte ich ihn zunächst schlecht erkennen, sah aber, dass er einen großen Schlapphut in der rechten Hand hielt. Vanessa klopfte ihm mit der flachen Seite ihrer Waffe leicht auf die Brust und stieß einen leisen Pfiff aus:
„Gäste?"
„Besucher, Reisende, wenn Ihr so wollt! Es tut mir leid, wenn ich Euch in Eurem Gespräch gestört habe, aber dies lag wirklich nicht in meiner Absicht, glaubt mir!"
Nachdem auch Laq und Jocelin inzwischen mit gezückten Waffen vor dem Fremden standen, trat Vanessa zurück und gab mir so den Blick frei:
Der Sprecher war ein mittelgroßer schlanker Mann in braunschwarzer Kleidung. Nachdem ihn die gefährliche Klinge nicht mehr unmittelbar bedrohte, entspannte er sich sichtlich und stülpte sich seinen Hut mit einer graziösen Bewegung auf den Kopf. Er trug keinen Bart und hatte ein leicht feminin anmutendes Gesicht mit hoch stehenden Backenknochen und einem sinnlich geschwungenen Mund. Seine bis auf die Schultern herabhängenden, korkenzieherartig gewundenen braunen Locken verliehen ihm wirklich fast weibliche Züge.

„Es ist durchaus nicht nötig, meine Herren, mich solcherart zu bedrohen!", betonte er mit einem missbilligenden Blick auf die Klingen meiner Gefährten. „Wenn ich mich zunächst vorstellen darf: Jedediah, der Kundschafter!"
Wie um seinen Worten mehr Nachdruck zu verleihen, lüftete er nochmals seinen breiten Schlapphut und schwenkte ihn in die Runde. Also, auf den ersten Blick war mir der Kerl nicht unsympathisch, aber einen 'Kundschafter' hatte ich mir doch etwas anders vorgestellt - vielleicht mehr im Sinne von Coopers 'Lederstrumpf'.
Als ob er meine Gedanken gelesen hätte, lächelte der Mann mich an und ergänzte:
„Wenn Ihr gestattet, Sir, darf ich erklären: Ich bin der Führer einer - einer friedlichen! - offiziellen Karawane von Rivell nach Verrn. Und wir sind - sozusagen - etwas vom Weg abgekommen."
Ich grinste, sagte aber nichts, da ich genau wusste, dass zumindest Jocelin an meiner Stelle antworten würde, so wie ich ihn jetzt kannte. Und ich hatte mich nicht getäuscht:
„Dann ist es mit Euren Fähigkeiten als Kundschafter wohl nicht allzu gut bestellt, wenn Ihr den Weg nach Verrn verfehlt, mein lieber Jedediah!", warf der Souvaner ein und steckte sein Schwert weg.
„Ich gebe zu, dass diese Tatsache nicht gerade für mich spricht", räumte dieser ein, „aber wir hatten gute Gründe, unsere Route zu verändern. Ihr Herren wisst vielleicht selbst am besten, dass man nicht vorsichtig genug sein kann! Im Übrigen: Mir scheint, dass zwischen uns kein Grund zur Feindseligkeit zu bestehen braucht. Ich wäre also erfreut, Eure Namen zu erfahren, wenn Ihr gestattet!"
Jocelin zuckte mit den Schultern und nickte: „Setzt Euch und seid unser Gast, Jedediah! Leider können wir Euch nicht viel anbieten; wir sind ebenso wie Ihr Reisende durch dieses

menschenleere Land. Dies sind Vanessa, Ybkallis, Daniel, Laq - und mein Name ist Albin!"

3.

„Auf dem Weg von Rivell hierher sind wir zweimal von Banditen angegriffen worden", erzählte Jedediah. „Es war offensichtlich, dass sie wussten, dass unsere Ware für Verrn bestimmt war. Ich dachte mir, sie in die Irre zu führen, wenn wir eben nicht nach Norden, sondern nach Süden auswichen, und den Solvian nicht überqueren. Jetzt suchen sie uns südwestlich von Verrn. Und wie es scheint, war mein Plan gar nicht so schlecht!"
„Und warum", fragte Laq, „glaubt Ihr nicht, dass wir zu diesen Banditen gehören? Diese Vertrauensseligkeit könnt Ihr Euch als Kundschafter doch gar nicht erlauben!"
„Das ist ganz einfach!", gab Jedediah zurück. „Es war eine Bande von Moerblows, die uns überfiel, und Ihr seht beim besten Willen nicht so aus, als ob Ihr zu denen gehört!"
„Was für einen Grund sollte eine Bande von Moerblows haben, Eure Karawane zu überfallen, Jedediah?", forschte Jocelin.
„Wer oder was sind die Moerblows?", fragte ich jetzt dazwischen und der Fremde sah mich zweifelnd an. Auch Jocelin seufzte und erklärte:
„Unser Freund Daniel ist, wie soll ich sagen, von weit her. Deswegen ...", er unterbrach seinen Satz und blinzelte dem Jjarden unmerklich zu, „ ... deswegen drückt er sich manchmal etwas merkwürdig aus - und stellt seltsame Fragen!"
Laq kniff die Lippen fest zusammen und nickte mit vollkommen ernstem Gesicht. Der Kundschafter betrachtete mich jetzt noch neugieriger als zuvor, und so fühlte ich mich befleißigt, ihn freundlich anzugrinsen und dabei zu fragen: „Errare humanum est, gaudeamus igitur, oder?"

Der Erfolg war der gewünschte: Jedediah lächelte bemüht höflich zurück und zuckte nur mit den Schultern.

„Die Moerblows", erklärte der Souvaner weiter, „sind ein räuberisches Volk aus den westlichen Bergen. Manchmal rotten sich ein paar Hundert von ihnen zusammen und unternehmen ausgedehnte Raubzüge in die Ebenen der Yllianmark. König Rainald hat schon öfters versucht, sie zu stellen, aber die Kerle sind einfach zu schnell - und zu gerissen."

Der Kundschafter nickte zustimmend und ergänzte: „Das stimmt leider. Was mich nur verwundert, ist der Umstand, Moerblows so weit südöstlich anzutreffen. Normalerweise beschränken sie ihre Beutezüge auf die nordwestliche Mark zwischen der Straße der Alten Götter und dem Rhiwan, wo sie sich schneller in ihre Berge zurückziehen können. Und woher zum Teufel konnten sie von meiner Karawane erfahren haben? Ich glaube fast, dass es unter meinen Leuten einen Verräter gibt!"

„Transportiert ihr denn wertvolle Dinge?", fragte Ybkallis beiläufig und kaute dabei wie gedankenverloren auf einem Grashalm.

Jedediah grinste. „Wenn ich jetzt Nein sagen würde - Ihr glaubtet mir ja doch kein Wort! Nun, es sind wertvolle Dinge, allerdings nicht für jeden. Es handelt sich um die persönlichen Gegenstände der Prinzessin Asangia aus Rivell. Wie Ihr vielleicht wisst, Albin, hat König Rainald die Prinzessin vor Jahresfrist geehelicht ..."

„Ich habe so etwas gehört, dass der alte ... dass König Rainald wieder geheiratet hat", räumte Jocelin ein, wobei ihm der Jjarde einen bösen Blick wegen seines Versprechers zuwarf. „Aber ich wusste nicht, dass es sich um eine Prinzessin aus Rivell handelte. Aus Rivell! Asangia heißt die Dame?"

„Ja! Sie ist noch sehr jung, und ihre Schönheit hat wohl das Herz meines Königs entflammt. Mein Karawanenführer hat

nun den Auftrag, die verbliebenen persönlichen Dinge der Königin nach Verrn zu bringen. Um gewaltige Reichtümer handelt es sich dabei wohl nicht, eher um Gewänder, Teppiche und Kindheitserinnerungen. Zwei Hunde und ..."
Er zuckte die Achseln. „Jedenfalls ist kaum etwas dabei, das man schnell oder einfach zu Geld machen könnte." Laq und Jocelin sahen sich an. „Warum erzählt Ihr uns das alles so genau?", fragte der Jjarde. Jedediah lächelte. „Weil mir Eure Bewaffnung verrät, dass Ihr das Kämpfen versteht, meine Herren!"
So als ob er jetzt erst seinen Versprecher bemerkte, zog er abermals seinen breiten Schlapphut und schwenkte ihn in Vanessas Richtung. „Und meine Dame natürlich! Gerade von Eurer Schnelligkeit mit der Waffe habe ich nur den allerbesten Eindruck gewonnen." Dabei fasste er sich mit der Linken an den Hals.
Vanessa antwortete, wie ich es fast erwartet hatte, mit dem anscheinend allen Frauen eigenen Charme: „Lasst das Geschwätz und kommt zur Sache! Was wollt Ihr?"
„Nun, ich möchte Euch anwerben. Als Söldner. Ihr stellt Eure Kampfkraft in den Dienst meiner Karawane, bis wir Verrn erreicht haben. Dafür verspreche ich Euch eine großzügige Entlohnung der Königin. Und ich meine wahrhaft großzügig!"

4.
Jedediah der Kundschafter war mit dem Versprechen, so schnell wie möglich zurückzukehren, zwischen den Bäumen verschwunden. Das ziemlich niedergebrannte Feuer verbreitete nur noch einen schwachen Schein auf der dunklen Lichtung. Laq räusperte sich und meinte:

„Ich finde, dass wir dieses Angebot erst einmal besprechen sollten. Allerdings nicht hier, wo man uns vielleicht sehen kann. Ziehen wir uns unter die Bäume zurück!"
Niemand widersprach. Lediglich Ybkallis mahnte: „Wir waren verflucht leichtsinnig; ich schätze, in Zukunft sollten wir immer eine Wache aufstellen, selbst in Gegenden, in denen wir keine Gefahr erwarten."
Meiner Meinung nach hatte er verdammt recht. Das kindische Duell zwischen mir und Jocelin hätte uns alle das Leben kosten können, wenn wirkliche Feinde in der Nähe gewesen wären.
„Was haltet ihr von dem Angebot?", fragte Laq.
„Ich glaube kein Wort von dem Gerede!", stellte ich fest. „Persönliche Gegenstände, die angeblich keinen Wert haben; das stinkt doch!"
„Natürlich! Aber es ist doch klar, dass dieser Kundschafter uns niemals wirklich die Wahrheit sagen würde. An seiner Stelle würde ich nicht anders handeln. Er denkt, wir sind umherziehende Söldner, und will uns als Begleitschutz für seine Karawane anwerben."
„Und? Sollten wir nicht lieber versuchen, uns alleine und selbstständig nach Verrn durchzuschlagen? Eine Karawane ist doch viel langsamer als wir!"
„Schon", warf Jocelin ein. „Wenn sich allerdings hier in der Gegend größere Trupps von Banditen herumtreiben, dann sind wir vielleicht bei einer Karawane sicherer als jetzt."
„Aber begeben wir uns nicht gerade dadurch in die Gefahr, in ein Gefecht verwickelt zu werden?"
„Das mag sein. Aber es gibt noch einen Grund, das Angebot anzunehmen: König Rainald ist ziemlich alt, und ... wie soll ich sagen ...?"
„Senil?"
„Nun, er versteht nicht mehr alles, um es so auszudrücken. Und ansonsten ... du musst ihn gesehen haben, sonst glaubst

du es nicht! Es wäre auf jeden Fall besser, wenn wir mit dieser Karawane zusammen in Verrn einträfen und die Königin sprechen könnten."

„Glaubst du etwa wirklich", fragte Ybkallis, „dass du von den Yllianern Hilfe erhältst, um gegen die Lyshiten kämpfen zu können? Das Invasionsheer soll größer sein als alle Truppen der Ostländer zusammen!"

„Ich weiß es nicht!", gab Jocelin zu. „Aber sicherlich würde es hilfreich sein, wenn die Yllianer wenigstens gewarnt wären. Wie dieser Schevon Ssert gesagt hat ..."

An dieser Stelle unterbrach ich: „Die Roten Truppen werden nach der Eroberung der Souvanmark nicht haltmachen, das kann ich dir versprechen! Soviel, wie ich bis jetzt von dem Spiel verstanden habe ..."

„Warum zum Teufel hast gerade du angeblich so viel von dem sogenannten Spiel verstanden? Das würde mich doch auch einmal interessieren! Du behauptest doch, nicht einmal aus dieser ... äh ... Welt zu stammen! Oder?"

„Vielleicht bin ich schlauer als du!", gab ich zurück, und bemühte mich dabei, meine Lautstärke in Grenzen zu halten. „Wenn du dich mit mir streiten willst, dann halte ich diesen Augenblick für verdammt ungünstig; vor allem, weil wir ja eigentlich einer Meinung sind!"

Er schwieg zunächst. Dann lenkte er ein: „Du hast recht. Leider. Wir sind also einer Meinung darüber, dass die Roten versuchen werden, auch hier in die Yllianmark vorzudringen?"

„Ja. Ich glaube nur nicht, dass es deine Aufgabe ist, mithilfe eines Heeres gegen sie zu kämpfen. Wie gesagt, es ist nicht deine Aufgabe! Wir sollten - laut deinem Gott Arboreysth -, der Straße der Alten Götter folgen!"

„Aber die führt nach Nordwesten - bis in das Schneewolkengebirge!", warf der Jjarde ein. „Zweitausend oder noch mehr Meilen! Was sollen wir dort?"

„Ich weiß es nicht! Ich denke aber, dass unser eigentlicher Feind nicht die Roten Truppen sind, sondern der Schwarze - von dem Crusan immer gesprochen hat. Er hat deinen Vater umgebracht!"
Jocelin schwieg und überlegte. Schließlich äußerte sich der Jjarde: „Ich glaube, das führt zu nichts! Die Yllianer sollten selbst mit diesem Problem fertig werden. Wir werden sie warnen, damit sie ihre Vorbereitungen treffen können - aber auf ihrer Seite kämpfen sollten wir nicht! Ich denke wirklich, dass Daniel recht hat: Folgen wir der Straße der Alten Götter - damit entfliehen wir auch dem Krieg!"
„Und wie soll es mit uns weitergehen?", fragte Vanessa. „Wären wir nicht in Zukunft Flüchtlinge in einer fremden Welt? Ich weiß nicht einmal, wo meine Heimat ist, und ihr seid Hunderte von Meilen davon entfernt. Und wir fünf sollen uns nach Nordwesten durchkämpfen, weil Daniel meint ..."
Natürlich hatte sie recht. Wie könnte ich auch erklären, dass ich fest davon überzeugt war, dass die Auflösung dieses Spiels am Ende der Straße der Alten Götter wartete. Also schwieg ich.

.

In der Dunkelheit vor mir kicherte es. Obwohl ich nicht viel erkennen konnte, wusste ich, dass es der Jjarde war. „Na also los, " meinte er, „wer macht mit?"
Irgendeine Hand ergriff meine und hielt sie fest umgriffen. Dann schlugen einige andere darauf, tasteten umher und fassten ebenfalls fest zu.
„Also gut!", ertönte zu meiner Überraschung Jocelins Stimme. „Wir folgen dem Ratschlag Daniels. Hat einer von uns dagegen etwas einzuwenden?"
Jetzt kicherte ich leise und fuhr fort: „Wenn nicht, dann möge er für immer schweigen!"

.

„Jedediahs Angebot ist nicht schlecht!", meinte Ybkallis unvermittelt. „Es würde uns eine Woche, vielleicht etwas länger, kosten, um diese Karawane nach Verrn zu begleiten. Und wenn die so genannte 'Belohnung' auch nur annähernd so groß ist, wie dieser Kundschafter versprochen hat, dann sollten wir uns das gut überlegen. Wir haben so gut wie überhaupt keine Finanzen!"
„Und deswegen sollten wir das Angebot annehmen, uns als ... als Söldner zu verdingen?"
Es war Vanessa, die dies sagte. „Seid ihr sicher, dass sich das Angebot auch auf mich bezieht?"
„Er war ja besonders von deiner Schnelligkeit mit dem Schwert beeindruckt, nicht wahr?", gab ich zu bedenken und fuhr fort: „Ybkallis hat recht. Wenn wir uns, so undurchführbar das auch klingen mag, durch das ganze verdammte Land nach Nordwesten durchschlagen wollen, dann brauchen wir vor allem Geld! Ich bezweifle, dass Jocelin in Verrn die Art von Hilfe zuteil wird, die er vielleicht erwartet. Wir können nur versuchen, auf uns allein gestellt zu überleben!"
„Also gehen wir auf das Angebot ein?"
„Wir gehen darauf ein!"

5.
Etwa eine Stunde später erschien die Karawane Jedediahs bei unserem Lagerplatz. Es handelte sich um zehn Kamele - ich hatte wirklich nicht erwartet, diese Art von Reit- und Lasttieren auch auf Laqs Welt anzutreffen - und eine Bedeckung von zwölf Mann auf Pferden. Der Kundschafter war wie beim ersten Mal zunächst alleine bei unserem Lagerplatz aufgetaucht, wo ihn der Jjarde im Dunkeln schon erwartet hatte. Jocelin und Ybkallis sicherten währenddessen die Umgebung ab.

Vanessa, Laq und ich waren so die Ersten, die die Karawane mit den 'Pretiosen' der neuen Königin der Yllianmark in Augenschein nehmen konnten.

Nun, beim ersten Blick auf die Truppe unseres neuen Bekannten Jedediah musste ich mir fast ein Lachen verbeißen: Laq hatte eine Fackel angezündet, um unsere zukünftigen Verbündeten nicht im Dunkeln begrüßen zu müssen, und so konnte ich die Leute in ihrer vollen Pracht bewundern:

Von den zwölf Männern trugen nur sieben Waffen, die übrigen fünf schienen wirklich nur Kameltreiber zu sein: Jeder saß auf seinem Reittier mit einem zweiten im Schlepp; alle waren ziemlich ärmlich gekleidet und hatten offenbar keine andere Aufgabe, als mithilfe eines langen Stockes für Vorwärtsbewegung zu sorgen. Die begleitenden Soldaten waren mit Lanzen und Schwertern bewaffnet und trugen leichte Lederrüstungen. Bei unserem Anblick setzten sie sich in den Sätteln ihrer Pferde aufrecht und versuchten, einen imposanten Eindruck zu erwecken, was aber nicht recht gelang:

Drei von ihnen schienen verletzt, ihre Kleidung war blutverkrustet, und sie hatten offenbar Mühe, sich im Sattel aufrecht zu halten. Ein weiterer schwankte so stark, dass er, noch bevor jemand etwas sagen konnte, zu Boden stürzte und dort liegen blieb.

Sollte ich mir jetzt den Mann ansehen? Meine Absicht wurde von vornherein durch den Anführer der Truppe, einen dicken Soldaten in schmutzig-metallener Rüstung zunichte gemacht, der sich von seinem Pferd herunter hangelte, wobei er seinen Helm verlor, und sich vor mir aufbaute.

„Ssseid Ihr der Führer ... vvvon diesen Leuten?", fragte er mich, ohne die Antwort abzuwarten, und bückte sich nach seinem Helm, wobei er fast das Gleichgewicht verlor. Nachdem er das Objekt seiner Begierde in den Fingern hatte, stülpte er es sich mit unnachahmlicher Grandezza auf das

von schütterem schwarzen Haar bedeckte Haupt und deutete eine Art von militärischem Salut an:
„Ich bin nämlich Hauptmann Choctor, der ... der militärische Be-fehlshaber vvvon dieser Krawane - lang lebe König Rainall von Verrn!"
Wiederum musste ich mir ein lautes Lachen verkneifen. Kein Zweifel, der Kerl war total betrunken! Und da er den Jjarden und die Frau sowieso als nicht vollwertig betrachtete, schien er mich für den Anführer der angekündigten 'Söldnertruppe' zu halten.
Es kommt wohl selten vor, dass man von zwei Seiten gleichzeitig einen Rippenstoß erhält, aber in diesem Moment geschah es: Laq und Vanessa, die sich links und rechts von mir aufgebaut hatten, gaben mir auf diese Weise zu verstehen, dass ich antworten sollte.
Nun, das konnten sie haben. Ich gedachte, meine mir so auferlegte Pflicht aufs Beste zu erfüllen und erwiderte also in salbungsvollem Ton:
„Seid gegrüßt, Hauptmann! Ich bin Daniel von ... Antonio, und ich und meine Leute wären erfreut und geehrt, in die Dienste Eures Königs zu treten und ..."
„Gegen Entlohnung natürlich!", warf Vanessa ein.
Da ich momentan meinen Faden verloren hatte, sah dieser 'Karawanenführer' seine Gelegenheit gekommen, seine unterbrochene Rede wieder aufzunehmen:
„Natürlich! Die Grozügigkeit meines Herrn wird über Euch leuchten wie ... wie ... Ihr werdet es nicht bereun!"
Dann machte er ein äußerst nachdenkliches Gesicht. Wahrscheinlich überlegte er jetzt, was er eigentlich gerade gesagt hatte. Und da ihm offenbar nichts weiter einfiel, ließ er sich einfach mit einem hörbaren Ächzen zu Boden sinken, wobei er sich den Griff seines Schwertes unter die linke Achsel stieß, was ihn aber nicht sonderlich zu stören schien. Von diesem Beispiel ermutigt, schwangen sich seine Männer

ebenfalls von ihren Pferden und machten es sich im Gras bequem.
Ich war im Augenblick etwas ratlos, was die weiteren Verhandlungen betraf. War damit alles abgemacht? Jedediah der Kundschafter, der sich bis jetzt im Hintergrund gehalten hatte, trat hinzu.
„Ich würde vorschlagen, Daniel, dass Ihr das Weitere mit mir besprecht. Choctor ist zwar der Befehlshaber, aber er wird mit allem einverstanden sein, was wir beschließen."
Das konnte ich mir lebhaft vorstellen. Der 'Hauptmann' schien sich dort, wo er jetzt saß, durchaus wohl zu fühlen. Er spielte mit seiner Schwertscheide herum, stierte blicklos vor sich hin und nahm keinen weiteren Anteil an dem, was um ihn herum geschah.

Jocelin trat aus dem Dunkel heraus hinzu und vermeldete: „Die Umgebung ist sicher, aber Ybkallis passt trotzdem weiter auf. Ich denke, dass wir mit ihm als Wachposten nichts zu befürchten haben, schließlich kann er im Dunkeln sehen."
Ich nickte ihm zu und fuhr dann fort, meiner Rolle als Söldnerführer gerecht zu werden:
„Dieser Penner ... also ich meine Trunkenbold ... ist der Befehlshaber einer Karawane, die persönliche Dinge der Königin der Yllianmark von Rivell nach Verrn schaffen soll? Vierhundert Meilen durch gefährliches Gebiet?"
Jedediah räusperte sich und druckste etwas herum: „Er ... er genießt das Vertrauen von König Rainald, aber der König ... nun, wie soll ich sagen ... der König ist auch nicht mehr so ganz ..." - „Er ist senil!" ergänzte Jocelin. „Und mir scheint, ist das, seit ich ihn zum letzten Mal gesehen habe, wohl noch schlimmer geworden. Was ist mit Kanzler Lanatour?"
„Ihr wisst bemerkenswert gut Bescheid, Albin", stellte der Kundschafter fest und fasste den Souvaner scharf ins Auge.

„Der Kanzler ist vor einem knappen halben Jahr verstorben - an der Schwäche des Alters."
„Quatsch!", gab Jocelin zurück. „Lanatour war zehn oder fünfzehn Jahre jünger als der König selbst. Und immer bei bester Gesundheit - körperlich und geistig!"
Jedediah druckste wieder etwas herum, doch dann räumte er ein:
„Euch kann man wirklich nichts vormachen! Es heißt", er senkte die Stimme, „dass er an einer Krankheit gestorben ist, an einer Krankheit, die man sich beim ... äh ... beim Beieinanderliegen holt; ihr wisst, was ich meine? Man spricht nicht gerne darüber bei Hofe."
Jocelin schnaubte durch die Nase. „Wer hätte das gedacht!"
In diesem Augenblick sprang Ybkallis aus dem Dunkel ins Licht der Fackel, riss sie dem Boden und trat sie aus.
„Reiter!" verkündete er halblaut. „Mindestens dreißig Männer! Auf dem Weg direkt hierher! Sie scheinen zu wissen, wo wir uns befinden!"
„Verdammt!" Jedediah wandte sich um und rüttelte den inzwischen im Sitzen eingeschlafenen Choctor an den Schultern. „Hauptmann! Wacht auf! Wir werden angegriffen!"
„Langebe König Rainald!", hörte ich den Angesprochenen nur murmeln, dann wurde die ganze Lichtung plötzlich von einem gespenstischen bläulichen Licht erhellt.
Die Soldaten der Karawane sprangen auf und griffen nach ihren Waffen. Das Licht schien von nirgendwoher zu kommen und doch über unseren Köpfen zu schweben. Und noch etwas fiel mir mit Schaudern auf: Die Männer waren zwar deutlich zu sehen, warfen aber keinen Schatten! Ich sah um mich herum: Ich hatte ebenfalls keinen Schatten! Was war das wieder für ein unerklärlicher Effekt auf dieser seltsamen Welt?
Ich fand keine Zeit mehr, mir darüber Gedanken zu machen, denn mehrere Reiter brachen krachend durch das uns umgebende Gebüsch und gingen sofort zum Angriff über.

6.

Ich konnte mich gerade noch zur Seite werfen, als der vorderste Angreifer direkt auf mich lossprengte, um mich einfach über den Haufen zu reiten. Die Hufe des riesigen Rappen verfehlten mich nur knapp; dafür rollte ich ungeschickt ab und prellte mir schmerzhaft die rechte Schulter. Zum Glück besaß ich noch genug Geistesgegenwart, um mich sofort weiterzurollen, denn zwei weitere Reiter versuchten ebenso, mich unter die Hufe ihrer Pferde zu bekommen. Irgendjemand brüllte irgendwelche Befehle, aber ich konnte nicht darauf achten.

Vor Anstrengung keuchend warf ich mich ein weiteres Mal herum, denn einer der Angreifer schien momentan nur darauf aus zu sein, mich zu erwischen. Er ließ sein Pferd um mich herum tänzeln und hieb ohne Unterlass mit seiner langen Klinge nach mir.

Sollte ich dem Kerl zurufen, dass ich überhaupt nicht zur Karawane gehörte? Quatsch! Erstens würde er mir nicht glauben, und zweitens hätte er mir den Schädel gespalten, bevor ich auch nur einen Satz zu Ende gesagt hätte.

Ich wich einem weiteren unpräzisen Schlag aus und rollte mich unter das stampfende Pferd. Da ich im Liegen meinen Degen nicht ziehen konnte, griff ich zum Dolch und stieß ihn dem Tier in den Bauch. Das tat mir zwar leid, aber in meiner verzweifelten Situation blieb mir nichts anderes übrig.

Der Effekt war der gewünschte: Wiehernd bäumte sich der Rappe auf und warf seinen Reiter nach hinten ab. Dieser schlug mit einem dumpfen Geräusch auf dem Boden auf und blieb erst einmal bewegungslos liegen. Ich sprang hinzu und stach ihm angesichts seines schweren Kettenhemds den Dolch durch den Sehschlitz seines Helms, bis ich auf Widerstand stieß. Ich zog die bluttriefende Waffe wieder heraus. Kein Zucken durchlief den Körper meines Gegners, wahr-

scheinlich hatte er sich schon bei dem Sturz das Genick gebrochen.
Nun hatte ich erst Gelegenheit, mich umzusehen. Die ganze Szenerie war immer noch von dem blassblauen Licht erhellt, das genügte, um die Hoffnungslosigkeit unserer Lage deutlich werden zu lassen:
Ich befand mich selbst im Moment in keiner unmittelbaren Gefahr, aber für die anderen sah es verdammt schlecht aus:
Die Angreifer auf ihren großen Pferden waren wirklich derartig in der Überzahl, dass sie sich nicht die Mühe machten, abzusteigen und von Mann zu Mann zu kämpfen. Sie trieben ihre Reittiere einfach kreuz und quer durch die Lichtung und hieben alles nieder, was auf den Füßen stand. Die Kameltreiber versuchten nicht einmal, sich zu wehren, sondern rannten in alle Richtungen auseinander, um das schützende Dickicht zu erreichen.
Zwei von ihnen schafften es nicht, die Gegner erkannten die Absicht und schlugen den Unbewaffneten mit ihren langen Klingen die Köpfe von den Schultern. Auf die anderen konnte ich in dem Getümmel nicht achten.
Was war mit meinen Gefährten? Ich sah nur den Jjarden: Er war genau wie ich zuvor in ein Gefecht mit einem Reiter verwickelt, der unentwegt vom Sattel aus mit einer langstieligen Axt nach ihm schlug. Als ich schon helfend eingreifen wollte, ging Laq selbst zum Angriff über: Er wich einem weit ausgeholten Hieb aus und packte blitzschnell den Arm des Mannes. Beinahe hätte ich gelächelt: Für den flinken Jjarden war diese Waffe wirklich zu plump.
Der Angreifer in seiner Kettenrüstung polterte gleich meinem zu Boden und - ich brauchte nicht weiter zuzusehen. Trotzdem wurde die Lage immer bedrohlicher: Die Begleitsoldaten der Karawane wehrten sich tapfer, aber obwohl sie ihre Rüstungen noch trugen, ging einer nach dem anderen unter dem Ansturm der Feinde zu Boden.

Verdammt, in was für eine Scheiße waren wir hier wieder hineingeraten! Ein weiteres Mal sah ich mich in einen Kampf verwickelt, der mich überhaupt nichts anging. Mitgefangen - mitgehangen! Wenn wir überleben wollten, mussten wir uns unserer Haut so gut wie möglich wehren.

Jetzt sah ich Vanessa: Sie hatte es geschafft, sich bis zum Waldrand durchzuschlagen, und stand mit dem Rücken gegen einen Baum, während ein Gegner vom Pferd aus versuchte, mit einem Speer nach ihr zu stoßen. Sie wich den Stichen gewandt aus, aber ein anderer Mann stieg gerade von seinem Tier, um in ihren Rücken zu gelangen.
Hier war schnelle Hilfe am nötigsten. Ich rannte um die Büsche herum, die die Lichtung umgrenzten, stolperte über eine Baumwurzel, fiel aber wie durch ein Wunder nicht. Während des Laufs schaffte ich es, meine Klinge zu ziehen. Beinahe wurde mir der Griff aus der Hand geprellt, als ich mit der Schneide gegen einen Baum schlug, aber ich konnte die Waffe gerade noch mit zwei Fingern an der Parierstange fassen.
Der eine Angreifer näherte sich Vanessa von hinten und war auf meine Attacke nicht gefasst. Ich konnte meinen Lauf nicht so schnell abbremsen und rannte ihn einfach um. Der Mann stieß einen überraschten Schrei aus und fiel auf die Seite, ich auf ihn. Da ich in dieser Lage mit dem Degen nicht zustoßen konnte, aber mit der linken Hand ertastete, dass mein Gegner seinen Helm verloren hatte, hieb ich mit dem Griff meiner Waffe mehrmals auf seinen Schädel ein.
Beim dritten Schlag gab irgend etwas knirschend nach, und meine Hand fühlte sich glitschig an. Ich schlug noch zweimal zu, und der Körper unter mir wurde schlaff.
Ich wollte mich aufrichten, glitt aber auf dem feuchten Gras aus und fiel nochmals auf meine schon angeschlagene linke Schulter.

Von dieser Warte aus konnte ich sehen, wie Vanessa sich gegen ihren Gegner, der jetzt ebenfalls zu Fuß angriff, zu wehren versuchte. Sein Pferd lag zuckend auf dem Boden und schlug mit den Hufen in die Luft - ein Schwert steckte in seiner Flanke.

Vanessa hatte nur noch einen Dolch zu ihrer Verteidigung, während ihr Gegner genüsslich grinsend - sein Helm ließ die untere Gesichtshälfte frei - eine lange Axt von seinem Gürtel losmachte und langsam und bedächtig näher kam. Seltsamerweise steckte sie ihre Waffe in den Gürtel und griff hinter sich nach - nach was?

Ich rappelte mich ächzend hoch, konnte meinen Blick aber nicht von der Szene lösen. Wenn der Mann jetzt mit der Axt angriff, dann würde jede Hilfe zu spät kommen. Ich war etwa zehn Meter entfernt, und als ich loslaufen wollte, verspürte ich einen stechenden Schmerz im linken Fußgelenk - verstaucht! Hoffentlich nur das!

Ich humpelte drei Schritte weiter und knickte dann ein. Verdammt noch mal! Vanessa stand immer noch mit dem Rücken zum Baum und richtete - was war das? - meine Flinte auf ihren Gegner. Wo hatte sie die her? Der Mann lachte schallend über ihre verzweifelten Anstrengungen, mit der Waffe zurechtzukommen, und deutete eine leichte spöttische Verbeugung an. Sie wusste natürlich nicht, wie der Schuss auszulösen ist, hielt das Gewehr aber richtig.

„Vanessa!", schrie ich. „Links ziehen - rechts abdrücken!"

Ich hoffte inständig, dass sie gut aufgepasst hatte, als ich Laq die Funktion der Waffe erklärte. Der rechte Zeigefinger! Sie müsste jetzt ...

Das Donnern des Schusses übertönte selbst den Schlachtenlärm. Der Gegner Vanessas überschlug sich rückwärts im Gras und blieb dort in einer Blutlache liegen. Sie sah verblüfft auf den - sozusagen - Prügel in ihrer Hand und wandte sich nach mir um.

„Gut!", rief ich und humpelte näher. „Du kannst ..."
„Was ist mit Laq?", schrie sie zurück. „Und Jocelin?"
„Such sie und hilf ihnen! Du kannst das mit dieser Waffe noch sechs Mal machen! Aber nicht öfter!"
Sie nickte mir zu und sprintete los. Ich versuchte, mit meinem linken Fuß fester aufzutreten, aber ein weiterer stechender Schmerz zwang mich zum Innehalten. Keuchend lehnte ich mich gegen einen Baumstamm. Momentan schien sich kein Gegner um mich zu kümmern.
Was konnte ich tun? Ich sah mich um. Etwa zehn Meter von mir entfernt wälzten sich zwei Menschen am Boden. Der eine, der unten lag, schien Ybkallis zu sein, der kleine Hofnarr. Der andere, ein massiger Mann in metallener Rüstung, hatte sich auf ihn geworfen und umklammerte mit beiden Händen seinen Hals. Ich sprang auf einem Fuß hinzu, aber meine Hilfe schien nicht mehr notwendig zu sein: Der Krieger krümmte sich plötzlich zusammen und ließ Ybkallis los. Dieser stieß ihn von sich herunter und wälzte sich auf die Seite. In seiner linken Hand blitzte ein schmales Messer, vermutlich hatte er es im Jackenärmel versteckt gehabt. Der Narr richtete sich auf und erblickte mich. Heftig gestikulierend deutete er auf den Waldrand neben mir. Ich sah in die gewiesene Richtung.
Es war fast nicht zu glauben: Dort zwischen den Büschen stand ein großer dünner Mann mit einem langen Schwert in der Rechten. Mit der Linken hielt er irgendetwas in die Höhe, das ich nicht erkennen konnte. Von ihm schien das blaue Licht auszugehen; das fühlte ich mehr, als ich es sah. Aber was mich wirklich verblüffte: Ich glaubte fast, in einen Spiegel zu sehen! Der Krieger, der dort regungslos verharrte und anscheinend das Licht dirigierte, war mir wie aus dem Gesicht geschnitten. Er war muskulöser als ich und trug einen schmalen Oberlippenbart, aber ansonsten hätte er mein Zwillingsbruder sein können.

Mein Bruder! Wie ein Blitz zuckten die letzten Worte meines Stiefvaters Joe, bevor ich versetzt wurde, durch meine Erinnerung. Sollte vielleicht ...
Unsere Blicke trafen sich. Der Mann schien genauso verblüfft wie ich. Für einige Augenblicke flackerte das blaue Licht. Ich verdrängte alle weiterführenden Gedanken aus meinem Kopf und konzentrierte mich auf das Notwendige: Dieser Krieger war unser Feind! Und er schien die Fähigkeit zu haben, seine unmittelbare Umgebung zu erhellen.
Im Dunkeln hätten wir eine ungleich größere Chance zu entkommen, niemand würde mehr wissen, wer eigentlich gegen wen kämpfte, und die Reiter wären nicht mehr imstande, unsere Flucht zwischen die Bäume zu verhindern.
Zwei Schüsse krachten und das blaue Licht flackerte abermals. Er ließ sich also ablenken!
„Vanessa!", schrie ich, so laut ich konnte. „Das Gewehr! Schnell!"
Drei weitere Schüsse donnerten, und dann noch einer. In Gedanken fluchte ich - sie hatte die Flinte leer geschossen! Ich humpelte mit erhobener Waffe auf mein Ebenbild zu, aber ich war noch Meter entfernt, als sich ein Schatten aus den Büschen löste und den Mann ansprang. Sofort wurde es auf der Lichtung dunkel. Das Einzige, was man noch sehen konnte, waren zwei kämpfende Gestalten, um die blaue Lichtblitze herumzuckten.
Als sie sich voneinander lösten, erkannte ich den Angreifer an der Silhouette - Laq. Der Jjarde hatte offenbar genau wie ich erkannt, dass der andere unser Hauptgegner war.
Wenn ich jetzt ... Zu weiteren Überlegungen kam ich nicht, denn irgendjemand stieß mich heftig zu Boden und fiel auf mich.
„Daniel, ich bin's!", keuchte es. Vanessa! Sie drückte mir im Dunkeln das Gewehr in die Hand. „Es geht nicht mehr! Ich habe ..." Ich hörte nicht weiter zu. Eine Patrone, nur eine!

„Wo sind die roten ..." Wie im Zeitraffer liefen sämtliche Beschreibungen einer Patrone an meinem inneren Auge vorbei. Zylinder, Röhrchen, Kerzen, Rollen ... Verdammt!
„Das da? Die Dinger sind aus deiner Satteltasche heraus ..."
„Ja! Gib her!"
Ich beschloss, mich später zu wundern, und drehte mich im Liegen herum, wobei ich das Geschoss in das Magazin drückte. Hoffentlich nicht zu spät!
In dem flackernden blauen Licht konnte ich die Kämpfenden gerade auseinander halten: Die kleinere der beiden Gestalten stürzte zu Boden, gefällt von einem gewaltigen Aufwärtshieb der größeren.
Ein Langschwert erhob sich in die Luft, um nochmals zuzuschlagen. Ich hebelte einmal durch und drückte ab. Ich hatte die Flinte nicht sicher gehalten und der Rückschlag prellte sie mir aus der Hand. Dann war es plötzlich stockfinster.

7.
Ich hörte Pferdegetrappel und das Brechen von Büschen und Gesträuch. Einige halblaute Kommandos erschallten, die ich nicht verstand. Dann war es ruhig, bis auf das Stöhnen der Verwundeten und Sterbenden. Vanessa neben mir knuffte mich mit dem Ellbogen in die Seite und reichte mir eine weitere Patrone in die Hand. Ich knurrte zustimmend und lud. Sicher ist sicher!
„Hast du noch mehr davon?", flüsterte ich.
„Gleich!", ertönte es in derselben Lautstärke zurück. Sie kroch davon und kehrte wenige Momente später zurück.
„Deine Satteltasche! Die Dinger sind heraus gefallen, als dein Pferd stürzte. Irgendwie hat es einen Stich abbekommen und ist neben mir zusammengebrochen. Ich dachte mir, dass deine Waffe ..."

Ich drückte ihr im Dunkel den Arm. „Das war verdammt richtig, aber jetzt sollten wir sehen, dass wir die anderen finden!" Während dieser Worte hatte ich in die Tasche gefasst und erfühlte mehrere Patronen, die ich nachlud. Um uns herum war es vollkommen finster.
„Daniel!", rief eine halblaute Stimme ganz in der Nähe. Ich erkannte den Tonfall: Jocelin. Also lebte er, Gott sei Dank - oder wem auch immer! Eine weitere leise Stimme antwortete links von mir: „Sie sind weg! Keine Gefahr mehr!"
„Ybkallis?" - „Ja! Daniel und Vanessa sind rechts zwischen den Büschen!"
Ich richtete mich langsam auf und stellte fest, dass ich meinen Fuß belasten konnte. Beim Auftreten schmerzte er höllisch, aber immerhin!
Vanessa fasste mich unter der Achsel, sodass ich mich auf ihre rechte Schulter stützen konnte. Mühsam humpelten wir in die Richtung, aus der ich Jocelins Stimme gehört hatte.
Neben uns leuchtete ein Licht auf - Ybkallis hatte eine Fackel angezündet. Der flackernde Schein erhellte die Lichtung und offenbarte eine Szene der Verwüstung: niedergestochene Pferde, menschliche Leichen, Blutlachen im Gras.

Jocelin winkte uns mit seinem Schwert näher. Neben ihm auf dem Boden lag ein zusammengekrümmter Mensch, der sich in seinem Blut wälzte - Laq! Der Hieb meines Doppelgängers hatte ihm den linken Oberschenkel vom Knie bis zur Hüfte aufgerissen - bis auf den Knochen!
Der Jjarde lag in einer riesigen Lache von Blut, das aus der klaffenden Wunde sickerte. Als Ybkallis mit der Fackel näher herantrat, konnte ich erkennen, dass er nicht bewusstlos war, sondern uns aus glasigen Augen anstarrte.
Vanessa beugte sich über ihn und strich ihm über das Haar. Sie nahm seine Hand und erklärte ruhig:

„Ich denke, du wirst es überleben, kleiner Jjarde - wenn du den Wundbrand überstehst! Aber du bist stark! Tu es für mich!"
Laq nickte und versuchte ein Lächeln, was etwas kläglich ausfiel. Dann wandte sich Vanessa an Jedediah, der hinzugetreten war: „Unter den Sachen deiner verdammten Königin befindet sich doch sicher auch Nähzeug, oder? Bring mir Nadel und Faden!"

KAPITEL ZWEI : VERRN

-

Hier erfahren wir, welches Geheimnis Jedediah, der Kundschafter, vor unseren Freunden verborgen hatte und in welcher Mission die Karawane der Königin wirklich unterwegs war. Außerdem erleben wir den wahrhaft eindrucksvollen Empfang unserer Helden in Verrn, der Hauptstadt der Yllianmark.

-

1.
„Ob wir da mit der Trage hinüberkommen?", zweifelte ich und sah nach hinten. Laq lag seit einem Tag im Fieber. Ab und zu erwachte er, starrte aber nur aus glasigen Augen um sich und murmelte unverständliche Satzfetzen vor sich hin. Ich war öfters abgestiegen, um nach ihm zu sehen und seine Stirn zu fühlen: Er schien von innen heraus zu glühen, sein Atem ging stoßweise, und ab und zu durchlief ein Schauer seinen Körper.
Vanessa, die die ganze Zeit neben seiner aus starken Ästen zusammengebauten Trage, die von seinem eigenen Pferd gezogen wurde, her marschierte, verzog missmutig das Gesicht und antwortete nur:
„Wir müssen, sonst stirbt er!"
Sie ließ dem schwer verletzten Jjarden wirklich die bestmögliche Pflege angedeihen, aber unser aller Möglichkeiten waren in dieser Wildnis begrenzt.
Nachdem sie seinen Oberschenkel mit einer Ledernadel und einem dicken Zwirn notdürftig zusammengeflickt hatte, wobei Laq keine Miene verzog, und die Wunde mit scharfem Schnaps versucht hatte zu desinfizieren, hatte sich einen Tag später doch das gefürchtete Wundfieber eingestellt.

Ich machte mir da keine Illusionen: Der Jjarde war zwar gesund und kräftig, aber eine solche offene Verletzung führt in den meisten Fällen zum Tode, wenn keine Antibiotika zur Verfügung sind. Sollte das Bein brandig werden, dann gab es nur zwei Möglichkeiten: ein qualvolles Ende oder ... Diesen Gedanken dachte ich jetzt lieber nicht weiter.

Vor uns lag der Solvian, ein schmaler Fluss aus den westlichen Bergen, der etwa hundertfünfzig Meilen nordöstlich in den Rhiwan mündete. Wir hatten entgegen unserer ursprünglichen Absicht nicht versucht, die Straße der Alten Götter zu erreichen, sondern hatten den Weg direkt nach Westen durch die Wildnis der Yllianmark eingeschlagen, da dies der kürzeste Weg nach Verrn war. Jocelin fand sich hier zwar nicht mehr zurecht, aber in Jedediah besaßen wir einen sachkundigen Führer, der sich in diesen Wäldern auskannte wie Safard in seiner Küche. Was immer dieser Vergleich auch bedeuten sollte, er behauptete es - und es klang zuversichtlich.

Von der 'Karawane der Königin' existierten nur noch klägliche Überreste: Drei Kamele mit zwei Treibern, zwei berittene Begleitsoldaten, der 'Hauptmann' Choctor, der das ganze Gefecht verschlafen hatte und offenbar für tot gehalten worden war, Jedediah der Kundschafter - und wir!

Meine Gefährten - außer dem Jjarden - waren mit einigen Kratzern und Schrammen relativ glimpflich davongekommen. Mein Fuß machte mir beim Laufen noch leichte Schwierigkeiten, aber gebrochen war nichts.

Wir waren bei den ersten Sonnenstrahlen des Morgens sofort aufgebrochen, nachdem sich die Überlebenden der Karawane etwas zögerlich wieder eingefunden hatten. Jedediah meinte, es wäre am besten, trotz der Gefahr eines weiteren Überfalls den geraden Weg in Richtung Verrn einzuschlagen. Jocelin und Vanessa stimmten zu:

Nur in einer Stadt, wo es Ärzte gab und Medizin erhältlich war, könnte der Jjarde die Pflege bekommen, die nötig wäre. Jeder weitere Tag in der Wildnis wäre vielleicht sein letzter.
Ob es uns nun passte oder nicht: Wir waren Bestandteil der Karawane geworden. Eine Überlegung ging mir nicht aus dem Kopf: Sollten wir wirklich noch einmal überfallen werden, dann wären wir verloren! Mit diesem traurigen Haufen würden wir ein weiteres Gefecht nicht überstehen.
Ich legte also die größtmögliche Wachsamkeit an den Tag, aber - Gott, Arboreysth, oder wem auch immer sei Dank - wir erreichten nach zwei Tagen unbeschadet den Solvian.

„Wir müssen da hinüber!", bestätigte Jedediah. „Wenn wir das geschafft haben, ist es nur noch eine Tagesreise bis Verrn. Und das hier ist auf zwanzig Meilen die einzige Furt. Die nächste Brücke befindet sich einen halben Tag flussaufwärts, wo die Straße der Alten Götter den Solvian überquert."
Jocelin seufzte. „Uns wird nichts anderes übrig bleiben. Wenn nur der Fluss nicht so reißend wäre!"
„Das ist er normalerweise nicht, aber ich schätze, dass es in den Bergen stark geregnet hat. Und wir haben wirklich eine gute Chance - das Wasser ist hier höchstens eineinhalb Meter tief."
„Und die Trage mit Laq?", warf ich ein.
Der Souvaner überlegte. „Am besten wäre es, wir binden ihn darauf fest, und du und ich tragen ihn hinüber!" Ich betrachtete mir nochmals den Fluss. Das Wasser strömte verdammt schnell, und die Entfernung zum anderen Ufer betrug an die fünfundzwanzig Meter.
„Wenn die Strömung einen von uns beiden von den Füßen reißt, dann ist Laq verloren!" „Dann spannen wir zuerst ein Seil. Wir halten uns auf der linken Seite und können uns daran festhalten."

„Das ist zu unsicher", widersprach ich. „Wenn einer von uns weggerissen wird und nach dem Seil greift, dann muss er notgedrungen mindestens mit einer Hand die Trage loslassen. Nein! Jedediah, was haben wir an starken Tauen da?"
„Wenn ich mich recht erinnere, zwei längere - so an die zwanzig Meter - und ein paar kürzere."
„Das reicht! Die langen brauchen wir!"
Während der Kundschafter ging, um die Seile zu holen, erläuterte ich Jocelin meinen Plan:
„Zuerst binden wir die beiden langen Taue zusammen und spannen sie über den Fluss. Wenn das geschehen ist, bauen wir aus den kürzeren Stücken zwei große Schlaufen, die wir vorne und hinten an Laqs Trage befestigen, und zwar auf der linken Seite. Durch diese läuft das Führungsseil. So brauchen wir den Jjarden nur auf der rechten Seite hochzuhalten und hinüber zu schieben - wie bei einer Drahtseilbahn!"
„Wie bei was?"
Ich seufzte. Manchmal vergaß ich einfach, dass die anderen meine technischen Ausdrücke natürlich nicht verstanden.
„Ist ja egal. Jedenfalls kann er so nicht abgetrieben werden. Und wir beide haben unsere linken Hände frei, um uns selbst an dem Tau festzuhalten. Wir müssen nur die Schlaufen an der Trage groß genug machen, damit wir den Knoten in der Mitte durchziehen können. Klar?"
Nach kurzer Überlegung stimmte der Souvaner zu: „Das klingt ganz vernünftig. Ich schlage vor, dass ich hinüberschwimme, um das Tau drüben zu befestigen. Dort ist eine Weide, ganz nahe beim Ufer, die werde ich nehmen."

.

Um es kurz zu machen: Mein Plan wurde so ausgeführt, wie ich es mir vorgestellt hatte. Ich trug das hintere Ende und stellte nach wenigen Schritten im Wasser fest, dass die Vorsichtsmaßnahme mit dem Führungsseil durchaus ihre Berechtigung hatte. Hätte ich mich nicht mit der Linken festhal-

ten können, dann hätte mich die starke Strömung mit Sicherheit von den Füßen gerissen.
Wir benötigten etwa zehn Minuten, um Schritt für Schritt das gegenüberliegende Ufer zu erreichen. Mein verletzter Fuß machte mir keine großen Schwierigkeiten, aber ab der Hälfte der Strecke begann mein rechter Arm zu erlahmen, sodass ich heilfroh war, als Jocelin endlich die Böschung auf der anderen Seite hochkletterte und die Trage mit dem Jjarden auf den festen Grund zog. Dann half er mir ebenfalls hinauf, und wir ließen uns erst einmal erschöpft und keuchend ins Gras sinken.
Laq war zwar einige Male untergetaucht worden, aber ansonsten schien er die Flussüberquerung gut überstanden zu haben. Er hatte jetzt sogar die Augen aufgeschlagen und sah mit nicht ganz so getrübtem Blick um sich, aber als Jocelin ihn ansprach, versank er wieder in seinem Dämmerzustand. Wahrscheinlich hatte ihn nur das kalte Wasser vorübergehend ins Bewusstsein zurückgebracht.
Ich sah hinüber: Die anderen hatten uns gespannt zugesehen und schickten sich nun an, ebenfalls herüberzukommen. Vanessa hatte meine Flinte in der Hand und achtete genau auf die Umgebung. Sie würde den Übergang der Karawane decken.
Ohne Zwischenfall erreichten die Soldaten mit ihren Pferden im Schlepp unser Ufer, lediglich Hauptmann Choctor glitt einmal auf dem steinigen Grund aus und tauchte einen Moment unter. Prustend kam er wieder hoch und fluchte erbittert, dann kämpfte er sich weiter durch die Strömung. Mir schien, als ob er nicht nur wegen des Wasserwiderstands schwankte: Zur eigenen Aufmunterung hatte er sich gleich nach seinem Erwachen erst einmal einen kräftigen Schluck aus seiner dickbäuchigen Feldflasche gegönnt. Ich hätte meine Stiefel gegen ein Paar Badeschlappen verwettet, dass da kein Wasser drin war!

Als schließlich die Kamele den Fluss durchwateten, geschah es:
Eines von ihnen versuchte ziemlich hastig, die Uferböschung zu erklimmen, und die großen Kisten, die mit einer Art Geschirr an den Seiten hingen, gerieten ins Rutschen. Einer der Treiber sprang hinzu, aber zu spät: Ein Seil riss, eine Kiste plumpste ins Wasser und wurde sofort abgetrieben, und die Kiste auf der anderen Seite knallte auf den Boden und platzte auf. Ein Missgeschick, nicht so schlimm. Oder?
Der Treiber stand wie erstarrt und zeigte einen verblüfften Gesichtsausdruck. Ich sah mir die Sache ebenfalls an und staunte.
Jocelin verzog das Gesicht: „Das sollen die Schätze einer Königin sein? Jugenderinnerungen?"
Die große Kiste hatte ihren Deckel verloren und offenbarte nun vor unseren Augen ihren Inhalt: Kein Gold, kein Geschmeide, keine Teppiche, Bücher oder Bilder - eine Art von Gestrüpp kam zum Vorschein, das einen eigenartig stechenden Geruch verbreitete.
Ich trat näher und glaubte, den Zweck dieser seltsamen Fracht zu erkennen: Aus dem Haufen von braunen und gelben Blättern sah ein menschlicher Arm hervor; der Arm eines Kindes. Ich zog meinen Degen und fegte damit ein Büschel Blätter weg. Darunter kam eine Kinderleiche zum Vorschein, fast fleischlos, vollkommen eingefallen und halb mumifiziert. Kein Zweifel, die angeblich wertvolle Kiste war ein Sarg! Die Blätter waren sicher konservierende Kräuter, um das Verwesen zu verhindern oder wenigstens hinauszuzögern. Deshalb dieser Geruch nach Beize.
Jedediah sagte irgend etwas in einer fremden Sprache zu den Treibern, und sofort hoben zwei von ihnen die Kinderleiche hoch und legten sie in die Kiste zurück. Dann bedeckten sie sie wieder mit den Blättern, verschlossen den Sarg und wickelten ein Seil darum, das sie verknoteten.

„Und das sind die Kindheitserinnerungen deiner Herrin?", wiederholte Jocelin und sah den Kundschafter böse an. „Die hat wohl keine sehr glückliche Kindheit gehabt?"
„Man hängt ja sehr an alten Freunden", fügte ich schulterzuckend hinzu. „Möchtet Ihr uns nicht etwas erklären, Jedediah?"
Der Kundschafter sah zuerst etwas verlegen drein, dann machte er eine wegwischende Handbewegung: „Es musste ja früher oder später herauskommen! Das hier ist die Leiche des jüngeren Bruders der Königin. Er ist vor drei Jahren gestorben, als er acht Jahre alt war. Ein schrecklicher Unfall: das Kind ist beim Spielen ertrunken. Sie hing sehr an ihrem Bruder und hat den Toten konservieren lassen. Und jetzt soll er in einem kleinen Tempel im Garten des königlichen Schlosses von Verrn beigesetzt werden."
„Habt Ihr nicht noch etwas vergessen, Jedediah?", beharrte ich. „Die andere Kiste! Sie ist von der Strömung fortgespült worden, also muss sie wohl ziemlich leicht gewesen sein. Was zum Teufel ist das hier wirklich für eine Karawane?"
Er verzog das Gesicht, dann lächelte er plötzlich: „Die falsche. Das hier ist die falsche Karawane! Es gibt keine Schätze. In den anderen Kisten ist nur irgendwelches nutzloses Zeug."
Jocelin kniff die Augen zusammen und sah den Kundschafter misstrauisch an.
„Die falsche Karawane? Wollt Ihr damit sagen ..."
„Genau!", fiel ich ihm seufzend ins Wort. „Unser Freund, der Kundschafter - oder seine Auftraggeber - sind gar nicht so dumm. Man schickt zwei Karawanen aus, auf verschiedenen Wegen. Die eine ist nur zur Täuschung, um den Feind auf sich zu lenken, während die andere, die mit den wirklichen Schätzen, ungehindert ihr Ziel erreicht. Ist es nicht so?"
Jedediah nickte grinsend. „In der Tat, Daniel! So ist es."

„Aber dann besteht doch immer noch die Möglichkeit, dass der Gegner die andere Karawane überfällt und nicht die falsche", gab Jocelin zu bedenken.
Jedediah sah mich prüfend an. 'Na, kommst du da auch drauf?', schien sein Blick zu sagen. Ich gedachte, ihm die Frage zu beantworten: „Gezielte Indiskretion, nicht wahr? Es gab nie einen Verräter unter deinen Leuten - die Information habt ihr selbst ausgestreut!"
Jetzt lachte der Kundschafter: „Ihr habt die Sache durchschaut. Meinen Respekt."
Als Jocelin ihn noch ergrimmter ansah und seine Hand in die Nähe seines Schwertgriffes bewegte, fügte er sofort hinzu: „Aber was Euch betrifft, so war mein Angebot natürlich ehrlich und aufrichtig gemeint. Wir brauchten wirklich Schutz. Ich wollte zwar den Gegner ablenken, aber schon lebend in Verrn ankommen. Mein Plan war, die Moerblows eine gewisse Zeit in die Irre zu führen, und uns dann zu ergeben oder in die Wälder zu fliehen. Wenn sie erst einmal erkannten, dass die Karawane wertlos ist, wäre die richtige schon in Sicherheit. Dass wir alle umgebracht würden - nun, das war das Risiko! Leider sind beim ersten Überfall fast alle meine Männer getötet worden. Also erschien es mir als ein glücklicher Zufall, auf Euch zu stoßen. Immerhin konnten wir einen weiteren Angriff abwehren, und sie wissen immer noch nicht, dass sie das falsche Ziel gewählt haben. Eure Entlohnung werdet Ihr natürlich erhalten!"
Er hatte diese Rede so schnell heruntergespult, dass ich erst kurz nachdenken musste. Es klang durchaus vernünftig, was er sagte. Leider nutzte diese verspätete Erklärung dem Jjarden nichts mehr. Aber eines störte mich noch:
„Und die Leiche des Kindes?", fragte ich. „Warum ist sie dann hier?"
„Es bestand ja immerhin eine gewisse Aussicht, dass wir durchkommen. Und wenn nicht, hatte ich den Auftrag, we-

nigstens den Sarg nach Verrn zu bringen. Die Moerblows haben angeblich großen Respekt vor den Toten. Wenn sie also sähen, dass wir nur eine Leiche transportierten, würden sie uns vielleicht in Ruhe lassen. Königin Asangia dachte es sich jedenfalls so."
Jocelin stieß geringschätzig die Luft aus. „Wirklich ein phantastischer Plan! Und wir wären beinahe alle dabei umgekommen."
Der Kundschafter wiegte den Kopf: „Zumindest dürfte die richtige Karawane jetzt sicher in Verrn angekommen sein. Und ich denke, dass wir auf dieser Seite des Solvian nichts mehr zu befürchten haben. Morgen Mittag werden wir ebenfalls die Hauptstadt erreichen - und meine Königin ist nicht undankbar!"
„Deine Königin kann mir ...", begann der Souvaner, überlegte es sich aber dann anders. „Wir brauchen vor allem medizinische Hilfe und Pflege für unseren Freund, das zumindest wäre sie uns schuldig!"
„Ich gebe Euch mein Wort, dass nichts unversucht bleiben wird, um Euren Gefährten zu retten", versprach der Kundschafter.
Jocelin, Vanessa, Ybkallis und ich sahen uns an.
„Das wird ja einen prächtigen Einzug in Verrn geben - mit diesem erbärmlichen Haufen!", meinte der Hofnarr sarkastisch. Hauptmann Choctor nahm gerade einen weiteren gewaltigen Schluck aus seiner Feldflasche und torkelte dabei seitwärts gegen Vanessa, die ärgerlich hinzufügte: „Vor allem mit diesem Trunkenbold von Hauptmann!"
„Wassis mimir?", rülpste dieser.

2.
Einen Tag später konnte ich die Silhouette der Festung Verrn im Gegenlicht der Nachmittagssonne erblicken. Die Haupt-

stadt der Yllianmark nahm den Gipfel eines Sattelberges ein, der mehrere Hundert Meter über die Baumwipfel hinausragte, und thronte dort majestätisch und wuchtig über dem grünen Meer des Waldes.

Die einzige Zufahrtsstraße befand sich auf der Südseite, von meiner Warte aus zur Linken. Sie schlängelte sich in engen Windungen den auf dieser Seite flach ansteigenden Berg hinauf, ließ den dichten Wald auf halber Höhe hinter sich und endete an einem riesigen Tor, das von zwei gewaltigen Wehrtürmen flankiert wurde. Auf den drei anderen Seiten fiel der Fels nahezu lotrecht an die hundert Meter ab. Eine Unzahl von Türmchen, Erkern und Plattformen bewehrte die hohe und dicke Mauer, die sich um die ganze Stadt herumzog.

Seltsam: Mein erster Eindruck war, dass diese Stadt nahezu uneinnehmbar wäre, selbst mit weit überlegenen Kräften.

„Nicht schlecht!", meinte neben mir Ybkallis und stieß einen kurzen schrillen Pfiff aus. Als ob er meine Gedanken erraten hatte, fügte er hinzu: „An dem Berg werden sich die Lyshiten die Zähne ausbeißen."

Ich nickte. Dann sah ich zum wiederholten Male an diesem Tag nach dem Jjarden. Sein Zustand schien sich nicht verschlechtert zu haben, aber er lag immer noch in tiefem Koma und war schweißgebadet.

Jedediah gesellte sich zu mir und betrachtete Laq intensiv. „Ist der Mann ein enger Freund von Euch, Daniel?", fragte er schließlich. Als er meinen halb fragenden, halb ärgerlichen Blick gewahrte, beeilte er sich, fortzufahren: „Ich meinte damit nur, dass Ihr Euch wahrscheinlich darauf gefasst machen müsst, dass er diese Verletzung nicht übersteht. Es wäre ja fast ein Wunder, wenn ... Es tut mir leid, dass ich Euch in diese Lage gebracht habe, aber ich konnte nicht ahnen, dass wir so schnell überfallen würden!"

Widerwillig musste ich ihm zustimmen. Die Gelegenheit, mit der Karawane der Königin - selbst mit der falschen - in Verrn einzuziehen, und damit unserer Sache zumindest eine gewisse Aufmerksamkeit verschaffen zu können, hätte uns schon weitergeholfen.
Ganz zu schweigen davon, dass wir unsere finanzielle Situation nachhaltig verbessern konnten. Ich machte mir da keine romantischen Illusionen: Selbst in einer altertümlichen Welt war man ohne Geld ziemlich angeschmiert! (Ein anderes Wort würde es treffender beschreiben!)
Ich antwortete nichts und stieg wieder auf mein Pferd. Momentan wollte ich keine weiteren Erklärungen hören.

.

Das große Tor stand weit offen und gab den Blick frei auf eine typische mittelalterliche Stadt: schmale schmutzige Gässchen, eingesäumt von zwei- bis dreistöckigen Fachwerkhäusern, die sich eng aneinanderdrängten.
Auf beiden Seiten jeder Gasse die obligatorische Kloake, die alle menschlichen und sonstigen Abfälle entsorgte - oder auch nicht! - und in der sich vermutlich alles tummelte, was unter dem Oberbegriff Ungeziefer Rang und Namen hatte.
Auf der höchsten Stelle des Berges, an der Nordseite, lag die königliche Burg, ein wahres Monument aus Türmen, Zinnen und Schieferdächern, die in der Nachmittagssonne glänzten. Sie schmiegte sich direkt an die nördliche Klippe und bot von ihren oberen Fenstern aus sicher einen Rundblick über das ganze Land.
Verrn war vielleicht eineinhalbmal größer als Mattincourt und machte einen gut gesicherten und wehrhaften Eindruck, aber die Aura von Dreck, Düsternis und stummer Bedrohung war dieselbe.

.

Fünf oder sechs mäßig interessierte Wachsoldaten standen herum und vertrieben sich die Zeit damit, sich zu unterhalten

oder Steine den Hügel hinunterzuwerfen. Als die Überreste unserer einstmals 'stolzen' Karawane nach der letzten Kurve der Straße vor dem Tor anhielten, bequemten sich zwei von ihnen, ihre Speere zu ergreifen und uns in den Weg zu treten.
„Seid Ihr etwa die ...", fragte der eine, anscheinend ein Offizier, „ ... die Karawane aus Rivell?" Er ließ seinen Blick zweifelnd über die zerlumpten Gestalten wandern, wobei er einen Moment lang misstrauisch bei Jocelin und mir innehielt, und wiederholte überflüssigerweise: „Die Karawane aus Rivell?"
„Nein, wir sind die Abgesandten des Alten Götter, und kommen, um die Steuer einzutreiben!", antwortete Ybkallis, aber nur halblaut.
Der Mann hatte ihn offenbar nicht gehört oder schenkte dem 'Zwerg' einfach keine Beachtung. Jedediah schwang sich aus seinem Sattel und erklärte: „Wir sind es. Ist die ... die andere Karawane angekommen?"
„Eben!", gab der Offizier zurück. „Man hat uns gesagt, dass vielleicht noch eine zweite eintreffen wird, aber die wäre nicht so wichtig."
Er kratzte sich ausführlich am Kinn und machte dann eine winkende Bewegung mit der Linken: „Na immerhin. Ihr sollt euch beim Quartiermeister in der Burg melden, also los!"
„Nicht bei der Königin?", fragte Jedediah ungläubig.
„Beim Quartiermeister!", bestätigte der andere geduldig. Der Pfadfinder drehte sich zu mir herum und zuckte die Schultern. Dann stieg er wieder auf sein Pferd und trieb es seufzend vorwärts. Das war also unser triumphaler Einzug in Verrn.
Beinahe hatte ich mir so etwas schon gedacht!

3.
Angesichts Jedediahs dummen Gesichts musste ich mir krampfhaft ein lautes Lachen verbeißen, vor allem, als ich zu Ybkallis, der neben mir ritt, blickte. Er schien das gleiche Problem zu haben, denn er hatte seinen breiten Mund zusammengekniffen und gab glucksende Geräusche von sich.
Eigentlich lag der Fall klar: Niemand hatte ernsthaft erwartet, dass die Karawane des 'Hauptmanns' Choctor wirklich durchkam. Sie war von vornherein nur dazu bestimmt gewesen, den Feind abzulenken, Ob die Männer dabei umkamen - Staatsoberhäupter gehen wohl immer ziemlich großzügig mit dem Leben ihrer Untertanen um. C'est la guerre!

.

Nach fünfzehn Minuten langten wir auf dem großen Marktplatz vor dem königlichen Schloss an. Die Yllianer, die auf den Straßen unterwegs waren und ihren Geschäften nachgingen, betrachteten halb neugierig, halb abweisend unseren seltsamen Trupp. Die Leute trugen die gleiche einfache Kleidung wie die Souvaner, waren aber etwas gedrungener und hatten fast alle braunes Haar. Interesse erregte vor allem die Trage mit dem verletzten Jjarden - und meine Person.
Angesichts der erstaunten Blicke beschloss ich insgeheim, dass ich wohl etwas gegen die Auffälligkeit meiner Erscheinung unternehmen musste. Ich war größer als die meisten Ostländer, dagegen konnte ich nichts machen, aber die Haare! Die Farbe musste heraus, sonst wäre ich bald bekannt wie ... wie ein bunter Hund, eben! Abschneiden wollte ich sie nicht, und warten, bis die farbigen Strähnen herausgewachsen wären - das konnte dauern! Also schwarz färben, das erschien mir im Moment als die einfachste Lösung.

.

Auf dem Marktplatz wurden wir bereits von einer Abteilung Soldaten erwartet. Ein anderer Offizier in bunt herausgeputz-

ter Uniform mit einem pausbäckigen Mondgesicht wartete, bis wir abgestiegen waren, und redete Jedediah an:
„Seid willkommen in Verrn!" Er deutete eine Art militärischen Gruß an und fuhr zackig fort: „Die Königin wird hocherfreut sein, von Eurer glücklichen Ankunft zu erfahren. Ich bin Oberst Vitor, der Quartiermeister der königlichen Truppen, und heiße Euch ... na, das sagte ich ja schon!"
Er warf einen prüfenden Blick auf Ybkallis und mich, kniff angesichts Vanessas langem blonden Haar die Augen zusammen, und schlenderte dann gemächlich an den Kamelen vorbei. „Ihr habt einen Verletzten?", fragte er und beugte sich über den Jjarden. Ich überlegte gerade, was ich auf diese dumme Frage wohl entgegnen sollte: 'Nein, der ruht sich nur aus!' oder 'Die Trage soll nur verhindern, dass das Pferd zu schnell läuft!', aber Jocelin zeigte sich vernünftiger als ich und drängte:
„Wir danken für das Willkommen, Oberst Vitor, aber ich bitte Euch jetzt dringend, meinen verletzten Gefährten in ein ruhiges Quartier zu schaffen, wo seine Verwundung behandelt werden kann. Er war maßgeblich an der Verteidigung der Schätze der Königin beteiligt und bedarf dringend der Pflege."
Vitor nickte. „Das soll sofort veranlasst werden. Euer Freund wird in die Burg gebracht, und ich werde persönlich die Leibärzte des Königs bitten, nach ihm zu sehen."
Vanessa stieß pfeifend die Luft aus. „Lasst das! Ich werde mich um Laq kümmern! Ich brauche nur einige Arzneimittel von Euren Ärzten!"
Der Oberst sah sie missmutig an, stimmte aber zu: „Es soll geschehen, wie Ihr wünscht. Die Königin hat angeordnet, Euch jeden Wunsch zu erfüllen, wenn Ihr doch noch hier eintrefft! Im Übrigen werdet Ihr ...", er hatte jetzt wieder zu Jedediah gesprochen und ließ seinen Blick nochmals leicht missbilligend über Ybkallis und mich wandern, „... heute

Abend zum Nachtmahl an der Tafel des Königs erwartet. Wenn Ihr mir nun bitte folgen würdet ..."

Eine Stunde später warf ich einen ersten Blick aus dem Fenster des Quartiers, das man mir in einem der westlichen Türme der Burg zugewiesen hatte. Ich konnte mich wirklich nicht über mangelnde Gastfreundschaft beschweren: Mein Zimmer war zwar nicht allzu groß, aber für die Verhältnisse recht komfortabel eingerichtet. Ich verfügte über ein breites bequemes Bett, einen Tisch mit zwei Stühlen und - darauf lag, fein säuberlich aufgestapelt, eine komplette neue Garderobe.
Nun, auf diese Weise ließ ich mir die Dankbarkeit der Königin auch gefallen! Ich betrachtete mir die Sachen genauer: Eine weite Hose aus hellbraunem leichten Stoff, ein blassschwarzes Hemd, grobe graue Wollsocken und ein schmaler Ledergürtel. Ich ging den Stapel nochmals durch - naja, von Unterwäsche hatte man wahrscheinlich in diesen Landen noch nichts gehört. Sei's drum, ich konnte relativ zufrieden sein, und überlegte gerade, dass es wohl nicht sehr effektiv sei, sich neue Kleidung anzuziehen, wenn man sich nicht gewaschen hatte - und nach zwei Wochen in den alten Sachen mochte ich im Moment weder optisch noch geruchsmäßig geeignet sein, einer Königin unter die Augen - und die Nase - zu treten.
Bevor ich diesbezüglich zu einer zufriedenstellenden Lösung gelangte, schwang die Tür auf und zwei junge Mädchen traten ein. Sie verneigten sich artig, und die eine, eine recht hübsche Schwarzhaarige mit langen Zöpfen, sprach mich leicht lispelnd an:
„Wir bringen Euer Bad, Sir ..." - „Daniel."
„Ihr wünscht doch sicherlich, Euch zu säubern, Sir Daniel?"
Was sollte ich sagen? Zum ersten Mal, seit ich mich auf dieser Welt wiedergefunden hatte, hatte ich das Gefühl, dass es

die unbekannte Macht, die dies bewerkstelligt hatte, vielleicht doch nicht so ganz schlecht mit mir meinte. Ich murmelte ein verhaltenes 'Ja' und sah zu, wie zwei Lakaien einen großen Holzbottich herein trugen und in der Mitte des Raums abstellten. Dann gab es ein ununterbrochenes Kommen und Gehen: Eine Kette von Dienern goss einen Kübel heißes Wasser nach dem anderen in den Zuber, eine ältere Frau schüttete eine Prise irgendeines Pulvers dazu und verschwand wieder, eine weitere Frau tauchte auf, gab einige Tropfen einer öligen Flüssigkeit aus einem kleinen Flakon in das Badewasser, testete mit einem Finger die Temperatur und verkündete dann feierlich:
„Gut. Sabrina und Kialla werden Euch jeden Eurer Wünsche erfüllen, Sir. Jeden!"
Sie rauschte mit wehendem Rock hinaus und die beiden Mädchen kicherten.
Ich stand während der ganzen Prozedur daneben, als ob ich nicht dazugehörte, und spielte mit meiner Gürtelschnalle herum. Die Schwarzhaarige knuffte ihre Freundin mit dem Ellbogen in die Seite und lächelte mich auffordernd an. Dann kicherten beide nochmals.
Also, so ging das aber nicht! Trotzdem, sozusagen als Zeichen meines guten Willens, schnallte ich den Gürtel mit dem Degen ab und legte ihn auf das Bett, neben meine Jacke.
Offenbar war meine Bereitwilligkeit vollkommen falsch verstanden worden, denn die Mädchen nickten sich zu und entledigten sich ihrer Kleidung - sie trugen nicht viel - in atemberaubender Geschwindigkeit. Dann standen sie vor mir, wie - nein! Das konnte nicht Arboreysth gewesen sein! - wie Gott sie geschaffen hatte.
Irgendwie stand jetzt doch mein Ruf als Krieger und Held auf dem Spiel, also machte ich böse Miene zum guten Spiel, zog mich aus und stieg in die Wanne.

.

Ich lehnte mich nochmals aus dem Fenster und betrachtete mir den Sonnenuntergang im Westen. Die letzten Strahlen der Sonne tauchten die Wipfel der Bäume weit unter mir in rötlichen Glanz. Ein leichter Wind war aufgekommen und wehte mir die Haare ins Gesicht. Über dem ganzen Land lag eine Atmosphäre tiefen Friedens.
Oder? Ich nahm mir einige Minuten Zeit und dachte nach.
Waren wir hier, wenigstens momentan, wirklich in Sicherheit?
Jedediahs Versprechen schien sich zu bewahrheiten. Nach dem anfänglich etwas frostigen Empfang, vermutlich, weil niemand wirklich mit uns noch gerechnet hatte, konnte ich mich nun über nichts beschweren. Laq! Bevor ich mein Quartier aufgesucht hatte, hatte uns Vanessa nochmals beruhigt, dass es noch nicht zu spät sei, um den Wundbrand zu verhindern. Wir sollten ihr nur vertrauen!
Fast hatte ich ein schlechtes Gewissen, dass ich mich hier vergnügte, aber ich hätte nichts tun können. Ich weiß nicht warum, in dieser Beziehung traute ich Vanessa. Sie hatte verborgene Fähigkeiten, von denen wir nur einen Bruchteil kannten - der Nebel. Und sie verbarg noch ein weiteres Geheimnis, dessen war ich mir vollkommen sicher. Aber an ihrer unbedingten Loyalität bestand meiner Meinung nach kein Zweifel. Und der Jjarde war bei ihr in besten Händen.
Ich ließ meine Gedanken etwas um diese Thematik kreisen. Könnte es sein ...
Jetzt musste ich schmunzeln: Der kleine Jjarde und die große Kriegerin! Er war sicherlich einen Kopf kleiner, aber die Liebe geht ja wohl oft seltsame Wege. Ich schüttelte mich, als ich bemerkte, dass ich im inneren Zwiegespräch mit mir selbst Binsenweisheiten verbreitete.
Aber nicht ablenken lassen! Vanessa! Noch mal von vorne: Sie konnte sich nicht an ihre Vergangenheit erinnern. Sie konnte Nebel erzeugen. Nebel. Und sie war kurz vor dem

Angriff der Roten am Tor von Fort Souvansfinn gefunden worden. Fußspuren aus der Wüste.
„Daniel, Ihr werdet jetzt beim Nachtmahl erwartet!" Kiallas Stimme riss mich aus meinen Gedanken.
„Ja! Ich komme gleich!" Meine Antwort hatte wohl etwas unfreundlicher als ich wollte geklungen, denn das Mädchen wich zurück und sah mich mit großen Augen an.
„Entschuldige", fügte ich hinzu, „aber ich muss noch einen Moment nachdenken."
Verdammt, wo war ich stehengeblieben? Eine Wolke schob sich vor die rote Halbkugel der untergehenden Sonne und zeichnete ein Muster darauf, das im Wind zerfloss, noch bevor ich eine Assoziation hatte. Eine Assoziation!
Fort Souvansfinn. Wüste. Vanessa. Nebel.
Die Erkenntnis überfiel mich wie ein Schlag ins Gesicht. Was braucht man am dringendsten, um eine Wüste zu durchqueren? Wasser! Und was ist Nebel? Wasser!
Warum zum Teufel war ich nicht eher auf diesen Zusammenhang gestoßen? Vanessa konnte auf irgendeine Art Wasser erzeugen oder herbeirufen oder was auch immer. Sie und niemand anders hatte es den Lyshiten möglich gemacht, die Wüste zu durchqueren. Und diese Fähigkeit, mit jeder Art von Wasser umzugehen ...
Sie musste die Blaue Dame sein!

KAPITEL DREI : ASANGIA

In diesem Kapitel haben unsere Helden das etwas fragwürdige Vergnügen, einer Königin vorgestellt zu werden. Sie nehmen an einem befremdlichen Gastmahl teil, werden auf die Probe gestellt, schaffen sich wieder einmal neue Feinde, und Daniel erhält einen Auftrag.

1.
Die neue Kleidung passte nicht mal schlecht. Wahrscheinlich hatten mich die Ereignisse der letzten Wochen etwas geprägt, denn ohne Waffen fühlte ich mich verdammt nackt.
Wie doch einige Tage einen Menschen umgestalten können! Das Schwert als Mittel der Argumentation - ich hatte mir eigentlich immer eingebildet, durch Wortgewandtheit und Intellekt aus den meisten Schwierigkeiten unbeschadet hervorzugehen. Wohl nicht! Die althergebrachte Lösung eines Problems, den Widersacher einfach umzubringen, war jedenfalls in ihrer Effektivität nicht von der Hand zu weisen. Zumindest gab es hinterher keine Beschwerden!

Kialla hatte mir nahegelegt, ohne Bewaffnung bei dem nächtlichen Bankett zu erscheinen, dies wäre nur den Herzögen der Yllianmark und wirklich hochstehenden Gästen gestattet. Ich konnte natürlich für mich selbst dieses Privileg nicht in Anspruch nehmen, aber Jocelin? Wahrscheinlich war es besser, wenn er vorerst bei seiner Rolle als Söldner Albin blieb, bis wir vollkommen sicher waren, unter Freunden zu sein. Irgendwie, ich weiß nicht warum, traute ich dieser ganzen Stadt nicht. Ich wurde das Gefühl von lauernder Gefahr im Hintergrund nicht los - Instinkt?

Es klopfte an der Tür und eine Wache trat ein. Ich folgte dem Mann auf seinen Wink hin und stieß im Gang draußen auf Jocelin, der dort wartete. Zwei Türen weiter gesellte sich Ybkallis zu uns.
„Der Empfang ist doch nicht ganz so schlecht, was?", griente der Souvaner und knuffte den Zwerg an die Schulter. Dieser verzog in gespielter Niedergeschlagenheit das Gesicht:
„Ich muss Euch ... dich leider enttäuschen, Albin. Bei meiner etwas dürftigen Statur ... Die Damen, die mir das Bad richteten, zeigten sich lediglich leicht amüsiert, obwohl sie es natürlich nicht an Höflichkeit mangeln ließen." Er seufzte vernehmlich und reimte:
„Willst du Erfolg bei den Frauen, darfst du nicht wie ich ausschauen!" Dann lachte er laut über seinen eigenen Scherz.

Nach einem längeren Marsch durch die von Fackeln notdürftig erhellten Gänge der Burg, wobei ich mich bemühte, mir den zurückgelegten Weg einzuprägen, erreichten wir eine Vorhalle, in der es von Wachen nur so wimmelte.
Bevor wir ein großes Portal passieren durften, das den Eingang zum herrschaftlichen Saal darstellte, wurden wir gründlich auf Waffen durchsucht. Jocelin murrte, als ein Soldat seiner Pflicht bei ihm äußerst gewissenhaft nachging, was mich zu der Bemerkung veranlasste: „Du scheinst ihm zu gefallen, Albin! Wer weiß, vielleicht ist das der Beginn einer wunderbaren Freundschaft ..."
Natürlich verstand er den tieferen Sinn des Scherzes nicht, aber er parierte nicht schlecht:
„Bei dir war mir das jedenfalls von Anfang an klar!"
Der Wachsoldat kümmerte sich nicht um unseren filmreifen Dialog, sondern winkte mich heran und verfuhr mit mir ebenso.

„Was ist das?" fragte er. - „Ein Talisman!", erwiderte ich freundlich und machte ein wichtiges Gesicht. „Man kann damit die Götter Siziliens günstig stimmen ..."
Kopfschüttelnd schob der Mann mich weiter, während Jocelin und Ybkallis neugierig das Objekt seines Interesses in Augenschein nahmen:
Ich hatte in meinem Zimmer die dünne silberne Schnur, mit der man den Vorhang zuziehen konnte, herunter geschnitten, mein Schnappmesser daran gebunden und mir das ganze um den Hals gehängt. So erweckte die Waffe wirklich überzeugend den Eindruck eines Schmuckstücks oder eben eines Talismans.
Zumindest war ich nicht waffenlos!

.

Der Saal, in den wir drei nun eintraten, hatte die Ausmaße einer Schiffswerft. Und genauso dreckig war er auch! Ich hatte Mühe, in dem flackernden und irritierenden Schein Hunderter von Fackeln und Öllichtern das hintere Ende zu erkennen, aber andere Dinge sah ich recht gut:
Offenbar wurde hier gerne und oft getafelt. Ein riesiger Holztisch von fünf Metern Breite und sicherlich hundert - oder mehr - Metern Länge stellte sozusagen die Mittelachse und einzige Einrichtung des riesigen Raumes dar. An diesem monströsen Möbelstück saßen unzählige Menschen und - fraßen! Anders kann man es nicht nennen.
Mehrere offene Feuerstellen, über denen sich gemauerte Kamine befanden, verbreiteten trotzdem einen nahezu undurchdringlichen Qualm. Überall eilten wieselflinke Lakaien umher, brieten, tischten auf und räumten ab. Was aus den Abfällen wurde, das konnte ich auf den ersten Blick in die Ecken und Winkel des Raumes sehen. Die Hunde, die sich in Massen hier tummelten, hatten jedenfalls keinen Mangel zu leiden! Waren das wirklich alles Hunde? Na, vier Beine hatten sie!

Rings an den Wänden waren in regelmäßigen Abständen eiserne Ringe in die Wand eingelassen, an denen Menschen angekettet hingen, ausgezehrte Gestalten, deren Kleidung nur noch aus Fetzen bestand. Mit großen Augen folgten sie dem Festbankett - zum Greifen nah und doch so fern - und starrten auf die Hunde, die sich um die Fleischreste balgten. Jedenfalls die Angeketteten, die noch lebten! Mindestens die Hälfte dieser Unglücklichen war tot, entweder verhungert, oder sie hatten sich nicht mehr aufrecht halten können und in den Halseisen erwürgt. Bei manchen lagen die Knochen der Unterschenkel bloß - abgenagt!
Und über der ganzen Szenerie lag der ekelerregende fettige Dunst der Bratfeuer.
„Himmel!", stöhnte Jocelin neben mir. „Das kann doch nicht wahr sein! Ich war selbst vor einigen Jahren hier zu Gast - die Yllianer waren immer ganz normale Leute. Aber das ist ja ein Albtraum!"
Ich hätte ihm gerne verbal zugestimmt, aber mein durch die Enthaltsamkeit der letzten Woche etwas entwöhnter Magen hob sich gerade in Rebellion gegen diesen Anblick und Geruch. So brachte ich leider nur ein unterdrücktes Rülpsen zustande, das sich beinahe auch noch verselbstständigt hätte.
Aus der Masse der fröhlichen Zecher löste sich eine vertraute Gestalt, die nicht so verrußt und bekleckert wie die anderen aussah: Jedediah. Der Kundschafter schien sich momentan auch nicht gerade sehr wohl zu fühlen, denn er hatte ein verdrießliches Gesicht aufgesetzt und raunte uns zu:
„Wenn ich euch einen guten Rat geben darf: Lächelt und tut so, als ob ihr euch amüsiert! Und versucht bloß nicht, diesen Leuten an der Wand zu helfen! Das sind angeblich alles Verbrecher, die den Tod mehr als einmal verdient haben."
„Angeblich?", fragte Jocelin zurück.
Der andere zuckte mit den Schultern und senkte seine Stimme:

„Ihr hattet recht, dass der König senil ist. Aber das? Ich war länger weg, und glaubt mir, ich weiß nicht, was ich hierzu sagen soll!"
Er sprach auf einmal lauter, als sich ein weiterer Mann unserer Gruppe zugesellte: „ ... das ist also der prächtige Krönungssaal von Verrn, wo Ihr gleich die Ehre haben werdet, unserem gnädigen König Rainald und der Königin Asangia vorgestellt zu werden."
Der Neuankömmling war ein elegant gekleideter dünner Yllianer, der uns gegenüber eine leichte, irgendwie arrogante Verneigung andeutete, und die salbungsvollen Worte herunterleierte:
„Meine Königin verlangt die Fremden zu sprechen, die ihr so trefflich gedient haben. Wenn die Herren mir bitte folgen würden?"

.

Als wir durch das Übermaß von Völlerei und Dreck schritten, fragte ich Jocelin: „Wo ist eigentlich Vanessa?"
„Sie hat sich alles, was sie braucht, von den Alchimisten des Königs beschafft und kümmert sich um Laq. Ich schätze, sie kann froh sein, wenn sie das hier verpasst!"
Ich nickte zwar beifällig, aber ich machte mir meine Gedanken.

2.
Unser Führer geleitete uns bis an das hintere Ende des Saals, wo es einige Treppenstufen zu einer Art Bühne aufwärts ging.
Dort saßen die anscheinend Mächtigen des yllianischen Reiches und genossen den Ausblick über das ausgelassene Treiben ihrer Vasallen. An der Stirnseite der Tafel thronte der ... Sollte das etwa der König Rainald sein? Ich glaubte einen

Moment lang, ich wäre in einem Avantgarde-Film gelandet, denn dergleichen hatte ich noch nicht gesehen:
Es erschien mir fast unvereinbar mit den Naturgesetzen, dass so ein fettes Wesen überhaupt existierte. Allein die Masse müsste doch die inneren Organe zerquetschen! Der König - bei dem Gedanken, dass er seine Truppen bei einem Krieg in die Schlacht führte, musste ich glucksend lachen, sodass Jocelin mich erstaunt ansah.
Dieser unförmige Superlativ der Fettleibigkeit jedenfalls saß ... nein, kauerte ... nein, zerfloss oder quoll auf einem massigen Stuhl, auf dessen Sitzfläche man einen herkömmlichen Kleinwagen ohne Schwierigkeiten hätte parken können.
Auf dem Kopf des Herrschers, der im Größenverhältnis wirkte wie ein Pickel am Arsch, prangte die goldene Krone der Yllianmark. Sie war leicht verrutscht und erweckte umso mehr den Eindruck, als hätten irgendwelche gehässigen Witzbolde einem geistig zurückgebliebenen Zirkusclown eingeredet, er wäre der König.
Vom Mehrfachkinn des Monsters tropften die Reste von Bratensaft und Rotwein und versickerten irgendwo in der Oberbekleidung, wo sie wahrscheinlich diversen Bewohnern dieser traulichen Heimstatt als willkommene Nahrung dienten.
Darüber stierten zwei blasse Schweinsäuglein stupide auf den Tisch. Ich wusste nicht recht, ob ich mich ekeln oder lachen sollte.
Meine anatomischen Betrachtungen wurden unterbrochen, als ich fühlte, dass ich scharf beobachtet wurde. Ich weiß nicht, wie dieses Gefühl exakt zu beschreiben ist - nicht etwa, dass sich die Nackenhaare aufstellen, aber auf den Nervenleitern scheinen kleine Funken auf und ab zu tanzen.
Es bedurfte nur eines kurzen Rundblicks, um die Ursache dieses eigenartigen Empfindens zu lokalisieren: Von meiner Sicht aus rechts neben dem König, auf dem ersten Platz an

der Längsseite des Tisches, saß eine Frau und betrachtete mich prüfend.
Sie war in den verschiedensten Farben verschwenderisch gekleidet, mit viel Brokat, Seide, Ketten und Armreifen. Ihr pechschwarzes Haar umrahmte ein schmales Gesicht mit großen ausdrucksvollen Augen, und die Lippen ... Kein Zweifel, sie lächelte mich an! An einem weißen Aufblitzen sah ich, dass sie dabei leicht die Zähne entblößte.
Es hätte der Situation und ihres bevorzugten Sitzes neben dem Ungetüm an der Stirnseite des Tisches nicht bedurft; eines war mir sofort klar: Bei dieser Frau handelte es sich um die Königin - Asangia von Rivell!

„Aber tretet doch bitte näher, ihr Herren", forderte sie uns mit einer hohen, aber trotzdem melodischen Stimme auf. Sie hatte sich von ihrem Platz erhoben und winkte leutselig mit der Linken, wobei einer ihrer goldenen Armreifen vom Handgelenk glitt, kurz über den Tisch rollte und dann zu Boden fiel, wo er auf mich zu kollerte.
Von zuvorkommender Höflichkeit gegenüber Damen hatte ich schon immer viel gehalten, und wenn das kein billiger Trick war, dann wollte ich ab sofort Fred Feuerstein heißen! Also ignorierte ich Jocelin, der das rollernde Schmuckstück elegant mit der Hand auffangen wollte, und trat einfach darauf, als es vor mir von der untersten Treppenstufe hüpfte.
„Bitte sehr, Mylady!" Ich reichte ihr den nicht mehr so ganz kreisförmigen Reif mit meinem allerfreundlichsten Lächeln.
Und ich hatte Erfolg! Sie lächelte mich genauso an und bedeutete uns - nein, nur mir! - an ihrer Seite Platz zu nehmen.
Jocelin und Ybkallis standen etwas verloren in der Gegend herum.
Der dünne Yllianer, der uns hierher geleitet hatte, grinste gequält, verbeugte sich nochmals, und wies dann auf mehrere leere Plätze an der gegenüberliegenden Seite des Tisches. Bei

dieser Verbeugung wurde mir endlich klar, an was mich der Kerl mit seinem gestelzten Gehabe die ganze Zeit erinnert hatte: an einen Storch oder Marabu, jedenfalls einen großen Laufvogel. Ich hatte keine Zeit, weiter auf meine Freunde zu achten, denn die Königin nahm meine Aufmerksamkeit voll in Anspruch.
„Ihr seid derjenige der fremden Söldner, den sie Daniel nennen, richtig, Sir?"
„So ist es, Majestät!"
„Einen derartigen Namen habe ich noch niemals vernommen. Aber verzeiht meine Neugierde. Ihr würdet sicherlich zunächst gerne etwas essen oder trinken ...?"
Angesichts des allgemeinen Gelages, das immer ausschweifender wurde, überlegte ich mir meine Antwort genau. Ich sah kurz zu der Frau an meiner Seite, und dann auf ihren Teller: Sie hatte irgendein Stück Geflügel gegessen, wie ich aus den Knochen erkennen konnte, Brot dazu, Obst, und Wein getrunken. Ihre Finger, die mit einer Stoffserviette herumspielten, waren nicht fettig, und ein kleines Messer und eine große Gabel mit zwei Zinken lagen links neben ihrem Teller. Offenbar schien wenigstens sie über eine gewisse Esskultur zu verfügen, also meinte ich kurz entschlossen, und weil ich hungrig war: „Ich verstehe leider nichts von den auserwählten Speisen dieses Landes; mit Eurer Erlaubnis, Majestät, würde ich mich Eurer Wahl anschließen, und dasselbe nehmen."
Sie lächelte und zeigte dabei wiederum leicht die Zähne: „Ihr beobachtet genau, Daniel! Das gefällt mir. Eurem Willen soll sofort entsprochen werden."

.

Ich kaute auf meinem Huhn herum - wenigstens hoffte ich, dass es eines war, aber es schmeckte so - und winkte ab und zu genüsslich zu Jocelin hinüber. Natürlich hatte er auch etwas zu essen bekommen, aber was das für ein fettiges und

rußiges Stück Fleisch war, von dem er mit säuerlichem Gesicht Stück für Stück heruntersäbelte, das wollte ich lieber nicht wissen.
Weiter konnte ich mich nicht auf die kulinarischen Ausschweifungen des Souvaners konzentrieren, denn die Königin begann jetzt damit, was sie vermutlich schon die ganze Zeit vorgehabt hatte, nämlich mich auszuhorchen:
„Daniel, - ich nenne Euch einfach so! - Ihr wisst natürlich, dass ich Euch sehr dankbar für die Hilfe bin, die Ihr mit Euren Freunden für meine Karawane geleistet habt."
Ich wollte etwas sagen, aber sie unterbrach mich, indem sie Ihren Finger erhob, um ihn andeutungsweise auf meine Lippen zu legen, obwohl sie mich nicht berührte. Eine sehr hübsche Geste! Sie verharrte in dieser Stellung, wohl um den folgenden Worten mehr Nachdruck zu verleihen: „Natürlich müsst Ihr enttäuscht sein, dass die Karawane nur zur Irritation unserer Feinde gedient hatte, aber ... Ich habe mir sagen lassen, Ihr kämt aus einem weit entfernten Land - wie sagt man bei Euch?"
„Man sagt getäuscht, vulgo verarscht, Majestät!", antwortete ich. Dabei beugte ich mich vor, wie um mich am Nacken zu kratzen, und berührte ihren Finger mit meinen Lippen. Sofort zuckte dieser zurück, aber sie hatte sich auf der Stelle wieder gefangen und lächelte süffisant:
„Gevierteilt zu werden ist ein scheußlicher Tod, Daniel. Sehr unangenehm. Manchmal wird man für die geringsten Kleinigkeiten hingerichtet ..."
„Erstochen zu werden ist auch kein angenehmer Tod, Majestät", gab ich zurück und setzte mein treuherzigstes Gesicht auf. Als ihr Lächeln erstarb, fuhr ich fort: „Sehr unangenehm. Aber welcher Tod ist das nicht? Kein Mensch will sterben, nicht wahr?"
Sie glaubte meinen Rückzieher zu bemerken und stellte sich darauf ein, das sah ich sofort an ihrem Gesichtsausdruck.

Übergangslos zeigte ihre Miene wieder die überlegene Gelassenheit von vorher.
„Nun", fuhr sie fort, als hätte es die kurze Unterbrechung nicht gegeben, „der Tod ist wohl den meisten Menschen kein reizvolles Thema einer Unterhaltung bei Tisch ..."
Ich fasste sie schärfer ins Auge. Mir war klar, dass ich mich auf gefährlichem Terrain bewegte, aber ich glaubte, dass ihr das auf diese Art geführte Gespräch Spaß machte - mit allen verdeckten Anspielungen und Andeutungen. Genau wie mir.
Ich blickte zu meinen Freunden hinüber. Jocelin hielt seine Gabel achtlos in der Rechten und sah mich gequält an. Fast musste ich lachen, wahrscheinlich befürchtete er, dass ich uns um Kopf und Kragen redete. Ich dachte nicht so: Die Königin wollte irgendetwas von mir.
Ybkallis sprach neben ihm munter seinem Essen zu und betrachtete dabei interessiert den Saal. Nochmals musste ich mir ein Grinsen verbeißen: Ich hätte meinen Hals verwettet, dass der Hofnarr sehr genau zuhörte, was hier gesprochen wurde.

„Man kommt an dem Thema kaum vorbei, Majestät, wenn man sich hier umsieht", nahm ich den Faden wieder auf. „Darf ich erfahren, welches Euer spezielles Interesse daran ist?"
„Oh", meinte sie und schnippte dabei ein imaginäres Stäubchen von ihrem Ärmel, „glaubt nicht, dass ich die Art der Hinrichtung von Verbrechern, wie sie hier praktiziert wird, gutheiße, aber es sind Moerblows."
Sie lehnte sich zu dem königlichen Fettwanst an ihrer Seite hinüber und tätschelte dessen Ellbogen, was aber außer einem kurzen Kopfheben und einem Aufschnarchen keine weitere Reaktion zur Folge hatte. Das Ungetüm - anders kann ich ihn nicht nennen - versank tiefer in seinem Stuhl, wie ein Schlauchboot, dem langsam die Luft ausgeht.

Mittlerweile waren einige Lakaien erschienen und begannen, die leer gegessenen Teller und die Bestecke vom Tisch abzuräumen. Ich schob mein Geschirr zur Seite und drehte meinen Stuhl, sodass ich der Königin nun ins Gesicht sah: Ohne Zweifel, eine sehr gut aussehende Frau, die sich dieser Tatsache wohl bewusst war. Bei der Vorstellung, wie sich die Choreografie dieses Herrscherpaares im Bett gestaltete, mochten sich meine Mundwinkel etwas verzogen haben, denn sie kniff die Augen einen Moment lang zusammen.
„Es sind Moerblows, gefährliche Räuber, wie Ihr am eigenen Leibe erfahren habt. Oder Euer Gefährte, wie man mir berichtet hat!"
Notgedrungen stimmte ich zu. Auf was wollte sie hinaus? Ich sollte es sofort erfahren:
„Ich glaube, Daniel, wir könnten uns gegenseitig von Nutzen sein", meinte sie ernst. „Ihr braucht Geld!"
Als ich halbherzig nickte, ergänzte sie mit einem undurchschaubaren Schmunzeln: „Und Hilfe! Hilfe für Euren verletzten Freund. Ohne Arznei und Pflege wird er sterben, nicht wahr?"
Ich nickte nochmals, obwohl mein Lächeln jetzt wahrscheinlich etwas eingefroren war, was sie dazu brachte, breiter zu grinsen:
„Und für dieses Entgegenkommen meinerseits wärt Ihr doch sicherlich bereit, einen kleinen Dienst auf Euch zu nehmen ..."
Ich konnte es fast nicht glauben, obwohl ich auf nahezu alles gefasst gewesen war: Ich wurde von einer Königin erpresst!
„Was soll ich tun?"
„Oh, Daniel, macht nicht so ein Gesicht!" Jetzt, im Augenblick des Sieges, flötete sie wie eine Nachtigall. „Wie ich schon sagte, Ihr erweist mir einen Dienst, und ich stelle die besten Ärzte der Yllianmark zur Verfügung, um die Genesung Eures Freundes zu gewährleisten."

Ich sah zu Jocelin hinüber. Sicherlich hatte er mitbekommen, was besprochen worden war, aber er zuckte nur unmerklich die Schultern.
„Also, was soll ich tun, ... Majestät?"
Sie nickte befriedigt und schenkte mir ein wahrhaft bezauberndes Lächeln:
„Einen Mord, Daniel, einen Mord!"

3.
„Wie belieben?"
„Oh, er wird Euch nicht einmal unangenehm sein, glaubt mir. Vielleicht verschafft er Euch sogar eine gewisse Befriedigung."
„Ich verstehe nicht, fürchte ich ..."
„Ihr werdet gleich verstehen." Sie winkte einem Bediensteten, der zwei Männer herbeigeleitete. Diese setzten sich mir gegenüber neben Jocelin und Ybkallis. Obwohl ziemlich prachtvoll gekleidet, waren mir die beiden Kerle auf den ersten Blick unsympathisch:
Der eine, der direkt neben Jocelin Platz genommen hatte, ein untersetzter vierschrötiger Mensch mit einer Frettchen-Physiognomie, wischte ostentativ die reichlich herumliegenden Essensreste vom Tisch, sodass sie dem Souvaner in den Schoß fielen. Ich brauchte mir aber keine Sorgen zu machen: Diese Provokation war zu eindeutig, als dass Jocelin darauf eingegangen wäre. Er wischte sich das Zeug von der Hose und lächelte seinem neuen Nachbarn freundlich zu, so als ob er den Vorfall für ein Versehen hielt.
Der andere Neuling am Tisch, der jetzt mir schräg gegenüber saß, war größer und ziemlich schlank. Er war glatt rasiert und trug langes braunes Haar. Am auffälligsten erschien mir zuerst der Mund: So einen verdammt arroganten Gesichtsausdruck hatte ich noch nie gesehen - eine Mischung aus

Charles Laughton in 'Meuterei auf der Bounty' und Billy Idol. Und er trug ein Schwert.

„Darf ich vorstellen?", fuhr Asangia fort. „Dies sind Hauptmann Azfard und sein Kundschafter Gill - sie haben die richtige Karawane mit den Schätzen von Rivell nach Verrn geführt."
Die beiden verneigten sich leicht vor der Königin. Der Hauptmann, den sie Azfard genannt hatte, ließ seinen Blick gelangweilt über den Tisch wandern und starrte dann über mich hinweg. Der andere, sein Adjutant offenbar, fasste mich ganz kurz feindselig ins Auge und versuchte ebenfalls gelangweilt zu wirken.
Von beiden hatten wir sicherlich nichts Gutes zu erwarten, das war mir sofort klar. Aber warum diese offensichtliche Provokation?
Ein Diener räumte die Teller von Ybkallis und Jocelin ab. Wir drei, die beiden Neuen, die Königin und der König, dessen lautes Röcheln und Schmatzen die Hintergrundmusik für diese eigenartige Szene darstellte, saßen als Einzige noch am Tisch. Der Rest der illustren Gesellschaft hatte sich bis auf einige umstehende Wachsoldaten zurückgezogen - in die Betten oder auf den Fußboden.
„Darf ich erfahren, was diese Herrschaften mit dem Handel zu schaffen haben, über den wir gerade sprachen?", fragte ich.
„Es würde uns interessieren, wie Ihr es geschafft habt, Virian von Rogue zu verwunden", antwortete der Untersetzte der beiden. Und die Königin fügte hinzu: „Virian von Rogue soll einer der besten Kämpfer in den ganzen Ostländern sein - und er ist unser erbittertster Feind!"
Jetzt ging mir eine ganze Lichterkette auf. „Ich soll ihn töten, richtig? Den Mann, der unsere Karawane überfallen hat - den Anführer der Moerblows?"

Drei Augenpaare starrten mich an. Momentan wusste ich nicht, was ich noch sagen sollte. Asangia nickte. „Ihr sollt ihn töten! Dafür garantiere ich für das Leben Eures Gefährten. Und es dürfte ja wohl auch in Eurem Interesse liegen, Euren Freund zu rächen."
„Mein Freund ist noch nicht tot. Außerdem, wie zum Teufel soll ich das machen?"
„Das ist Eure Sache, Sir!", echote Gill. Jetzt meldete sich zum ersten Mal Azfard zu Wort: „Ich möchte im Übrigen bezweifeln, dass Ihr dazu imstande seid, Sir, aber das sagte ich ja schon ..."
Der Kerl hatte eine gelangweilte Stimme, die alleine schon sämtliche Ohrfeigen in zehn Kilometern Umkreis anziehen musste. Trotzdem blieb ich ruhig und fragte:
„Verzeiht, Königin, aber ich habe vorhin den Namen Eures Vasallen nicht richtig verstanden. Asphalt?"
Diesmal grinste sie noch breiter: „Azfard. Sir Azfard ist der beste Schwertkämpfer der Yllianmark. Die Karawanentreiber erzählten, dass Ihr eine besondere Waffe benutzt hättet, um gegen Virian zu kämpfen ..."
„Das ist falsch. Nicht ich, sondern mein verletzter Gefährte hat gegen Euren Feind gekämpft."
„Aber Eure Waffe soll wesentlich wirkungsvoller gewesen sein." Ich seufzte. Als nächste Frage würde sicherlich kommen: Wo ist die Waffe? Und diese Frage musste ich abwenden.

.

„Ihr seid leider falsch unterrichtet. Wir sind Söldner und verstehen unser Handwerk. Daher war es uns möglich, die Angreifer zu besiegen."
Während ich dies sagte, überlegte ich fieberhaft. Aber bevor ich noch weiterreden konnte, ergriff Asangia wieder das Wort:

„Natürlich seid ihr das. Denkt Ihr über meinen Vorschlag nach?"
„Ja." - „Seid Ihr wirklich gut?"
Ich dachte an den Jjarden, der jetzt irgendwo in diesem riesigen Palast seiner - hoffentlichen - Genesung entgegendämmerte. Vanessa würde ihr Möglichstes tun - hoffentlich! Und ich sollte jemanden umbringen! Hoffentlich kaufte die Königin mir meine Zustimmung ab!

„Ich ...", begann ich, doch dann dachte ich erst einmal nach. Aus welchem Grund wohl hatte sie die zwei Kerle mit am Tisch Platz nehmen lassen?
Der eine trug ein Schwert an der linken Seite, der andere war anscheinend unbewaffnet. Beide hatten zu dem Gespräch bis jetzt nicht besonders viel beigetragen. Im Gegenteil. Warum also?
Ein Test!
Ich beugte mich über den Tisch vor, um mir eine neue Flasche Wein zu angeln, obwohl meine noch halb voll war, aber das bemerkte niemand. Niemand? Doch! Jocelin grinste die Königin an, aber Ybkallis warf mir unter den niedergeschlagenen Wimpern einen verstohlenen Blick zu.
Ich hatte auch genug gemerkt: Von Azfards Schwertscheide neben seinem linken Unterschenkel war nichts mehr zu sehen. Also lag die Waffe jetzt auf seinen Knien!
Die Situation war klar: Niemand von uns würde und sollte damit rechnen, dass im Falle eines Angriffs Gill und nicht Azfard das Schwert hatte. Dieser rückte jetzt auch mit seinem Stuhl zur Seite, wie um irgendjemandem im Hintergrund etwas zuzurufen.
Jocelin plapperte mit der Königin. Verdammt, er saß direkt neben Gill und hatte nichts gemerkt! Dabei war er die wichtigste Person in diesem Spiel.

Azfard grinste mich süffisant an und rückte noch etwas weiter weg. Jetzt war die Klinge wohl frei. Er sah, dass mein Blick ihm folgte, und feixte:
„Und Ihr habt Virian von Rogue geschlagen? Ihr werdet nicht einmal meinem Schwert entgehen! Hier, wehrt das ab!"
Er knallte lautstark mit der leeren Faust auf den Tisch und sah mich dabei erwartungsvoll an. Der Rest ging ziemlich schnell:
Gill zog das Schwert seines Hauptmanns in einer geraden Bewegung unter dem Tisch hervor. Im selben Augenblick erschien in Ybkallis' linker Hand eine der langen Fleischgabeln mit zwei Zinken. In einer fließenden Bewegung warf er sie Jocelin zu. Die Gabel drehte sich einmal in der Luft und landete exakt richtig in der Hand des Souvaners.
Gill stieß einen lauten Schmerzensschrei aus, als seine Rechte mit einem dumpfen Knirschen auf dem Holz festgenagelt wurde. Das Schwert klapperte über den Tisch und blieb vor mir liegen.
„Du Einfaltspinsel, hast du vielleicht gedacht, ich durchschaue das Spiel nicht?", lachte Jocelin. Er sah mich an und blinzelte mir zu: „Du bist gemeint, Daniel!"
Nun, ich Einfaltspinsel hatte es jetzt wahrhaft nicht eilig. Ich nahm das mir so dargebotene Schwert und richtete die Spitze auf Azfard.

.

Der 'Erste Schwertkämpfer der Yllianmark' starrte auf die Klinge, die zehn Zentimeter vor seinem Gesicht hin und her wanderte, und machte im Augenblick keinen allzu heldenhaften Eindruck.
Eigentlich machte er überhaupt keinen Eindruck mehr, denn der Anblick seiner eigenen Waffe, die ihn hier bedrohte, schaffte es, seine Mundwinkel auf beiden Seiten zu einer radikalen Abwärtsbewegung zu veranlassen, als ob ein Hamster zwei Bleikugeln in den Backen verstaut hätte.

Sein Kompagnon Gill hatte es inzwischen mit einem beträchtlichen Kraftaufwand geschafft, die Gabel aus seinem rechten Handrücken und der Tischplatte zu ziehen, sodass ich die Schwertspitze kurz in seine Richtung schwenkte. Der Mann starrte mit hasserfüllten blutunterlaufenen Augen in die Runde wie ein waidwundes Tier, aber er verstand den Wink und warf die Gabel auf den Tisch. Ich wischte sie mit dem Schwert zur Seite, so dass sie neben dem schnarchenden König auf den Boden klirrte.
Die Königin hatte eine Hand gehoben, wohl um den Wachen, die überall um uns postiert waren, zu signalisieren, nicht einzugreifen. Trotzdem war die Situation äußerst gespannt. Ich sah mich schnell um: Mindestens zehn Speere waren auf mich gerichtet.
„Haben wir die Prüfung bestanden, Majestät?", fragte ich und richtete die Klinge wieder auf Azfard. Asangia ließ ihren Blick zwischen mir, dem Hauptmann und dem Schwert wandern. Sie lächelte nicht. Ich konnte mir vorstellen, was in ihrem Kopf vorging:
Ein Seitwärtshieb von mir im Falle eines Angriffs, und ihr hübscher Kopf würde rollen. Na?
Sie klatschte in die Hände und lachte laut. „Glänzend, Daniel, wirklich glänzend! Ich habe mich nicht getäuscht!"
Das Lachen klang etwas gepresst, aber immerhin, die Situation entspannte sich. Die Soldaten um uns nahmen wieder ihre normale Haltung ein.
Gill umklammerte mit der Linken seine verletzte Hand. „Erlaubt mit, meine Königin, dass ich mich zurückziehe", knirschte er mit zusammengebissenen Zähnen, während einzelne Blutstropfen zwischen seinen Fingern hervorquollen und ein rotgepunktetes Muster auf den Tisch zeichneten.
Asangia nickte nur und winkte gleichgültig mit der Hand.
„Ihr seid entschuldigt; lasst Eure Wunde verbinden." Sie lächelte jetzt wieder breit und schenkte mir, Ybkallis und Joce-

lin das Glas persönlich voll. Daraufhin räusperte sie sich dezent und goss Azfard, der momentan offenbar überhaupt nicht wusste, was er sagen sollte, ebenfalls einen Schluck ein.
Wie ich schon erwähnte, sie verstand sich auf unterschwellige Gesten!
Währenddessen war Gill aufgestanden und wortlos im Hintergrund des rauchigen Saales verschwunden. Jocelin grinste ihm nach, sagte aber nichts. Anscheinend hatte sich der souvanische Prinz mit meiner Rolle als momentaner Wortführer abgefunden.
Asangia prostete in die Runde und nippte an ihrem Glas, dann warf sie es mit angewidertem Gesichtsausdruck über ihre Schulter, so dass es auf dem Steinboden zerschellte.
„Das ist kein Getränk für solche Gäste!"
Sie winkte dem dünnen Yllianer, der uns zuvor an die königliche Tafel geleitet hatte:
„Wassil, bringt den schwarzen Wein aus Rivell - eine der Flaschen aus meinen Privatgemächern! Und Ihr, Daniel, Ihr könntet das Schwert weglegen!"

4.
Der Wein war wirklich gut. Die Flüssigkeit war schwarz, vollkommen undurchsichtig, schmeckte ziemlich stark nach zugesetzten Kräutern, die ich aber nicht identifizieren konnte, und war wohl auch etwas stärker als normaler Wein. Obwohl ich eigentlich keine Befürchtung hatte, dass die Königin uns vergiften wollte - schließlich wollte sie ja etwas von uns! - wartete ich mit dem ersten Schluck, bis sie selbst getrunken hatte. Und zwar aus derselben Flasche. Ybkallis nickte mir verstohlen zu, nachdem er den halben Inhalt des Glases in seinen breiten Mund geschüttet und mehrmals genießerisch

schmatzend mit der Zunge herumgewälzt hatte. Also war das Zeug in Ordnung.
Die Königin benahm sich jetzt ziemlich ungezwungen, ließ hier und da ein Scherzwort fallen, und kam nicht wieder auf das eigentliche Thema zu sprechen. Das war mir eigentlich ganz recht, denn jede Zeitverzögerung würde uns nur zupass kommen.
Wenn Laq gesundete, bevor sie mich beim Wort nehmen könnte ... Aus der Stadt zu verschwinden wäre sicherlich nicht so schwierig!
Mitten in diese Überlegung platzte Hauptmann Azfard, der in der letzten Stunde grimmig geschwiegen hatte: „Ich möchte mich nun ebenfalls empfehlen, wenn Ihr erlaubt ... Majestät!"
Er hatte Asangia angesehen, aber jetzt schwenkte sein Blick böse zu mir. Ach so, sein Schwert, das nach wie vor griffbereit vor mir auf dem Tisch lag!
Sollte ich dem Kerl die Waffe wiedergeben? Ich glaubte ja nicht, dass er etwas Hinterlistiges im Sinn hatte, aber trotzdem!
Ich nahm die Klinge spielerisch in die Hand, klopfte einmal mit der flachen Seite auf das Holz und nickte, als ob ich etwas davon verstünde. Dabei lehnte ich mich im Stuhl nach hinten.
„Wirklich ein exzellentes Schwert, Herr Hauptmann!" Dann schob ich die Spitze unter das rechte vordere, momentan leicht gehobene Stuhlbein, und ließ mich wieder nach vorne sinken. Mit einem hellen, fast lieblichen Klingeln brach die Waffe im oberen Drittel auseinander.
„Oh Verzeihung, Herr Hauptmann!", beteuerte ich zutiefst zerknirscht und warf den Rest des Schwertes auf den Tisch.
Azfards Augen zogen sich zu schmalen Schlitzen zusammen. Sichtlich um Beherrschung bemüht erhob er sich langsam und zischte mich an:

„Ich fordere Euch, Daniel oder wie immer Ihr heißen mögt - ich fordere Euch zum Duell!"
„Das geht aber schlecht."
„Was?"
„Das geht aber schlecht! Ihr habt doch selbst gehört, dass ich Eurer Königin einen Dienst erweisen soll. Wenn Ihr mich im Duell tötet, dann kann ich das nicht."
Asangia lauschte interessiert diesem Dialog, irgendwie schien sie ihn zu genießen. Ihr Hauptmann hatte mehr und mehr Mühe, die Fassung zu bewahren.
„Ihr könnt einen Ehrenhandel nicht einfach ablehnen", keuchte er und sah zustimmungsheischend zu seiner Königin, aber die verzog keine Miene.
„Ich würde mich natürlich keinem Ehrenhandel entziehen", gab ich zurück und seufzte dazu herzerweichend. „Aber Ihr werdet doch wohl nicht glauben, dass Eure persönliche Kränkung höher zu bewerten wäre als das Interesse Eurer Königin. Außerdem seid Ihr nicht adlig!"
Ybkallis prustete los, wobei er einen Schluck Wein auf den Tisch spuckte. Azfard war blass geworden, wandte sich wortlos um und ging. Ich wusste, daß ich mir wieder einen Feind geschaffen hatte. Ich würde mich vor diesem Mann in Acht nehmen müssen.

.

„Nun, Daniel", erinnerte die Königin, „darf ich davon ausgehen, dass unser kleiner Handel gilt?"
Ich nickte und bemühte mich, dabei nicht allzu säuerlich auszusehen: „Ein Leben gegen ein Leben, Majestät! Ihr sorgt für meinen Freund, und ich sorge für die Lösung Eures Problems - ist es nicht so?"
„Ihr sagt es, Daniel!" Langsam störte es mich, wie sie meinen Namen genüsslich über ihre kleine spitze Zunge rollen ließ. Aber ich machte gute Miene zum bösen Spiel und erkundigte mich weiter:

„Und wie stellt Ihr Euch vor, dass ich dies tue? Ich weiß ja nicht einmal, wo ich diesen Virian von Rogue finde."
Sie lächelte süffisant. „Lasst das meine Sorge sein. Außerdem - vielleicht findet er ja Euch!"
„Und wie das?"
„Ihr habt ihn verletzt. Sicherlich sinnt er auf Rache."
Ich wusste im Augenblick nicht, was ich sagen sollte. Meine Gedanken jagten sich, aber irgendwie - wahrscheinlich auch wegen des reichlich genossenen Weines - drehten sie sich im Kreise.
Warum sollte gerade ich diesen Virian ins Jenseits befördern? Na schön, er war ein Banditenführer und hatte Laq schwer verwundet, aber ... Die Königin schien sehr großen Wert darauf zu legen, dass ich diese Aufgabe übernahm. Sie wusste von meiner Waffe, sie hatte mich, nein, uns geprüft, und sie war bereit gewesen, ihren angeblich besten Schwertkämpfer dabei zu opfern. Wirklich?
Ich konnte die Sache drehen und wenden wie ich wollte, die eigentliche Kernfrage blieb in dicker schwarzer Schrift stehen:
Warum ich?

.

Ich wollte noch etwas sagen, aber die Königin winkte lässig ab.
„Macht Euch keine Sorgen, Daniel. Ihr werdet Gelegenheit finden, Euer Versprechen einzulösen. Zunächst dürfte es am wichtigsten sein, dass Euer kleiner Freund gesundet. Ich habe persönlich angeordnet, alle Mittel bereitzustellen, die nötig sind. Und die Ärzte von Verrn sind die besten im ganzen Lande, glaubt mir!"
Die Ärzte von Verrn! Bei der Vorstellung, dass ein Haufen mittelalterlicher Quacksalber an Laq herumdokterte, wurde mir abwechselnd heiß und kalt.

Jocelin und Ybkallis hatten sich von ihren Stühlen erhoben und verbeugten sich leicht. „Mit Eurer Genehmigung würden wir uns ebenfalls jetzt gerne zurückziehen ... Majestät", lächelte der Souvaner. Das konnte mir nur recht sein, und so rutschte ich zurück und neigte ebenfalls den Kopf.
„Einen Augenblick, meine Herren!" Die Königin stützte sich mit beiden Armen auf den Tisch und musterte Jocelin und mich abwechselnd. Dabei hatte sie einen ihrer großen goldenen Armreife abgesteift und spielte damit herum.
„Das Kunststückchen mit der Fleischgabel war wirklich beeindruckend", meinte sie, „aber wenn meine Wachen nun gedacht hätten, ich wäre in Gefahr ...? Ihr könntet jetzt alle tot sein!"
Ich dachte an mein Schnappmesser, das nach wie vor an meinem Hals hing, aber ich sprach den Gedanken nicht aus. Ein anderer tat das für mich:
„Es geziemt einem Narren nicht, einen Monarchen zu schulmeistern", dozierte Ybkallis, wobei er einen Hofknicks zuwege brachte. „Trotzdem betrachte ich es geradezu als meine Pflicht, Euch auf einen grammatikalischen Fehler aufmerksam zu machen: Nicht 'ihr', sondern 'wir' könnten jetzt alle tot sein!"
„Wie darf ich das verstehen?"
Der Narr deutete auf Jocelin neben ihm: „Das wird Euch mein Freund erklären."
Ich sah nur eine kurze wischende Bewegung des Souvaners. Die Königin war einen Augenblick verblüfft, dann lachte sie lauthals. Mit einem trockenen Knirschen hatte sich eine weitere Fleischgabel direkt vor ihr in den Tisch gebohrt und den goldenen Ring, mit dem sie gespielt hatte, festgenagelt.

KAPITEL VIER : VORBOTEN DES UNHEILS

Unser Held Daniel beweist auf diesen Seiten, dass es nicht unbedingt von Vorteil ist, zu viel von einem Spiel zu verstehen, das andere spielen. Er löst ein Rätsel, sieht sich vor neue Rätsel gestellt, und stellt fest, dass gewissen Kräften seine Aktivitäten missfallen.

1.
„Und wie willst du diesen Virian von Rogue töten, häh?", fragte Jocelin und sah mich zweifelnd an. Wir beide saßen einen Tag später in einer der vielen Kneipen der yllianischen Hauptstadt und sannen trüb vor uns hin. Am Vormittag hatten wir Laqs Krankenlager aufgesucht und von Vanessa erfahren, dass sich der Zustand des Jjarden zwar noch nicht gebessert, aber auch nicht verschlechtert hatte. Jedenfalls hatte sie die gewünschte Arznei sofort erhalten und sich ansonsten jegliche Einmischung des herrschaftlichen Ärztekorps verbeten. (Sie hatte einige unfreundliche Ausdrücke gebraucht, von denen 'Giftmischer' noch der harmloseste war.)
Ybkallis hatte sich anerboten, bei ihr zu bleiben, um anfallende Besorgungen zu erledigen. Also saß ich jetzt an einem Kneipentisch, trank das dritte Bier, und betrachtete meine Fingernägel, während der Souvaner seine Frage wiederholte: „Wie willst du das tun? Wir können doch nur hoffen, dass Laq sich schnellstens erholt, und dann ..."
„ ... die Mücke machen!", ergänzte ich, wobei ich genau wusste, dass Jocelin diesen Ausdruck nicht verstand, aber mir war danach.
Er grinste: „Das heißt verschwinden, nicht?"
„Ja." Ich durfte ihn wirklich nicht unterschätzen, aber sein Tonfall hatte mich geärgert, obwohl er recht hatte. Nur die Art und Weise, wie er das 'du' ausgesprochen hatte ...

„Ich habe ihn verletzt, das weiß ich!"
„Das mag sein. Aber du weißt nicht einmal, wo der Kerl zu finden ist. Wahrscheinlich hat er sich mit seinem Banditenhaufen längst in die westlichen Berge zurückgezogen."
„Das glaube ich nicht."
„Warum?"
„Wegen der Königin. Du glaubst doch wohl nicht, dass sie mich auf diese Art mit dem Leben meines Freundes erpresst, wenn sie nicht mehr weiß, als sie zugibt? Dieser Handel gestern Nacht hatte einen ganz bestimmten Grund, aber jedenfalls nicht zum Ziel, dass ich losziehe und die ganze Yllianmark und die westlichen Berge nach einem Banditen absuche - allein schon wegen des Zeitaufwands nicht!"
„Und was sollte dann die ganze Geschichte?"
„Ich glaube, das Ziel ist klar: Ich soll diesen Virian umbringen. Aber sie weiß, wo er ist - er ist in der Nähe oder sogar direkt in der Stadt. Und er stellt eine große Gefahr für sie dar, weil keiner ihrer Kämpfer ihn bis jetzt besiegen konnte, darum will sie meine Waffe!"
„Warum konnte keiner ihrer Kämpfer ihn bis jetzt besiegen? Glaubst du, dass ..."
Ich nickte. „Ja. Er ist eine Macht. Denke daran, dass er mithilfe von irgendetwas in seiner Hand Licht erzeugt hat. Ohne dieses Licht wären wir wahrscheinlich alle unbeschadet davongekommen."
„Ich glaube, es war ein Kristall. Was für eine Macht sollte er sein?"
„Ich habe einen Verdacht - nein, zwei. Aber ich bin mir nicht sicher: Entweder er ist eine von den Blauen Karten, weil das Licht blau war, oder er ist einer von den Braunen, weil er einen Kristall benutzt hat, also Stein."
Jocelin kniff die Augen zusammen: „Wenn du ihn töten kannst, woher weiß das die Königin - und welche Macht bist du?"

„Da bin ich mir auch nicht sicher!"

Mir fiel noch etwas ein: „Was ist eigentlich aus deiner Absicht geworden, die Yllianer um Hilfe gegen die Lyshiten zu bitten? Willst du das immer noch?"
Er zuckte die Achseln und wiegte den Kopf: „Ich weiß nicht. Irgendwie traue ich der Königin nicht, und sie ist es ganz offensichtlich, die hier das Sagen hat. Wenn Kanzler Lanatour noch leben würde ... Außerdem müsste ich preisgeben, wer ich wirklich bin. Und ... ich weiß wirklich nicht, was die Königin für ein Spiel spielt."
Ich nickte. „Sollten wir sie wenigstens warnen, dass Verrn vielleicht das nächste Ziel des Vormarsches der Roten sein könnte, was meinst du?"
Er grübelte kurz und sagte: „Vorerst nicht. Ich kann dir nicht sagen warum, aber ich habe das Gefühl, dass es besser ist, wenn niemand weiß, dass wir etwas wissen."

Noch etwas beunruhigte mich: Wenn der Mann, den ich für die Königin umbringen sollte, eine Braune Macht war, was dann? Ich dachte zurück an die Worte des Grünen Gottes: 'Einzig Braun ist noch frei!' Somit wäre er gar nicht unser Feind. Was war mit Blau? Und wollte Asangia ihn nur tot sehen, weil er mit seinen Männern ständig ihr Reich beunruhigte, oder steckte etwas anderes dahinter?
Ich bildete mir ein, einiges von dem großen Spiel verstanden zu haben - aber eben nicht alles! Jedenfalls beschlich mich das beklemmende Gefühl, dass wir uns hier in einer Zange zwischen sämtlichen Fronten befanden. Und diese konnte jeden Tag, den wir uns länger in Verrn aufhielten, zuschnappen.
„Verdammt, wir sitzen bis zum Hals in der Scheiße!"

Jocelin erschrak richtig über meinen plötzlichen Ausruf, weil ich bis jetzt in normal ruhigem Ton gesprochen hatte. Ich dämpfte meine Stimme wieder und fuhr fort:
„Hier ist irgendetwas im Gange, das mir gar nicht gefällt. Und wir werden die Ersten sein, die draufgehen, wenn es hier losgeht, verstehst du?"
Er sah mich skeptisch an: „Nicht ganz. Wenn was losgeht?"
„Der Krieg! Wir sind ihm nicht entronnen - wir sind mitten drin!"
Ich hatte erwartet, dass er jetzt weitere Fragen stellen würde, aber der Souvaner starrte mir nur ins Gesicht, als wollte er in meinen Augen lesen, und nickte schließlich: „Ich glaube, du hast recht, also was sollen wir tun?"
Nach kurzem Nachdenken antwortet ich: „Wir können hier nicht verschwinden, bevor Laq zur Weiterreise fähig ist, oder ..."
Ich zögerte, den angefangenen Satz zu beenden, und Jocelin tat dies: „ ... bis er tot ist, wolltest du sagen." Sein bitterer Gesichtsausdruck strafte die kalten Worte lügen. Das beruhigende Lächeln, das ich versuchte, misslang wohl gründlich.
„Ich glaube wirklich, dass Vanessa von der Heilkunde etwas versteht. Sie wird ihr Bestes tun, um Laq zu retten. Dass das Wundfieber noch nicht in Brand übergegangen ist, ist doch ein gutes Zeichen."
Er sah mich wieder prüfend an. „Ich dachte immer, du traust ihr nicht recht. Warum diese Meinungsänderung?"
„Ich traue ihr vollkommen, was Laqs Pflege betrifft. Ich bin mir aber nicht sicher, was das Spiel und ihre Rolle darin betrifft!"
„Was? Glaubst du nicht, dass sie auf unserer Seite ist?"
Ich seufzte. „Ich vermute, dass sie die Blaue Dame ist. Außerdem: Sag mir doch mal, was unsere Seite ist!"
Jetzt war es heraus, aber ich glaubte, dass der Moment gut gewählt war, jemandem meinen Verdacht mitzuteilen, nach-

dem wir sowieso gerade beim Thema waren. Zu meinem Erstaunen zeigte sich der Souvaner von meiner Eröffnung nicht sonderlich beeindruckt.
Er verzog kurz das Gesicht und stieß dann die Luft pfeifend aus.
„Und?" fragte er schließlich. „Weil sie Nebel erzeugen kann, glaubst du? Mag sein. Aber warum zweifelst du deswegen an ihrer Zuverlässigkeit oder Treue, oder wie immer du es nennen willst?"
„Als dein Onkel Severin starb, sagte dein Gott Arboreysth, dass 'einzig Braun noch frei ist'. Das bedeutet doch, dass alle Blauen auf der feindlichen Seite stehen, und somit eigentlich auch Vanessa."
„Und ihr Gedächtnisverlust? Vielleicht weiß sie gar nicht, dass sie die Blaue Königin ist."
„Oder sie ist eine Spionin - direkt bei uns!"
„Aber warum zum Teufel? Sind wir denn für dieses ... " Er zögerte einen Moment. „ ... Spiel, wie du immer sagst, so verflucht wichtig? Warum?"
Ich zuckte mit den Schultern. „Auf die Gefahr hin, eingebildet zu klingen: Ich glaube, ich bin es. Irgendjemand, der verdammt mächtig ist - mächtiger als ein Farb-König, und wahrscheinlich sogar mächtiger als ein Farb-As - hat mich hierher geholt. Ins Spiel gebracht, wenn du so willst. Und das hat derjenige nicht ohne guten Grund getan!"
Jocelin sinnierte eine Weile vor sich hin, dann bat er: „Erklär mir, was du von diesem Spiel weißt, was ich noch nicht verstanden habe! Dass hier vier Farben einen mörderischen Kampf um die Welt begonnen haben, das weiß ich jetzt, aber ..."
„Ich glaube, das Spiel läuft gleichzeitig in mehreren Ebenen ab. Die unterste, die sichtbare, ist diese Welt, wie wir sie sehen, und die Spieler sind Menschen, Städte, Völker. Auf die-

ser Ebene ist eine Grüne Stadt - Mattincourt - von den Roten Truppen - den Lyshiten - erobert worden.
Die zweite Ebene, die nur den Spielern selbst, und wenigen Eingeweihten, bekannt ist, ist die der Götter. Das sind die Asse: Grün - Arboreysth, Blau, Rot und Braun. Sie lenken das Spiel, sozusagen von oben, treten selbst fast nie in Erscheinung und lassen ihre Truppen gegeneinander kämpfen. Ihr Stellvertreter in der realen Welt ist der jeweilige König der Farbe."
„Mein Vater zum Beispiel."
„Ja. Und jener Xxeret Khan bei den Roten. Der König ist vermutlich die mächtigste Karte, die ins Spiel selbst direkt eingreifen kann."
„Von wem ist mein Vater dann umgebracht worden. Von einem anderen König? Blair wollte doch Verbindung aufnehmen mit dem 'Herrn der Schlangen', wie ich belauschen konnte. Wäre das der Rote König? Er hatte dabei aber das Rote As in der Hand."
Ich wiegte den Kopf. „Meine weiteren Vermutungen sind jetzt etwas dünn, das muss ich zugeben: Ich glaube, dass weder Rot-König noch Rot-As gemeint waren. Blair glaubte es nur!"
„Das verstehe ich nicht."
„Dein Vater, der Grüne König, ist von einem zusätzlichen Spieler umgebracht worden, dem Herrn der Schlangen. Crusan nannte ihn 'Der Schwarze'."
„Ein zusätzlicher Spieler mit der Farbe Schwarz?"
„Es gibt nicht nur einen weiteren Spieler, von dem niemand etwas wusste. Crusans Spiel, das ich jetzt habe, besteht aus achtzehn Karten, verstehst du, achtzehn!"
Er dachte nach und sagte nichts, also fuhr ich fort: „Dieser Schwarze hat deinem Bruder geholfen, die Macht in Mattincourt zu übernehmen, indem er deinen Vater aus dem Weg räumte. Aber das war nur ein Trick: Seine wirkliche Absicht

war, dadurch einen Konflikt in der Stadt anzuzetteln, der es den Lyshiten später leicht machen würde, sie zu erobern. Und der Plan hat funktioniert!"
„Also kämpft der Schwarze auf der Roten Seite?"
Ich sah mich in der Kneipe um. Ein gemischtes Volk aus Handwerkern, Bauern und vereinzelten Soldaten war hier versammelt und unterhielt sich laut oder sprach den Getränken zu. An zwei Tischen wurde Karten gespielt. Niemand stand nahe genug bei unserem Tisch, um unser leise geführtes Gespräch belauschen zu können.
Trotzdem senkte ich meine Stimme noch mehr:
„Ich fürchte, die Sache ist schlimmer: Dein Bruder Blair hat die ganze Zeit über die Rot-As-Karte Kontakt mit dem Schwarzen gehabt, denn er besaß keine Schwarze Karte. Was schließt du daraus?"
Der Souvaner sah mich an, dann wurde er blass: „Der Schwarze kann andere Karten übernehmen! Verdammt, sogar ein As! Damit wäre er ..."
Ich nickte. „ ... die mächtigste Karte im Spiel. Er spielt sozusagen hinter dem Spiel mit. Er kann andere Karten übernehmen, wenn er sie ausgeschaltet hat, wahrscheinlich ganze Farben."
Jocelin sagte nur ein Wort: „Grün."
Wiederum nickte ich: „Und jetzt denk an die Worte: 'Einzig Braun ist noch frei!'"
„Er hat Rot und Blau übernommen, wahrscheinlich schon längere Zeit - und jetzt Grün!"
„Ja. Und dein Vater hatte sich geirrt: Das Spiel hatte schon längst begonnen. Das heißt, vermute ich, es gibt eine dritte Ebene, von der nicht einmal die Eingeweihten wissen."
Er sah mich fassungslos an: „Verdammt, du wusstest es - und jetzt ich!"
Schlagartig war ihm die Bedeutung meiner Worte aufgegangen.

„Er wird uns jagen!", bestätigte ich. „Ob du jetzt etwas von ihm weißt oder nicht, das ist egal. Annehmen muss er jedenfalls, dass ich euch eingeweiht habe, also seid ihr so wenig sicher wie ich."
„Verdammt!", knurrte er nochmals. Das Wort ging uns in letzter Zeit recht häufig von den Lippen, beschrieb es doch unsere Situation wirklich trefflich. Ich fuhr fort:
„Arboreysth forderte mich und Crusan auf, der Straße der Alten Götter zu folgen. Und wo führt die hin?"
„Nach Nordwesten - bis zum Schneewolkengebirge."
„Und was fällt dir bei 'Gebirge' ein?"
Der Blitz der Erkenntnis zuckte über sein Gesicht.
„Braun."

2.
Ich hatte mir ein neues Glas Bier bestellt und trank einen Schluck, während Jocelin sehr still geworden war und angestrengt überlegte, wobei er von Zeit zu Zeit den Kopf schüttelte. „Wenn Vanessa wirklich die Blaue Dame ist, dann könnte der Schwarze ständig wissen, wo wir uns befinden. Sie können sich über die Spielkarten in Verbindung setzen, nicht wahr?" - „Richtig, nur: Ich glaube nicht, dass sie ein Spiel hat."
Jetzt lachte der Souvaner: „Sieh da, du denkst also auch nicht an alles. Natürlich hat sie ein Spiel - deines!"
„Verdammt!" Nun war die Reihe an mir, zu fluchen. Er hatte recht. Vanessa hätte sich nur ein einziges Mal auf unserer Reise nach Verrn in den Besitz meiner - Crusans - Karten setzen müssen, und unser Ziel wäre verraten.
„Wenn der Schwarze weiß, welchen Weg wir einschlagen", bestätigte Jocelin meine Gedanken, „dann kann er irgendwo in aller Ruhe eine Falle aufbauen."

„Ich glaube, wir sitzen schon drin", murmelte ich in mein Glas und nahm noch einen Schluck. In diesem Augenblick wurde unser Tisch umgestoßen, weil ein Betrunkener dagegen taumelte. Jocelins Glas klirrte zu Boden. Der Souvaner war reaktionsschnell aufgesprungen, um nicht mit umgerissen zu werden.
„Du verdammtes Schwein! Mich anzuspucken!", schrie eine laute Stimme hinter mir. Ich drehte mich im Sitzen herum und erblickte einen kräftigen Soldaten in Lederrüstung mit groben Gesichtszügen, der offensichtlich sehr aufgebracht war.
„Der elende Dreckskerl hat mich angespuckt!", wiederholte der Mann und schaute zustimmungsheischend in die Runde.
„Ich unterhalte mich ganz friedlich mit dem Kerl, und er spuckt mich an. Da hab ich ihm eine reingehauen!"
Die meisten Anwesenden unterbrachen ihr Gespräch und wandten sich in Erwartung einer Schlägerei oder sonst eines Auftrittes unserer Ecke zu. Nun, Jocelin und ich standen zwar plötzlich im Mittelpunkt des allgemeinen Interesses, weil der Soldat vor unserem Tisch stand, aber das konnte mir vollkommen egal sein. Ich hatte schließlich mit der Angelegenheit nichts zu schaffen. Dachte ich!
Als ich mich wieder umdrehte, sah ich, dass der Souvaner den Betrunkenen, der inmitten von Holztrümmern und Glassplittern am Boden lag, näher betrachtete.
„Das ist einer von den Kameltreibern der Karawane", stellte er fest. Ich sah mir den Mann genauer an - er hatte recht. Eigentlich wäre nichts Außergewöhnliches an der Sache gewesen, ein Streit unter Säufern im Wirtshaus, bei dem einer niedergeschlagen wird, aber ...
Der Kameltreiber wälzte sich am Boden hin und her, hatte die Augen nach oben verdreht und atmete keuchend, wobei gurgelnde Laute über seine Lippen drangen. Ein dünner Blutfaden lief aus seinem Mundwinkel. Er warf den Kopf herum,

wobei sich ein Glassplitter in seine linke Wange drückte, aber das schien er gar nicht zu bemerken. Das konnte doch nicht von einem Schlag kommen!
Ich beugte mich hinab, um mir den Rasenden näher anzusehen, aber etwas hinderte mich daran: Eine große Hand hatte sich auf meine rechte Schulter gelegt und zog mich zurück.
Ich drehte den Kopf und sah direkt in das Gesicht des Soldaten, der den Treiber niedergeschlagen hatte.
Sein Atem wehte mir entgegen, eine ekelerregende Mischung aus Schnaps, abgestandenem Bier und Noch-nie-im-Leben-die-Zähne-geputzt.
„Bist du vielleicht ein Freund von dem Scheißkerl?", lallte der Mensch mich an, wobei ich seine feuchte Aussprache deutlich in Tröpfchenform auf meiner Nase spürte. Beim Reden war seine furchtbare Fahne noch ausgeprägter: Ich hatte das Gefühl, als ob sich meine Nasenhaare einrollten. Wahrscheinlich musste ich mich jetzt mehrere Wochen nicht rasieren.
„Bist du ein Freund von dem Kerl?", wiederholte der Stinker und krallte seine Hand in meine Schulter, dass es schmerzte.
Ich hatte noch nie leiden können, wenn mich jemand unaufgefordert anfasste, aber auf diese Art konnte ich das schon gar nicht vertragen.
Mit gutem Zureden wäre wohl im Moment auch nichts auszurichten. Also rammte ich dem Mann meinen rechten Ellenbogen mit Schwung in die Genitalien und hörte an seinem krampfartigen Luftholen, dass ich getroffen hatte. Die Pranke auf meiner Schulter lockerte ihren Griff und ich packte mit meiner Linken seinen kleinen Finger, bog ihn ruckartig nach hinten und brach ihn mit vernehmlichem Knacken.
Wahrscheinlich hätte der Soldat jetzt gerne gebrüllt, aber wegen des Schlags in seine empfindlichste Region litt er immer noch unter Luftmangel. So sackte er nur langsam in die Knie und japste wie ein Ertrinkender.

Ich sah mich schnell um: Offenbar hatte kein anderer Gast der Kneipe Lust, einzugreifen. Daran mochte Jocelins Langschwert nicht ganz unschuldig sein, das links neben mir in die Runde drohte.

„Sei dankbar für deinen gebrochenen Finger", meinte der Souvaner trocken zu dem Soldaten, „es hätte auch etwas anderes sein können." Der Mann bekam jetzt wieder Luft, starrte ängstlich auf die Spitze des Schwertes vor seinem Gesicht und rutschte langsam und schnaufend rückwärts davon. Seine Kameraden machten nach wie vor keine Anstalten, sich einzumischen.

Etwas fiel mir jetzt plötzlich auf, als ich dem Kerl zusah, wie er auf seinem Hosenboden rutschte, wobei er sich mit schmerzverzerrtem Ausdruck die verletzte Hand hielt: Sein helles Hemd war auf der Brust mit roten Flecken besprenkelt. Auch auf der Backe zeigten sich rote Tupfer.

Falls ich doch noch angegriffen würde, zog ich ebenfalls meinen Degen und winkte damit dem Soldaten, der mich jetzt auch furchtsam ansah.

„Warte!", forderte ich ihn auf. „Hast du Blut auf der Brust?"
Er schaute an sich herunter und gewahrte anscheinend jetzt erst, dass er tatsächlich mit Blut bespritzt war.

„Das war dieser Pferdeknecht", stammelte er fassungslos und starrte auf seine unverletzte Hand, mit der sich über die Brust wischte. Den gebrochenen Finger an der anderen schien er vollkommen vergessen zu haben.

„Das Schwein hat mich mit Blut vollgespuckt!"
„Was zum Teufel ...", knurrte nun auch Jocelin und beugte sich abermals zu dem Treiber hinunter, der sich nicht mehr herumwälzte, sondern still lag, obwohl sein Atem immer noch heftig keuchend ging. Der Mann setzte sich langsam auf und stierte mit glasigem Blick die Umstehenden an. Bei jedem Atemzug spritzten rote Tropfen von seinen Lippen.

In der Schenke war es jetzt vollkommen still, man hätte eine Stecknadel fallen hören können. Alles starrte mit einer Mischung aus Neugier, Furcht und Ekel auf den Sitzenden, der röchelnd hustete und dabei einen Mundvoll Blut in seinen eigenen Schoß spuckte.

„Es ist der Rote Auswurf", hörte ich jemanden im Hintergrund flüstern, und einige der Gäste begannen nervös mit den Füßen zu scharren und zogen sich langsam von dem Tisch zurück. Der Treiber versuchte sich mit zitternden Händen aufzustützen, wobei er blubbernde Laute von sich gab. Sein Körper wurde von einem heftigen Krampf erfasst, und er krümmte sich nach vorne zusammen. Einen Moment lang wurden seine Augen klar, und er schien Jocelin zu erkennen, der sich immer noch über ihn beugte.

Der Souvaner war offenbar von dem Anblick vollkommen gebannt, denn er bewegte sich nicht, als der Mann mit einer fahrigen Bewegung sein Bein fasste und versuchte, sich so hochzuziehen. Ein weiterer Krampf ließ ihn sich erneut krümmen, und ich konnte sehen, wie die Hand sich in Jocelins Wade krallte.

„Verdammt!"

Der plötzliche Schmerz brachte den Souvaner in die Wirklichkeit zurück. „Qeasis - Roter Auswurf!" Er riss sein Bein los und wich zurück, bis er mit dem Rücken an die Wand stieß. Sein Gesicht zeigte einen Ausdruck größten Ekels - und Angst.

Der Treiber war auf die Seite gefallen, als er sich nicht mehr festhalten konnte. Jetzt wälzte er sich im Liegen herum. Um ihn breitete sich langsam eine Blutlache am Boden aus. Ich trat einen Schritt zurück, als er nun nach meinem Bein tastete.

„Lass dich nicht anfassen!", flüsterte Jocelin, trotzdem ertönten die Worte in der nur von dem Keuchen erfüllten Stille wie Glockenschläge. „Und komm nicht mit dem Blut in Be-

rührung!" Die Umstehenden wichen weiter zurück, auch in ihren Gesichtern stand die nackte Angst geschrieben. Trotzdem schien sich niemand der Faszination des Geschehens entziehen zu können.
Auch ich konnte meinen Blick nicht abwenden. Der Mann am Boden stützte sich zitternd auf eine Hand und starrte mich an. Er hatte die Augen weit offen, als ob er mich erkannte, und bewegte die Lippen, als ob er noch etwas sagen wollte, aber ich kam nicht näher. Dann riss er den Mund auf, wie um einen lauten Schrei auszustoßen, und erbrach explosionsartig einen riesigen Schwall Blut auf das Parkett. Ich sprang zur Seite, um von dem Strahl nicht getroffen zu werden und rempelte gegen zwei andere Gäste der Schenke, wobei einer über einen herumstehenden Stuhl stürzte, aber das war mir momentan egal. Der Anblick war wirklich das Widerlichste, das ich jemals gesehen hatte: Ein Mann wand sich in krampfartigen Zuckungen am Boden und kotzte sich sämtliches Blut aus dem Leib, und, wie es aussah, einiges an Eingeweiden noch mit.
Jetzt verloren die Zuschauer ihre Starre. Jeder trachtete ohne Rücksicht auf andere danach, möglichst außer Reichweite zu kommen, und auf einmal schrie alles durcheinander:
„Der Rote Tod", „ ... uns alle anstecken", „Die Fremden haben die Seuche in die Stadt geschleppt", „ ... sterben, sterben ...", „ ... weit weg", „Seid doch vernünftig", „Die Fremden ..." und immer wieder „Tod".
Eine Fensterscheibe ging klirrend zu Bruch, und mehrere Männer sprangen hinaus auf die Straße. Ich sah nach Jocelin und konnte gerade noch erkennen, wie er von einer Traube von fliehenden Gästen mitgerissen und durch die Tür hinausgedrängt wurde.
Ich stand alleine neben der Leiche des Kameltreibers, nurmehr der Wirt lugte ängstlich hinter seinem Tresen hervor. Die ganze Kneipe machte den Eindruck, als hätte hier eine

Saalschlacht stattgefunden: zerborstene Fensterscheiben, umgestürzte Tische und Stühle, zerbrochene Gläser und Flaschen und der Boden voller Blut und Scherben.
Der Tote mit seiner weißgrauen Haut sah aus, als ob die Hand eines Riesen ihn zusammengedrückt und ausgepresst hätte.
Jocelin kam wieder zur Tür herein und winkte mir. Er hatte sein Schwert immer noch gezogen. „Sehen wir zu, dass wir hier wegkommen", forderte er mich mit leiser Stimme auf. „Man weiß nicht, ob die noch mal auf die Idee kommen, wir hätten mit dem Kerl was zu tun."
Ich nickte und folgte ihm auf die Straße. Es war später Nachmittag und die Sonne stand tief über den Häusern. Ich blinzelte und schüttelte den Kopf, als ob ich das Geschehene nur geträumt hatte - ein bisschen unwirklich erschien mir die Sache tatsächlich.
Die geflüchteten Gäste hatten sich ein paar Meter weiter auf der anderen Seite der Gasse versammelt und schienen heftig zu diskutieren. Weiteres Volk gesellte sich dazu und ließ sich die Neuigkeit erzählen. Ab und zu wagte es ein Mutiger, einen Blick durch eines der zerbrochenen Fenster ins Innere des Gasthauses zu werfen. Von dort konnte man jetzt das laute Fluchen des Wirtes vernehmen.
„Los, komm jetzt!", drängte der Souvaner, als ich stehen geblieben war und noch immer in die Sonne blinzelte. „Der Auflauf dort drüben gefällt mir gar nicht - und dein Freund, dem du den Finger gebrochen hast, steht auch dabei!"
Ich brummte, aber er hatte wohl recht. Wenn die Leute tatsächlich auf den Gedanken kämen, dass wir eine Krankheit in die Stadt geschleppt hätten, dann könnte es gefährlich werden. Zu zweit hätten wir mit Sicherheit keine Chance gegen eine aufgebrachte Masse. Allerdings ging mir noch ein Gedanke durch den Kopf: Vielleicht war die Krankheit wirklich mit unserer Karawane gekommen, und dann ...

Ich wandte mich um und folgte Jocelin, der vorausgegangen war. Niemand belästigte uns, aber ich spürte die feindseligen Blicke in meinem Rücken.

3.
Wir gingen eiligen Schrittes durch die engen Gässchen zum Burgberg hinauf. Eine Menge Volk war unterwegs, um Geschäften nachzugehen, Besorgungen zu machen oder nur zu schwatzen. In jeder Straße gab es mindestens ein oder zwei Häuser, vor denen Händler ihre Waren ausgestellt hatten, meistens Nahrungsmittel: Brot, Würste und Schinken, große Käseräder, Fleisch (das ich mit einem gewissen Misstrauen betrachtete, da es zumeist leicht streng roch), lebendes Geflügel in Holzkäfigen, und vor allem allerlei Sorten Obst in großen Steigen. Die Stadt schien nicht arm zu sein und von den umliegenden Landen gut versorgt zu werden.
Natürlich wurde man allerorts Zeuge des Lokalkolorits einer mittelalterlichen Siedlung: Abfallhaufen, tote Hunde und Katzen, die am Straßenrand verwesten, Fäkalien, die einfach in den Rinnstein (sofern einer vorhanden war) gekippt wurden, die allgegenwärtig umher huschenden Ratten und sonstige Aasfresser, die sich ganz ungeniert über alles hermachten, das sich nicht mehr bewegte.

Während wir den Berg hinanstiegen, befragte ich den Souvaner über das eben Erlebte: „Wie hast du das genannt - Roter Auswurf?"
Er nickte und verzog das Gesicht. „Ja. Qeasis - Roter Auswurf! Du hast ja gesehen, wie schnell man daran stirbt. Man fängt an, Blut zu spucken, und eine halbe Stunde oder eine Stunde später bist du tot - ausgekotzt!"
„Du bist ja ein Zyniker, Jocelin de Martin!"

Er lächelt säuerlich. „Mag sein, aber auf diese widerliche Art möchte ich nicht sterben, wirklich nicht! Dann lieber von einem Schwert durchbohrt oder den Kopf abgeschlagen! Das ist sauberer."
Jetzt lächelte ich. „Den Kopf abgeschlagen? Na, sauber ist das auch nicht. Vielleicht, wenn man einen Eimer darunter stellt ..."
„Du bist auch ein verdammter Zyniker, Daniel Undsofort", brummte er und schüttelte den Kopf.
„Ist die Krankheit ansteckend?" fragte ich weiter, jetzt wieder ernst.
Er sah mich an. „Du meinst, dass es hier eine Epidemie gibt? Nun, ich kann dich halbwegs beruhigen: An Qeasis zu sterben ist zwar ein übler Tod, und man kann sich anstecken, aber die Wahrscheinlichkeit ist gering. Wir hatten in Mattincourt vor siebzig Jahren einmal einige Fälle, eingeschleppt von Kanalschiffern, die den Ilm heraufgekommen waren. Ein paar Dutzend Souvaner hatten sich infiziert und sind gestorben, aber eine richtige Seuche konnte man es nicht nennen. Ein Heilkundiger schrieb damals nieder, dass sich nicht einmal jeder Zwanzigste ansteckt."
„Hat er auch festgestellt, auf welchem Weg die Infektion stattfindet? Also wie werden die Bakterien ... hm ... die Keime ..."
Ich hielt inne, da mir aufging, dass ich mich für den Souvaner wieder einmal unverständlich ausdrückte. Er runzelte die Stirn und wartete, dass ich weiter sprach. „ ... also, wie man sich ansteckt - durch die Atemluft, oder durch Körperkontakt, oder ... "
Ich seufzte und brach ab. Das konnte er natürlich nicht wissen, genauso wenig wie die Gelehrten des irdischen Mittelalters wissen konnten, dass die Pest durch Bakterien auf Rattenflöhen übertragen wurde. Selbst Quarantäne war eher zufällig oder instinktiv angewandt worden.

Jocelin lächelte milde. „Das war jetzt wieder ein Ausdruck aus deiner Welt, richtig?"
Ich wollte zustimmen, aber er unterbrach mich: „Und dir ist rechtzeitig eingefallen, dass ich ihn nicht verstehen kann, richtig? Und dann hast du nach einer Umschreibung gesucht, die ich Dummkopf doch verstehe, richtig? Und ..."
Jetzt unterbrach ich ihn: „Und ich Dummkopf habe keine gefunden. Richtig!"
Wir lachten beide, so dass uns mehrere Yllianer erstaunt ansahen. Also, blöd war dieser souvanische Geck nicht!

Wir überquerten den breiten Platz vor dem Burgtor und strebten der Brücke über den Graben zu, die momentan natürlich heruntergelassen war. Da die Zeiten friedlich waren und das Königshaus offenbar keinen Grund hatte, das eigene Volk zu fürchten, wurde sie auch nachts nicht hochgezogen. Lediglich ein Dutzend Wachen war ständig an dem hohen Torbogen postiert und sah sich die Ein- und Ausgehenden genau an.
Als wir die hölzerne Brücke betraten, die breit genug war, dass ein mit Ochsen bespannter Wagen sie befahren konnte, blieb Jocelin stehen und deutete auf das Tor: „Daniel, ich sehe Ärger auf uns zukommen."
Ich blickte in die angegebene Richtung und erkannte - Azfard, den Ersten Schwertkämpfer der Königin, und seinen Trabanten Gill. Dieser hatte die rechte Hand dick verbunden und trug den Arm in einer Schlinge. Die beiden schienen sich angelegentlich über etwas zu unterhalten, aber in diesem Moment blickte Azfard auf und sah uns. Selbst auf die Entfernung konnte ich deutlich erkennen, wie sich seine Augenbrauen zusammenzogen.
Wie gestern war er prachtvoll und elegant gekleidet, mit reichlich Schmuck behängt und einem neuen juwelenbesetzten Renommierschwert an der Seite.

„Vor allem Ärger für dich!", setzte der Souvaner neben mir hinzu und kicherte leise. „Sicher hat er jetzt das dringende Bedürfnis, nähere Einzelheiten eures Ehrenhandels mit dir zu besprechen."
„So wie der Kerl herumläuft, solltest du dich mit ihm duellieren", gab ich zurück. „Vielleicht kannst du dabei seine Kleidung gewinnen - das ist doch dein Geschmack, oder? Übrigens hat wahrscheinlich sein Knecht das dringende Bedürfnis, dir eine Fleischgabel irgendwohin zu stecken!"
Jocelin machte nur „Pft!" und sah dem Kommenden erwartungsvoll grinsend entgegen.
Azfard baute sich vor mir auf, warf die langen Haare schwungvoll in den Nacken und räusperte sich vernehmlich. Seine zusammengekniffenen Augen verhießen nichts Gutes. Sein Adjutant Gill hielt sich schräg hinter ihm und sandte Jocelin grimmige Blicke zu.
„Nun, mein Herr?", begann der Erste Schwertkämpfer und warf die Haare nochmals in den Nacken. Allein für diese dümmliche Geste hätte ich ihm schon eine Ohrfeige verabreichen können. Ich wartete, dass er die so eindrucksvoll begonnene Rede fortsetzte, aber nichts dergleichen geschah. So entstand ein Moment Schweigen, währenddessen wir uns unfreundlich musterten. Eigentlich wäre es am vernünftigsten gewesen, jetzt einfach weiterzugehen und den Kerl stehen zu lassen, aber natürlich konnte ich mein loses Maul nicht halten.
„Das war wirklich eine ungeheuer mitreißende Ansprache, mein Herr" erwiderte ich also, „knapp, treffend, grammatikalisch perfekt und von unwiderlegbarer Logik. Euer Rhetorikkurs macht sich bezahlt!"
Er erbleicht vor Wut und langte nach seinem Schwertgriff. Dann überlegte er sich aber anscheinend anders und lächelte geringschätzig: „Ihr glaubt wohl, Ihr könnt mich beleidigen; da habt Ihr Euch getäuscht. Wegen eines Landstreichers wie

Euch werde ich bestimmt nicht die Fassung verlieren. Aber es trifft sich gut, dass wir uns hier begegnen ..."
Er wollte fortfahren, aber ich fiel ihm ins Wort: „Oh, ich glaube durchaus, dass ich Euch beleidigen kann. Wenn Ihr mir vielleicht einen oder zwei Versuche gestatten wolltet?"
Diese Antwort ließ ihn einen Moment den Faden seiner Rede verlieren, aber er fing sich sogleich wieder und sprach mit gepresster Stimme weiter: „Meine Königin hat mir nahegelegt, meine Genugtuung zu verschieben, bis Ihr Euren Teil der Abmachung erfüllt habt. Ihr wisst, was ich meine?"
Ich nickte mit ernstem Gesicht, aber als ich seinen mühsam unterdrückten Zorn gewahrte, feixte ich innerlich. Also war ich im Augenblick sicher vor seiner Rache. Und da ich nicht im Traum daran dachte, mich auf ein formelles Duell einzulassen, konnte ich mir ja noch ein paar Frechheiten erlauben.
„Ich darf also damit rechnen, mein lieber Azfard", meinte ich in hochnäsigem Ton, „dass Ihr mir nach Erfüllung meines Auftrages zur Verfügung steht?"
Er schnappte hörbar nach Luft und murmelte nur stimmlos: „Ich werde Euch lehren, was es heißt, einen Lord der Yllianmark zu beleidigen. Euer Tod wird weder schnell noch leicht sein, das schwöre ich bei Ssiblegurud!"
Jocelin kniff plötzlich die Augen zusammen und sah ihn aufmerksam an, aber ich ließ in diesem erfrischenden Disput jetzt keine Unterbrechung zu: „Wie Ihr meint, Verehrtester. Also, erstens darf ich Euch darauf hinweisen, dass Ihr Euch selbst widersprochen habt: Erst behauptet Ihr, dass ich Euch nicht beleidigen könne, und jetzt beschwert Ihr Euch, von mir beleidigt worden zu sein ..."
Er schüttelte den Kopf und wollte etwas sagen, aber ich ließ ihn nicht zu Wort kommen:
„... aber über diese Inkonsequenz will ich hinwegsehen. Und zweitens war es auf ... ist es in meinem Land der Brauch, dem Gegner als Aufforderung zum Duell einen Handschuh

ins Gesicht zu schlagen. Wie Ihr seht, trage ich keine solche - aber Ihr! Wenn Ihr also die außerordentliche Freundlichkeit hättet, mir nur für einen Moment einen der Eurigen zu leihen, dann wäre ich Euch sehr verbunden."
Der Blick, den er mir zuwarf, war wirklich sehenswert. Man musste Angst haben, dass ihm die Augen aus den Höhlen fielen. Er starrte erst mich an, und dann seine Hände, als ob er wirklich erwägen würde, mir seinen Handschuh zu geben.
„Ihr ... Ihr werdet noch ... noch an mich denken", stotterte er und wandte sich mit hochrotem Gesicht ab.
„Aber natürlich, das tue ich doch die ganze Zeit, lieber Freund", setzte ich noch einen drauf und legte ihm plumpvertraulich die Hand auf die Schulter. „Und ich finde, da wir uns jetzt so gut kennen, sollten wir eigentlich du zueinander sagen, mein guter Azfard."
Mit einer hastigen Bewegung riss er sich los und stolzierte davon. Gill warf uns noch einen bitterbösen Blick zu und folgte ihm. Ich kicherte, während Jocelin den beiden nachsah und den Kopf schüttelte.
„Man muss ihn fast bewundern", stellte er fest, „wie eisern er sich in der Gewalt hat. Ich hätte dir längst den Schädel eingeschlagen, du Schandmaul. Und irgendwann wird das auch jemand tun!"
„Vielleicht." Ich zuckte die Schultern. „Aber ich glaube eher, dass seine Königin ihn eisern in der Gewalt hat."
Der Souvaner nickte nachdenklich. „Es muss ihr ja wirklich sehr daran liegen, dass dieser Virian von Rogue aus dem Weg geschafft wird. Das schützt dich im Augenblick. Übrigens ..." Jetzt grinste er breit. „ ... beinahe hättest du dich verplappert! Stimmt das, dass man auf deiner Welt dem Gegner einen Handschuh ins Gesicht schlägt?"
„Das war früher einmal so. Jetzt macht man das anders."
„Und wie?"
„Man lässt die Hand drin."

Er lachte schallend. Jetzt hatte ich aber auch noch eine Frage: „Warum hast du vorhin so seltsam geschaut, als er auf ... auf wen schwor?"
„Auf Ssiblegurud", erklärte er, plötzlich wieder ernst werdend. „Und das ist der Rote Gott!"

.

Es war ein eigenartiger Zufall, dass ich genau in dem Moment, in dem er das sagte, eine Gestalt in einer grauen Kutte mit übergeworfener Kapuze erblickte, die an dem Brunnen auf dem freien Platz stand. Ich konnte das Gesicht nicht sehen, aber ich war mir sicher, dass die Gestalt uns genau beobachtete, und als ich Jocelin antippte, um ihn darauf aufmerksam zu machen, wandte sie sich um und verschwand schnellen Schrittes zwischen den nächsten Häusern.
Der Souvaner sah in eine andere Richtung und tippte mich ebenfalls an: „Sieh, dort kommt Jedediah!"
Er hatte recht: Der Kundschafter mit seinem unverkennbaren Schlapphut trat gerade aus einer Gasse heraus und schickte sich an, den Platz zu überqueren. Auch er schien uns zu erkennen, denn er lüftete seinen Hut, den heute sogar eine Feder zierte, und schwenkte ihn einmal durch die Luft, als wollte er Schmetterlinge fangen.
Mir kam ein Einfall. Ein gewisser Verdacht eigentlich nur, aber den wurde ich nicht los. Es galt, etwas zu überprüfen, und dazu konnte mir der Kundschafter von Nutzen sein. Ich drehte mich herum und sah nach der Sonne - ungefähr eine Stunde noch bis zum Einbruch der Dunkelheit.
„Seid gegrüßt, wackere Kämpfer!" deklamierte Jedediah fröhlich und nickte uns freundlich zu. Er schien blendender Laune zu sein, und wie mir schien, hatte er wohl etwas getrunken. „Na, wenigstens einer, der uns gerne sieht!", grinste Jocelin.
Ich kam nach einem kurzen Gruß ohne Umschweife zur Sache: „Hört, Jedediah: Vielleicht könnt Ihr mir helfen. Seid Ihr

selbst Gast der Königin und habt ein Quartier auf der Burg?"
„Na, das will ich meinen!" erwiderte er und sah mich erstaunt an, aber ich ließ mich nicht beirren.
„Aber wisst Ihr trotzdem, wo man die Begleitsoldaten der Karawane und die Kameltreiber untergebracht hat?"
Er schaute noch erstaunter drein, antwortete aber bereitwillig:
„Auch das: Die Soldaten haben Urlaub bekommen und treiben sich wohl irgendwo in einem Hurenhaus an der unteren Mauer herum. Die Treiber ... hm ... genau: Die sind in einer Herberge für fahrende Händler untergebracht worden, bis die nächste Karawane nach Rivell zurückgeht. Warum wollt Ihr das wissen?"
Ich ging nicht auf seine Zwischenfrage ein, sondern bohrte weiter: „Wisst Ihr, wie diese Herberge heißt?"
Er seufzte und warf Jocelin einen fragenden Blick zu, aber der zuckte nur die Achseln. „Hm ... nein", meinte er dann stirnrunzelnd, „aber ich weiß, wo sie ist!"
„Na fabelhaft!", lachte ich ihn an und schlug ihm auf die Schulter. „Könntet Ihr mich dorthin führen?"
„Aber was wollt Ihr denn dort? Ich verstehe nicht ..."
„Macht Euch nichts daraus", warf Jocelin abwinkend ein, unser Freund Daniel hat sich irgend etwas in den Kopf gesetzt, und dann ..." Er verdreht die Augen nach oben und wedelte vielsagend mit der Hand.
„Er glaubt manchmal, dass ich spinne", erklärte ich und wies auf den Souvaner.
„Ihr tut was?" fragte Jedediah und sah mich an wie einen Hund, der plötzlich Eier legt. Ich seufzte und Jocelin grinste breit:
„Oh, Daniel drückt sich eben manchmal, wie ich Euch schon sagte, etwas ... seltsam aus."
Der Kundschafter schüttelte den Kopf und kratzte sich hinter dem Ohr. „Na schön, Daniel, ich schulde Euch wohl mehr als

einen kleinen Dienst. Ich habe seit dem Frühstück nichts mehr gegessen und würde mir jetzt gerne in der Gesindeküche eine kleine Mahlzeit einverleiben. Seid Ihr einverstanden, dass wir uns in einer halben Stunde treffen? Dann will ich gerne Euer Führer sein."
Ich stimmte zu und fragte auch den Souvaner, ob er mich begleiten wollte, aber dieser lehnte ab mit dem Hinweis, dass er für heute genug von Fragen und Problemen hatte. Er wollte nach seinem Abendmahl noch einmal nach Laq sehen und hinterher vielleicht mit Ybkallis noch einmal eine Schenke aufsuchen. Ich konnte ihm dies nicht verdenken, wusste ich doch selbst nicht so genau, was ich eigentlich suchte.

4.
„Hier ist es!" erklärte Jedediah und zeigte auf ein dreistöckiges Haus in einer düsteren Gasse. Die letzten Sonnenstrahlen von Westen tauchten die oberen Hälften der Häuser auf dieser Straßenseite in leuchtend roten Schein, und auf den Fensterscheiben gleißten schimmernde Lichtreflexe. Die andere Straßenseite, die im Halbdunkel lag, machte diesen romantischen Eindruck allerdings sofort wieder zunichte: uralte Fachwerkbauten, manche leicht schief, mit abblätterndem Putz, niedrigen Türen, schwarzen Fensterhöhlen und den obligatorischen Abfallhaufen vor den Türen.
Aus zwei Fenstern sahen bleiche Gesichter hervor, und ich konnte fast körperlich spüren, wie unsichtbare Augen uns aus dem Dunkel heraus beobachteten.
Ich sah an den Silhouetten der Häuser empor. Fast auf jedem Dachfirst saßen große schwarze Vögel, und ab und zu erklang ein flatterndes Geräusch, wenn weitere dieser Tiere landeten. Die Bestätigung hätte ich nicht gebraucht, aber Jedediah hatte, wohl auch unter dem Eindruck dieser düsteren Straße, seine Stimme unwillkürlich gesenkt, als er mir zu-

raunte: „Also ein gutes Viertel ist das hier nicht unbedingt, Daniel, aber die Herberge ist besser, als man denken könnte."
In der Tat machte die Fassade des Hauses, vor dem wir stehen geblieben waren, einen freundlicheren Eindruck als die der anderen.
Die Herberge überragte die anderen Bauten, ihre Vorderfront war gelb und grün gestrichen, die Fensterläden braun. Die unteren Fenster standen halb offen und Stimmengewirr drang bis auf die Straße, allerdings kein lautes Krakeelen oder Gläserklirren wie in einer Gastwirtschaft, sondern eher normale Unterhaltung.
Über der breiten Holztür hing ein Schild an einer Eisenstange über die Straße: MOND VON OSQUAN, darunter hatte jemand mit gelber Kreide HERB RGE geschrieben; das zweite E war verwischt.
„Wollt Ihr mir nicht sagen, was Ihr hier eigentlich zu finden hofft, Daniel?", fragte Jedediah und hielt mich am Arm zurück, als ich schon nach dem Türknauf griff. „Vielleicht kann ich Euch dann mehr von Nutzen sein, wenn ich Bescheid weiß."
Ich wandte mich zu ihm um und ... In diesem Augenblick sah ich am Ende der Gasse, dort wo wir hergekommen waren, eine dunkle Gestalt im Schatten der Häuser verschwinden. Ich hatte sie nur einen flüchtigen Moment lang gesehen, aber ich hätte schwören können, dass die Silhouette spitz nach oben zulief - ein Mantel mit Kapuze. Sollte das der Mann - oder eine sehr große Frau - sein, der uns am Nachmittag vor der Burgbrücke beobachtet hatte? Langsam beschlich mich ein ungutes Gefühl, ob mein privates Unternehmen hier wirklich so eine famose Idee war.
„Was habt Ihr?", fragte der Kundschafter leise, weil ich nicht antwortete, sondern über seine Schulter ins Dämmerlicht am Ende der Straße spähte. Ich wollte etwas sagen, aber die Tür der Herberge öffnete sich, und zwei Männer und eine Frau

traten heraus. Sie nahmen von uns keine Notiz weiter und gingen, sich unterhaltend, die Gasse hinab. Zudem bog von der anderen Seite ein Ochsenkarren um die Ecke und rumpelte holpernd über das schlechte Pflaster auf uns zu.
„Ich weiß nicht", murmelte ich, „ich dachte, ich hätte jemanden gesehen, jemanden, der uns vielleicht verfolgt hat."
„Was?" Er sah mich ungläubig an. „Und warum ... Wollt Ihr mir nicht doch erzählen, was wir hier tun?"
Ich zuckte die Schultern. „Ich weiß es selbst nicht genau. Aber es würde mich beruhigen, wenn ich eine bestimmte Person hier antreffen würde - und zwar lebend!"
„Einen der Treiber? Was zum Teufel ..."
„Falls sich mein Verdacht nicht bestätigt, was ich verdammt noch mal hoffe, dann bitte ich Euch hinterher um Entschuldigung für die Belästigung und Ihr seid heute Abend mein Gast. Wenn er allerdings stimmt, dann erkläre ich Euch alles - dann muss ich Euch alles erklären!"
Er lachte in sich hinein. „Beim Arboreysth, wie geheimnisvoll! Na schön, die Sache ist ganz nach meinem Geschmack. Wenn Ihr meint, dass wir vielleicht verfolgt wurden - könnte es gefährlich werden?" Bei diesen Worten legte er die Rechte auf den Griff seines Schwertes.
„Auch das weiß ich nicht!", musste ich zugeben. „Gehen wir erst mal hinein und sehen uns um!" Ich erfasste den Türgriff, aber er hielt mich nochmals zurück und versicherte: „Ich wollte Euch nur sagen, dass Ihr Euch auf mich und mein Schwert verlassen könnt."
Ich nickte ihm zu, öffnete die Tür und trat ein.

.

Wie immer fiel mir in einem Gasthaus auf dieser seltsamen Welt sofort eines auf: Es roch nicht nach Tabak, und keine grauweißen Rauchschwaden durchzogen den Raum. Fast schmerzlich wurde mir so immer wieder zu Bewusstsein gebracht, dass ich keine Zigaretten hatte, und auch für alle Reichtümer der gesamten Ostländer keine bekommen würde. Ich fluchte innerlich und ging zum Tresen, hinter dem uns ein dicker Mann mit weißer Schürze und rotem Gesicht neugierig-freundlich entgegensah.

„Guten Abend, meine Herren", begrüßte er uns mit einer sonoren Bassstimme und beeilte sich, mit einem feuchten Lappen die Theke vor sich abzuwischen. In der weiträumigen Gaststube saßen zehn bis zwölf Personen an den runden Tischen, aßen etwas, unterhielten sich oder spielten Karten. Am Tresen stand nur ein einzelner Zecher, der sich an seinem Glas festhielt und mit trüben Augen vor sich hinstierte.

„Was möchten die Herren trinken?", fragte der Dicke und ließ seinen Blick erwartungsfroh zwischen mir und Jedediah hin- und herwandern. Der Kundschafter bestellte sich einen Kräuterschnaps.

Danach war mir momentan nicht zumute, aber Durst hatte ich schon.

„Habt Ihr Bier?", fragte ich und sah mich nochmals wie beiläufig in der Schankstube um. Rechts neben der Theke befand sich eine Tür, wahrscheinlich zur Küche, und rechts von dieser ging die Treppe nach oben. Von den Anwesenden erkannte ich keinen; nach ihrer Kleidung, die auf bescheidenen Wohlstand schließen ließ, konnten es durchaus Händler sein. Außer Messern am Gürtel trugen sie keine Waffen. Ja, ich achtete inzwischen automatisch auf solche Dinge!

„Nein, leider nicht!", bedauerte der Wirt und versuchte, ein zerknirschtes Gesicht zu machen. „Aber wir haben einen vorzüglichen Weißwein, ihr werdet begeistert sein!"

„Na schön", stimmte ich zu, „aber gießt ihn zur Hälfte noch mit Wasser auf, ich brauche etwas gegen den Durst."

Er grinste über beide Backen, sodass er jetzt wirklich wie die Personifizierung des Mondes in Märchenbüchern aussah, und schickte sich an, das Gewünschte herbeizuschaffen. Während

er aus einer großen Karaffe Wasser zum Wein dazuschüttete, fragte ich, ohne besonderes Interesse deutlich werden zu lassen:
„Habt Ihr nicht Gäste aus Rivell, Herr Wirt? Die mit der Karawane der Königin gekommen sind?"
Er nickte eifrig, als er ein großes Glas vor mich hinstellte: „Ja, mein Herr: zwei Männer, die seit gestern hier untergebracht sind." Er beugte sich vor und fuhr mit bedeutungsvoller Stimme fort: „Die Kosten für das Zimmer und die Versorgung zahlt sogar ... der Quartiermeister des Königs. Sind das Freunde von Euch?"
Ich nickte. „Bekannte. Sind sie hier?"
„Der eine ist heute Vormittag außer Haus gegangen, aber der andere müsste in seinem Zimmer sein. Er hat sich nicht wohl gefühlt und wollte kein Mittagsmahl. Ich habe seinen Freunden vorhin ein bisschen Käse, Brot und eine Flasche Wein für ihn mitgegeben."
Meine Hand, die sich schon nach dem Glas ausgestreckt hatte, sank wieder herab. „Wem? Seinen Freunden?"
„Ja. Vor etwa einer Stunde waren schon einmal drei Männer da und suchten ihn. Denen habe ich das Brot ..."
„Lasst das Brot!", unterbrach ich seinen Redeschwall. „Sind die noch da?"
„Nein." Er sah mich verwirrt an. „Sie sind vor Kurzem wieder gegangen, vielleicht eine halbe Stunde ist das her."
Jedediah kniff die Augen zusammen, als ich mit der flachen Hand auf die Theke schlug, sodass ihn einige davonspritzende Tropfen trafen.
„Was ist?", fragte er. „Ist das eine schlechte Nachricht?"
„Ich weiß es nicht", musste ich wiederum zugeben, „aber es gefällt mir ganz und gar nicht. Wir gehen jetzt und sehen uns sein Zimmer an. Wo ist das?"

Der dicke Wirt betrachtete uns mehr und mehr misstrauisch, gab aber bereitwillig Antwort: „Im zweiten Stock. Die dritte Tür links, nach hinten hinaus."
Der Kundschafter nickte mir zu, ergriff sein Glas und schüttete den scharfen Inhalt in einem Zug hinunter. Na schön, dann würde ich auch noch einen Schluck Wein trinken! Ich hob den Kelch und wollte ihn an die Lippen setzen, da geschah es:
Ein Lichtblitz explodierte vor meinen Augen und der Wein im Glas färbte sich blutrot. Ein Wirbel roter Schlieren wallte die Oberfläche der Flüssigkeit auf wie eine platzende Qualle, und eine Stimme in meinem Gehirn rief ‚Nicht!'. Dann war der Spuk verschwunden und ich hielt wie vorher ein Glas Wein in meiner Hand - die jetzt allerdings leicht zitterte.

„Ist etwas nicht in Ordnung, Daniel?", fragte Jedediah besorgt. „Ihr seid plötzlich so blass geworden."
Mit einem Knall stellte ich das Glas mit dem jetzt wieder durchsichtigen Inhalt auf der Theke ab. Einen Moment lang wusste ich nicht, ob ich gerade eine Wahnvorstellung gehabt hatte oder nicht. Der Wirt musterte mich nach wie vor leicht misstrauisch, aber ansonsten zeigte er kein Anzeichen, dass er den Vorfall gesehen hatte. Also nur ich!
„Ist Euch nichts aufgefallen, Jedediah?", fragte ich vorsichtshalber. „Der Wein ...?"
Er schüttelte den Kopf: „Warum? Ist er verdorben, der Wein? Lasst mich ..."
Er griff nach dem Glas. Ich hatte jetzt keine Zeit für lange Erklärungen (vor allem hätte ich auch gar nicht gewusst, was ich erklären sollte), also wischte ich das Glas mit einer schnellen Handbewegung von der Theke, sodass es klirrend am Boden zerschellte.

Das Gesicht des Wirts färbte sich noch röter, als es ohnehin schon war, und er setzte zu einer wütenden Bemerkung an, unterließ es aber, als er mir in die Augen sah.
„Das Glas bezahlt Ihr mir!", murmelte er nur und machte sich daran, die Scherben aufzusammeln. Ich brummte zustimmend und wandte mich Jedediah zu, der mich jetzt ebenfalls skeptisch mit einer hochgezogenen Augenbraue ansah.
„Ist wirklich mit Euch alles in Ordnung?", fragte er nochmals. „Ich verstehe nicht, was ..."
Ich machte mit der Hand eine abwinkende Bewegung. „Fragt mich jetzt nicht! Gehen wir hinauf!"
Er zuckte die Schultern und folgte mir zur Treppe.

5.
Mehrere trübe Öllichter tauchten den Gang in flackernden Schein und warfen unsere Schatten zitternd an die Tür, vor der wir stehen geblieben waren. Ich klopfte, und als nichts geschah, klopfte ich nochmals. Dann öffnete ich einfach und stieß die Tür nach innen auf. Vor mir sah ich einen finsteren Raum, nur im Hintergrund zeichnete sich ein Fenster, durch das schwaches Mondlicht hereinfiel, gegen die Schwärze ab.
„Wartet, ich hole eine Lampe!", raunte Jedediah und nahm eine der Funzeln aus ihrer Halterung an der Wand. Dann trat er als Erster ein. Ich folgte ihm. Irgendwie spürte ich, dass in diesem Raum niemand war, also hielt ich es nicht für nötig, meine Klinge zu ziehen.
Der Kundschafter beugte sich über irgendetwas, einen Tisch, und gleich darauf leuchtete eine zweite, größere und hellere Flamme auf, sodass ich jetzt alle Einzelheiten des Raums deutlich erkennen konnte.
Nun, ein Hotelzimmer konnte man das nicht gerade nennen, aber für die Verhältnisse gab es wohl schlechtere Unterkünfte. Die Einrichtung war recht spartanisch: zwei Betten, ein

Tisch, zwei Stühle, ein niedriges Regal an der Wand und ein Schrank, von dem die Tür fehlte. Wenn man keine allzu hohen Ansprüche stellte, zum Beispiel dass das Bett sauber sein sollte und keine weiteren sechs- oder achtbeinigen Gäste beherbergte, konnte man hier durchaus übernachten.

In dem Schrank und auf dem Regal befanden sich alle möglichen Sachen, die man auf Reisen eben so mit sich führt: Kleidung, Lederbeutel, eine Satteltasche, ein Messer, ein Wasserschlauch, hölzerne Trinkbecher und anderes.

Auf dem Tisch sah ich einen Teller mit Brot und Käse, eine Flasche Wein, ein weiteres Messer, ein Schneidbrett und einen kleinen Lederbecher mit drei Würfeln.

Was ich nicht sah, das war irgendein lebendes Wesen - außer Jedediah, mir und den Wanzen, die am Boden entlang huschten, um sich vor dem Lichtschein in Sicherheit zu bringen.

„Und?"

Aus dieser einfachen Frage Jedediahs und seinen herabgezogenen Mundwinkeln konnte ich mühelos herauslesen, was ihm jetzt durch den Kopf ging. Vielleicht hatte ich mir ja wirklich nur eine fantastische Geschichte eingebildet, und der Treiber hatte sich einfach irgendwo mit der Krankheit infiziert und war eben heute Nachmittag daran gestorben.

Wenn sich nicht einmal jeder Zwanzigste ansteckte, dann geschah die Übertragung sicherlich nicht über die Atemluft, und die Gefahr, dass hier in der Stadt eine Epidemie ausbrach, war denkbar gering.

Trotzdem! Wo war der andere? Und vor einer Stunde hatten ihn 'Freunde' gesucht - diese Geschichte war der meinen zu ähnlich, als dass sie wahr sein konnte.

Nein! Irgendetwas stimmte hier nicht, also ignorierte ich Jedediahs ratlose Blicke und sah mich gründlicher um.

Das Erste, das mir gleich auffiel, schürte meinen Verdacht aufs Neue: Inmitten des Zimmers war eine ziemlich große

rechteckige Fläche heller als der übrige Boden. Von dieser Entdeckung ermutigt, überlegte ich kurz, durchquerte den Raum und trat ans Fenster, das angelehnt war. Jedediah folgte mir wortlos, aber ich konnte an seinem Gesicht sehen, dass er neugierig geworden war.
Ich lehnte mich weit hinaus, aber der Hinterhof war so dunkel, dass ich nicht einmal bis zur Erde sehen konnte. Nur die bizarren Umrisse halbverfallener Mauern hoben sich als schwarze Silhouetten gegen den fahlen Schein der Umgebung ab.
Mein Ärmel blieb an einem Spreißel des Fensterbretts hängen und ich zupfte ihn los. Dabei fiel mir noch etwas auf: rote, gelbe und braune Wollfetzen, die an dem Holz hingen.
Eigentlich brauchte ich nun keine Bestätigung mehr. Trotzdem ging ich ins Zimmer zurück und rutschte beide Betten zur Seite. Wo das eine gestanden hatte, wurde ich fündig: einige kleine Blutspritzer am Boden.

.

Jedediah hatte mir schweigend zugesehen, nun verzog er den Mund und fragte: „Blut?"
Ich nickte und ließ mich auf einen der Stühle sinken. „Blut! Verdammt noch mal, meine Vermutung könnte wirklich stimmen!"
„Wollt Ihr mir nicht jetzt sagen, was hier los ist?"
„Das muss ich jetzt sogar. Hier ist eine ganz große Schweinerei im Gange. Heute Nachmittag ist der andere Treiber der Karawane gestorben - vor meinen und Jocelins Augen. Qeasis! Vielleicht wisst Ihr..."
Er verzog angewidert das Gesicht und murmelte tonlos: „Der Rote Tod ... Erzählt weiter!"
„Ich hatte gleich den Verdacht, dass die Krankheit mit uns - mit Eurer Karawane - eingeschleppt worden ist."
„Mit meiner Karawane? Wir sind durch keine bewohnten Gegenden gekommen - und in Rivell kann er sich doch wohl

nicht angesteckt haben, dann wäre er bestimmt unterwegs schon gestorben. Also woher ..."
Ich winkte ab. „Lasst mich erst weiter berichten: Ich musste also den anderen Treiber finden, oder Euch, oder einen der Soldaten, um zu sehen, ob sich weitere Todesfälle ereignet hatten. Nun, Euch geht es offenbar gut - aber der Treiber ist tot!"
„Woraus schließt Ihr das?"
„Die Blutspritzer. Und die drei Männer, die ihn gesucht haben. Er ist hier gestorben, und zwar auf dem Boden, sonst wären mit Sicherheit Blutflecken im Bett und nicht darunter. Die drei 'Freunde' haben ihn tot hier aufgefunden, die Leiche verschwinden lassen und die Spuren beseitigt. Es war ein glücklicher Umstand für sie, dass er auf dem Boden gestorben ist, so brauchten sie nur die Blutflecke wegzuwischen; die unter dem Bett haben sie allerdings übersehen. - Und morgen hätte es wahrscheinlich nur geheißen, dass er verschwunden wäre - aber nicht, dass er an Qeasis erkrankt war."
Der Kundschafter sah mich an, als ob ich wahnsinnig geworden war. Er zuckte die Schultern und fragte weiter:
„Aber wie kommt Ihr darauf? Ein paar Blutspritzer unter dem Bett ..."
„Seht dort den hellen Fleck am Boden!" erklärte ich weiter. „Da lag ein Teppich, wahrscheinlich jahrelang. Und die farbigen Wollfetzen, die an den Spreißeln am Fensterbrett hängen - Fasern von eben diesem Teppich!"
Jedediah kratzte sich am Kopf und sann nach. „Und ihr meint ...?"
„Ja. Das meiste Blut war auf dem Teppich, also haben sie die Leiche einfach darin eingewickelt und aus dem Fenster geworfen. Dabei sind die Wollfasern am Fensterbrett hängen geblieben. Entweder liegt der Tote noch dort hinten, oder, was wahrscheinlicher ist: Die Männer sind einfach wieder

gegangen, als ob nichts gewesen wäre, von hinten über die Mauer gestiegen, und haben die Leiche endgültig verschwinden lassen - unter irgendeinem Dreckhaufen verscharrt!"
„Das klingt einigermaßen schlüssig", gab der Kundschafter zu. „Aber, was mir gar nicht gefallen will: Wer hat Interesse daran, dass der zweite Todesfall nicht bekannt wird? Und warum?"
„Man will die Sache vertuschen, das stimmt", bestätigte ich. „Und überlegt Euch noch etwas: Die drei Männer, die sicherlich nicht seine Freunde waren, haben schnell, überlegt und effektiv gehandelt. Was würdet Ihr daraus schließen?"
Er überlegte nur einen Moment, dann schlug er mit der flachen Hand auf den Tisch: „Sie haben gewusst, dass sie hier eine Leiche finden würden!"
„Richtig! Sie haben es gewusst. Irgendjemand hier in der Stadt weiß, dass sich eine tödliche Krankheit ausbreitet, und will verhindern, dass das zu schnell bekannt wird."
„Aber warum, zum Teufel?" stöhnte der Kundschafter und rieb sich die Stirn."
„Das Wort Teufel ist vielleicht gar nicht so falsch", knurrte ich. „Warum? Damit sich möglichst viele anstecken natürlich!"

6.
Wir traten in die Nacht hinaus und atmeten erst einmal tief durch. Ich hatte den Wein, den Schnaps und das zerbrochene Glas bezahlt, aber dem Wirt keine Erklärung gegeben - es hätte keinen Sinn gehabt. So dachte der gute Mann bestimmt, dass wir unseren Freund gefunden hatten und alles in Ordnung war.
Der bleiche Mond, der niedrig und groß am Himmel stand, verstärkte meine unbehagliche Stimmung und erschien mir wie ein Warnsignal vor kommendem Unheil. Ein Warnsi-

gnal! Dass ich nicht gleich draufgekommen war! Jedediah sah mich erstaunt an, als ich mir an die Stirn schlug. Die Vision in der Wirtschaft und die Stimme in meinem Kopf waren eine Warnung gewesen, den Wein nicht zu trinken. Gift? Und - wer hatte mich auf diese Weise gewarnt?
„Was tun wir jetzt, Daniel?", erklang Jedediahs Stimme neben mir und riss mich aus meinen Überlegungen.
„Ich weiß es nicht, wirklich nicht!", musste ich zum wiederholten Male an diesem Abend zugeben. „Ich weiß vor allem nicht, wer dieses schmutzige Spiel spielt. Wenn wir jetzt zum König gehen ..."
Er stieß die Luft pfeifend aus. „Der König! Dieser verblödete Fettsack! Wenn er nicht frisst, dann schläft er, und wenn er nicht schläft, dann ist er betrunken. Wir sollten die Königin warnen! Sie wird wissen, was zu tun ist."
„Das ist es eben!", bremste ich seinen Eifer. „Ich traue ihr nicht! Wenn wir bei Ihr vorsprechen - wenn wir überhaupt vorgelassen werden! - und sie ..."
Ich suchte nach den richtigen Worten, aber er hatte mich schon verstanden.
„Ihr glaubt doch nicht, dass sie selbst etwas damit zu tun hat! Das kann doch nicht sein! Bei allen Göttern!"
„Und wenn doch? Dann sitzen wir schön in der Scheiße!"
Er schüttelte den Kopf. „Das kann ich nicht glauben, dass ..." Jedediah verstummte plötzlich, und den Grund sah ich vor mir: vier Schatten, die mit einem Mal vor uns auftauchten. Im fahlen Mondlicht konnte ich nicht viel Einzelheiten ausmachen, aber es schienen drei große breitschultrige Männer zu sein und ein kleinerer. Sie standen schweigend in der Mitte der Gasse; die blanke Klinge eines Schwertes ließ einen Lichtreflex über die Pflastersteine zucken.

.

„Ihr seid zu neugierig, meine Herren!", zischte eine Stimme und der kleinere der Männer trat einen Schritt vor. „Und in

dieser Stadt kann Neugierde lebensgefährlich sein - vor allem in solchen Gegenden wie hier!"
Ich konnte den Klang der Stimme nicht identifizieren, weil sie nur zischte, aber ich erkannte die Art der Betonung: Gill, der Adjutant Hauptmann Azfards.
Obwohl mir klar war, dass mein Leben im Augenblick keine halbe Dima wert war, ging mir ein Gedanke durch den Kopf: Ging es hier darum, uns als gefährliche Mitwisser eines bakteriologischen Angriffs auszuschalten - oder war Gill mit seinen Helfern uns nur gefolgt, um sich für die beim gestrigen Gastmahl erlittene Schmach zu rächen?
Jedenfalls hatte er sich den richtigen Zeitpunkt ausgesucht: Bei einem Gefecht im Dunkeln würde mir meine Fähigkeit zu entmaterialisieren nicht viel nutzen, wenn ich den Hieb nicht kommen sah.
Jedediah stand ruhig neben mir und rührte sich nicht, aber an einem leisen Rascheln von Stoff konnte ich hören, wie er die Hand auf den Schwertgriff legte. Ich konnte nur hoffen, dass er gut mit der Klinge war; bei dem nächtlichen Kampf in der Wildnis hatte ich nicht beobachten können, wie er das Schwert führte.
Und ich? Die Übungen mit Jocelin hatten zwar Früchte getragen, aber ob das genügte? Ich wünschte jetzt, ich hätte das Gewehr bei mir, aber das hatte ich in einem leer stehenden Raum neben meiner Unterkunft in der Burg versteckt. Bewusst hatte ich die Waffe nicht mitgenommen, damit sie nicht zu viele Leute sahen - ein Fehler, wie ich jetzt zugeben musste.
„Es tut mir nur leid, dass mein Herr um seine Genugtuung betrogen wird", fuhr Gill fort und kicherte hämisch. „Aber er wird mir verzeihen. Hauptsache, ich bringe ihm deinen Kopf, Fremder!"
Die Aussicht, dass mein Kopf in Zukunft als Briefbeschwerer in den Diensten dieses eingebildeten Laffen Azfard stehen

sollte, behagte mir gar nicht, aber immerhin hatte Gill mir eines verraten: Sein Herr war nicht dabei.

„Na, nun bist du wohl nicht mehr so zum Scherzen aufgelegt wie heute Nachmittag auf der Brücke?", höhnte er.

Wenn die Situation nicht todernst gewesen wäre, hätte ich beinahe gelächelt: Er wollte die Vorfreude bis zum Äußersten auskosten, indem er versuchte, mich zu einer Antwort zu reizen. Und er schien sich verdammt sicher zu sein, dass ich mich noch auf ein Rededuell einlassen würde.

Und genau aus diesem Grund tat ich das nicht. Meine einzige Chance bestand darin, als Erster zuzuschlagen. Also bekam er seine Antwort, aber anders, als er sich das vorgestellt hatte:

Als er noch einen Schritt vorwärts machte, trat ich ihm mit dem rechten Fuß in den Bauch, so dass er prustend die Luft ausstieß und auf die Knie fiel.

Welch hämische Bemerkung er auch auf der Zunge gehabt hatte - in den nächsten paar Minuten würde er sie nicht aussprechen können! Den Schwung der Rückwärtsbewegung meines Beins nutzte ich, um mich zu drehen und dabei den Degen zu ziehen. Die schlanke Waffe glitt surrend aus der Scheide, als ob sie nur darauf gewartet hätte.

Sofort beglückwünschte ich mich selbst für meine Schnelligkeit, denn etwas zischte so dicht vor meiner Nase vorbei, dass ich den Luftzug spüren konnte. Hätte ich mich nicht gedreht, wäre die Klinge von oben in meine rechte Schulter eingedrungen.

Ohne lange zu überlegen, schlug ich blind in die Richtung, wo ich vage den Angreifer erkennen konnte. Ein Schmerzensschrei erklang, aber ich hatte nur leicht getroffen, das spürte ich. Mein Degen war leichter als das Schwert des Gegners, so wurde ich von dem Schwung nicht mitgerissen, war aber einen Moment lang ohne Deckung. Sofort sprang ich zur Seite.

Das war wieder ein Fehler. Ich stolperte über irgendetwas am Boden und musste um mein Gleichgewicht kämpfen: Gill, der dort kniete und hustete. Wahrscheinlich rettete mir diese Ungeschicklichkeit das Leben, denn ein zweiter Hieb aus dem Dunkel zischte haarscharf über mich hinweg - ein anderer Gegner hatte mich von der Seite angegriffen.
Taumelnd wich ich auf die andere Seite zurück, um mit dem Rücken an eine Hauswand zu kommen, doch das war nicht mehr nötig: Der zweite Gegner stieß einen schrillen Schrei aus, der in ein ersticktes Gurgeln überging, ließ sein Schwert klingelnd fallen, und stolperte vorwärts stürzend gegen mich. Reflexartig hatte ich die Klinge zur Abwehr erhoben, und der Schwung seiner Bewegung spießte den Mann bis zum Heft darauf. Er warf er mir beide Arme über die Schulter, hustete röchelnd und sackte zusammen. Warme Flüssigkeit traf mein Gesicht. Ich taumelte wiederum rückwärts und krachte dann gegen eine Wand, dass ich dachte, mein Kreuz bräche.
In der Dunkelheit bewegte sich ein Schatten, noch schwärzer als die Umgebung, auf mich zu. An den Umrissen konnte ich erkennen, dass der Mann sich mit der Linken an den Kopf fasste - wahrscheinlich die Stelle, wo ich ihn getroffen hatte. Rechts von mir klirrte mehrmals Metall auf Metall. Offenbar war Jedediah, nachdem er den einen Gegner, der mir jetzt in den Armen hing, von hinten erstochen hatte, in ein erbittertes Gefecht mit dem dritten verwickelt. Ein halblauter Fluch erklang.
Ich zog ein Knie hoch und stemmte den Fuß gegen den schlaffen Körper, der an mir hing. Ich keuchte vor Anstrengung, und das Blut rauschte in meinen Ohren. In einer verzweifelten Kraftanstrengung stieß ich den Toten von der Klinge herunter und seinem Kameraden entgegen. Dieser führte sofort einen Hieb gegen den vermeintlichen Angreifer und versenkte sein Schwert tief in dem Leib des bereits zwei Mal Getöteten. Ganz ohne Ironie war dieser nächtliche

Kampf nicht! Ich beschloss jedoch, erst später zu schmunzeln und jetzt meine Chance zu nutzen: Als der Mann noch an seinem feststeckenden Schwert zerrte, sprang ich vor und stieß die Spitze Melissas dorthin, wo ich die Brust vermutete.
Ich hatte erwartet, einen Schrei zu hören, aber ich sah mich getäuscht: Ohne einen Laut von sich zu geben, brach ein dunkler Körper vor mir zusammen. Verdammt, hatte ich den Toten jetzt zum vierten Mal aufgespießt? Ich wirbelte herum, um einem erneuten Angriff von anderer Seite zu begegnen, aber es geschah nichts. Um mich war es dunkel und still.
„Daniel?", ertönte Jedediahs Stimme von der gegenüberliegenden Straßenseite.
Ich drehte mich noch einmal herum, um sicher zu gehen, dass kein weiterer Gegner da wäre. Links von mir erklang ein leises Stöhnen - Gill? Schnelle humpelnde Schritte entfernten sich.

.

Ich langte in die Tasche und zog mein Feuerzeug heraus. Die kleine rotblaue Flamme erleuchtete die Szene dürftig, aber ich konnte genug erkennen: Zwei Tote lagen vor meinen Füßen, einer davon mit einer leeren blutigen Augenhöhle - wahrscheinlich hatte er sich gebückt, als ich zustieß.
„Jedediah?" Meine Stimme klang wohl etwas dünn, aber ich hatte einen Kloß im Hals und keuchte, als ob ich von Marathon nach Athen und zurück gelaufen wäre.
Eine Gestalt mit menschlichem Umriss und einem Schlapphut auf dem Kopf schälte sich aus dem Dunkel heraus und legte mir die Hand auf die Schulter.
„Ihr habt ein gewisses Talent, Euch Feinde zu schaffen", bemerkte der Kundschafter, der keineswegs außer Atem war, „und ich wäre Euch sehr dankbar, wenn Ihr mir bei zukünftigen Unternehmungen zumindest einen kleinen Hinweis zukommen lassen würdet, dass es um Leben und Tod geht."

Ich lächelte dünn und schaffte es gerade hervorzukeuchen: „Vielen Dank für die Hilfe, Jedediah - das war im rechten Augenblick!"
Vom gegenüberliegenden Hausdach erklang das Flattern von Vogelschwingen.

KAPITEL FÜNF : NÄCHTLICHE UNTERNEHMUNGEN

-
Hier erhält Daniel unerwarteten Besuch, der ihn zu einem Kundschafterdienst überredet, und er erfährt, dass er ungewollt seinen Teil eines Handels längst erfüllt hat. Schließlich wird ihm das ganze Ausmaß eines hinterhältigen Planes klar, und eine neue Katastrophe bahnt sich an.
-

1.
Der Mond stand hoch am schwarzen Himmel, als ich mich vor dem Burgtor von Jedediah trennte. Ich hatte mir vorgenommen, noch in dieser Nacht das Kartenspiel, das ich von Crusan bekommen hatte, einmal eingehend zu studieren - und so weit wollte ich den Kundschafter nicht in die Hintergründe des Geschehens einweihen.
Nicht dass ich Misstrauen gegen ihn hegte - und da er mir wahrscheinlich das Leben gerettet hatte, schuldete ich ihm Dankbarkeit - ‚aber mittlerweile hielt ich es wirklich für das Beste, mein Wissen (oder vielmehr Halbwissen) geheim zu halten.
Es war nicht viel Volk in den düsteren Gängen der Residenz von König Rainald unterwegs, und bei meinem Weg in die oberen Stockwerke sah ich nur zwei Knechte, die einen großen Badezuber schleppten. Die Männer starrten mich an, als ob sie ein Gespenst erblickten, und da fiel mir erst ein, dass mein Gesicht und mein Hals blutbeschmiert waren. Egal.
Ich steckte den riesigen unförmigen Schlüssel - mit dem man beistimmt einen Menschen erschlagen konnte - in das Schloss meiner Tür und sperrte auf. Sie öffnete sich knarrend. Wie zuvor Jedediah in der Herberge nahm ich ein Öl-

licht von der Wand und trat ein. Links neben der Tür musste die Halterung für eine Lampe sein und ...

Der Angriff geschah so schnell, dass ich nur einen Luftzug fühlte und zu spät reagierte, als ein schwarzer Schemen mich von der Seite ansprang. Ein sehr kräftiger Arm schlang sich um meinen Hals, und als ich mich aus dem Griff herauswinden wollte, drückte etwas Spitzes gegen meine rechte Backe - ein Messer.

„Keinen Laut!", zischte eine leise Stimme in einem Ton, der keinen Widerspruch zuließ. „Und keine Bewegung!"

Ich hielt das für einen ausgezeichneten Rat, denn die Messerspitze kratzte in gefährlicher Nähe meines rechten Auges über die Haut.

Aber etwas anderes konnte ich tun. Vor lauter Schreck hatte ich gar nicht daran gedacht, meine Fähigkeit einzusetzen, und da der Angriff im Dunkeln erfolgt war, hatte auch der Reflex versagt.

Ich brummte so etwas wie Zustimmung und konzentrierte mich nach 'innen'. Ein kurzes Verschwinden würde mir nicht viel nutzen, da ich an der gleichen Stelle wieder rematerialisieren würde, also versuchte ich, wie ich es in Fort Souvansfinn schon einmal geschafft hatte, mit dem Impuls des Verlassens dieser Ebene eine örtliche Verschiebung zu verbinden. Ich kann nicht beschreiben, wie ich das machte, am nähesten kommt vielleicht die rein komplexgeometrische Erklärung, dass ich beim Wiedereintauchen aus dem parallelen Raum (also eine Vor- und Zurückbewegung entlang der imaginären w-Achse) einen realen x,y,z-Vektor addierte, und so einen Meter weiter rechts wieder erschien.

Wie immer spürte und sah ich nichts von dem Transfer, aber ich spürte den Arm immer noch um meinen Hals und die scharfe Klinge immer noch an meiner Schläfe, nur dass ich jetzt näher bei meinem Bett stand.

Verdammt! Mir war sofort klar, was geschehen war, als mein Gegner einen halblauten Schrei der Überraschung ausstieß: Ich hatte ihn mitgenommen!
In meiner Verzweiflung machte ich einen zweiten Versuch; vielleicht ließ er ja vor Schreck los, und dann konnte ich 'davonspringen'. Aber diesmal klappte es nicht! Ich erreichte im Geiste die Parallelebene, aber es war, als ob mein gedanklicher Impuls an eine Mauer stieße und dort reflektiert würde wie ein Tennisball - ich wurde abgewiesen.
„Versucht das nicht noch einmal!", zischte die Stimme in mein Ohr, und die Messerspitze drückte sich leicht in meine Wange, um dem Befehl Nachdruck zu verleihen. Mir blieb nichts anderes übrig - ich gab auf.

Rasend schnell gingen mir einige Gedanken durch den Kopf: Der Angreifer wollte mich nicht töten - wenigstens nicht gleich! - sonst hätte er dies mit einem schnellen Messerstich von hinten ins Herz schon längst getan. Also wollte er mit mir reden! Und: Er war von meinem Verschwinden nur kurz überrascht gewesen. Wer war dieser Besucher?
Als ob er meine Gedanken lesen konnte, lockerte er seine eiserne Umklammerung ein wenig und flüsterte: „Ich will Euch nichts tun, aber wenn Ihr schreit oder Euch zu schnell bewegt, dann werde ich zustechen. Ich will nur mit Euch sprechen!"
Ich nickte zum Zeichen, dass ich verstanden hatte, und die Messerklinge wurde zurückgezogen. Der Mann hatte sie in der Linken gehalten - seltsam, denn den linken Arm hatte er mir um den Hals gelegt. Wenn ich jemand auf diese Weise von hinten anfallen würde, dann nähme ich das Messer doch in die andere Hand. Ein Einarmiger?
Die wenigen Worte hatten mir bewiesen, dass mein Leben nicht unmittelbar gefährdet war, also war ich schon wesentlich ruhiger. Ich blieb regungslos stehen, um meinen 'Gast'

nicht nervös zu machen, und wandte mich auch nicht um, als mir ein leises Knarren und Klappen verriet, dass er die Tür schloss.

„Setzt Euch an den Tisch und stellt die Lampe darauf!", erklang ein neuerlicher Befehl hinter mir, jetzt in normalem Tonfall. „Und dreht das Licht größer!"

Ich kam der Aufforderung gerne nach, war ich doch jetzt wirklich neugierig geworden, wie sich diese Angelegenheit wohl weiter entwickeln würde.

Im flackernden Schein der kleinen Flamme konnte ich meinen Besucher betrachten, als er um den Tisch herumging und mir gegenüber ebenfalls Platz nahm. Das heißt, außer einer weiten grauen Kutte mit riesiger Kapuze, die das ganze Gesicht beschattete und nur zwei matt glitzernde Augen sehen ließ, konnte ich eigentlich nur den langen Dolch in der linken Hand der dunklen Gestalt betrachten und mir dabei vorstellen, wie es sich wohl anfühlte, die kalte Klinge zwischen die Rippen gestoßen zu bekommen.

Und ich hatte recht gehabt: Der rechte Ärmel meines Gegenübers hing schlaff herunter und war unter die dicke Kordel gesteckt, die die Kutte zusammenhielt. Also wirklich ein Einarmiger - oder der rechte Arm war verletzt und wurde unter dem Umhang in einer Schlinge getragen. Oder ein Bluff!

„Mein Gott!", stöhnte der Graue, nachdem seine Augen unter der Kapuze mich eine Weile aufmerksam gemustert hatten. Ich rührte mich nicht und ließ dies schweigend über mich ergehen, da ich der Meinung war, ihm getrost die Eröffnung unseres Gesprächs überlassen zu können. Zudem war der Dolch immer noch bedrohlich nahe.

Vielleicht hätte ich eine meiner Waffen ziehen können, aber ich glaubte jetzt wirklich nicht mehr, dass mir von meinem Gast Gefahr drohte.

„Mein Gott?", fragte ich dann doch. „Es mutet mich seltsam an, dass Ihr nicht Arboreysth, Ssiblegurud oder - welchen Namen hat der Braune? - bemüht."
Das hatte offenbar getroffen, denn ich konnte sehen, wie sich seine Augen zu schmalen Schlitzen zusammenzogen.
„Ich möchte nur mit Euch sprechen, Sir!", wiederholte er. „Gebt Ihr mir Euer Wort, nicht zu rufen, mich nicht anzugreifen, und mich anzuhören - dann werde ich den Dolch wegstecken!"
„Ich gebe Euch mein Wort – Sir!", versicherte ich und legte dabei sogar eine Spur von Feierlichkeit in meine Stimme. „Aber woher wollt Ihr wissen, dass Ihr meinem Wort trauen könnt?"
„Ich weiß es!" Zwar konnte ich unter der Kapuze seine Züge nach wie vor nicht erkennen, aber ich wusste genau, dass er lächelte. „Und verzeiht zunächst mein Eindringen und die ... die unhöfliche Art der Begrüßung, aber ich musste sicher sein, dass Ihr der Richtige seid - und dass Ihr nicht um Hilfe rufen würdet. Wenn man mich entdeckt, dann bin ich tot!"
„Nun, dann muss es zweifellos von äußerster Wichtigkeit sein, mit mir zu sprechen", lächelte ich jetzt. „Seid Ihr sicher, dass ich der Richtige bin?"
„Ihr seid es!"
„Ihr wisst es, seit ich gesprungen bin, nicht wahr?"
„Ja." Zum ersten Mal hörte ich leises Erstaunen aus seinem bis jetzt ruhigen und beherrschten Tonfall heraus. Ich gedachte, dieses Erstaunen noch zu steigern, stand langsam vom Stuhl auf und bat: „Verzeiht meine Unhöflichkeit! Hier sitzen wir und reden, und ich habe Euch noch nicht einmal ein Glas Wein angeboten, aber es kommt selten vor, dass so hoher Besuch sich zu solch nächtlichen Zeiten einstellt - Lord Virian!"

2.
Ich hatte mich in der Annahme nicht getäuscht, dass mein Schnellschuss ein Loch in die Fassade meines Gegenübers schlagen würde, aber meine eigene Beherrschung geriet ebenfalls gefährlich ins Wanken, als er mit einer schnellen Bewegung die Kapuze zurückstreifte und mich mit durchdringendem Blick ansah:
So ähnlich musste man sich fühlen, wenn man als Erwachsener erst erfährt, dass man einen Zwillingsbruder hat. Der Mann, der dort auf dem Stuhl saß, war, den Falten um die Augen und den Mund nach zu schließen, zehn bis fünfzehn Jahre älter als ich, er trug einen Schnauzbart und das Haar kürzer, und er schien wesentlich breitschultriger - aber er war mein vollkommenes Ebenbild. Oder besser ich seines.
Obwohl er mich schon in den letzten Minuten eingehend betrachten konnte, starrte er mich noch immer fasziniert an, als ob ein altes Foto plötzlich zum Leben erwacht wäre. Ich schaute wohl nicht viel intelligenter drein, denn angesichts meines verblüfften Blicks lächelte er einen Moment lang ironisch.
„Offenbar ergeht es Euch wie mir", stellte er schließlich sachlich fest. „Was mich etwas verwundert. Eigentlich müsstet Ihr die Form doch mit Bedacht gewählt haben. Aber ich fühle mich geschmeichelt!"
Jetzt verstand ich gar nichts mehr. Was für eine Form?
„Ich ...", begann ich, brach aber wieder ab. Ich spürte nur, dass ich möglicherweise kurz davor stand, Antworten auf einige Fragen zu erfahren, und beschloss, jetzt nichts zu überstürzen. Ich nahm eine Flasche Wein aus dem Schrank, schenkte zwei Gläser voll und nahm wieder Platz.
„Ihr habt recht, Lord Virian", prostete ich ihm zu und nahm einen Schluck. „Es ist in der Tat dringend nötig, dass wir uns unterhalten. Ich glaube nämlich, dass wir auf derselben Seite stehen."

Er nickte und lächelte abermals, wobei er den einen Mundwinkel etwas höher zog als den anderen, was ihm, auch durch den Oberlippenbart, einen Anflug von leiser Ironie verlieh. Ich ertappte mich selbst dabei, wie ich wieder fasziniert sein Gesicht studierte.
„Wie nennt Ihr Euch?", begann er. „Daniel, wie ich hörte? Ein seltsamer Name."
Form? Nennt? Ich konnte mich des Eindrucks nicht erwehren, dass wir irgendwie aneinander vorbeiredeten, aber ich bremste meine Neugier und beschloss, abzuwarten, wie sich das Gespräch weiter entwickelte. Also berichtigte ich: „Ich nenne mich nicht nur Daniel, sondern das ist mein Name: Daniel Christian Smith."
Er zuckte die Schultern und lehnte sich im Stuhl zurück, wobei er wiederum ironisch grinste: „Nun, Ihr werdet wohl wissen, wer Ihr seid. Woher habt Ihr gewusst, wer ich bin?"
„Oh, das war nicht sehr schwer zu erraten: 'Wenn man mich entdeckt, dann bin ich tot!' - also seid Ihr ein Feind der Yllianmark und werdet gesucht ..."
Er wollte mich unterbrechen, aber ich winkte ab und fuhr fort:
„Zudem wart Ihr nur einen Moment lang überrascht, als ich gesprungen bin. Solche Fähigkeiten sind Euch also nicht unbekannt. Ich nehme an, dass Ihr meinen zweiten Versuch unterbunden habt - mit Euren eigenen Kräften. Also seid Ihr eine Macht!"
Während ich dozierte, verzog sich sein Mund zu einem immer breiteren Grinsen. Da ich wie in einen Spiegel sah, verstand ich endlich, warum mein Mienenspiel auf manche Leute ausgesprochen aufreizend wirkte. Ich war tatsächlich in Versuchung, irgendwelche albernen Grimassen zu schneiden, um zu sehen, ob er das auch tat.
„Und drittens", fügte ich hinzu, „Euer rechter Arm ist verletzt. Das war mein Schuss."

Jetzt grinste er nicht mehr.

„Sehr klug überlegt!", gab er zu. „Und vor allem richtig. Könnt Ihr Euch auch denken, warum ich Euch aufsuche?"
Hier musste ich passen. „Nein. Oder ... vielleicht. Wie ich vorhin schon sagte: Ich denke, dass wir auf derselben Seite stehen, obwohl die Umstände ..."
Ich wollte nicht allzu viel meiner Vermutungen preisgeben, also ließ ich den Rest des Satzes in der Luft stehen.
„Ihr habt vollkommen recht!", bestätigte er. „Und aus diesem Grunde bin ich hier. Bevor ich Euch als meinen Feind betrachte ..."
Er hatte das Wort 'Euch' mit einem solchen Nachdruck ausgesprochen, dass ich ihn unterbrechen musste: „Ich bin nicht Euer Feind, und ich war es nicht, aber Ihr habt *meinen* Freund angegriffen und schwer verletzt. Vielleicht stirbt er. Mein Schuss war reine Verteidigung!"
Er sah mich plötzlich misstrauisch an, und ich hatte wieder den Eindruck, dass irgend etwas Unausgesprochenes zwischen uns stand, irgend etwas, das ich nicht näher erklären konnte.
Kopfschüttelnd fragte er: „Aber wie konntet Ihr bei dieser Karawane sein? Ihr hättet doch wissen müssen, dass sie im Auftrag des Feindes unterwegs ist!"
Mir reichte es jetzt mit diesen 'Ihr'-Anspielungen. Das klang fast so, als ob Virian mich besser kannte als ich mich selbst. Oder? Bei dem Gedanken stellten sich meine Nackenhaare auf: Er hielt mich für einen anderen!
„Ich glaube", begann ich, obwohl ich nicht recht wusste, wie ich mich ausdrücken sollte, „dass hier ein gewisses Missverständnis vorliegt. Woher zum Teufel hätte ich wissen sollen, dass die Karawane der Königin dem ... äh ... Feind dienlich ist? Meine Freunde und ich, wir sind aus Mattincourt geflo-

hen und haben mit den Angelegenheiten der Yllianmark überhaupt nichts zu schaffen."
Sein Blick schien mich durchbohren zu wollen, aber ich hielt stand. Schließlich schüttelte er resignierend den Kopf und murmelte: „Ich habe einen furchtbaren Fehler begangen. Ich dachte - dass Ihr mich verletzt hattet, schrieb ich den Umständen zu - wir standen irrtümlich auf verschiedenen Seiten. Aber jetzt? Ich glaube nicht, dass Ihr mir etwas vorschwindelt. Ihr seid wirklich ein anderer!"
Die Resignation in seinen Augen war echt und nicht gespielt, das spürte ich. Ein gewisser Verdacht keimte in mir.
„Für wen habt Ihr mich gehalten, Lord Virian?", drang ich in ihn.
Er senkte den Kopf und winkte nur ab. Mir blieb nichts anderes übrig, also gab ich einen weiteren Schuss ins Blaue ab: „Ihr dachtet, ich wäre Crusan von Gatarr, richtig?"

„Und Ihr seid es nicht? Woher wisst Ihr dann von ihm?" Er hatte sich von einer Sekunde auf die andere wieder gefangen, als ob das Wort 'Crusan' einen Stromkreis geschlossen hätte.
„Ich war eine kurze Zeit sein Gefährte, und ich kenne ihn", antwortete ich. „Anscheinend wisst Ihr nicht, wie er aussieht. Ich kann Euch jetzt nicht meine ganze Geschichte erzählen, aber seid versichert, dass ich auf Eurer Seite stehe. Ihr habt die Karawane angegriffen, bei der wir uns befanden, und wir mussten uns verteidigen; das war ein unglücklicher Zufall, nicht mehr."
Virian lächelte dünn: „Ich glaube Euch sogar. Und dass Ihr nicht mein Feind seid, das glaube ich auch. Aber einige Dinge verstehe ich nicht!"
Ich konnte mir vorstellen, was jetzt kam, und ich behielt recht:
„Ihr könntet eine Macht sein!", stellte er fest. „Und Ihr kennt Crusan von Gatarr. Wenn Ihr ein Feind wärt, dann hätte er

Euch getötet. Wenn Ihr aber ein Freund seid - von welcher Farbe? Und ich hatte Crusan erwartet - warum seid Ihr hier erschienen? Wer seid Ihr?"
Ich wäre froh gewesen, wenn ich die Antworten auf diese Fragen selbst gewusst hätte. So blieb mir nichts anderes übrig, als ihm die bittere Wahrheit zu sagen:
„Es tut mir leid. Crusan von Gatarr ist tot. Er starb in den Höhlen unter Mattincourt."
Einen Augenblick lang starrten wir uns beide ratlos an. Eine dumme Situation: Er hatte vermutlich erwartet, einen Verbündeten zu finden, und ich hatte mir Aufklärung erhofft. Was mich betraf, sah ich mich bis jetzt enttäuscht: Ich verstand weniger denn je.
„Seid Ihr gewillt, mir einige Fragen zu beantworten?", startete ich einen neuen Versuch und schenkte die Gläser nochmals voll.
Virian nickte, aber ich merkte deutlich, dass er innerlich resigniert hatte. Nun ja, er hatte Crusan erhofft und saß jetzt vor mir. So ein Pech! Aber trotzdem war ich nicht gewillt, die Gelegenheit, mit einer anderen Macht zu sprechen, ungenutzt verstreichen zu lassen.
„Ihr seid eine Braune Karte?", begann ich, und merkte, wie sein Interesse wieder erwachte. Er nickte abermals: „Der Ritter."
„Und Ihr habt meinen zweiten Versuch zu springen verhindert?"
„Natürlich. Ich konnte nicht riskieren, dass Ihr weiter springt und uns beide aus diesem Raum hinausträgt."
Aha. Allein diese Information war die Frage schon wert gewesen, aber ich fuhr fort: „Also kann eine Macht eine andere neutralisieren, oder ... ich weiß nicht, wie ich mich ausdrücken soll..."
„Der Ausdruck 'neutralisieren' ist nicht ganz richtig, aber ich glaube, man kann so sagen."

„Scheiße." Das kurze Wort drückte nicht annähernd aus, was mir in diesem Augenblick durch den Kopf ging. Vertrauend auf meine paranormale Fähigkeit hatte ich die ganze Zeit geglaubt, in einer wirklich lebensgefährlichen Situation einfach in einen Parallelraum springen zu können. Was geschah wohl, wenn eine andere Macht von dieser Eigenschaft wusste und mich, der ich meiner Sache sicher war, blockierte?
Ein Kribbeln lief meinen Rücken empor.

Ich versuchte, nicht an die weiteren Konsequenzen dieser Information zu denken, und kam zur entscheidenden Frage: „Wenn ich jetzt Crusan von Gatarr wäre - was hättet Ihr dann von mir erwartet?"
„Jedenfalls nicht das, was Ihr mir bietet!" Er hatte sich aus seinem Stuhl erhoben und stand unentschlossen vor mir. Ich konnte ihn verstehen.
„Was hättet Ihr von Crusan erwartet?", beharrte ich.
Er zögerte, dann gab er auf: „Dass Ihr mir zuhört."
„Das tue ich!"
Er überlegte einen Augenblick und fuhr dann fort: „Und dass Ihr mir folgt - und vertraut. Ich kenne mich in den Gewölben dieser Burg sehr gut aus. Ihr seid in einem Irrtum befangen, und ich ..."
„Virian von Rogue", blieb ich fest, „es führt kein Weg an der Tatsache vorbei, dass ich nicht Crusan von Gatarr bin. Was immer Ihr Euch überlegt habt, jetzt habt Ihr es mit mir zu tun." Einen kurzen Moment lang erinnerte er mich an Jocelin, als er nur durch die Nase schnaubte und entgegnete: „Na schön. Seht Ihr diesen Kristall?"
Er legte mit der Linken einen seltsam regelmäßig geformten dunkelblauen Stein auf den Tisch. „Damit gehe ich hier ein und aus. Ich kann mithilfe dieses Kristalls die Illusion erzeugen, eine andere Person zu sein. Die Wachen denken, dass

ich einer der ihren bin, und niemand hindert mich daran, die Burg zu betreten."

„Trotzdem", beharrte ich, „wenn Ihr nur vorgehabt hattet, irgendwelche Leute zu täuschen, dann ist Euch das vielleicht gelungen. Aber ich kann mir nicht vorstellen, dass Ihr ohne eine konkrete Absicht hier eingedrungen seid.

Er lachte. „Natürlich nicht. Ich hatte die Absicht, einiges klarzustellen - mit dem Herrn von Gatarr. Wenn er tot ist, dann ist sowieso alles vergebens, und wir werden unser Spiel verlieren." - „Welches Spiel?"

Er schwieg und ich merkte, dass es hier nicht weiter ging.

„Wenn ich derjenige wäre, den Ihr erwartet hättet, was würdet Ihr dann vorschlagen?"

Der dauernde Konjunktiv ging mir zwar langsam auf die Nerven, aber mir blieb nichts anderes übrig, wenn ich doch noch etwas erfahren wollte.

Virian schüttelte den Kopf. „Ich verstehe überhaupt nichts mehr", stellte er fest. Ich seufzte. In solchen Momenten hätte ich gerne eine Zigarette gehabt!

„Was hättet Ihr jetzt unternommen?", fragte ich.

Er lächelte. „Wenn Ihr Crusan von Gatarr wärt, dann hätte ich Euch aufgefordert, mir zu folgen. Da Ihr dies offensichtlich nicht seid, habe ich gewisse Bedenken ..."

Jetzt lächelte ich. „Versucht es. Wenn Crusan Euch gefolgt wäre, dann werde ich es auch tun."

.

Ein Problem hatte ich allerdings noch: „Ich habe Euch angeschossen, Lord Virian", sagte ich, „und ich soll Euch im Auftrag der Königin umbringen, als Gegenleistung für das Leben meines Freundes. Ich finde, dass Ihr dies wissen solltet."

„Das ist kein großer Umstand", meinte er gleichmütig. „Ihr habt mich schon umgebracht, Daniel. Seht!" Er öffnete seine Kutte und zog sie von der rechten Schulter herunter, sodass ich den Arm sehen konnte. Den halben Arm. Er trug einen

dicken Verband um den Ellbogen, wo das Glied endete. An manchen Stellen war der hellgraue Stoff durchweicht und wies gelbliche und rötliche Flecken auf. Ein leicht unangenehmer Geruch machte sich bemerkbar.
„Oh, verzeiht", meinte er und verzog den Mund, als er mein Gesicht sah. „Aber wie Ihr seht, hat Eure fremdartige Waffe ganze Arbeit geleistet. Meine Männer haben mir drei Tage nach unserem Gefecht den Unterarm abgenommen, weil die Wunde brandig geworden ist. Aber es war wohl zu spät. Der Brand schreitet fort, und schon jetzt spüre ich, wie er schleichend meinen ganzen Körper vergiftet. In wenigen Tagen werde ich tot sein. Ihr könnt der Königin also berichten, dass Ihr Euren Teil des Handels erfüllt habt."
Ich wusste nicht, was ich sagen sollte. Virian hatte sachlich und ohne Bitterkeit gesprochen, als redete er über Schnupfen oder Grippe, dabei war der Armstumpf ein beredtes Zeichen, dass hier ein Mann mit seinem Leben abgeschlossen hatte. Er lächelte milde und ließ dabei eine leichte Müdigkeit in seinem Blick erkennen.
„Ich war ein guter Schwertkämpfer, Daniel", stellt er fest, als ob er über jemand anderen sprach. „Einer der besten. Was für eine Ironie, dass gerade Ihr mir meinen rechten Arm nahmt."
Nach wie vor fand ich keine Worte. Ich hatte einen Mann getötet, der auf der gleichen Seite stand, und unter anderen Umständen mein Freund hätte sein können. Trotzdem fühlte ich mich nicht schuldig. Ich hatte geschossen, um Laq zu retten. Und die Ironie des Schicksals anzuklagen - dazu fehlte mir das Pathos.
„Nehmt einfach an, ich wäre an Crusans Stelle hier", schlug ich vor, um von dem Thema abzulenken. „Wohin soll ich Euch also folgen?"
Er grinste wieder auf seine - meine - süffisante Art. „Zur Königin." Sie hat eine Verabredung."
„Mit Euch?"

„Das ist das Problem." Er wiegte den Kopf und zog sich die graue Kutte wieder über die Schulter. „Die Verabredung ist eben nicht mit mir. Ich gedenke aber, mich trotzdem einzustellen, da ich der Annahme bin, dass bedeutsame Dinge besprochen werden, die für mich - und vielleicht für Euch - von höchstem Interesse sein könnten."
„Für Crusan, meint Ihr?"
„Das ist das zweite Problem. Da Ihr fähig wart, mich zu verletzen, musste ich vermuten, dass Ihr Crusan wärt. Wer seid Ihr?"
Ich schüttelte den Kopf. „Ich weiß nicht. Ich weiß nicht, welche Rolle ich in diesem Spiel innehabe. Ich weiß nur, dass ich eigentlich nicht hineingehöre. Arboreysth sagte, dass ..."
Er unterbrach mich, und ich konnte sehen, wie ein kleines Licht in seinen Augen aufglühte: „Arboreysth? Er hat mit Euch gesprochen?"
„Nein. Nicht mit mir selbst. Er sprach mit Crusan, und ich war Zeuge."
Wieder einmal sah er mir tief in die Augen, als hoffte er, dort eine Antwort zu finden. Schließlich flüsterte er fast: „Dann seid Ihr eine Macht! Kein Außenstehender kann einen der Götter wahrnehmen. Wir haben noch etwas Zeit und ich habe zwei Bitten an Euch: Gebt mir noch ein Glas Wein - und erzählt mir alles!"

3.
Der Raum hatte vier kahle Steinwände, und als einzige Einrichtungsgegenstände einen niedrigen Tisch, mehrere Stühle und drei große Holztruhen, die auf einem ausgefransten Teppich standen.
Wahrhaft nicht die Räumlichkeit, um wichtige Besprechungen abzuhalten - oder gerade deshalb?

Selbst tagsüber musste hier drin fast völlige Dunkelheit herrschen, da das einzige Fenster in der fast zwei Meter dicken Mauer nur schmal und niedrig war - eigentlich mehr ein Loch oder ein Tunnel in der Felswand, um wenigstens etwas Sauerstoff hereinzulassen; wenig genug, wie ich an der modrig-stickigen Luft merkte.

Der Fensterdurchbruch bot zum Glück gerade genügend Raum, dass ein schlanker Mann auf dem Bauch hindurch kriechen konnte. Ich musste das wissen, denn das hatte ich gerade getan, und nun lag ich knapp außerhalb des Sichtwinkels einer innen stehenden Person auf den kalten glitschigen Steinen. In regelmäßigen Abständen fiel ein Wassertropfen in mein Genick und lief meine linke Achselhöhle hinunter.

Als die Königin und ihr Besucher, ein großer Mann, der wie Virian einen weiten Mantel mit Kapuze trug, eintraten und ein Licht auf den Tisch stellten, konnte ich mir von meinem Versteck aus einmal vorsichtig den Raum betrachten, dann schob ich mich möglichst leise ein Stück zurück, bis meine Füße den äußeren Mauerrand ertasteten. Ein dummes Gefühl, dass ich, wenn ich noch ein paar Zentimeter weiter rückwärts rutschte, mit einem Teil meines Körpers mindestens zweihundert Meter über dem Erdboden hängen würde. Die Fensteröffnung befand sich nämlich auf ungefähr halber Höhe der Nordseite der Burg, wo die Mauer in die fast senkrechte Felswand überging, als wäre sie ein Teil des Berges.

Zuerst hatte ich gedacht, Virian wollte einen Scherz machen, als er mir nahelegte, mich von einer etwa zehn Meter höher gelegenen Brüstung an einem Seil hinunter zu lassen und in die Fensteröffnung hineinzukriechen. Aber der Mann scherzte nicht. Mir war nun auch klar, warum er unbedingt Hilfe brauchte: Mit einem Arm war er selbst nicht mehr imstande, an einem Seil hinab zu steigen, geschweige denn wieder herauf.

Vorhin war ich angesichts der Ironie unserer Situation etwas sprachlos gewesen, jetzt erlaubte ich mir ein Lächeln: Ich hatte ihm den Arm abgeschossen, und dafür musste ich jetzt mitten in der Nacht an einem dünnen Seil an glitschigen Felswänden herumturnen. Wenn das keine ausgleichende Gerechtigkeit war - ich bräuchte ja nur abzustürzen, und sein Tod wäre gerächt, noch bevor er starb.
Oder er müsste nur das Seil kappen! Quatsch! Dann hätte er sich nicht diese Umstände zu machen brauchen; das hätte er vorhin einfacher haben können.
Ich hatte das Seil, das Virian selbst mitgebracht hatte, um eine Zinne geschlungen und sorgfältig verknotet. Er hatte mir ein letztes Mal erklärt, was ich zu tun hatte, und mir Glück gewünscht. Das konnte ich auch brauchen!

Während Königin Asangia zwei weitere Lichter anzündete und schweigend irgend etwas aus einer der Truhen herauskramte - das entnahm ich den Geräuschen - wobei sie nicht ahnte, dass sich nur wenige Meter entfernt ein Lauscher befand, durchdachte ich noch einmal Virians Erklärung.
Er hatte sich schon am Vortag in die Illusion eines Schankdieners 'gehüllt', wie er sich ausdrückte, und war dabei Zeuge geworden, wie die Königin einen Boten beauftragte, jemandem eine geheime Nachricht zukommen zu lassen, die von äußerster Wichtigkeit wäre. Er hatte nicht verstehen können, um was es dabei ging, aber den Ort und Zeitpunkt des Treffens. So beschloss er, bevor er etwas unternahm, sich mit Crusan von Gatarr, den er als Gast in der Burg wusste, in Verbindung zu setzen, da er in ihm einen Helfer zu finden hoffte.
Das klang vernünftig, aber leider befand ich mich jetzt in der Rolle des Helfers. Ich tat das natürlich auch nicht gerade aus selbstlosen Motiven, denn ich hoffte ebenfalls, etwas zu erlauschen, was mir und meinen Freunden in dieser hoffnungs-

los verfahrenen Lage einen Ausweg weisen könnte - oder wenigstens Aufklärung, wer hier eigentlich welche Rolle spielte.

Der Raum vor mir konnte nur durch einen geheimen Zugang in den Gemächern der Königin, die sich eigentlich nach Osten hin befanden, betreten werden. Ich war mir ziemlich sicher, dass er schon öfters für konspirative Treffen dieser Art genutzt worden war.

Nachdem ich es mir halbwegs 'bequem' gemacht hatte, konnte ich nur zuhören, und dabei hoffen, dass das Seil an der Brüstung über mir nicht entdeckt würde. Virian, der sich dort in der Nähe verborgen hielt, hatte mir versichert, dass aufgrund der hohen Mauer die Söller der Burg nachts nicht bewacht wurden, aber er konnte sich auch irren. Ich lächelte: Eigentlich konnte er froh sein, dass er auf mich und nicht auf Crusan getroffen war, denn das Fensterloch war so eng, dass der Riese niemals hindurchgepasst hätte.

Seltsam: Die Irrtümer und Missverständnisse reihten sich aneinander wie Perlen an einer Kette - aber sie ergaben eine Kette. Als ob System dahinter steckte!

„Wie lange wird es dauern?", hörte ich eine zweifellos männliche Stimme. Sie hatte leise und halb flüsternd gesprochen, aber mir war, als hätte ich diesen Tonfall schon einmal gehört.

„Habt Geduld", antwortet die Königin. Sie sprach normal laut, und, wie mir schien, war sie nervös. Ein leichtes Timbre schwang in ihrer sonst ruhigen und gelassenen Stimme.

Mehrere wischende Geräusche ertönten, und ich war fast in Versuchung, mich wieder nach vorne zu schieben, um einen raschen Blick auf das Geschehen zu werfen. Trotzdem ließ ich es. Ein zufälliger Blick, und alle Beredsamkeit der Welt würde nicht genügen, um eine vernünftige Erklärung für meine Anwesenheit an diesem Ort zu finden.

„Ich kann ihn nicht fühlen!", erklang nach längerem Schweigen die Stimme der Königin.
Jetzt hätte ich beinahe gelacht. Aber das konnte nicht der Zweck dieses heimlichen Zusammentreffens sein! Obwohl: 'Wie lange wird es dauern? - Habt Geduld! - Ich kann ihn nicht fühlen!' Naja! Sollte ich wirklich diese halsbrecherische nächtliche Kletterpartie nur auf mich genommen haben, um lauschender Voyeur (oder wie sagt man da?) eines Liebesspiels zu werden?
„Ich spüre kein Echo." Wieder die Königin.
„Also ist er es nicht? Er ist nicht der Grüne Ritter?"
Jetzt ging mir nicht nur ein Blitzlicht, sondern ein ganzer Jahrmarkt auf. Die beiden redeten über mich! Die Geräusche vorhin, das war das Hinblättern des Kartenspiels gewesen. Und die Königin versuchte, sich über meine Person klar zu werden. Ich hatte es mir gedacht - auch sie war eine Macht. Und der Mann, mit dem sie sprach, vielleicht auch.
Zum wiederholten Male an diesem Tag lief mir ein Kribbeln den Rücken hinunter. Sie war eine Gegnerin von Virian, also mit Sicherheit auch von mir. Und ich befand mich mitten in ihrem Reich, an der Flucht gehindert durch einen pflegebedürftigen Freund. Nun, ihr schlauer Plan, zwei feindliche Mächte aufeinander zu hetzen, war natürlich gescheitert, aber das wusste sie noch nicht. Vielleicht war das meine, Laqs, und unserer Gefährten einzige Chance! Trotzdem: Verdammt!
Ich beschloss, meine weiteren Überlegungen zurückzustellen, und lieber zu lauschen. Und in so mancher Hinsicht wurde ich nicht enttäuscht.
„Ich kann nur vermuten, dass er der Grüne Ritter ist", gab Asangia zu. „Ich finde aus irgendeinem Grund keinen rechten Kontakt zu der Karte. Eine Macht ist er sicher."
„Wenn er es wirklich schafft, Virian zu töten, was tun wir dann? Er wird natürlich auf freiem Abzug mit seinen Freun-

den bestehen, und seine Waffe ... Wenn in der Stadt Panik ausbricht, können wir uns auf die Truppen nicht mehr verlassen."
Sie kicherte leise. „Deshalb das Duell. Ich glaube schon, dass er ein Mann von Ehre ist. Er wird darauf eingehen - in sicherer Erwartung des Sieges. Er denkt, dass sein Trumpf sticht, die Macht, sich einen Moment lang aufzulösen. Und das ist deine Chance. Val'qaí blockiert ihn."
Nun kicherte auch der andere. „Es wird mir ein ausgesprochenes Vergnügen sein, meine Königin. Er wird mir eine Blöße bieten, damit ich zuschlage, und nicht damit rechnen, dass seine Eigenschaft versagt. Und dann ..."
Man kann sich denken, dass ich diesem Dialog mit äußerstem Interesse folgte. Sicherlich grinste ich in diesem Augenblick grimmig, als ich mir die Handbewegung vorstellte, die Azfard jetzt machte. Um keinen anderen konnte es sich handeln, der hier mit der Königin der Yllianmark meinen Tod - oder besser meine Ermordung - erörterte.
Nun, in zwei Punkten würden sie sich getäuscht sehen: Ich war kein 'Mann von Ehre', und ich wusste jetzt, was mir die beiden als ferneres Schicksal zugedacht hatten. Und dieses Wissen gedachte ich zu nutzen.

.

Ich hörte ein Geräusch, als ob man einen Stöpsel aus einer sehr großen Flasche zieht, und dann ein Gluckern. Soso, die Herrschaften stießen also auch noch auf das Gelingen ihres Plans an!
Seltsamerweise war ich vollkommen ruhig. Die Vorstellung, dass ich gerade Zeuge der Vorbesprechung meiner eigenen Hinrichtung geworden war, belustigte mich sogar.
„Trotzdem, ist er nun der Grüne Ritter?", ertönte Azfards Stimme nach einer kurzen Pause.
„Ist das nicht egal? Der Braune Ritter kann er nicht sein - das ist Virian von Rogue selbst."

„Und wenn er der Braune König ist? Dann hat er vielleicht noch andere Eigenschaften, die von einem Ritter nicht blockiert werden können."
„Hm." Es trat längeres Schweigen ein. „Das wäre fatal."
„Ja, vor allem für mich. Und wahrscheinlich auch für Val'qaí. Könnt Ihr es wirklich nicht feststellen?"
„Na gut. Ich werde die Karten nochmals befragen. Trotzdem, der Braune König kann er nicht sein, dann würde er doch niemals seinen eigenen Ritter töten. Der Braune Ritter ... da ist noch etwas, das mich beunruhigt ..."
„Und wenn er nur zum Schein auf den Handel eingegangen ist, um Euch hereinzulegen, eine Falle, was ist dann? Habt Ihr daran schon gedacht?"
„Dann stirbt sein Freund. Der kann nicht fliehen und ist hier in der Burg in meiner Gewalt - und das weiß dieser Daniel!"

.

Das gefiel mir natürlich überhaupt nicht, was ich hier hörte, aber eine Idee, eigentlich nur der Hauch einer Eingebung, arbeitete sich aus meinem Unterbewusstsein nach oben.
Wenn ich vortäuschen könnte, der Grüne Ritter zu sein? Dann wären die beiden zufrieden und würden an ihrem Mordplan nichts mehr ändern. Eine Änderung des Plans könnte fatal für mich enden, da ich mit ziemlicher Sicherheit nicht noch einmal die Chance erhalten würde, etwas davon zu erfahren.
Es war wie beim Schach: Wenn man vortäuscht, auf einen Zug hereinzufallen, dann kommt der Gegner vielleicht gar nicht erst auf die Idee, sich von vornherein einen Gegen-Gegenzug zum Gegenzug zu überlegen.

.

Wie würde sie versuchen, herauszufinden, ob ich der Grüne Ritter wäre: Durch Konzentration beim Betrachten einer Karte auf irgendeiner über- oder untergeordneten mentalen Ebene eine Art Verbindung herstellen zu der Person, die die Kar-

te darstellte. Natürlich würde bei mir der Versuch scheitern, denn es gab keine Karte von mir.
Zumindest hoffte ich das. Blair hatte über ein 16er-Spiel verfügt und Schevon Ssert über ein 18er. Mein eigenes bestand ebenfalls aus 18 Blatt.
Wenn ich es nicht versuchte, würde ich es nie herausfinden.
Ich erinnerte mich an die Nacht, als wir aus Mattincourt flohen: Ich hatte es geschafft, Vanessa einen telepathischen Befehl zu übermitteln, durch bloße Konzentration auf die Person. Nur war dieser Kontakt direkt gewesen, von Angesicht zu Angesicht - und ich wusste eigentlich nicht einmal genau, wie ich das gemacht hatte.
Hier lag die Sache anders: Asangia wollte über die Karte - der Grüne Ritter, von dem sie dachte, dass ich es sein könnte - einen Kontakt herstellen. Falsch! Sie wollte eben keinen Kontakt, sondern nur Information. Ein passives Abtasten, ohne dass der andere etwas davon merkte.
Also war die Karte das Medium, der Übermittler!
So sachte wie möglich zog ich meinen rechten Arm zurück und langte in meine Hemdtasche. Ich ertastete den ledernen Umschlag und wickelte ihn ab. Ein ebenso vorsichtiges Vorschieben des Arms, und ich hatte das Päckchen Karten vor Augen. Eilig suchte ich den Grünen Ritter heraus.
Wie beim letzten Mal, als ich sie betrachtet hatte, war die Karrte leer. Die grünen verschnörkelten Ornamente umrahmten kein Gesicht, denn der Grüne Ritter - Severin de Martin - existierte nicht mehr. Das gab mir abermals zu denken.
Hätte Asangia dies nicht ebenfalls feststellen müssen? Oder, so seltsam das auch klingen mag, verfügte Crusans Spiel über mehr Information als ihres?
Ich musste davon ausgehen, dass dem so war. Wenn die Königin feststellen würde, dass ich gar nicht zum Spiel gehörte, könnten die Folgen für uns übel sein. Sie hätte keinen Grund mehr, Laq überhaupt am Leben zu lassen!

In dem schummrigen Licht, das die Felswand über mir gerade so weit erhellte, dass ich die Karten auseinander halten konnte, hielt ich mir den Grünen Ritter dicht vor die Augen. Was sollte ich jetzt eigentlich tun? Ich hatte keine Ahnung, aber ich fühlte, dass ich auf dem richtigen Weg war.
Sie versucht, einen Kontakt herzustellen. Kontakt. Verbindung. Telefon! Wenn man wissen will, ob jemand zu Hause ist, aber nicht will, dass dieser weiß, wer anruft ... Klingeln lassen! Und wenn der andere abhebt, auflegen.
Irgendetwas hatte ich vergessen. Richtig! Die Verbindung müsste überhaupt existieren!
Der Grüne Ritter ist tot, aber ein anderer könnte seinen Anschluss benutzen - ich! Ich bin der Grüne Ritter! Ich bin Severin de Martin! Ich bin der Grüne Ritter!
Ich stellte mir mein eigenes Gesicht im Spiegel vor, und versuchte, mich so darauf zu konzentrieren, als ob die Karte vor mir der Spiegel wäre. Es war ein prächtiger, wertvoller Spiegel mit einer Einfassung aus Jade, nein, aus Smaragden, grünen Edelsteinen. Er wuchs vor meinem inneren Auge, bis er das ganze Blickfeld einnahm. Und ein Gesicht erschien, als ob es aus dem Wasser auftauchte, zuerst verschwommen und verwaschen, dann deutlicher.
Severin, Crusan, Virian - nein, ich!
Als ich das Spiegelbild wirklich deutlich erkennen konnte, und es die Bewegungen meines Kopfes mitmachte, musste ich blinzeln, und die Vision verschwand. Irgendetwas hatte mich aus meiner Versenkung zurückgeholt. Was? Eine Stimme.
„Er ist es! Er ist es tatsächlich! Ich muss vorhin etwas falsch gemacht haben."
Die Königin. Von einem Augenblick zum anderen war ich wieder hellwach. Verdammt! Ich belauschte zwei Todfeinde von mir und verfiel in Trance wegen einer Karte. Die Karte! Ich hielt sie nach wie vor fest in meiner rechten Hand.

Inmitten der grünen Schnörkel sah mir mein eigenes Gesicht entgegen.

4.
Die Tür schloss sich knirschend, und ich lag im Dunkeln.
Asangia und Azfard hatten nicht mehr viel gesprochen, ihren Wein ausgetrunken - vermutlich diesen schwarzen Wein aus Rivell -, die Kerzen gelöscht und den Raum verlassen. Meine Gedanken überstürzten sich fast, weil ich es eigentlich nicht glauben konnte. Nicht etwa, dass ich umgebracht werden sollte, nein. Das war mir seit meiner Ankunft vor dem Südtor von Mattincourt inzwischen zur lieben Gewohnheit geworden. Was mich wirklich verblüffte, war die Tatsache, dass ich eine Karte des Spiels geändert hatte. Beinahe hätte ich gelacht: Ich hatte betrogen! Die Konsequenzen vermochte ich mir jetzt noch gar nicht auszumalen.
Sollte ich mich nun gleich rückwärts aus dem Fenster hinaushangeln und zu Virian hinaufsteigen? Mir graute zwar vor der schwarzen Tiefe, aber der Abstieg hatte gezeigt, dass das Unternehmen nicht so lebensgefährlich war, wie ich mir vorgestellt hatte.
Zwischen den riesigen Quadern der Mauersteine klafften Fugen, wo man mit der Spitze des Stiefels einigermaßen Fuß fassen konnte, so dass nicht der ganze Aufstieg mit der Muskelkraft der Arme bewältigt werden musste.
Aber irgendetwas hielt mich noch hier zurück. Ich wollte die einmalige Gelegenheit nicht ungenutzt verstreichen lassen, mir den geheimen Raum der Königin - der Roten? - einmal genauer anzusehen.

.

Die kleine Flamme meines Feuerzeugs zeigte mir nur den Tisch und zwei große verkorkte Karaffen, die darauf standen.

Ich musste wohl nicht befürchten, dass in dieser Nacht noch einmal jemand hereinkam. Trotzdem zündete ich die Kerze auf dem Tisch nicht an - wer weiß, vielleicht tropfte Wachs irgendwo hin, wo vorher keine Wachstropfen gewesen waren. Die flackernden Schatten, die das Licht vorhin an die Decke des Raums gezeichnet hatte, hatten öfters gegeneinander geschwungen, also musste eine zweite Lichtquelle existieren. Nach kurzem Suchen wurde ich fündig: Eine Öllampe in einer Halterung an der Wand neben der Tür.

Das Licht, das diese Funzel verbreitete, war zwar äußerst dürftig, aber ich konnte mein Feuerzeug schonen, das sich auch schon ziemlich heiß anfühlte.

Was suchte ich eigentlich? Ich musste mir selbst eingestehen, dass ich es nicht wusste, aber der Gedanke, ungestört im Allerheiligsten meiner Feinde herumschnüffeln zu können, war geradezu unwiderstehlich. Die Karten! Asangias Kartenspiel! Ich konnte es auf dem Tisch nicht entdecken, wahrscheinlich hatte sie es in eine der Truhen gelegt. Ich öffnete die erste und fand sofort, was ich gesucht hatte. Das Kartenspiel, in Papier eingeschlagen, lag in einem schmalen Fach neben allerlei Gegenständen, die vielleicht unter anderen Umständen einer näheren Betrachtung wert gewesen wären, mich im Moment aber nicht interessierten. Ich wickelte das Spiel heraus und zählte ab: sechzehn Blatt.

Ich lächelte: Selbst die Königin wusste nicht, dass noch andere Karten mitspielten. Der Grüne Ritter zeigte ein äußerst abstrakt dargestelltes Gesicht, das eigentlich keine Ähnlichkeit mit dem meinen hatte - aber die Karte war nicht leer!

Ich überlegte kurz. Da meine Manipulation sich auch auf Asangias Blatt ausgewirkt hatte, war anzunehmen, dass ebenso in anderen Spielen der Grün-Ritter wieder 'besetzt' war. In Zukunft würde also jede andere Macht in mir diese Karte sehen. Bis auf Schwarz. Schwarz musste wissen, dass Severin de Martin ausgelöscht war.

Ich erwog Für und Wider: Es könnte mich in Schwierigkeiten bringen, für den Grünen Ritter gehalten zu werden; aber in noch größere Schwierigkeiten, als zusätzliche Karte zu gelten, als Eindringling in diesem Spiel. Wieder einmal fragte ich mich, welche Rolle ich nun wirklich spielte. Die neunzehnte Karte?

Ich verstaute das Blatt wieder und schloss die Truhe. Dabei fiel mein Blick auf die andere, die daneben stand. Das Ding hatte ich doch schon einmal gesehen! Der Holzdeckel mit dem Sprung und den abgesplitterten Kanten, und am Boden lagen ein paar vertrocknete Blätter verstreut - der Kindersarg von Jedediahs Karawane!

Mir war plötzlich seltsam kalt geworden, und ich spürte instinktiv, dass ich vor einer Enthüllung stand, einer Enthüllung, die mir nicht gefallen würde.

Ich schob den Deckel zur Seite, und wie vor einigen Tagen, bei der Überquerung des Solvian, schlug mir ein strenger Geruch entgegen. Eine Mischung aus Beizmittel und unzureichend überdeckter Fäulnis. Diese widerlich süße Komponente war inzwischen stärker geworden, aber das mochte an der mangelnden Frischluftzufuhr des Raums liegen.

Was ich allerdings sah, das drehte mir wirklich den Magen um:

Von der Leiche des Kindes waren nur noch der Rumpf, der Kopf und ein Arm vorhanden. Die anderen Gliedmaßen waren von einer scharfen Klinge abgetrennt worden. Ich beeilte mich, den Deckel wieder einzusetzen und seufzte erleichtert, dass er nicht verzogen war und passte.

Dann setzte ich mich erst einmal. Ich entkorkte eine der großen Karaffen, die man verschließen konnte, und nahm einen gewaltigen Schluck. Schwarzer Wein, ich hatte es gewusst. Daraufhin wurde mir etwas besser, und das war auch nötig. Denn beim Anblick des gliederlosen Torsos hatte ich plötzlich alles begriffen; und diese Erkenntnis war alles andere als beruhigend.

Warum schnitt jemand Teile von einem Toten herunter? Noch dazu vom angeblichen kleinen Bruder der Königin, dessen Leichnam man unter vielen Mühen - und Lebensgefahr - aus einer weit entfernten Stadt herangeschafft hatte. Um ihn hier würdig beizusetzen. Von wegen!
Dieser Tote hier, dieses halbverfaulte Fleisch, das war die biologische Waffe, die die Königin gebraucht hatte. Der Plan war wahrscheinlich schon lange vorbereitet gewesen. Sie stammte aus Rivell, hatte es geheißen. Das stimmte vermutlich ebenso wenig wie die Geschichte mit dem kleinen Bruder.
Rivell lag im Südwesten, also am Rande der roten Einflusssphäre. Dass die Roten dahinter steckten, das war mir jetzt klar. Genau wie Mattincourt, versuchten sie, eine Stadt von innen auszuhöhlen, bevor sie selbst angreifen würden, das spart Zeit und Truppen.
In Jocelins Stadt hatten sie einen Aufstand angezettelt, und hier sollte eine Seuche die Widerstandskraft der Verteidiger von innen zermürben. Verrn galt als uneinnehmbar, nun, man würde diese Meinung revidieren müssen. Die Karawane der Königin hatte diese so gut wie möglich konservierte Qeasis-Leiche aus Rivell hierher gebracht, und man hatte Teile davon einfach abgeschnitten und wahrscheinlich nachts in die Brunnen geworfen. Natürlich nur in die Brunnen der Stadt, die Burg hatte einen eigenen im Innenhof.
Der Plan war verdammt übel und hinterhältig, aber nicht schlecht, das musste ich zugeben. Es gab wohl kaum eine einfachere Möglichkeit, eine feindliche Stadt ohne große eigene Verluste einzunehmen, als ihre Einwohner vorher zu vergiften.

Jocelin hatte mir erklärt, dass Qeasis nicht sehr ansteckend ist, also sorgte man für eine Inkorporierung des Erregers über das Trinkwasser. Ich grinste bitter: Die Königin hatte doppelt geblufft - die falsche Karawane war doch die richtige gewesen!
Und dann überlegte ich weiter: Es war nicht anzunehmen, dass man innerhalb der Burg verseuchtes Wasser erhielt. Hatte ich in der Stadt Wasser getrunken? Nein! ....
Die Herberge! Der rote Blitz im Glas und die Stimme in meinem Kopf! Das war keine Warnung vor dem Wein gewesen, sondern vor dem Wasser! Nachträglich lief mir ein Schaudern den Rücken hinab.
Verflucht noch mal! Obwohl ich der Sache auf der Spur gewesen war, hätte ich mich beinahe vergiftet. Schon morgen - ich wusste nicht, wie lange die Inkubationszeit dieser Krankheit ist - hätte ich mein Blut irgendjemandem vor die Füße spucken können.
Wer hatte mich auf diese Art gewarnt? Gab es einen außenstehenden Beobachter des Spiels, der mir freundlich gesonnen war? Die unbekannte Macht, die mich hierher geschickt hatte? Und noch etwas weckte die schlimmsten Befürchtungen in mir: Laq war nicht unmittelbar gefährdet, er konnte die Burg nicht verlassen, genausowenig Vanessa, die nicht von seiner Seite wich - aber Jocelin und Ybkallis! Der Souvaner hatte am Nachmittag in der Wirtschaft nur Bier getrunken, und das war nicht verdünnt gewesen, das hätte ich geschmeckt. Trotzdem: Er hatte die Absicht geäußert, mit dem Narren zusammen 'eine Schenke aufzusuchen'.
Es war zwar nicht anzunehmen, dass er bei dieser Sauftour, wie das im Klartext wohl heißen sollte, Wasser trank - aber wer weiß? Ein verlängerter Wein wie bei mir, oder ein Wirt, der aus einem Vier-Liter-Krug fünf Liter ausschenkte ...
Wie gerne ich auch das geheime Refugium der Königin näher untersucht hätte, ich durfte keine Zeit mehr verlieren. Vi-

rian wartete. Seltsamerweise schreckte mich die Aussicht auf die Kletterpartie zurück im Moment nicht, dazu war ich zu besorgt - und wütend. Asangia und Azfard - ihr werdet noch an mich denken!
In meiner Hosentasche fühlte ich das Schnappmesser.

5.
Eine Stunde später - es war nach Mitternacht - verließ mich Virian. Ich hatte ihm alles erzählt und seine letzten Worte hörte ich noch, als sich die Tür hinter ihm - jetzt in der Gestalt eines herrschaftlichen Kammerdieners - schloss:
„Meine Befürchtungen haben sich bewahrheitet - und meine Hoffnungen? Ich weiß es nicht. Ich hatte meine ganzen Erwartungen darin gesetzt, Crusan von Gatarr zu treffen. Aber Ihr? Ich weiß, dass Ihr auf meiner Seite steht, aber Ihr seid eine Macht, die außerhalb der Regeln steht, und darum vielleicht gefährlicher als ein Feind. Versucht, so schnell wie nur möglich, diese Stadt zu verlassen. Ihr habt mir geholfen, und ich werde Euch helfen! Ich werde mich morgen Abend oder Nacht erneut mit Euch in Verbindung setzen."
„Habe ich Euch wirklich geholfen?"
„In gewisser Hinsicht. Die Yllianmark war immer ein mehrfarbiges Gebiet zwischen den verschiedenen Sphären: Braun im Westen, Grün im Osten, und Blau weit im Norden. Jetzt wird sie den Angreifern aus dem Süden zum Opfer fallen - den Roten. Und wir können nichts dagegen tun. Der Spielzug ist schon gemacht. Aber es war von Nutzen, Klarheit über diese Tatsache zu gewinnen, das verdanke ich Euch!"
„Das klingt bitter!"
„Daniel", er legte mir die Hand auf die Schulter, und ich konnte durch die Illusion hindurch sein richtiges Gesicht sehen, als ob sich zwei Bilder überlagerten - und er lächelte müde, „diesen Zug des Spiels haben wir verloren. Den

nächsten werde ich nicht mehr erleben, aber ich glaube, dass ich Euch noch hier heraus helfen kann. Ihr seid nicht Crusan von Gatarr - aber Ihr habt etwas von ihm! Wir sehen uns morgen!"
Er wollte gehen, aber ich hatte noch eine Frage: „Welchen Namen hat der Braune Gott?"
„Divvnu'môn."
„Dann geht mit Divvnu'môn, Virian von Rogue."

6.

Ein Problem war gar keines gewesen, wie ich gleich darauf erleichtert feststellte: Jocelin öffnete auf mein heftiges Klopfen seine Tür und sah mich erstaunt an: „Was ist?"
Ich drängte mich in sein Zimmer und schloss die Tür hinter mir. „Du bist nicht in der Stadt unterwegs?"
„Wie du siehst, nicht. Ich habe Ybkallis nicht gefunden, und dann hatte ich doch keine Lust mehr, irgendetwas zu unternehmen. Nach dem Abendessen bin ich kurz eingenickt, und ... Wie siehst du denn überhaupt aus? Warum hast du deine alten Sachen wieder angezogen?"
„Die neuen sind dreckig!"
Ich hatte die neue Garderobe, die mir großherzig zur Verfügung gestellt worden war, gerne wieder gegen meine alten Sachen eingetauscht, denn das Herumklettern und -kriechen auf schmierigem bemoosten Felsgestein hatte dem dünnen Stoff nicht gerade gut getan, wie man sich denken kann.
„Und die Satteltasche? Was willst du mit der? Und ..."
Ich unterbrach ihn: „Hör zu, Jocelin de Martin. Und hör gut zu! Wir müssen sofort zu Laq und Vanessa! Wir müssen sie auf der Stelle hier herausschaffen! Sofort!"
Er sah mich an, als ob ich ihm gerade vorgeschlagen hatte, das große Burgtor zu stehlen.

„Bist du noch bei Sinnen, Daniel? Ich verstehe nicht ... Laq kann doch nicht ..."
Ich packte ihn am Aufschlag seines Hemds. „Ich bin bei Sinnen, und ich mache keine Scherze. Nimm dir deine Waffen, und was du sonst noch brauchst, und komm mit! Ich erkläre dir alles auf dem Weg nach unten. Aber wir sollten keine Minute versäumen!"
Kopfschüttelnd kam er meiner Aufforderung nach.
„Übrigens", fragte ich noch, „hast du heute außerhalb der Burg Wasser getrunken?"
„Wasser? Nein. Warum ... was soll diese Frage?"
„Nichts von Bedeutung. Du wärst nur morgen oder übermorgen tot."

.

Das Krankenzimmer war leer. Weder von Laq noch von Vanessa eine Spur. Das Bett war zerwühlt, und einige Glasbehälter mit farbigen Flüssigkeiten standen auf dem Tisch.
Jocelin keuchte fassungslos: „Verdammt! Vor drei Stunden war ich noch hier. Vanessa sagte, dass Laq sich langsam erholt, dass das Fieber zurückgegangen ist. Und jetzt ..."
Ich hätte ebenfalls fluchen können. „Sie haben die beiden irgendwo anders hin gebracht.
Asangia wollte sich ihrer Geiseln versichern. Sie hatte den Verdacht, dass ich mich nicht an den Handel halte."
„Und was sollen wir jetzt tun?"
Wenn ich das gewusst hätte! Ich begann zu überlegen, aber die Mühe wurde mir abgenommen: Die Tür hinter uns schwang auf und vier Soldaten traten ein. Sie hielten kurze Speere in der Hand, die sie auf uns richteten. Jocelin legte die Hand auf den Schwertgriff, unternahm aber nichts.
Hinter den Soldaten erschien die Königin mit weiteren Truppen im Gefolge. Im selbstherrlichen Bewusstsein ihrer Macht - und Schönheit, das musste ich zugeben - schenkte sie mir

ein bezauberndes Lächeln wie am Vorabend. Nur ihre Augen lächelten diesmal nicht mit.
„Guten Abend, Sir Daniel", zirpte sie. Dass sie den Souvaner keines Blicks, geschweige denn eines Worts, würdigte, amüsierte mich insgeheim.
„Ich hatte den ganzen Tag gehofft, Eure wirklich amüsante Gesellschaft nochmals genießen zu können."
Unter normalen Umständen hätte ich mich jetzt auf ein Wortgefecht der geistreichen Scherze und charmanten Redewendungen eingelassen, aber danach war mir momentan überhaupt nicht zumute.
„Wo sind meine Freunde ... Majestät?", fragte ich in nicht allzu höfischem Ton.
„Oh, Sir Daniel", gab sie zurück, „es dauert mich zutiefst, Euch ungehalten zu sehen. Ich hielt es im Interesse Eures Gefährten für das Beste, ihm und seiner Pflegerin", sie kicherte bei dem Wort leise in sich hinein, „einen wirklich ruhigen Aufenthaltsort zuzuweisen, wie es solch lieben Gästen geziemt. Ich hoffe doch, Ihr billigt diese Maßnahme - vor allem in Hinsicht auf unsere Abmachung."
Trotz ihres breiten Grinsens musste ich zähneknirschend zustimmen. Im Augenblick hatte sie alle Trümpfe in der Hand. Solange sich Laq und Vanessa in ihrer Gewalt befanden, blieb mir nichts anders übrig, als gute Miene zum Bösen Spiel machen. Und was war eigentlich mit Ybkallis?
„Übrigens", fuhr sie fort, „die Erfüllung Eures Teils der Abmachung dürfte Euch nicht sehr schwer fallen, denn ...", sie machte eine bedeutungsvolle Pause und hob den Zeigefinger, „zufällig habe ich erfahren, dass Virian von Rogue sich in Verrn befindet."
.
In genau dem Augenblick, in dem sie dies sagte, verstand ich.

Dass ich nicht von vornherein daran gedacht hatte! Als sie vorhin das Spiel durchging, hatte sie natürlich den Braunen Ritter in die Hand genommen und dabei ein 'Echo' verspürt. Also wusste sie, dass sich Virian in der Nähe aufhielt.
Ich versuchte, mich dumm zu stellen, und irgendetwas Unverfängliches zu sagen, aber Jocelin hatte lange genug schweigend zugehört: „Wo ist mein Freund Laq?", schnappte er und trat drohend einen Schritt auf die Königin zu, wobei er sein Schwert ein Stück aus der Scheide zog.
Sofort hoben zwei der Wachen ihre Speere, aber Asangia winkte lachend ab: „Albin, oder wie Ihr wirklich heißen mögt, Ihr amüsiert mich! Glaubt Ihr etwa, dass Ihr hier lebend herauskommen würdet, wenn Ihr mich angreift?"
„Nein", knurrte der Souvaner, „aber Ihr ebenfalls nicht."
„Oh", grinste sie noch breiter, „natürlich, Ihr seid sehr geschickt im Umgang mit Waffen - und sehr schnell, das habt Ihr gestern überzeugend unter Beweis gestellt. Trotzdem würde Euch das nichts nützen. Gebt acht!"
Sie machte eine kleine Handbewegung, und Jocelins Klinge schoss aus der Scheide, ohne dass sie jemand berührt hatte, drehte sich einmal in der Luft und bohrte sich mit einem Knirschen in die Tischplatte. Obwohl der Souvaner von dem Vorgang nicht weniger verblüfft war als ich, reagierte er blitzschnell: Mit einem Fluch sprang er zur Seite, packte die Waffe am Griff, riss sie heraus und ... Nein, er riss sie nicht heraus, denn sie steckte fest wie angeschmiedet, das sah ich an seinem Gesicht, als er seine ganze Kraft vergeblich aufbot, um das Schwert freizubekommen.
Ein feines Lächeln spielte um Asangias Lippen, als der Souvaner sie hasserfüllt anstarrte und weiter an der Waffe zerrte. Sein Atem ging keuchend. Das war also ihre Fähigkeit. Und ich wusste nicht, wie man sie blockieren konnte!
Ich ärgerte mich, dass Jocelin hier und jetzt diesen Konflikt heraufbeschworen hatte, dazu standen unsere Chancen nun

wirklich zu schlecht. Wenn es zum Kampf mit Asangia kommen sollte, dann zu meinen Bedingungen! Und augenblicklich schien sie die Situation sogar zu genießen, hatte sie doch alle Trümpfe in der Hand - bis auf einen, Virian von Rogue!
„Lasst das!", bat ich. „Ich werde unseren Handel nicht erfüllen können, wenn ich tot bin. Und das Einzige, was Ihr dann erreicht habt, ist, dass es zwei fremde Söldner weniger gibt."
„Euer Freund wollte mich angreifen!"
„Er war nur wütend, dass unsere Gefährten verschwunden sind. Und er ist - nun, er ist etwas heißblütig. Lasst uns diesen Vorfall vergessen und vernünftig miteinander reden - und ich werde Euch Virians Kopf in spätestens zwei Tagen zu Füßen legen."
Ein Glitzern trat in ihre Augen und sie wandte sich mir zu: „Ich sehe, Ihr seid ein verständigerer Mann als Euer - heißblütiger - Freund. Aber eine kleine Lektion hätte er für seine Albernheit wohl verdient!"
Sie machte erneut eine Handbewegung, und Jocelins Klinge löste sich aus dem Tisch, drehte sich abermals herum, zog ihm mit der Spitze eine blutige Spur über die Wange und blieb regungslos drohend vor seiner Kehle in der Luft hängen.
Die Königin lachte glockenhell, die Sache schien ihr immer mehr Spaß zu machen.
„Lasst das!", wiederholte ich, jetzt lauter.
Sie drehte sich wieder zu mir und verzog spöttisch das Gesicht. Allerdings verging ihr das Grinsen auf der Stelle, und ihre Züge gefroren: Sie sah genau in die schwarze Mündung der Winchester. Ich hatte die Flinte mit einer dünnen Schnur unter der rechten Achsel befestigt, die lange Jacke darüber gezogen, und ein Loch in die Jackentasche geschnitten.
Es knackte metallisch, als ich durchlud. Ich ließ den Blick nicht von ihr, als ein klirrendes Geräusch neben mir ertönte:

Jocelins Schwert war zu Boden gefallen. Jetzt lächelte ich: Ich hatte sie zwar nicht blockieren können, aber ihre Konzentration zusammenbrechen lassen.
Ich erwartete jeden Augenblick, dass ihre Kraft nach meiner Waffe greifen würde, aber es geschah nichts. Ich kniff die Augen drohend zusammen, doch innerlich atmete ich auf. Sie wagte nicht, ihre Macht bei mir einzusetzen, weil sie die Wirkungsweise des Rohrs vor ihrem Gesicht nicht kannte - und nicht wusste, ob ich sie blockieren konnte oder nicht.
„Verhalten wir uns jetzt wieder wie vernünftige Menschen?", fragte ich leise und warf einen schnellen Blick zur Seite. Die Soldaten standen still wie Statuen und wagten keine Bewegung. Jocelin hatte sein Schwert aufgehoben und hielt sich bereit. Asangia biss sich nervös auf die Lippen.
„Gut", murmelte sie mit rauer Stimme. Offenbar hatte der Blick in die tödliche Waffe vor ihren Augen ihre selbstsichere Fassade doch etwas angekratzt.
„Es ist gut", wiederholte sie, „vergessen wir die Sache."
Ich wusste nicht, wie weit ich ihr im Augenblick trauen konnte, und meine Gedanken rasten. Ich würde sie und ihre Männer nicht auf Dauer in Schach halten können, und die Herausgabe von Laq und Vanessa würde ich schon gar nicht erzwingen können. Das würde zu lange Zeit in Anspruch nehmen, und irgendjemand würde die Nerven verlieren. Hier befanden wir uns im untersten Geschoss der Burg, also hielt ich es für das Beste, zu verschwinden.
„Hört zu", meinte ich, „ich habe eine Spur, die mich zu Virian von Rogue führen könnte. Und Albin und ich, wir werden jetzt die Burg verlassen, friedlich."
„Natürlich", stimmte sie zu, wobei sie eine Augenbraue hochzog. „Die Wache wird Euch zum Tor begleiten."
Ich hatte das Gewehr noch nicht sinken lassen. „Das wird sie. Und Ihr ...", ich machte einen Wink mit dem Lauf, „ ... Ihr werdet uns begleiten, meine Königin!"

Sie grinste säuerlich. „Na schön. Aber denkt daran, Daniel: In zwei Tagen bringt Ihr mir den Kopf von Virian von Rogue - oder Eure Freunde werden einen unangenehmen Tod sterben!"

KAPITEL SECHS : VANESSA

-

Auf diesen Seiten erzählt nicht Daniel die Handlung, sondern wir werden Zeugen, wie es Vanessa inzwischen ergangen ist. Sie gerät in eine höchst missliche Lage, ihr Geschlecht betreffend, entdeckt neue - alte - Fähigkeiten, und muss feststellen, dass eine andere Frau noch schlauer war.

-

1.
Die vier Soldaten hatten einen großen dünnen Höfling in eleganter Tracht in ihrem Gefolge, der sich als Liethar, Kämmerer der Königin, vorstellte. Vanessa gefiel der Mann mit seinen Habichtsaugen in dem schmalen Gesicht überhaupt nicht, aber sie hatte keinen Grund, seinen Worten zu misstrauen, als er erklärte, sich im Auftrag der Herrschaft nach dem Befinden des Kranken erkundigen zu wollen.
Als sie sich über den Jjarden beugte, der gerade in leichten Schlummer gesunken war - was sie freute, denn das kündigte die bevorstehende Genesung an -, um seinen Puls zu fühlen, geschah es ohne jegliche Vorwarnung: Zwei Soldaten packten ihre Arme und drehten sie brutal auf den Rücken, und eine kräftige Männerhand legte sich über ihren Mund und ihre Nase.
Sie versuchte verzweifelt, sich aus dem Griff zu winden, aber die Soldaten hielten eisern fest. Sofort begann sich der Luftmangel bemerkbar zu machen, und farbige Punkte tanzten vor ihren Augen, als sie ihre Anstrengungen verstärkte. Sie trat mit dem Fuß nach hinten aus und traf irgendetwas, das nachgab, aber schon versank ihre Umgebung in dumpfer Schwärze.

Das Letzte, das sie wahrnahm, war Liethars höhnisch verzogenes Gesicht, das sie angrinste wie ein Raubvogel vor dem Zustoßen.

.

Vanessa erwachte mit schrecklichen Kopfschmerzen und fluchte nicht sehr damenhaft, aber in der Gesellschaft, in der sie sich in den letzten Wochen befunden hatte, war kein sehr höfischer Umgangston gesprochen worden.
Bei dem Gedanken begannen die Gesichter ihrer neuen Gefährten sie im Geiste zu umkreisen: Jocelin, der souvanische Prinz, Ybkallis, der Hofnarr in seiner bunten Kleidung, Daniel, der seltsame Mann mit den gefärbten Haaren - und Laq, der kleine Jjarde mit seinen gütigen Augen, für den sie mehr als nur Freundschaft empfand.
Und das Gesicht eines Geiers oder Bussards, das sich ständig dazwischen schob.
Langsam wurde die Umgebung deutlicher und die Traumbilder verblassten. Sie richtete sich zögernd in sitzende Stellung auf fasste sich an den Kopf, aber sie fühlte keine Geschwulst oder schmerzende Stelle. Dann kehrte urplötzlich die Erinnerung zurück.
Mit einem neuerlichen Fluch riss sie die Augen weit auf und sah sich um. Der kleine Raum, in dem sie sich befand, war ganz offensichtlich eine Gefängniszelle: Steinwände, ein vergittertes Fenster, eine Holztür mit Eisenbeschlägen und Guckloch, und eine mit Ketten befestigte Pritsche, auf der sie lag. Der Geruch von fauligem Stroh, das als Matratze diente, vervollständigte den trostlosen Eindruck. Durch das Fenster fiel helles Mondlicht herein und zeichnete ein mehrfach zerschnittenes Parallelogramm auf den Boden.
Vanessa rappelte sich stöhnend hoch und wankte zu der Tür. Hinter der kleinen Sichtöffnung konnte sie nur einen kahlen Gang erkennen, der irgendwo weit hinten von trübem Licht

notdürftig erleuchtet war; vermutlich eine Fackel hinter einer Biegung oder in einem Alkoven.
Das Fenster zeigte ihr auch keinen erbaulichen Anblick: grau-schwarz gemaserte Dunkelheit unten und Mond und Wolkenbänder oben - sonst nichts.

.

Ächzend setzte sie sich auf die Pritsche zurück und überlegte.
Natürlich hatte man ihr keine Waffe gelassen. Sie hätte sich selbst ohrfeigen können, so leichtsinnig und vertrauensselig gewesen zu sein, aber in den letzten Tagen hatte sie all ihre Kraft und Fähigkeiten eingesetzt, um das Leben Laqs zu erhalten, und sich keine Gedanken über die Lage gemacht. Jocelin hatte zwar bei seinem letzten Besuch angedeutet, dass Daniel den Verdacht hegte, dass hier keinesfalls alles in Ordnung war, aber sich nicht näher geäußert, sondern selbst gemeint, dass man die Genesung des Jjarden unter gar keinen Umständen gefährden dürfte.
Laq, was mochte mit ihm geschehen sein? Sein Zustand war noch nicht so gut, dass man von einer wirklichen Gesundung sprechen konnte, und wenn jetzt die richtige Pflege fehlte ...
Einen erneuten Ausbruch des Fiebers würde sein geschwächter Körper nicht überstehen.
Von den Wänden und der Decke tropfte Feuchtigkeit und sammelte sich in kleinen Lachen am Boden, worin sich das Mondlicht spiegelte.

.

Schon nach wenigen Minuten schreckte sie ein Geräusch aus ihren trüben Überlegungen: Draußen hatte eine Kette oder ein Schlüssel geklappert. Schritte erklangen auf dem Gang, von den Wänden mehrfach zurückgeworfen.
Vanessa widerstand der Versuchung, zur Tür zu gehen und hinauszusehen. Wenn der Besuch ihr gelten sollte - und dessen war sie sich ziemlich sicher - dann konnte sie genauso

gut hier sitzen bleiben und abwarten. Über sich selbst erstaunt, stellte sie fest, dass ihr zwar unbehaglich zumute war - angesichts der Umstände kein Wunder! -, dass aber ihr Ärger größer war als ihre Furcht.
Sie hatte richtig vermutet: Einige Momente später knirschte es rostig im Schloss, und die Tür schwang auf. Fackellicht drang blendend herein und ließ sie erst einmal blinzeln.
„Aha, unser Gast ist aufgewacht!", stellte eine hämische Stimme fest, die sie sofort erkannte: Liethar, der Kämmerer, der Mann mit dem Raubvogelgesicht. Wie zur Bestätigung schwenkte die Fackel herum und warf einen Moment lang Lichtschein auf die dünne Gestalt, die vor ihr stand. Aber noch jemand schien sich im Raum zu befinden. Der Schwenk der Fackel hatte ihr einen ganz kurzen Augenblick lang ein weiteres Gesicht bei der Tür gezeigt.
Außerdem spürte sie, dass noch jemand anwesend war. Und dass das nichts Gutes bedeutete.
„Warum bin ich hier? Was ist mit Laq?", fragte sie und stellte dabei fest, dass ihre Stimme heiser kratzte.
„Eurem Freund geht es gut. Jedenfalls hat er sich nicht allzu sehr beschwert", kicherte der Mann vor ihr. „Meine Herrin war nur der Ansicht, dass Ihr hier vielleicht besser aufgehoben seid. Ihr habt diesen Vorzug übrigens Euren Gefährten zu verdanken."
Vanessa merkte, wie Wut in ihr hochstieg. Wut über diesen arroganten Hofschranzen mit seinem höhnisch verzogenen Gesicht, der sie verspottete. Vor ihrem inneren Auge zeichnete sich deutlich das Bild ab, wie sie jetzt aus ihrer sitzenden Position heraus mit dem schweren Stiefel zutrat und dem Mann die Weichteile zertrümmerte, und sie empfand sogar eine grimmige Genugtuung bei der Vorstellung - aber sie tat es nicht. Alles, was sie tat, würde auch der Jjarde büßen müssen.
Mühsam zwang sie sich, ruhig zu bleiben und fragte zurück:

„Was haben meine Freunde damit zu tun, dass ich hier Gefangene bin?"
„Nun, wie soll ich sagen? Es sind gewisse Zweifel entstanden, dass Euer Gefährte Daniel seinen Teil eines Handels wirklich einzuhalten gedenkt. Und Ihr seid sozusagen die Versicherung, dass er es doch noch tut. Außerdem", er machte eine bedeutungsvolle Pause, „möchte Euch jemand kennenlernen."
Er hielt die Fackel so, dass Vanessa den zweiten Besucher sehen konnte, der bis jetzt im Hintergrund gestanden hatte. Was sie sah, das ließ einen Moment lang ihren Atem stocken. Der Mann war so fett, dass sie sich fragte, wie die Beine überhaupt das Gewicht des Körpers tragen konnten, und wie er durch die Tür gekommen war. Auf dem unförmigen Rumpf mit kurzen Ärmchen saß ein geradezu lächerlich kleiner Kopf, aus dem sie zwei verquollene Äuglein, in denen sich das Licht blitzend spiegelte, gierig anstarrten. Wie eine Katze die Maus.
„Nun, habe ich zuviel versprochen, Majestät?", fragte Liethar. „Eine wahre Schönheit. Und blond. So etwas Exquisites findet man selten in Verrn."
Vanessa fühlte, wie ihr Magen sich hob, als der Fettwanst ächzend näher herankam und sich über sie beugte. Schweißtropfen perlten auf seiner Stirn und ein Speichelfaden hing an seinem Mundwinkel. Der Mundgeruch machte aufs Widerwärtigste deutlich, dass der Mann mehr als genug getrunken hatte - eine ekelhafte Mischung aus süßem Wein und saurem Erbrochenen, wie auch die Flecken auf seiner Brust zeigten.
Und hatte der Kämmerer ihn Majestät genannt? Das durfte doch nicht wahr sein! Vanessa wich auf der Pritsche zurück, bis sie mit der Schulter an die Mauer stieß, aber der König wandte sich zu Liethar um und nuschelte irgend etwas Unverständliches, wobei kleine Speicheltröpfchen von seinen

Lippen spritzten. Dann tappte er leicht schwankend wie ein Flusspferd zur Tür hinaus.

Vanessa atmete auf, aber dazu bestand kein Grund, wie sie gleich erfahren sollte. Liethar leuchtete ihr mit der Fackel direkt ins Gesicht, sodass sie die Hitze auf den Wimpern spürte, und erklärte: „Nun, Lady, wie mir scheint, hat König Rainald Gefallen an Euch gefunden."

„Ihr seid ein verdammtes Schwein, Liethar! Sagt Eurem König, diesem Fettsack, dass er sich mit Euch den Hintern wischen soll!" Der Kämmerer verstummte einen Moment ob dieser Frechheit, schluckte seinen Ärger hinunter und erwiderte: „Ihr werdet noch anders reden. Und Ihr werdet Euch noch wünschen, dass ich, das Schwein, Euer nächster Besuch wäre."

„Nicht einmal eine einbeinige Zwei-Dima-Hure würde Euren Besuch wünschen!"

Er knirschte vernehmlich mit den Zähnen. „Wartet es ab. Ich darf Euch jedenfalls ankündigen, dass Euch König Rainald morgen Mittag aufsuchen wird - und ich hoffe, dass Ihr Euch dieser außerordentlichen Ehre würdig erweist. Haha!"

Meckernd lachend ging er hinaus. Die Tür fiel ins Schloss und Vanessa saß allein mit ihren Gedanken im Dunkeln.

Wenn sie nur eine Waffe hätte!

2.

Die Sonne stand halbhoch am Himmel, als sie schweißgebadet aus einem Albtraum aufwachte. Nein, kein Albtraum, das war Wirklichkeit, wie ihr die karge Umgebung der Gefängniszelle zeigte.

Trotz ihrer verzweifelten Lage war sie am frühen Morgen aus Erschöpfung eingeschlafen, aber es war kein erholsamer Schlaf gewesen, im Gegenteil. Sie war von Teufeln, Dämonen und einem riesigen Ungetüm mit schleimtriefenden

Klauenfingern gejagt worden, während ihre Füße in zentnerschweren Stiefeln steckten, die sich nur mühsam von der Stelle bewegen ließen.
Sie hatte Durst, aber niemand hatte es für nötig erachtet, einen Krug mit Wasser oder gar etwas zu essen zu bringen.
Sie seufzte. Den Krug hätte sie als Waffe benutzen können, denn sie dachte nicht daran, das, was der fette König mit ihr vorhatte, einfach über sich ergehen zu lassen, selbst wenn Widerstand sie das Leben kosten sollte. Davon abgesehen glaubte sie ohnehin nicht, dass sie die Sache überleben würde.
Die Sache! Sie schauderte bei dem Gedanken, dass dieses Monster sich über sie wälzte und mit seinen Wurstfingern begrapschte, während sein geifernder sabbernder Mund ...
Nein! So weit würde es nicht kommen!

Ab und zu ertönte ein leises 'Blip', wenn ein Wassertropfen auf den Steinboden fiel. Das erinnerte sie wieder an ihren Durst. Das Wasser bildete kleine Pfützen, die in Rillen im Boden versickerten. Aber immerhin Wasser!
Sie zog den rechten Stiefel aus und stellte ihn an einer Stelle auf, wo ein Tropfen regelmäßig in kurzen Abstünden herunterfiel. Nach einer halben Stunde oder einer Stunde würde sich genügend Flüssigkeit angesammelt haben, um den größten Durst zu stillen.
Vanessa setzte sich wieder und betrachtete versonnen die kleinen Lachen auf dem Boden. Wasser! Sie wusste, dass sie eine besondere Beziehung zu diesem Element hatte. Wenn sie sich intensiv darauf konzentrierte, glaubte sie, auf irgendeine Art wahrnehmen zu können, welchen Weg ein einzelner Tropfen nahm, wie er von der Decke herunterfiel, mit anderen zusammen einen winzigen Wirbel in der Pfütze bildete, und schließlich durch eine Ritze im Stein seinen weiten Weg fortsetzte, der ihn irgendwann tief ins Innere der Erde führte -

oder zur Sonne, wenn er zu lange deren Licht ausgesetzt war und verdampfte.
Sie dachte nach, intensiver als in den letzten Tagen.
Die Zeit ihres Gedächtnisverlustes war bis auf einige verschwommene Eindrücke wie weggewischt, aber an die fernere Vergangenheit konnte sie sich einigermaßen erinnern. Sie war die Blaue Königin! Das war ihr einige Tage nach ihrer Erweckung durch Crusan von Gatarr wieder bewusst geworden. Crusan, der in ihr eine Gefahr für die anderen gesehen hatte, und der ihr trotzdem, auf Daniels Bitte hin, das Leben wiedergeschenkt hatte.
War sie wirklich eine Gefahr für ihre neuen Freunde - für Laq?
Daniel ahnte etwas, das spürte sie, und vielleicht war es ein Fehler gewesen, dass sie nicht eingestanden hatte, wer sie wirklich war. Aber sie hatte es nicht gewagt, da sie befürchten musste, als Risiko betrachtet, und wenn nicht feindlich behandelt, so doch ausgeschlossen zu werden.
Der schreckliche Verdacht, dass sie selbst die roten Truppen durch die Wüste geführt hatte, wenn auch ohne eigenen Willen, nagte an ihr. Wenn das stimmte, dann war sie mit schuld an der Eroberung von Jocelins Stadt und dem Tod seines Onkels.
Sie spürte, dass der kleine Trupp, dem sie sich angeschlossen hatte, das einzige Bindeglied zu ihrer Vergangenheit war. Es war etwas Besonderes an diesen Menschen, die ein gemeinsames Ziel verband, das niemand kannte - und die ihr geholfen hatten. In den Tagen ihres Ritts von Mattincourt nach Verrn hatte sie ständig mit sich gerungen, und war mehrmals kurz davor gewesen, ihre wahre Identität preiszugeben - aber wie hätte sie dann ihr anfängliches Schweigen erklären sollen? Die anderen mussten erst recht misstrauisch werden.
Daniel, sie war sich sicher, dass er Verdacht geschöpft hatte, er betrachtete sie hin und wieder mit nachdenklichen Blicken

- und er war nicht dumm und schien über seltsame Fähigkeiten zu verfügen. Manchmal, wenn sie ihn verstohlen beobachtete, stellte sich ein Gefühl der Unruhe bei ihr ein, als ob dieser Mann alles über sie wusste - und eine Gefahr für sie darstellte.

Und sie selbst? Blau stand auf der Seite der Feinde, und sie war die Blaue Dame. Aber sie wusste genau, dass sie eigentlich gar nicht im Spiel war, zumindest seit ihrem Erwachen in Fort Souvansfinn nicht mehr. Ihre uneingeschränkte Loyalität - und Freundschaft - gehörte ihren neuen Geführten.

Was hatte sie während der Zeit ihres Gedächtnisverlustes getan? Kein Zweifel, dass sie unter einem fremden Bann gestanden hatte; eine Macht, so stark, dass sie andere Mächte unter ihren Willen zwingen konnte, hatte sie vollkommen beherrscht. Sie schauderte bei dem Gedanken. War sie vielleicht doch eine Gefahr?

Konnte die unbekannte Kraft sie wieder unter ihre Kontrolle bringen? Sie zwingen, ihre Freunde zu verraten? Krampfhaft versuchte sie, sich an irgendwelche Details der vergessenen Jahre zu entsinnen.

Wüste. Sand. Und immer wieder: Wasser. Ein Nachlassen des Drucks in ihrem Kopf. Die Macht hatte einen Moment lang die verschlossene Tür geöffnet, und ein Teil von ihr war entkommen.

Flucht. Wüste. Sand. Mörderischer Durst. Erschöpfung. Wasser.

Die kurzen Erinnerungsblitze schienen ihren Verdacht zu bestätigen: Sie hatte den lyshitischen Truppen die Durchquerung der Wüste möglich gemacht, und kein Souvaner hatte mit der Möglichkeit eines Angriffs von Süden gerechnet.

Ihre besondere Beziehung zu Wasser. Gleich in der ersten Nacht, als sie noch gar nicht wieder richtig bei Bewusstsein war, hatte sie sie instinktiv eingesetzt, um schützenden Nebel zu erzeugen. Und in Mattincourt nochmals.

Vanessa konzentrierte sich auf eine Ecke der Zelle und ließ dort eine kleine Nebelwolke entstehen. Es kostete sie keinerlei Anstrengung, aber die Wolke schlug sich sofort an der Wand als Feuchtigkeit nieder und verschwand. Wenn sie dauerhaften Nebel wollte, musste sie mehr davon herstellen, und es durfte kein starker Wind gehen. Hohe Luftfeuchtigkeit und niedrige Temperaturen waren natürlich die besten Voraussetzungen.
Sie überlegte weiter. Der Nebel entstand nicht etwa, weil sie ihn 'schuf', nein, sie nahm nur eine Veränderung an den winzigen in der Luft schwebenden Wasserteilchen vor - und rief neue hinzu, wenn sie sie benötigte. Was hatte sie noch für Veränderungen an Wasser bewirken können? Es war, als wären mit ihrem Gedächtnisverlust auch ihre Fähigkeiten zwar nicht verloren, aber in eine verborgene und nicht so leicht zugängliche Ecke ihres Gehirns verdrängt worden. Aber sie würde sie wieder zum Vorschein bringen!
Wenn sie am Leben blieb, um genug Zeit dafür zu finden!
Wie konnte Wasser noch vorkommen?
Intensiv starrte Vanessa auf eine kleine Pfütze vor ihr am Boden. Ihr Blick drang ein, tiefer, bis sie vermeinte, einzelne Wasserteilchen unterscheiden zu können. Sie bewegten sich anscheinend vollkommen willkürlich, obwohl eine gewisse Ordnung herrschte.
Ordnung! Richtet euch aus! Geht eine Verbindung ein! Bewegt Euch langsamer und ordnet Euch!
Von dem molekülgroßen Punkt aus, den sie zuerst fixiert hatte, veränderte sich die Farbe des Wassers wie in einer Welle nach außen. Es wurde milchig-durchsichtig und kristallisierte. Vanessa lächelte und fuhr mit dem Zeigefinger über die Oberfläche der Lache: Sie war fest und kalt. Sie hatte Eis geschaffen!

.

Nachdem sie die fünf Schluck Wasser, die sich inzwischen angesammelt hatten, aus ihrem Stiefel getrunken hatte, ging es ihr etwas besser. Sie stellte den Schuh wieder an die tropfende Stelle und begann mit der Suche. Nach kurzer Zeit hatte sie unter der Pritsche gefunden, was sie brauchte: eine lange Rille von etwa doppelter Fingerbreite in einer Bodenplatte.

Sie hielt die hohle Hand in die Höhe und fing einige Tropfen auf. Diese ließ sie langsam in die Bodenrille rieseln und verfolgte ihren Weg. Die Tropfen sammelten sich an der tiefsten Stelle und bildeten dort einen kleinen See, der sich seltsamerweise nach oben wölbte und nicht abfloss, aber diesen Effekt kannte sie von kleinen Flüssigkeitsmengen. Sie gab mehr Wasser dazu, die Oberflächenspannung brach zusammen und die Wasserteilchen bewegten sich wieder. Sie flossen am Grund der Vertiefung dahin wie ein Bach in einer Schlucht und verschwanden schließlich in einer Spalte zwischen zwei Steinen. Das war die entscheidende Stelle.

Vanessa zupfte sich etwas Stroh zurecht und verstopfte damit die Spalte. Ein weiterer Versuch verlief erfolgreich: das Wasser lief nicht mehr ab.

Nun die Form: Mit weiterem plattgedrücktem Stroh kleidete sie die Ränder der Rille in der gewünschten Form aus und betrachtete sich ihr Werk. Sie war zufrieden. Eine Schwierigkeit gab es noch: das Stroh würde an der fertigen Form kleben, aber das konnte sie abzupfen.

Sie sah in ihren Stiefel: Es hatte sich wieder genügend Wasser gesammelt. Langsam und vorsichtig schüttete sie die Flüssigkeit in die strohverkleidete Vertiefung, damit kein Tropfen danebenging. Die Menge genügte für ihren Zweck. Dann zog sie ihren Stiefel wieder an, kniete sich hin und konzentrierte sich.

.

Die größte Schwierigkeit bestand darin zu verhindern, dass das Eis am Stein festfror, dann würde sie die Form nicht herauslösen können. Also tastete sie im Geiste ständig die Oberfläche des gefrorenen Teils ab, den sie ganz langsam wachsen ließ. Wo sie an Stein stieß, verflüssigte sie wieder.
Schließlich war es geschafft. Sie nahm das fertige Stück heraus und sah es sich an. Es hatte nicht ganz die gewünschte Gestalt, aber das konnte man noch ändern - die Eisenbeschläge an der Tür hatten scharfe Kanten, die sich bestens zum Bearbeiten eigneten.
Sie machte sich ans Werk und grinste böse.

3.
Eine Stunde später konnte sie Schritte von draußen vernehmen.
Ein Blick aus dem Türfenster zeigte ihr genug: Der dicke König wankte, begleitet von zwei Wachsoldaten, den Gang entlang. Er musste hin und wieder von einem seiner Männer gestützt werden, wenn er zu stark nach einer Seite torkelte, sodass die seltsame Prozession nur langsam vorankam. Entweder war er immer noch oder schon wieder betrunken.
Trotz des erbärmlichen Anblicks konnte sie nicht lachen; zu deutlich war ihr bewusst, welche Absicht der König hegte. Und sie war fest entschlossen, kein leichtes Opfer zu sein.
Die Zellentür schwang quietschend auf und der Koloss wälzte sich mehr herein, als er ging. Bei Tageslicht betrachtet war das Äußere des Herrschers der Yllianmark noch abstoßender als im Dunkeln: Er hatte es ganz offensichtlich nicht für nötig befunden, sich zu waschen oder die Kleidung zu wechseln. Selbst die Essensreste und Weinflecken der vergangenen Nacht an seinem Mehrfachkinn, seinen Backen und auf dem ehemals weißen seidenen Hemd waren noch vorhanden.
In der Hand trug er eine große Karaffe.

„S ... sei ggrüßt, mein blondes Täubchen!", lallte er, drehte sich taumelnd herum und verschloss die Tür mit einem langen Schlüssel, wofür er mehr als eine Minute brauchte. Vanessa achtete genau auf seine Hände. Er fummelte umständlich einen kleinen Lederbeutel unter seinem Hemd hervor und gab den Schlüssel hinein. Dabei bereitete ihm die Karaffe in seiner Hand, die er nicht loslassen wollte, gewisse Schwierigkeiten.
Dann verstaute er den Beutel wieder, wobei er ab und zu ein ungeduldiges Grunzen von sich gab. Schließlich, nach einigen Mühen, hatte er es geschafft und grinste Vanessa blöde an. „Dss nur, damit du nich auf die Idee komms ...", wollte er erklären und drehte sich nach dem Türfenster um, wobei er bedrohlich ins Schwanken geriet, sodass er sich an den Gitterstäben festhalten musste.
„He! Ihr könn' verschwinden!", rief er nach draußen. „Haut ab! Ich will jetz allein sein mit ... mit ..." Ein lauter Rülpser unterbrach den Satz.
Vanessas leerer Magen krampfte sich zusammen, und sie musste schlucken, als der König sich wieder herumdrehte und sie aus seinen kleinen Augen fixierte. Er wankte näher und ließ sich neben ihr auf die Pritsche sinken, die ein protestierendes Krachen von sich gab und sich auf einer Seite absenkte.
Sie sprang auf und wich zur Tür zurück, wobei sie einen schnellen Blick nach draußen warf: Die Wachen waren verschwunden. Also hatte sie eine, wenn auch geringe, Chance. Sie musste nur an den Schlüssel kommen.
Der König lachte über ihre Flucht; überhaupt schien ihn die ganze Situation gewaltig zu amüsieren. Er lachte, bis ein erneuter Rülpser den Anfall beendete. Er wollte etwas sagen, besann sich aber offenbar eines Besseren und würgte irgendetwas hinunter. Dann setzte er die Karaffe an die Lippen und nahm einen gewaltigen Schluck.

„Möchtes' du auch?", nuschelte er hervor, und ein dünner Faden Rotwein lief von seinem Mundwinkel über das Kinn, als er Vanessa die Karaffe entgegenhielt.
Wenn sie das Gefäß erst in der Hand hatte, dann könnte sie es ihm über den Schädel schlagen. Sie nickte und versuchte zu lächeln, was kläglich misslang.
Der König lachte glucksend, ignorierte ihre ausgestreckte Hand und zog die Karaffe an seine Brust. „Das hast du dir fein überlegt, wirklich!"
Seine Augen blitzten, und plötzlich wirkte er gar nicht mehr so betrunken. „Nein, ich werde dir keine Waffe geben!" Er nahm noch einen Schluck und lachte wieder. „Außerdem ist sie leer, haha!"
Er stemmte sich mühsam hoch, wankte zum Fenster und warf die Karaffe in weitem Bogen hinaus. Dann stützte er sich mit den Ellbogen an der Wand ab und sprach stockend weiter, wobei er seltsamerweise nicht mehr lallte:
„Du hast gedacht, dass du mich hereinlegen kannst! Und Asangia hat mich hereingelegt! Sie ... sie hat mich in ihrer Gewalt, und ich kann nichts dagegen tun ... Ich war ... ich war einmal der König, aber ... aber ich bin es nicht mehr. Lanatour hatte mich gewarnt, und dann ist er gestorben. Ich bin ein König ... ein König ohne Macht."
Vanessa hätte beinahe Mitleid empfunden mit dieser kläglichen Karikatur eines Herrschers, dem bei diesen Worten die Tränen über die Wangen rollten, und sie verstand einen Bruchteil der Tragik dieses Menschen, aber ihr Instinkt gemahnte sie, auf der Hut zu sein.
„Und jetzt", stammelte der fette Mann, „kann ich nichts mehr tun. Nichts! Außer einem: Ich kann noch meinen Spaß haben!"
Das gierige Glitzern kehrte von einer Sekunde auf die andere in seine Augen zurück, und er drückte sich von der Wand ab

und kam mit schwankenden, aber zielstrebigen Schritten auf Vanessa zu.
Sie schlüpfte an ihm vorbei und versuchte, auf die andere Seite zu gelangen, aber er war trotz allem schneller, als sie gedacht hatte. Sein linker Arm erwischte sie an der Hüfte, hielt sie einen Moment lang fest und schleuderte sie rücklings auf die Pritsche. Sie schlug mit der Schulter an die Wand, und ein stechender Schmerz schoss durch ihren Körper.
Sofort war er über ihr und drückte sie weiter zurück. Er hatte unglaubliche Kraft und stemmte sich auf ihre Oberarme, dass ihr die Tränen in die Augen stiegen.
Die Last war zu viel für die Pritsche. Mit einem knirschenden Geräusch löste sich die Kette aus der Wand, und sie krachten zu Boden. Vanessa hatte sich instinktiv mit den Beinen zurückgestoßen, sodass nicht das volle Gewicht des Königs auf ihr zu liegen kam. Trotzdem blieb ihr einen Augenblick lang die Luft weg und Panik stieg in ihr hoch. Wenn sie jetzt nicht kühle Überlegung bewahrte, dann war sie verloren, das wusste sie.
Vor Schreck hatte ihr Gegner seinen Griff gelockert, und sie konnte ihren linken Arm befreien. Hektisch tastete sie im Stroh umher. Das Gesicht mit dem gierig geifernden Mund schob sich dem ihrem entgegen. Und es lachte.
„Widerstand macht die Sache noch reizvoller", nuschelte der König in ihr Ohr. „Ich liebe Widerstand. Und ich liebe dich, mein blondes Täubchen. Oh, wie ich dich liebe!"
Kleine Speicheltropfen spritzten ihr ins Gesicht, und die Augen vor ihr waren plötzlich riesengroß, nahmen das ganze Blickfeld ein, so dass sie die roten Adern darin deutlich erkennen konnte.
Vanessas Hand ertastete das Gesuchte.
„Du liebst Widerstand?", keuchte sie hervor. „Dann wird dir das gefallen!"

Sie stieß den langen spitzen Eiszapfen, den sie selbst geschaffen hatte, mitten in das weit aufgerissene Auge über ihr hinein.

Ihr Herz schlug bis zum Hals, und mit letzter Kraft schaffte sie es, sich auf die Knie aufzurichten. Dann rebellierte ihr Magen, als ob eine gigantische Faust ihn zusammenpresste und herumdrehte.
Sie hatte seit einem Tag nichts mehr gegessen und würgte hustend Magensäure und Gallensaft empor, bis wirklich nichts mehr kam.
Der monströse Körper des Königs lag neben ihr auf dem Rücken, und eine Blutlache breitete sich langsam unter dem Kopf aus. An der linken Hand zuckte noch ein Finger.
Vanessa ließ sich auf den Boden zurücksinken und atmete langsam und tief durch, bis sich ihr Magen entkrampfte. Die Blutlache vor ihren Augen vergrößerte sich, und sie schob sich auf den Ellbogen zurück.
„Gut gemacht!", erklang eine Stimme von der Tür her. „Besser hätte ich es auch nicht machen können!" Mühsam hob Vanessa den Kopf und sah eine Frau vor sich stehen. Wie durch einen Schleier hindurch registrierte sie schwarzes Haar, prunkvolle Kleidung - und ein breites Grinsen. Hinter der Frauengestalt tauchte eine weitere Person auf: Liethar, der Kämmerer.
„Ihr habt mir wirklich ein Problem vom Hals geschafft", höhnte die Königin. „Der alte Fettsack Rainald war zwar recht nützlich, aber in letzter Zeit ist er doch ziemlich unerträglich geworden. Ich bin Euch also zu Dank verpflichtet!"
Vanessa wollte etwas antworten, aber ihre Kehle war wie ausgedörrt, und sie brachte nur ein trockenes Krächzen zustande.
„Man soll nicht sagen, dass ich undankbar wäre", fuhr Asangia fort. „Also werde ich Eure letzten Stunden so angenehm

wie möglich gestalten. Schafft sie in den Turm hinauf - zu dem Jjarden!"
Die Königin lachte, und bevor sie die Zelle verließ, spottete sie noch: „Vergnügt euch so gut ihr könnt! Ihr habt noch einen Tag Zeit!"

4.
Der Plan war fehlgeschlagen. Der König war tot, aber sie hatte nicht entkommen können. Fast unbeteiligt registrierte sie, dass zwei kräftige Wachen sie hochzerrten und durch einen selbst bei Tageslicht düsteren Gang schleiften. Dann ging es treppauf, immer höher, immer im Kreis herum, bis ihr schwindelte.
Eine Wendeltreppe. Stufe für Stufe. Unbeteiligte Gesichter mit Helmen links und rechts.
Ab und zu versuchte sie, selbst aufzutreten, aber bevor sie ihr Gewicht auf einen Fuß verlagern konnte, wurde sie schon weiter gezerrt. Weiter. Und höher. Stufe um Stufe.
Eine Tür. Sie wurde hineingestoßen und schlug auf dem Boden auf. Schmerz. Nicht bewusstlos werden! Derselbe Geruch wie in ihrer Zelle - fauliges Stroh. Eine Stimme.
„... ssa!" - „... nessa!" - „Vanessa!"
Zwei Hände umfassten sachte ihr Gesicht und strichen über ihre Wangen. „Vanessa!"
Laq.
Der Nebel vor ihren Augen wich zurück und sie erkannte den Jjarden, der sich über sie beugte.

.

Eine halbe Stunde später ging es ihr besser. Laq hatte ihr einen großen Krug mit Wasser an die Lippen gesetzt, und sie hatte gierig getrunken. Danach klärte sich ihr Blick.
„Wo sind wir hier?"

Der Jjarde wies auf das nicht einmal vergitterte Fenster: „Im höchsten Turm der Burg, denke ich." Jetzt erst bemerkte sie, dass er vollkommen nackt war. An seinem linken Oberschenkel trat die Geschwulst der vernähten Narbe rötlich hervor.
„Wie geht es dir?", fragte sie und richtete sich mühsam auf.
„Besser", versicherte er. „Aber mir ist, als ob mir irgend jemand den Saft aus den Knochen gesogen hat. Ich kann nicht mal eine Minute aufrecht stehen, dann wird mir schwarz vor den Augen. Verflucht, ich hasse diese Schwäche!"
Vanessa erging es nicht viel besser, aber sie rappelte sich mühsam hoch und wankte zum Fenster. Die Abendsonne beleuchtete von links das grandiose Bild der Waldlandschaft der Yllianmark.
„Was ist mit den anderen?", fragte Laq.
„Ich weiß es nicht. Daniel ist angeblich auf irgendeinen Handel eingegangen - und wir sind das Pfand dafür."
„Das Pfand?" Laq schnaubte durch die Nase. „Das glaube ich nicht! Ich ... ich glaube einfach nicht, dass Daniel ..." Er verstummte und dachte nach.
„Traust du Daniel?"
Der Jjarde antwortete sofort: „Natürlich. Ich verstehe manchmal nicht, wie er denkt, aber ich glaube nicht, dass er mich ... uns verkaufen würde. Nein, das will ich auch nicht glauben!"
„Er misstraut mir!"
„Daniel misstraut dir? Warum?"
„Weil ich die Blaue Dame bin!"
„Was?"
Vanessa schwieg. Seltsamerweise setzte sie den letzten Rest ihrer Hoffnung ebenfalls auf die unbekannte Karte - Daniel. Sie ließ sich neben Laq ins Stroh sinken und flüsterte: „Wir haben eine Nacht Zeit!"

KAPITEL SIEBEN : ABGRUND

-

Die Rolle des Erzählers fällt hier wieder Daniel zu, der uns berichtet, wie der böse Plan der Königin aufgeht und eine ganze Stadt im Chaos versinkt. Unsere Helden müssen sich ihrer Haut wehren, schmieden Fluchtpläne und erhalten Hilfe, aber Daniel sieht sich zu einem riskanten Alleingang gezwungen.

-

1.
Der nächste Tag begann mit strahlendem Sonnenschein, was Jocelins und meiner Stimmung überhaupt nicht entsprach. Und als ob sich das Wetter anpassen wollte, kam am frühen Nachmittag ein Sturm auf, der von Nordwesten her schwarze Gewitterwolken und einen leichten Sprühregen brachte. Die Luft kühlte sich merklich ab.
Wir hatten trotz der späten Nachtstunde - eigentlich schon eher dem frühen Morgen - noch eine offene Kneipe in der unteren Stadt gefunden, und den missgelaunten Wirt mit klimpernden Dimas überredet, uns für die restliche Nacht ein Quartier zu geben.
Diese luxuriöse Unterkunft bestand aus zwei Pferdedecken und zwei zusammengeschobenen Holzbänken, und das Frühstück aus einem altbackenen Kanten Brot und vergammeltem Ziegenkäse. Bei solchen Gelegenheiten wurde mir immer der zweite schwere Mangel dieser Welt bewusst: es gab keinen Kaffee. Tee war zwar bekannt, aber auch nicht allzu sehr beliebt. Man bezeichnete ihn als Kräuterwasser - und so schmeckte er auch. Im Übrigen wagten wir nicht, irgendetwas zu trinken, das mit Wasser zubereitet war.
Um diesem Notstand und dem Durst abzuhelfen, blieb uns also gar nichts anderes übrig, als zum Frühstück - gegen

neun Uhr morgens, schätzte ich nach dem Sonnenstand - Bier vom Fass zu trinken. Der Wirt, der von oben heruntergeschlurft kam, und mit seinem unrasierten Gesicht noch missmutiger dreinsah als in der Nacht, wirkte nicht einmal erstaunt darüber, sondern brummelte nur etwas vor sich hin und hielt die Hand auf. Wahrscheinlich war er an solche Gäste gewöhnt.
„Was tun wir jetzt?", fragte der Souvaner und kaute lustlos auf einem Stück Brot herum. Meine Begeisterung war nicht viel größer. Nach sechs Stunden unruhigem Schlaf auf der harten Holzbank fühlte ich mich wie gerädert. Beim nächsten Mal, wenn ich in eine solche Lage geriet, würde ich lieber im freien Feld kampieren oder mich auf einen Komposthaufen legen.
„Wir können gar nichts tun - außer auf Virian warten!", antwortete ich. „Er wird uns helfen. Jedenfalls sagte er das."
Jocelin schüttelte den Kopf. „Und was glaubst du, kann er tun?"
„Ich weiß es nicht. Aber uns bleibt nichts anderes übrig, als uns auf ihn zu verlassen. Er ist der Braune Ritter."
„Hast du eigentlich jemals daran gedacht, auf den Handel mit der Königin einzugehen?"
Das war eine heikle Frage. „Meinst du das im Ernst?", gab ich zurück und sah den Souvaner prüfend an. Er versuchte ein Lächeln, das aber eher hilflos als aufmunternd ausfiel.
„Nein!", sagte ich schließlich. „Virian ist auf unserer Seite. Auch wenn es um Laqs Leben geht, bin ich nicht bereit, einen Verbündeten dafür umzubringen - noch nicht. Außerdem weiß ich gar nicht, ob ich es schaffen würde. Virian ist sicher auch mit einem Arm ein besserer Kämpfer als ich - also müsste ich ihn erschießen."
„Wenn du Laq damit rettest? Bitte versteh mich jetzt nicht falsch, Daniel, aber der Jjarde ist mein bester Freund, und diesen Virian habe ich noch nicht einmal gesehen. Außer

kurz nachts auf dem Schlachtfeld - und da war er unser Gegner!"
Ich konnte Jocelin schon verstehen, trotzdem: „Nein!", wiederholte ich entschlossen. „Virian wird uns helfen, das weiß ich. Im Übrigen denkt die Königin ja nicht daran, sich an ihr Wort zu halten. Sie will uns alle tot sehen: Virian, dich, mich, unsere Freunde - und die halbe Stadt!"
Er seufzte und nickte ergeben.

.

In diesem Augenblick polterte es laut auf der Treppe, die nach oben führte. Ich wandte mich um und sah eine Frau, der Kleidung nach eine Küchen- oder Schankmagd, die sich schwankend und stolpernd heruntertastete, wobei sie ab und zu einknickte und sich an der Wand abstützen musste.
Ihr Gesicht war bleich wie das einer Leiche und sie starrte mit schreckgeweiteten Augen auf ihre Hände, die mit Blut beschmiert waren - genau wie ihr Kleid vorne auf der Brust.
Auf der letzten Stufe brach sie endgültig in die Knie und stürzte in die Arme des Wirts, der sie zuerst auffing, dann aber mit einer Gebärde des Ekels von sich stieß, als sie ihm einen Schwall Blut ins Gesicht spuckte. Er stand immer noch wie gelähmt da, als die Frau in krampfartigen Zuckungen auf dem Boden ihr Leben um sich verspritzte und starb.
„Verdammt, es geht los!", knurrte ich und sprang auf. Auch der Souvaner war erschrocken, obwohl er von mir vorbereitet geworden war.
„So schnell?", keuchte er. „Dann müssen sie die Brunnen schon vor zwei Tagen vergiftet haben."
Zum Glück hatte der entsetzte Wirt nicht auf seine Worte geachtet, sonst hätten wir mit Sicherheit unangenehme Fragen beantworten müssen. Und ich dachte gar nicht daran, irgendwelchem Volk hier zu erklären, dass die eigene Königin die Stadt zu vernichten beabsichtigte. Von einem aufgebrachten Mob gesteinigt oder gelyncht zu werden, das war nicht nach

meinem Geschmack, und denjenigen, die sich angesteckt hatten, konnte ich sowieso nicht mehr helfen.
Zudem waren unsere Chancen gleich null, unsere Anschuldigungen gegen Asangia beweisen zu können. Ich war mir bewusst, dass sich auch jetzt noch weitere Menschen infizieren würden, aber mein Leben stand mir höher.

Wir sahen zu, dass wir verschwanden, und traten auf die Gasse hinaus. Draußen standen fünf oder sechs Leute um einen Ochsenkarren herum und redeten laut durcheinander. Auf dem Pflaster zeichnete sich ein riesiger Blutfleck deutlich ab. Zwei Frauen versuchten vergeblich, einen zusammengebrochenen Mann wieder aufzurichten.
Als wir uns in der engen Gasse möglichst unauffällig an der kleinen Gruppe vorbeidrückten, begann ein weiterer Mann plötzlich zu taumeln und stieß blubbernde Laute aus. Er zog den Kopf ein und hustete würgend, und kleine rote Tupfer zeigten sich auf seiner Kleidung. Ich wich dem Schwankenden hastig aus und fegte dabei eine Obstkiste mit dem Ellbogen von einem Verkaufstisch, den ein Händler vor seiner Tür aufgebaut hatte.
Einige der Leute drehten sich herum und warfen mir, dem Fremden, unfreundliche und misstrauische Blicke zu. Der Besitzer des Ladens begann, aus dem Fenster heraus zu schimpfen, verstummte aber, als er sah, dass zwei Tote in Blutlachen vor seinem Laden lagen.
„Machen wir, dass wir wegkommen!", zischte Jocelin. „Das gefällt mir überhaupt nicht."
Ich konnte nicht behaupten, dass mir die Situation besser gefiel, und hatte schon eine patzige Antwort parat, verkniff sie mir aber. Er hatte natürlich recht. Im europäischen Mittelalter hatte man oft genug die Juden für die Pest verantwortlich gemacht und umgebracht. Und die mörderische Kombination von Dummheit und Fremdenhass, das konnte uns jetzt auch

zum Verhängnis werden. Immerhin fielen Jocelin und ich unter Yllianern auf wie ... ja, wie bunte Hunde.

Eine Querstraße weiter sah ich um die Ecke herum zurück. Niemand hatte uns verfolgt. Ich wollte aufatmen, aber dann fiel mein Blick auf die Gasse, die vor uns lag. Hier hatte ebenfalls der Rote Tod zugeschlagen: Unter lautem Wehklagen einer jungen Frau trug man die Leichen zweier Kinder aus einem mehr als baufälligen Haus heraus und lud sie auf einen Karren. Zum Glück achtete niemand auf uns.
Der Souvaner zog mich weiter bis zu einer dunklen Ecke und flüsterte, obwohl niemand in unserer unmittelbaren Nähe war: „Das kann verflucht gefährlich für uns werden! Wenn die auf die Idee kommen, dass wir diese Seuche eingeschleppt haben, dann brennen wir schneller auf dem nächsten Scheiterhaufen, als du 'Feuer' sagen kannst. Und ich weiß nicht, ob dich dein Zauber auch davor beschützt - aber mich nicht!"
„Und was schlägst du vor - nachdem es um deine Haut geht?"
Er sah mich einen Moment lang böse an, dann fuhr er fort: „Wenn dein Freund Virian uns wirklich helfen kann, müssen wir versuchen, bis zum Einbruch der Dunkelheit möglichst unsichtbar zu sein. In die Burg zurück können wir nicht, und ..."
„Ich schätze, das kann niemand", warf ich ein. „Sie werden natürlich das Tor geschlossen haben. Wenn sich nach Asangias Plan in der Stadt die Seuche verbreitet, dann werden die hohen Herrschaften in der Burg nicht viel Wert darauf legen, an dieser Veranstaltung teilzunehmen, oder?"
„Also was? Ich würde vorschlagen, irgendwo unterzutauchen, wo es den Leuten egal ist, ob wir Fremde sind oder nicht - also bei den Bettlern und Krüppeln bei der unteren Stadtmauer. Dort existiert eine richtige Siedlung von denen,

wo sich sowieso kein normaler Bürger hin traut. Bis zum Abend könnten wir da sicher sein."
„Und meinst du, wir fallen nicht auf?"
„Nein!", grinste er gehässig, packte mich an der Brust und riss mein Hemd halb herunter. „Siehst du den Abfallhaufen dort?"

2.
Ich hätte mich vor mir selbst ekeln können, als wir eine halbe Stunde später das Bettlerviertel erreichten. Weder meine Kleidung, noch mein Gesicht, noch meine Haare hatten ihre altehrwürdige Anmut behalten. Dem Souvaner hatte es eine gewisse boshafte Freude bereitet, mir alle möglichen übel riechenden Ingredienzien des Komposthaufens in die Zierde meiner Erscheinung zu reiben, so dass ich stank wie eine Kanalratte und froh war, dass sämtliche Fensterscheiben, an denen wir vorbeikamen, so stumpf waren, dass sie nicht spiegelten.
Ich hatte meine lange Jacke, ebenfalls entsprechend verdreckt, anbehalten, damit ich die Flinte in Griffweite hatte, aber unsere Klingen waren in Jocelins Mantel, den er als Bündel über der Schulter trug, eingewickelt. Übrigens sah der Souvaner natürlich nicht besser aus als ich, denn ich hatte ihm mit gleicher Münze heimgezahlt, und ihm einiges ins Gesicht geschmiert, das die Bezeichnung 'Dreck' gar nicht mehr verdiente.
Es war gegen Mittag, als wir über die fast ganz im weichen Boden versunkenen Trümmer eingestürzter Häuser wankten, wie es unsere Rolle vorschrieb, und die untere Stadtmauer erreichten.
Ich wunderte mich über die Tatsache, dass hier überhaupt einmal Häuser gestanden hatten, und erfuhr später, dass ein missglückter Versuch, eine Kanalisation zu schaffen, am

Niedergang dieses Viertels schuld war. Zwei große Kanäle waren zu tief gegraben worden, eingestürzt, und die unterirdischen Wassereinbrüche hatten ganze Häuserzeilen unterspült und die Gegend in einen Sumpf verwandelt.

.

Entsprechend angepasste Abarten der Spezies Mensch trieben sich hier herum. Ich musste zugeben, dass Jocelin bei unserer Maskerade nicht einmal übertrieben hatte.
Unter und neben einem verfallenen Turm der Stadtmauer, um den man später einfach weiter unten herum gebaut hatte, damit die Befestigung der Stadt keine Unterbrechung erführe, war der offensichtliche Hauptversammlungsort der Ausgestoßenen von Verrn.
Ich sah fast alle Arten von Verkrüppelungen, Hautkrankheiten und Irrsinn hier vertreten. Niemand beachtete uns, als wir uns im Schatten einer Mauer niederließen. Eine junge Frau rückte zur Seite, lächelte mich freundlich an und hielt mir einen angenagten Teil eines kleinen Reptils entgegen. Ich lehnte höflich ab - so groß war mein Hunger nicht. Sie schlug enttäuscht die Augen nieder. Nochmals zuckte ich zur Entschuldigung die Schultern, aber sie blitzte mich nur böse an und schlug ihre schwarzen Zähne grimmig in das Fleisch.
Vermutlich hatte sie sich verschluckt, denn sie hustete beim Kauen unterdrückt, und ein Blutsfaden drang aus ihrer Nase und lief über ihre Hand, aber das schien sie nicht zu stören. Jocelin stieß mich in die Seite, aber das war nicht nötig.
„Ich weiß!", murmelte ich. „Die hier haben sich zuerst angesteckt - die sind auf das Wasser aus den öffentlichen Brunnen angewiesen!"
„Benimm dich unauffällig!", zischte er nur.

.

Der leichte Regen tröpfelte auf die Mauer und ließ dünne Fäden Wasser daran herunter rinnen. Der Wind blies von Nordwesten, und ich schlug meine Jacke enger um mich. Zwei

Meter neben mir lag die Leiche der Frau mit dem Kopf nach unten in einer Schlammlache. Etwas weiter unten balgten sich drei Bettler um die Stiefel eines Mannes, der dort gestorben war, während gleich neben ihnen ein anderer Infizierter sich zu Tode hustete.
Hinter den grauen Wolken war die Sonne kaum auszumachen, aber ich schätzte, dass es ungefähr zwei Stunden bis Sonnenuntergang sein könnten. Jocelin hatte sich an die Mauer gelehnt und war kurz eingenickt. Ich gönnte ihm den Schlaf; wahrscheinlich würde er seine Energie heute Nacht noch gut gebrauchen können.
Und ich? Ich konnte nicht schlafen.
Ein kleingewachsener Bettler mit einem Umhang aus einem braunen Kartoffelsack stapfte durch den Schlamm auf mich zu und setzte sich. Er seufzte.
„Ich hatte schon gedacht, du kommst gar nicht mehr!", stellte ich fest.
„Und woher hast du gewusst, dass ich überhaupt komme?", fragte Ybkallis und schob den Umhang kurz zurück, sodass ich seinen breiten Mund noch breiter grinsen sehen konnte.
„Es war klar, dass sie dich nicht erwischt hatten! Sonst hätte Asangia sicher irgendeine Bemerkung gemacht. Und ich kenne inzwischen deine Fähigkeiten als Spion!"
„Sehr schmeichelhaft, Daniel! Wirklich! Du hast also schon geahnt, dass ich wieder zu euch stoßen würde?"
„Ich habe es geglaubt - und gehofft! Du warst der einzige Faktor, an den Asangia überhaupt nicht gedacht hatte. Und die Art und Weise, wie du Jocelin in Mattincourt unterstützt hast ... Du bist ein Dieb und ein Gauner, Ybkallis, aber du lässt dich nicht fangen."
Der Narr lachte. „Und ich weiß, wo sich Laq und Vanessa befinden! Es hat mich einige Mühen gekostet - aber ich weiß es! Es ist gar nicht so einfach, zwei Wachsoldaten unauffällig zu einer Kerkerzelle zu folgen, vor allem, wenn die Gefange-

ne darin hinterher in eine andere Zelle verlegt wird. Im höchsten Turm der Burg, auf der Nordseite. Darüber ist nur noch eine Aussichtsplattform."
Er schmunzelte selbstgefällig, und ich klopfte ihm auf die Schulter. „Gut gemacht!", musste ich zugeben. „Warum tust du das eigentlich?"
„Warum tust du das?", fragte er zurück. „Ich war irgendwann in meinem Leben der Meinung, dass es nicht länger befriedigt, nur für sich selbst zu kämpfen, sondern dass man sich - mit seinen speziellen Fähigkeiten - für etwas einsetzten sollte, was den Einsatz lohnt. Meine Fähigkeiten sind natürlich eher verbrecherischer Natur, aber ..."
Er ließ den Rest des Satzes offen.
„Und wie bist du aus der Burg herausgekommen - Robin Hood?"
Der Narr sah mir in die Augen. „War das Spott?"
„Nein!" Ich schüttelte den Kopf. „Das war ... ich weiß es nicht. Vergiss es, bitte! Wir wissen jetzt, wo Laq und Vanessa sind, und das war äußerst wichtig!"
Ybkallis verzog das Gesicht. „Das war jetzt etwas dürftig, Daniel! Sei's drum: Ich bin aus der Burg herausgekommen, wie es meiner Natur entspricht - offenbar achtet niemand auf mich! Ich habe mich nach der Schließung des Tores heute Mittag an der Kette für die Brücke heruntergelassen, als die Torwachen gerade ihre Hauptmänner fragten, was diese Maßnahme eigentlich soll. Dann bin ich zwar im Wassergraben gelandet, aber das hat seltsamerweise keinen interessiert, weil die Leute auf dem Burgplatz wild durcheinander gelaufen sind. Mir scheint, dass eine gewisse Verwirrung unter den Soldaten in der Burg herrscht, aber ich weiß nicht, warum ..."
„Das kann ich erklären! Und du hast uns gefunden, weil ..."
Er zog eine Grimasse. „Das war ja nicht schwierig. Nachdem in einigen Gaststätten der Stadt auf euch geflucht wurde, weil

ihr hier in Verrn eine Seuche verbreitet, konnte es nur noch eine Möglichkeit geben: hier! Die Alternative, dass ihr geflohen seid, habe ich einmal ausgeschlossen. Wie man sieht, zu Recht!"
„Natürlich!", stimmte ich zu. „Ich habe gewusst, dass du uns findest. Können andere das auch?"
„Ich glaube nicht."
„Warum glaubst du das?"
„Die anderen sind vielleicht nicht so schlau wie ich ... Wie ich immer sage: 'Eines Narren Weg du gehst, wenn du seine Gedanken verstehst!' - und das ist nicht immer einfach!"
„War das jetzt Spott von dir?"
„Hm."

3.

Etwas später war es schon ziemlich dunkel, und der Wind trieb hohe Gebirge aus schwarzen Wolken über den Himmel. Ich hielt es jetzt für weniger gefährlich, sich wieder in die obere Stadt zu wagen.
„Und wo bitte will uns dein Freund Virian treffen?", maulte Jocelin, der sich nach zwei Stunden unbequemen Schlafs einer glänzenden schlechten Laune erfreute.
„Ich weiß es nicht", gab ich zu, „aber ich weiß, dass er mich finden wird - über die Karten. Schließlich bin ich der Grüne Ritter, nicht wahr?"
Der Souvaner schüttelte den Kopf. „Euer seltsames Spiel wird mir immer unverständlicher!"
„Von meinem Spiel kann nicht die Rede sein. Aber du könntest früher oder später in die Lage kommen, dich damit befassen zu müssen!"
„Warum das?"

„Weil du, mein lieber Jocelin de Martin, entweder der nächste Grüne König sein wirst - oder eine Gefahr für diesen darstellst!"
„Blair?"
„Natürlich. Er lebt noch, dessen bin ich mir sicher."
Jocelin kaute auf seiner Unterlippe und starrte düster vor sich hin.

Auch Ybkallis befürwortete meinen Vorschlag, dass wir uns jetzt langsam auf den Weg zur Burg machen sollten. Er fragte nicht nach meinem Plan, und das war gut so, denn ich hatte keinen. Ich fühlte nur, dass Virian mich nicht im Stich lassen würde. Warum?
Weil er aussah wie ich? Meines Stiefvaters letzte Worte, bevor ich versetzt wurde - war er der Bruder? Selten hatte ich auf dieser Ebene das Gefühl, dass ich eine passive Spielfigur war, so stark empfunden wie jetzt. Ich konnte eigentlich nichts tun außer die weitere Entwicklung abzuwarten und dann zu handeln.
Trotzdem musste ich Zuversicht zeigen, denn ich spürte, dass Jocelin nahe an der Resignation war.
Wir stapften stadtaufwärts durch den Matsch, bis wir die erste gepflasterte Gasse erreichten. Überall im Schlamm lagen Leichen herum - an Qeasis elend gestorbene Ausgestoßene dieser Gesellschaft, um die sich niemand kümmerte, und die niemand betrauerte oder wenigstens begrub. Die meisten waren halbnackt und ohne Schuhwerk, weil andere Bettler sich diese für sie wertvollen Stücke noch angeeignet hatten, bevor sie selbst zum Opfer der Krankheit wurden. Die ersten Aasvögel hatten sich eingefunden und hackten das magere Fleisch von den Knochen herunter. Für sie würde in den nächsten Tagen der Tisch reichlich gedeckt sein.
In der Stadt brannten überall Feuer. Man hatte also wenigstens begonnen, die Leichen zu verbrennen. Normalerweise

eine vernünftige Maßnahme, hier allerdings sinnlos, weil die Übertragung der Krankheit weder durch die Atemluft, noch durch Körperkontakt erfolgte. An mehreren Stellen stiegen ölig-schwarze Rauchwolken empor und verschmolzen mit dem dunklen Himmel oder schlugen sich fettig auf den Hausdächern nieder.
Hier starb eine Stadt.

Nach hundert Metern Weg zwischen dunklen Häusern konnte ich ein Meer flackernder Lichter erkennen, die sich auf uns zu bewegten. Stimmengewirr erklang, ab und zu unterbrochen von lauten Befehlsrufen. Die Fackeln tauchten die Fassaden der Fachwerkbauten in gespenstischen Schein, in dem schwarze Schatten auf und ab hüpften.
„Wir sollten einen anderen Weg nehmen", raunte Ybkallis. „Das hat nichts Gutes zu bedeuten."
Ich sah mich um. Die Gasse, durch die wir gekommen waren, verzweigte sich hinter uns, und aus der linken Gabelung erscholl ebenfalls lautes Geschrei. Tanzender Lichtschein fiel auf das Pflaster.
„Wir können auch nicht zurück!", stellte Jocelin lakonisch fest und legte in einer unbewussten Bewegung die Hand dorthin, wo er sonst seinen Schwertgriff wusste. Er fühlte nur den blanken Gürtel und verzog den Mund.
„Die sind auf dem Weg zum Bettlerviertel", sagte Ybkallis. „Und wahrscheinlich wollen sie es niederbrennen."
„Dass das kein Höflichkeitsbesuch wird, ist mir auch klar!" erwiderte der Souvaner. „Die haben die Schuldigen gefunden - und wir sind dabei!"
Die ersten Fackeln waren noch zehn Meter von uns entfernt, und die Dunkelheit verbarg uns nicht länger. Die Menge kam zum Stehen und verstummte einen Moment.
„Das sind welche!", kreischte eine weibliche Stimme.

Vor mir sah ich eine Wand aus hasserfüllten Gesichtern. Ein Stein schwirrte aus dem Dunkel heraus zwischen mir und Jocelin hindurch und knallte hinter uns auf das Pflaster. Auf der anderen Seite sah es nicht besser aus: Fackeln, Stöcke, Spieße - und Wut.
„Das Haus rechts!", raunte mir der Hofnarr ins Ohr. „Es hat einen Durchgang auf die andere Seite. Ich kann das Mondlicht durch den Toreingang sehen."
Ein weiterer Steinwurf verfehlte ihn nur knapp. Die Menge vor uns wurde wieder lebendig. Mehrere laute Stimmen riefen durcheinander, und die ersten Mutigen setzten sich in Bewegung. Schreie erklangen wie „Bringt sie um!", „Verbrennt sie!" und dergleichen Unangenehmes mehr. Ich schätzte die Entfernung ab:
Ein paar Sekunden, bis wir den Hauseingang erreicht hätten, noch ein paar Sekunden, bis die ersten Verfolger hinter uns wären - und dann könnten wir nur noch durch die halbe Stadt um unser Leben laufen! Scheiße!

.

Es ist eine altbekannte psychologische Erkenntnis, dass der Intelligenzquotient einer aufgebrachten Menschenmenge geringer ist als der des dümmsten Individuums in dieser Masse, deshalb braucht man es mit vernünftigen Argumenten gar nicht erst zu versuchen. Schon, weil die Verständigung zum Problem wird.
Zwei besonders eifrige Verfechter der Lynchjustiz stürmten mit wutverzerrtem Gesicht los. Der eine hielt ein schartiges Messer in die Höhe wie das Banner der Freiheit, der andere schwang eine Sichel.
Meine letzten Bedenken zerstreuten sich schnell - außerdem hatte ich aufgestachelte Volksmassen noch nie leiden können: Der Donner der Schüsse brach sich mehrfach an den kahlen Häuserwänden und brachte die ersten Reihen der Angreifer erschrocken zum Stehen. Die beiden Helden des ge-

sunden Volksempfindens wälzten sich in ihrem Blut am Boden.
Jocelin und Ybkallis stürmten an mir vorbei und verschwanden im Halbdunkel des Hauseingangs. Ich hatte damit gerechnet, dass der Schreck der Menge länger anhielt, sah mich aber getäuscht: Als ich langsam rückwärts ging, und dabei beinahe über die Torschwelle stolperte, ertönte ein kollektiver Wutschrei aus hundert Kehlen. Alles, was eine Waffe halten konnte, stürmte vorwärts, wobei es ihnen egal war, dass sie ihre eigenen Leute endgültig zu Tode trampelten.
Ich zog mich weiter in den Hausgang zurück und schoss jetzt blind auf jeden, der im Gegenlicht auftauchte. Das Gedrängel in der Tür war so dicht, dass jeder Schuss mindestens zwei Mann niederstreckte. In den nächsten Augenblicken nahm ich nur Donner, Blitz, Rauch und zehntelsekundenlang erhellte hasserfüllte Fratzen wahr, die auseinander spritzten.
Es knirschte nur noch leer in meiner Waffe, und eine Hand packte mich am Kragen und zog mich rückwärts.
„Lauf, Daniel!", schrie Jocelin in mein Ohr. „Die andere Seite ist frei!"
Keine weiteren Angreifer drängten nach, weil die Erschossenen den Eingang verstopften, und ich folgte dem Souvaner stolpernd zum Hinterausgang des Hauses hinaus. Ybkallis ergriff meinen Arm und zerrte mich im Laufschritt vorwärts. Trotz seiner kurzen Beine lief der Narr schneller, als ich gedacht hatte.
Nach wenigen Minuten, vorbei an schwarzen Fenstern, lodernden Scheiterhaufen und Gesichtern, die uns erstaunt anstarrten, gelangten wir im oberen Stadtviertel an, wo die Straßen breiter wurden. Im Schatten eines weit überhängenden Daches hielten wir inne und verschnauften. Als sich mein Atem langsam beruhigt hatte, fingerte ich einige Patronen aus meiner Tasche und lud die Winchester.

Vor uns lag ein Platz mit einer Statue in der Mitte, die auf einen Brunnen herabblickte. Auf der gegenüberliegenden Seite brannte ein großer Holzstoß und beleuchtete diffus das Areal. Ungefähr zwanzig Menschen standen dort und sahen zu, wie die Leichen ihrer Angehörigen den Flammen übergeben wurden. Niemand schien auf uns zu achten. Es stank nach verbranntem Fleisch.

Jocelin spähte um die Hausecke zurück und keuchte: „Es ist uns niemand gefolgt. Wir sind sie losgeworden. Was tun wir jetzt?"
„Jetzt in der Nacht fallen wir nicht weiter auf, wenn uns nicht gerade jemand ins Gesicht leuchtet", meinte ich. „Also halten wir uns in der Nähe der Burg auf. Virian wird uns dort am ehesten finden."
„Siehst du den Brunnen?", fragte der Souvaner. „Ich wasche mir jetzt den verfluchten Dreck aus dem Gesicht - und wenn mich jemand erkennt!"
Ich lachte und sah ihm zu, wie er sein Langschwert umschnallte.
Doch dann wurde meine Aufmerksamkeit abgelenkt, als aus der Richtung, aus der wir gekommen waren, laute Schritte in schnellem Tempo erklangen: Ein einzelner Mann eilte die Gasse herauf, wobei er irgendetwas Großes in der Hand schwenkte. Aus der Deckung heraus spähte ich angestrengt in die Dunkelheit hinter ihm, aber keine weiteren Leute schienen zu folgen.
Von einem Einzelnen konnte uns eigentlich keine Gefahr drohen, und das, was der Mann in der Hand hielt, das kannte ich doch!
Er wollte im Sturmlauf um die Ecke biegen, und ich packte ihn am Arm und zog ihn ins Dunkel unter dem Dach. Bevor er noch schreien oder etwas sagen konnte, legte ich ihm die

Hand über den Mund und zischte: „Keinen Laut, Jedediah! Ich bin's, Daniel! Bist du uns gefolgt?"
Nickend bestätigte er, und ich ließ die Hand sinken. Es war wirklich der Kundschafter. Trotz der ungewöhnlichen Situation, in der wir uns trafen, strich er sich erst das Haar zurück und stülpte sich seinen Schlapphut über den Kopf, bevor er erklärte:
„Ich habe euch gerade zwei Straßen weiter vorbei hetzen sehen; und weiter unten ist eine riesige Menschenmenge mit Fackeln unterwegs und schreit nach Rache an irgendjemandem ...Und da dachte ich mir, ich folge euch. In dieser Stadt gehen seltsame Dinge vor sich, seit ich hier bin. Oder ihr!"
„Sie suchen uns, das ist richtig! Sag, Jedediah, bist du aus Verrn?"
Er sah mich ob dieser Frage erstaunt an, antwortete aber bereitwillig: „Nein. Ich bin nicht einmal ein Yllianer. Meine Heimat liegt ziemlich weit im Nordwesten, und ..."
Ich unterbrach ihn, weil mir jetzt nicht nach langen Erklärungen war: „Hör zu, wir müssen aus dieser Stadt heraus, und du auch - du weißt, was ich meine?"
„Die Seuche, Qeasis?"
„Ja. Du warst dabei, als ich hinter die Sache gekommen bin, und du bist ein Fremder in der Stadt. Und wir können jedes Schwert gebrauchen, genau wie einen guten Führer nach Nordwesten!"
Der Kundschafter überlegte nur einen Moment, dann ergriff er meine Hand: „Ich denke, ich bin euer Mann, Daniel!"

4.
Zwei Stunden später war der Sturm noch stärker geworden, und die flackernden Scheiterhaufen, vom Wind so richtig angefacht, verbreiteten ihren Schein über die ganze Stadt. Von unserer erhöhten Warte aus wirkte das nächtliche Verrn wie

ein Meer aus rötlichgelben Lichtpunkten, die alle nach Südosten verwischt waren.
Wir hatten uns, Jedediahs Rat folgend, auf den zweithöchsten Punkt der Stadt zurückgezogen, den Friedhof der Reichen, einen kleinen Hügel vielleicht fünfhundert Meter von der Ostmauer der Burg entfernt.
Das Areal war von einer niedrigen Mauer eingerahmt und lag ziemlich abgeschieden inmitten des Viertels der Kaufleute und Regierungsbeamten. Einen besseren Ort, um abzuwarten, konnte ich mir wirklich nicht vorstellen: Kein Mensch kam nachts hierher, und da die Yllianer ihren Toten auch keine wertvollen Beigaben mit ins Grab legten, waren auch keine Wachen nötig.
Der Sturm, die Dunkelheit und die pompösen Grabsteine um uns herum mir ihren Chimärenstatuen versetzten mich genau in die richtige Stimmung: In der Stadt starben die Menschen wie die Fliegen, zwei Freunde waren gefangen im höchsten Turm der Burg, wir wussten nicht, was wir tun sollten und warteten auf jemanden, von dessen Eintreffen ich als Einziger überzeugt war.
Jocelin spielte nervös mit seinem Schwert herum, Jedediah lief zwischen den Gräbern auf und ab, und Ybkallis hatte sich auf den Kopf eines steinernen Elefanten gesetzt und beobachtete fasziniert die lodernden Feuer in der Finsternis.

.

Ich konnte die Zeit nur nach dem Zyklus des hin- und herwandernden Jedediah bemessen, und so kam es mir wie eine Ewigkeit vor, bis Virian endlich erschien. Sein Auftritt war weniger spektakulär als der gestrige: Eine Stimme aus dem Dunkel rief meinen Namen, und ich stand auf und knipste zur Antwort mein Feuerzeug an und hielt es in die Höhe. Vorsichtshalber gingen die anderen drei hinter den Grabsteinen in Deckung.

Eine Gestalt in einem weiten Überwurf, wie am Tag zuvor, schälte sich aus dem Dunkel heraus und trat langsam auf mich zu. Ich befürchtete keine Falle, denn ich wusste einfach, dass es Virian war: Die Art, wie er sich bewegte, der herunterhängende rechte Ärmel - und ein gewisses Gefühl der Verbundenheit sagten mir das.
Er blieb vor mir stehen und reichte mir die Hand. Die Linke! Dann wickelte er ein riesiges Bündel von seiner Schulter und warf es ins Gras: Ein Seil.
„Seid gegrüßt, Daniel. Es freut mich zu sehen, dass ihr mir wirklich Vertrauen schenkt. Sind das Eure Gefährten?"
Ich winkte die anderen herbei und stellte sie vor. Dann leuchtete ich Virian kurz ins Gesicht und ließ den Lichtschein über die Gesichter meiner Freunde wandern. Ihre Verblüffung über unsere phänomenale Ähnlichkeit war wirklich sehenswert.
„Das gibt es doch nicht!", keuchte der Souvaner.
„Ihr seid sicher Jocelin, der Sohn des Grafen de Martin", stellte Virian fest. „Nun, ich kann Euch versichern, ich selbst war nicht weniger erstaunt über den Anblick Eures Freundes. Und selbst mein Gott konnte mir nicht erklären, welche Bedeutung diese Ähnlichkeit hat."
„Euer Gott?"
„Ja. Divvnu'môn. Ich habe mit ihm gesprochen."
„Und ich bin mir sicher, dass er einen Zufall ausschließt!", warf ich jetzt ein. „Ich glaube in diesem Spiel an keinen Zufall mehr!"
Virian stimmte zu und Jocelin schüttelte den Kopf. „Ihr habt mit einem Gott gesprochen?"
„Natürlich! Es ist meiner. Ihr könnt gleich Zeuge werden, wie er ... Nein! Das könnt Ihr eben nicht, tut mir leid! Aber Daniel kann Euch hinterher alles erzählen."
Der Souvaner sah ihn unverwandt an, und ich konnte förmlich fühlen, wie es in seinen Gedanken arbeitete. Ich jeden-

falls hatte verstanden, und ein seltsames Gefühl beschlich mich - der Braune Gott, Divvnu'môn, würde selbst erscheinen!

Ich hatte es am Morgen nach der Schlacht bei Fort Souvansfinn schon einmal erlebt. Dort war Arboreysth, der Gott der Wälder, erschienen, und hatte mir und Crusan aufgetragen, der Straße der Alten Götter nach Nordwesten zu folgen. Niemand außer uns beiden hatte den Gott wahrnehmen können, weil für die anderen während seiner Anwesenheit die Zeit stehen geblieben war - oder für uns unendlich schnell abgelaufen; ich wusste es nicht.
„Wundert Euch nicht, Daniel!", erklärte Virian. „Er hat die Gestalt eines Vogels gewählt, eines großen Falken."
Obwohl ich die Antwort beinahe ahnte, fragte ich: „Warum ein Vogel?"
„Weil er fliegen muss, um zum Zellenfenster Eurer Freunde hinaufzugelangen. Eure Geschicklichkeit bei der nächtlichen Erkundung gestern hat mich auf die Idee gebracht - und Divvnu'môn hilft mir, sie auszuführen."
Ich fluchte. „Das soll doch nicht etwa heißen, dass ich ..."
Virian legte mir die Hand auf die Schulter. „Das soll es heißen. Ihr werdet hinaufsteigen."
„Daniel soll die Nordseite der Burg bis zum höchsten Turm hinaufsteigen?", fragte Jocelin ungläubig. „Von wo aus? Die Mauer geht doch direkt in den Fels über und von dort aus sind es mindestens noch einmal hundert Meter bis zum Waldboden. Er müsste also erst einmal hinunterkommen, und von dort aus zweihundert Meter an der glatten Felswand hochsteigen - das ist unmöglich!"
„Er wird ein Seil haben", erklärte Virian. „Der Falke trägt eine dünne Schnur von der Zinne dort drüben nach oben. Mit dieser Schnur können Eure Freunde das Seil hochziehen. Das Fenster ist wegen der Höhe nicht vergittert."

„Dann können Laq und Vanessa doch daran herabsteigen", warf der Souvaner ein. „Und niemand braucht hinaufzuklettern!"
Na, na, Jocelin! Hörte ich da etwa echte Besorgnis um mich heraus, oder traute er mir das nur nicht zu? Ich traute es mir übrigens auch nicht zu und betrachtete misstrauisch die schwarze Felswand und den trutzigen Turm darüber, der sich im Gegenlicht deutlich vom Nachthimmel abhob.
„Das wäre die einfachste Möglichkeit", gab Virian zu. „Aber Daniel erzählte mir, dass dieser Jjarde wohl kaum imstande sein dürfte, zweihundert Meter an einem Seil in die Tiefe zu klettern - jedenfalls nicht, wenn er sich gerade erst vom Wundfieber erholt hat. Wenn er über eine wirklich eiserne Konstitution verfügt, dann kann er vielleicht aufrecht gehen!"
Ich konnte deutlich hören, wie Jocelin mit den Zähnen knirschte. „Das hat er Euch zu verdanken, Einarmiger!", murmelte er.
Bevor ich noch etwas sagen konnte, lachte Virian: „Und diese Tatsache habe ich wiederum Euch zu verdanken, respektive Eurem Freund! Außerdem glaube ich, dass gegenseitige Schuldzuweisungen momentan nicht sehr hilfreich wären."
Ich zischte dem Souvaner ein „Halt die Schnauze!" zu, aber er hatte schon verstanden.
„Eine Frage trotzdem noch ... Virian von Rogue", fügte er kleinlauter hinzu. „Warum helft Ihr uns trotzdem?"
Der Braune Ritter lachte abermals leise: „Ich habe dieses Spiel verloren! Aber es verschafft mir eine gewisse Befriedigung zu wissen, dass meine Gegner nicht ihren vollen Triumph genießen können. Versteht Ihr das, Jocelin de Martin?"
Der Souvaner nickte wortlos und meinte nur: „Wenn der Plan funktioniert ...? Willst du wirklich dort hinaufsteigen, Daniel?"
„Willst du es tun?"

Er zuckte die Schultern. „Ich würde in die Hölle hinabsteigen, um Laq herauszuholen, aber kein Mensch kann zweihundert Meter an einem Seil hochklettern! Ich habe langsam meine Zweifel, ob du ein Mensch bist, aber auch du schaffst das nicht!"

5.
Eine Viertelstunde später standen wir auf der höchsten Zinne der nördlichen Stadtmauer und sahen in die schwarze Tiefe. Der Grund war nicht zu erkennen. Mit Wachen brauchten wir hier zum Glück nicht zu rechnen, denn es war absolut undenkbar, dass ein Eindringling sich gerade die lotrechte Nordseite von Verrn aussuchte, um einen Angriff zu unternehmen, deshalb gab es hier nachts keine Patrouillen. Es wäre eigentlich gar nicht nötig gewesen, über dieser unzugänglichen Felswand noch eine Befestigung zu errichten, aber das war nicht mein Problem und augenblicklich unser Vorteil.
Wenn ich nach Norden sah, lag zu meiner Linken die Burg mit ihren hohen Türmen. Laqs und Vanessas Gefängnis musste irgendwo dort oben sein.
„Wann wird der Falke kommen?", fragte ich.
„Sobald wir soweit sind", meinte Virian. „Er wird die Schnur hinauf bringen. Aber vorher sollte von unserer Seite aus alles klar sein."
„Ob ich hinaufsteigen muss oder nicht?"
„Setzt Euch mit der Frau in Verbindung!"

.

Es war einfacher, als ich gedacht hatte - als ob man eine Telefonnummer, die man schon oft benutzt hatte, wieder einmal anwählte. Ich hatte mich auf den Boden gekauert und fühlte einfach mit den Spitzen meiner Finger über die Blaue-Dame-

Karte, nur dass ich mir diesmal wie auf einem Bildschirm Vanessas Gesicht vorstellte und ihren Namen dazu rief.
Daniel???
Interessant. Sie war nicht nur nicht verblüfft über die Verbindung, sondern wusste - oder spürte - sogar, dass ich es war. In diesem Moment nahm ich mir fest vor, falls diese Sache gutging, ein ernsthaftes Gespräch mit ihr zu führen.
Warum zum Teufel hatte sie nichts gesagt? Sie hätte doch wissen müssen, dass ich etwas ahnen könnte!
Vanessa! Hier ist Daniel! Was ist mit Laq? Wie geht es ihm?
Es geht ihm besser. Er erholt sich. Wo bist du?
Das ist jetzt egal. Kann er ... kann er ... klettern?
Klettern? Nein. Er lebt, aber er ist schwach, sehr schwach. Warum...was soll diese Frage?
Ich seufzte, und Jocelin, Ybkallis, Jedediah und Virian starrten mich fragend an.
Pass auf, Blaue Königin ... fuhr ich geistig fort.
Du weißt es?
Ja. Aber das spielt jetzt keine Rolle! Also pass auf...

.

Der Falke war flatternd aus der Dunkelheit aufgetaucht und hatte sich auf einem Eckstein der Mauer niedergelassen. Ich hatte zwar mit dem Effekt gerechnet, war aber trotzdem wieder einmal verblüfft, als das pfeifende Geräusch des Windes plötzlich verstummte, und die anderen - bis auf Virian - erstarrten, als ob sie eingefroren wären.
Fast hätte ich erwartet, dass der große Vogel jetzt mit mir spräche. Das Tier hüpfte einmal auf, legte den Kopf mit dem scharfen Schnabel schief und sah mich an. Seine schwarzen Augen leuchteten von innen.

.

„Ein Falke hat keine Stimmbänder, die imstande sind, für einen Menschen verständliche Laute hervorzubringen", er-

klärte Virian. „Das müsstet Ihr eigentlich wissen - also seht ihn nicht so an!"
„Äh..." Etwas Besseres fiel mir momentan nicht dazu ein. Immerhin handelte es sich um einen Gott. Wozu also Stimmbänder?
Der Vogel hüpfte noch einmal und stieß ein leises Krächzen aus. Ob das ein Ausdruck der Heiterkeit war?
„Aber dafür kann er dort hinauf fliegen!", fuhr der Einarmige fort. „Seid Ihr für das Weitere bereit? Ich kann Euch leider nicht weiter helfen!"
„Ihr habt mir ... uns sehr weit geholfen, Virian von Rogue!", versicherte ich und ließ meinen Blick über die 'Statuen' der anderen wandern. Gleich neben mir stand Jedediah unbeweglich wie ein Pfosten und starrte angestrengt in die Nacht.
„Und Ihr bringt meine Freunde hier heraus?"
„Ich werde es schaffen, seid dessen sicher. Für kurze Zeit kann ich den Zauber der Illusion auch für vier Männer aufrechterhalten. Also werden wir vier morgen früh als Flüchtlinge oder Kräutersammlerweiblein das Südtor passieren und die Stadt verlassen. Wenn denn überhaupt noch jemand das Tor bewacht. Aber Ihr habt die schwierigere Aufgabe!"
„Ich glaube, ich kann es schaffen! Inzwischen habe ich eine Idee."
„Gut. Wir treffen uns in zwei Tagen westlich von hier in dem Wirtshaus in der Orginschlucht. Es ist nicht schwierig zu finden: Haltet euch südwestlich, bis ihr auf die Straße der Alten Götter trefft, folgt dieser in sicherem Abstand, und wo sie in einer flachen Brücke einen kleinen Fluss, den Orgin, überquert, biegt ihr nach Süden ab und geht flussaufwärts. Wir versuchen natürlich, euch unterwegs zu finden, aber wer weiß, vielleicht müsst ihr euch öfters verbergen - und wir auch!"
„Ja!", stimmte ich zu. „Das Wirtshaus in der Orginschlucht", und reichte ihm die linke Hand. Er schlug ein und deutete auf

den Falken, der uns die ganze Zeit aufmerksam beobachtet hatte. Dann rollte er eine lange Schnur in Schleifen auf dem Boden aus. Der Vogel stieß sich mit einem pfeifenden Geräusch ab, drehte eine Runde in der Luft und landete auf meiner Schulter. Die kräftigen Krallen drückten sich einen Moment lang durch meine Jacke, als ob dies ein Zeichen sein sollte. Mit einem lauten Krächzen landete er auf dem Boden, ergriff mit seinem Schnabel die Schnur und flog in die Dunkelheit davon. Ich konnte ihn kurz gegen das Mondlicht noch erblicken, dann war er verschwunden.
Eine Minute später begann der Sturm erneut zu pfeifen, stärker als zuvor.

„Was...?", begann Jocelin, als er sah, dass ich das Ende der Schnur in der Hand hielt und das Seil daran festknotete. Für ihn war keine Sekunde vergangen, während der Falke hier bei uns gewesen war. Auch Ybkallis und Jedediah wurden wieder 'lebendig' und bestürmten mich mit Fragen.
Ich winkte ab. „Es ist alles in Ordnung. Ich werde hinaufsteigen und Laq abseilen. Geht ihr mit Virian - und in zwei Tagen sehen wir uns am ausgemachten Treffpunkt. Versucht, Pferde zu beschaffen - und Vorräte. Und du nimmst mein Gewehr und meine Klinge!"
Der Souvaner packte mich am Arm. „Sollte nicht doch ich ...?"
„Nein, Jocelin!", gab ich zurück. „Auf meiner Welt gibt es Leute, die einfach so zum Spaß die höchsten Berge ersteigen. Und diese Männer wissen, wie man das macht. Mein Stiefvater war so ein Mann - und er hat mir einige Tricks beigebracht!"
„Du kannst nicht zweihundert Meter an einem Seil hochsteigen!"
„Doch, ich kann!", widersprach ich. „Schau her! Ich nehme diese beiden Seilenden und mache mir daraus Trittschlaufen.

Und es sind keine zweihundert Meter. Vielleicht hundertvierzig." Er und die anderen sahen fasziniert zu, wie ich zwei kurze Stücke von dem langen Seil abschnitt und zu jeweils einer großen Schlaufe - etwa drei Meter Umfang - zusammenknotete. „Und warum sind es keine zweihundert Meter?"
Virian antwortete für mich: „Er kann nicht von ganz unten hinaufsteigen. Wir brauchen wahrscheinlich fünf bis sechs Stunden, um aus Verrn herauszukommen, die Hauptstraße weiträumig zu umgehen, um auf keine Patrouillen der Yllianer zu treffen, und dann durch die Wälder auf die Nordseite zu gelangen. Bis dahin ist es Morgen."
„Was soll das heißen?"
In diesem Augenblick ruckte es an der Schnur, und das Tau wurde mir aus der Hand gezogen. Ich sah dem Knoten zu, wie er nach schräg oben in der Dunkelheit verschwand und ließ das restliche Seil durch meine Finger gleiten. Es erschien mir eine ziemlich lange Zeit, bis die Bewegung endlich aufhörte.
Vorsichtshalber suchte ich noch einmal über die Karte den Kontakt mit Vanessa, und sie gab mir die Nachricht durch:
Es ist alles in Ordnung, das Tau ist festgemacht! Ich weiß nicht, wie du das wieder geschafft hast, aber ein Vogel hat die Schnur heraufgebracht, und Laq war vollkommen erstarrt!
Die anderen schauten mich erstaunt an, als ich, mit der Blau-Königin-Karte in der Hand, zu lachen begann, aber eine gewisse Komik konnte ich der Situation nicht absprechen.

.

Virian nickte mir zu und meinte nur: „Der Rest liegt in Eurer Hand, Daniel. Ich werde jetzt Eure Freunde aus Verrn herausschaffen. Viel Glück!"
„Das kann ich brauchen. Ich danke Euch jedenfalls."

Jocelin schüttelte wieder einmal den Kopf und brummte: „Das ist Wahnsinn - aber das habe ich seit unserer Bekanntschaft wohl schon öfters zu dir gesagt. Also ..."
Er ließ den Rest des Satzes offen und folgte Virian, Ybkallis und Jedediah, die sich mit einem Handheben stumm verabschiedeten.
Wie bei einer Beerdigung!

6.
Ich schaute noch einmal über die Brustwehr in die schwarze Tiefe. Nachdem der Mond inzwischen ab und zu zwischen den grauen Sturmwolken hindurchleuchtete, konnte ich in den wandernden Streifen seines bleichen Lichts weit unten die Wipfel der Bäume erkennen.
Verdammt tief!
Trotz der bizarren Szenerie, die eher an einen Mantel- und Degen-Film aus den Fünfzigern erinnerte, musste ich jetzt rechnen:
Ich befand mich etwa hundert Meter in horizontaler Richtung östlich von der vertikalen Achse des Turms. Dabei stand ich ungefähr zehn Meter über dem Niveau seiner Basis. Bei den Entfernungen, die hier zu berechnen waren, konnte man diese zehn Meter vermutlich vernachlässigen. Na schön!
Da die Höhe des Turms oberhalb der Felswand ungefähr meinem Abstand von diesem gleichkam, stellte die Länge des gespannten Seils also die Hypotenuse eines rechtwinkligen Dreiecks dar.
Nein! Noch einfacher! Da beide Katheten etwa gleich lang waren, musste ich nicht erst den altehrwürdigen Pythagoras bemühen:
Die Diagonale eines Quadrats beträgt ...Wurzel 2 mal die Seitenlänge.
Also ungefähr 1,4.

Ich lehnte mich nochmals über die steinerne Brüstung und versuchte die Entfernung nach unten zu taxieren. Meine Rechnung war halbwegs korrekt, aber ...
Wenn ich mich jetzt, am Seil hängend, abstieß, dann würde ich etwa vierzig Meter unterhalb der Kante der Felswand auspendeln - das waren sechzig Meter Toleranz zum Erdboden. Das musste einfach ausreichen!

.

Der Moment des Absprungs war der schlimmste. Aufgrund der mangelnden Spannung des Seils und des schrägen Winkels konnte ich mich nicht in die Trittschlaufen hineinstellen, sondern mich nur mit beiden Händen festklammern und in die Schwärze hinab springen.
Wahrscheinlich war es besser, dass die Aktion in der Nacht stattfand und nicht bei Tage, denn so beschränkten sich meine Empfindungen auf vorbeihuschende Felswände, Wind und meine eigenen Bemühungen, nicht loszulassen.
Die Zentrifugalkraft verstärkte noch die Schwerkraft - oder kam mir das nur so vor? -, und ich rutschte einen halben Meter am Seil durch, bis meine rechte Hand auf Widerstand stieß. Der oberste Knoten der Trittschleifen! Dann prallte meine rechte Schulter gegen Stein. Der Aufschlag war nicht hart, doch ich schrammte ein paar Meter am Fels entlang, zum Glück mit der Seite und nicht mit den Händen.
Ich griff am Seil nach oben, aber dann begann schon wieder der Abschwung. Diese Bewegung hätte ich nicht machen sollen, denn jetzt drehte sich plötzlich alles um mich: Felswand, Mond, Seil, meine Hände, Felswand, gegen die ich jetzt mit der anderen Schulter prallte, Schmerz, Seil, Mond, ... Auspendeln.

.

Irgendetwas Feuchtes tropfte mir ins Gesicht. Mein eigenes Blut von den aufgescheuerten Händen.

Verdammt! Überlegung bewahren! Ich war zwar abgerutscht, aber ich klammerte mich noch an das Seil - das war das Entscheidende! Jetzt mit den Füßen Halt suchen! Sechzig Meter über dem Abgrund hampelte ich verzweifelt mit meinen Füßen herum, bis ich mit dem rechten die Seilschlinge ertastete. Ich schlüpfte hinein und belastete vorsichtig: Ein Ruck unter meiner linken Hand, dann hatte sich der Knoten zugezogen, das Seil unter mir straffte sich - und ich stand.
Endlich konnte ich die Hände entlasten. Nach kurzer Zeit hatte ich für meinen linken Fuß die Schlinge erfühlt. Jetzt erst konnte ich durchatmen.

Der Vorteil bei einem so genannten ‚Mastwurf', wie sich dieser Knoten nennt, ist der: Er zieht sich in der belasteten Richtung zusammen und bietet dort einen gewaltigen Reibungswiderstand, während man ihn in der nicht belasteten Richtung einfach verschieben kann.
Ich hatte also, nachdem das Pendeln aufgehört hatte, keine Schwierigkeiten mehr, und arbeitete mich, immer mit dem rechten Fuß voran, nach oben. Der Sturm trieb mich zwar oftmals nach der Seite ab, trotzdem stieg ich höher - Meter für Meter.
In die linke Schlinge hineintreten. Rechte Schlinge entlasten und hochschieben. In die rechte Schlinge hineintreten und die linke hochschieben.
Die Momente der monotonen Tätigkeit gerannen mir zu Ewigkeiten.
Oft musste ich innehalten und mich mit beiden Händen am Seil festklammern, wenn mich eine Windbö erfasste und herumwirbelte. Ich wartete jedes Mal, bis das Pendeln nachließ, und nutzte die Zeit zum Verschnaufen.
Irgendwann merkte ich, dass sich vor meinen Augen nicht mehr nackter Fels, sondern Steinquader befanden - also war ich bereits auf dem Niveau meines Absprungs. Das hieß: nur

noch ungefähr hundert Meter. Nur noch! Meine Hände wurden langsam gefühllos, und ich musste eine längere Pause einlegen, bei der ich mit dem linken Fuß in die rechte Trittschlaufe wechselte, da die beiden Beine sonst ständig die Tendenz zum Auseinanderdriften hatten, was ebenfalls viel Kraft kostete.
Ich schüttelte abwechselnd die Hände aus und versuchte, nicht ständig in den Abgrund unter mir zu starren. Es gab außer Schwärze und ab und zu einem Streifen Mondlicht weit unten sowieso nichts zu sehen, aber trotzdem wurden meine Blicke unwiderstehlich angezogen. Schau nach oben!
Die wuchtige, breite, sich noch oben verjüngende Silhouette des Turms hob sich deutlich vom grauen Nachthimmel ab. Sie schwankte leicht - nein, das war ich. Die Spitze erschien wir weiter entfernt als zuvor. Verdammt!
Bis hierher ist alles gut gegangen. Nur beim letzten Stockwerk wird es gefährlich! Ein alter Witz, der mir durch den Kopf ging. Aber er handelte von jemandem, der nach unten stürzte, nicht nach oben stieg. Aus einem Film, wenn ich mich nicht irrte. Die glorreichen Sieben - Yul Brynner und Steve McQueen. Genau!
Ich tastete mich mit dem linken Fuß in die Schlaufe zurück und setzte den Aufstieg fort. Eine weitere Bö griff nach mir und schleuderte mich zur Seite. Wieder einmal prallte ich mit der Schulter gegen den Fels. Das auf- und abschwellende Pfeifen des Sturms füllte mein Gehör, nahm momentelang mein ganzes Bewusstsein ein.
Das Verfahren strengte wesentlich mehr an, als ich gedacht hatte, vor allem das ständige Umgreifen mit den Händen, wenn ich die linke Schlinge hochschob. Ein Mann muss tun, was ein Mann tun muss! Was war das nun wieder? John Wayne. Oder Winston Churchill.
Eigentlich Quatsch, der ganze Satz - eine Tautologie. In diesem Augenblick ausgerechnet also fiel mir ein Wort ein, das

ich schon jahrelang nicht mehr gehört hatte. Ich kicherte in den Sturm hinein und schob die rechte Schlinge höher. Ein Krampf in der Wade zwang mich zu einer weiteren Pause. Laut fluchend drückte ich die Zehen nach oben durch, bis der Schmerz nachließ. Die Spitze des Turms war nicht näher gekommen. Oder doch?

.

Einige Minuten - oder sämtliche Erdzeitalter - später hatte ich so ziemlich alle berühmten Filmzitate im Geiste durchgespielt und zugeordnet, von „Vom Winde verweht" über „Dirty Harry" bis zu den allerneusten Cyberspace-Animationen. Wie lange hing ich jetzt eigentlich schon an dem Seil und schaukelte im Sturm? Ich sah nach Osten, aber dort war es noch stockdunkel. Rechte Schlinge hochschieben. Rechten Fuß belasten. Mit der rechten Hand nach unten umgreifen. Linke Schlinge hochschieben. Gewicht wieder auf den linken Fuß verlagern. Verschnaufen.
Die Pausen wurden immer länger.

.

Ich stieß mit der rechten Hand auf Widerstand - die Schlinge ließ sich nicht weiter hochschieben. Scheiße! Wenn sich im Seil ein Knoten befand ... Ich wagte fast nicht, den Gedanken weiter zu verfolgen. Ich würde erst die obere und dann die untere Trittschlaufe so weit aufziehen müssen, dass ich sie einzeln über den Knoten schieben konnte.
Daniel! ... Daniel! ... „Daniel!"
Eine Stimme in meinem Kopf. Oder? Nein! Durch das Pfeifen des Sturms hörte ich wirklich Vanessa:
„Daniel! Sieh nach oben!"
Fast wie im Traum tat ich wie geheißen: Die Schlinge hatte sich nicht weiter schieben lassen, weil das Seil einen Meter über mir über eine Kante lief und sich in einer Fuge zwischen zwei Mauerquadern festgekeilt hatte. Ich musste erst einen Moment über die Folgerung nachdenken. Eine Kante.

Ein Gesicht, das sich hell gegen die Schwärze des Nachthimmels abzeichnete, sah auf mich herab. Lange blonde Haare flatterten im Wind.
„Streck die linke Hand aus!", rief Vanessa. „Ich kann sie erreichen und ziehe dich hoch!"
„Du kannst ...?", krächzte ich hervor, aber das konnte sie wohl nicht hören.
„Ich kann - wenn du mit den Füßen in die Mauerfugen trittst! Es sind zwei Absätze."
Eine kräftige Hand packte meine und zog mich ein Stück höher. Ich tastete mit meinem rechten Fuß an der Mauer herum, bis ich eine Spalte fand, in die ich hineintreten konnte, verlagerte mein Gewicht und drückte mich höher. Dann spürte ich, wie eine zweite Hand meinen Unterarm umklammerte und mich vollends hochzog. Einen Moment lag ich auf dem Bauch über der Fensterkante und meine Beine baumelten über dem Abgrund, dann zog mich ein letzter kräftiger Ruck ins Innere des Turms und ich plumpste in etwas Weiches und Stachliges.

.

Stroh.
Zwei Gestalten beugten sich über mich, rüttelten mich und schienen mir irgendetwas zuzurufen, aber in den nächsten Minuten hörte ich nur das Rauschen in meinen Ohren - und meinen Herzschlag, der allerdings bis in die Schädelknochen dröhnte.
Dann drangen langsam einzelne Satzfetzen in mein Bewusstsein:
„ ... gleich besser gehen...", „ ... warten ...", „ ... inzwischen das Seil hoch ..."
Ein Gesicht näherte sich dem meinen und sah mich besorgt an: Laq. Innerlich atmete ich auf - ich hatte es geschafft!
„Er grinst!", hörte ich seine Stimme, und eine andere antwortete vom Fenster her.

Ich richtete mich im Sitzen auf, und das Rauschen in den Ohren ließ nach. Der Jjarde ergriff meine Hand und drückte sie. Selbst jetzt bemerkte ich, wie schwach er war. Ich würde ihn hinunterlassen müssen, aber dabei konnte Vanessa mir helfen.
Verdammt, wir hatten noch ein schönes Stück Arbeit bis zum Morgengrauen vor uns!
„Daniel!", grinste er jetzt ebenfalls. „Wie geht es dir? Siehst nicht gut aus!"
„Idiot!", brachte ich hervor. „Und du? Du hättest dir wenigstens etwas anziehen können, wenn ich vorbeikomme!"

KAPITEL ACHT : ABRECHNUNG

-

Einige Rätsel klären sich auf, andere ergeben sich - Daniel und seine Gefährten finden nach verschiedenen Widrigkeiten wieder zueinander, um festzustellen, dass nichts gewonnen ist außer der Erfahrung, niemandem wirklich trauen zu können. Außer vielleicht Totgeglaubten?

-

1.
Als die Morgensonne erste zartrote Lichtfinger von Osten durch die grauen Wolkenbänke sandte, wand ich aufatmend die Seilschlinge von meiner linken Schulter und sprang den letzten Meter von einem Felsbrocken auf den Waldboden hinunter. Der bemooste Grund gab unter meinen Füßen ganz leicht nach und verstärkte so das seltsame Gefühl, als ob ich schwankte. In der Tat fühlte ich mich derartig weich in den Knien, dass ich beinahe gegen Vanessa stolperte. Spätestens morgen würde ich einen höllischen Muskelkater bekommen, das wusste ich jetzt schon.
Den Jjarden hinunterzulassen hatte Vanessa und mir weniger Mühe bereitet, als ich zuerst angenommen hatte; er war ohnehin nicht sehr schwer und hatte durch das Wundfieber noch einiges an Gewicht verloren.
Danach hatte ich ihr erklärt, wie man sich an einer senkrechten Wand abseilt, indem man sich das Seil zwischen den Beinen hindurch, über den Rücken, die linke Schulter und die Brust laufen lässt. Auf diese Art ist die Reibung am Körper groß genug, dass man bequem mit der rechten Hand die Geschwindigkeit steuern kann und mit den Füßen einfach die Mauer hinunterläuft. Erfahrene Bergsteiger stoßen sich alle paar Meter weit ab und lassen dabei das Seil durchrutschen, so 'hüpfen' sie praktisch in einer unglaublichen Geschwin-

digkeit eine Felswand hinunter, aber bei Nacht und in erschöpftem Zustand war mir das Risiko zu groß.

Ich musste Vanessa bewundern, als sie ohne zu zögern rückwärts aus dem Fenster stieg, immerhin machte sie so etwas zum ersten Mal. Als ich spürte, dass das Seil nicht mehr unter Spannung stand, machte ich mich selbst an den Abstieg, und jetzt plötzlich schienen die Elemente auf meiner Seite zu sein: Der Sturm legte sich von einer Minute auf die andere.

Ich legte den Kopf in den Nacken und betrachtete ein letztes Mal den Burgturm hoch über uns. Von dieser Warte sah es aus, als würde die Spitze in den Wolken verschwinden. Einige Raben oder Krähen kreisten um die höchsten Zinnen und stießen ab und zu ein dissonantes Kreischen aus, wohl um den Tag zu begrüßen, der ihnen so manch reichliche Mahlzeit in den Gassen von Verrn bescheren würde.

Beim Anblick des Seil, das vor unseren Füßen endete, musste ich grinsen: Jemand würde gewaltig fluchen, dass die Geiseln verschwunden waren. Dann riss ich mich von dem Bild los und wandte mich um. Wenige Meter von uns entfernt begann der dichte Wald, der in dieser kühlen Morgenstunde nicht gerade einladend aussah, aber die Freiheit bedeutete.

Laq zog das Hemd, das ich ihm gegeben hatte, fester um seine Hüften und nickte mir aufmunternd zu, was bei seinen eingefallenen Wangen und tief liegenden Augen kläglich misslang.

„Kannst du laufen?", fragte ich. „Ansonsten stütze ich dich, aber eine Zweitagesstrecke tragen können wir dich nicht!"

„Ich laufe, solange ich kann, und dann stützt du mich, bis du nicht mehr kannst", erklärte der Jjarde entschlossen. „Wir müssen jetzt zuerst einmal möglichst viel Distanz zwischen uns und die Stadt bringen, der Rest wird sich finden."

Vanessa stimmte zu: „Wenn sie merken, dass wir weg sind, und das Seil sehen, werden sie uns einen Suchtrupp nachschicken. Wahrscheinlich mit Spürhunden."
„Allzu groß wird dieser Suchtrupp nicht sein", überlegte ich laut. „Ich weiß nicht, wie lange es noch dauern wird, bis die Lyshitenarmee vor der Stadt erscheint und die Belagerung beginnt, aber Asangia wird alle ihre ergebenen Soldaten brauchen, um ihre Burg gegen das eigene Volk zu verteidigen."
„Man wird uns also allenfalls einen kleinen Trupp hinterherhetzen", stellte Laq fest. „Mit einem Offizier als Führer, dem die Königin vertraut."
„Nicht ganz richtig!", behauptete ich und ergänzte: „Uns wird man einen kleinen Trupp nachschicken - wenn sie unsere Spur überhaupt finden. Aber ein größerer Trupp wird sich auf den Weg machen, um uns am Treffpunkt zu erwischen; und wer dieser Vertrauensmann der Königin ist, das weiß ich jetzt schon: Azfard, er hat noch eine Rechnung mit mir offen - und einen feinen Plan!"

Gegen Mittag legten wir die erste Rast ein und Vanessa suchte essbare Wurzeln, während ich auf einen Baum stieg und einige holzige Äpfel pflückte. Die Früchte schmeckten nicht besonders, aber es war Nahrung. Der Jjarde kaute gründlich und nahm nur kleine Bissen zu sich, um seinen entwöhnten Magen nicht zu überlasten.
Eine Stunde später brachen wir wieder auf und erreichten einen Bach, an dem wir nicht nur unseren Durst stillen konnten, sondern auch unsere Spuren verwischen.
Wir liefen eine halbe Meile im Bachbett nach Süden und stiegen an einer steinigen Stelle wieder heraus, um die vorherige südwestliche Richtung weiter zu verfolgen. Laq marschierte munter voran, und die Tatsache, dass er barfuß war, schien ihn nicht weiter zu stören.

Ich konnte nicht anders, ich musste den Jjarden einfach bewundern: Erst gegen Nachmittag zeigte er Erschöpfung und bat um eine Pause. Wir verzehrten die Wurzeln, die Vanessa gesammelt hatte: dunkelgrüne bizarr geformte Dinger von rettichartiger Konsistenz, die sich aber ganz gut kauen ließen und wie eine Mischung aus Ingwer und Muskatnuss schmeckten. Den Rest des Tagesmarsches musste ich Laq stützen. Nach zwei Stunden, während denen der Jjarde immer schwerer an meiner Schulter hing und öfters stolperte, ergriff Vanessa seinen anderen Arm und wir schleppten ihn noch eine Stunde so weiter, bis schließlich die Dunkelheit über den Wald hereinbrach.

Bis zum Morgengrauen wachten Vanessa und ich abwechselnd, während der Jjarde tief und fest unter meiner Jacke schlief.

Am nächsten Vormittag stießen wir, wie Virian beschrieben hatte, auf die Straße der Alten Götter.

Der Anblick war derselbe wie bei unserem Ritt nach Fort Souvansfinn, als ich diese beeindruckende künstliche Schöpfung südöstlich der Ravensrück-Berge zum ersten Mal sah. Irgendeine fremde Macht hatte eine Straße aus glasiertem Gestein durch die ganzen Ostländer angelegt - vom Ende der Kontinentalscholle südlich von Mattincourt bis in das ferne Schneewolkengebirge Tausende von Meilen entfernt im Nordwesten. In einem Areal fünfzig Meter links und rechts der Straße wuchsen kein Baum, kein Strauch und kein Grashalm.

Wir wechselten auf die andere Seite und schlugen uns dort wieder tiefer in die Wälder. Den Weg auf der Straße fortzusetzen wäre zwar bequemer, aber zu gefährlich, denn es stand zu erwarten, dass unsere Verfolger ihre besondere Aufmerksamkeit auf diesen Fluchtweg richten würden. Auf eine Verfolgung oder gar einen Kampf konnten wir uns in unserer

Verfassung auf gar keinen Fall einlassen. Außerdem kam man als Wanderer ohne Reittier in den Wäldern auch nicht viel langsamer voran als auf einem gebahnten Weg - solange man nicht die Orientierung verlor. Zum Glück hatte der Jjarde als Naturkind einen untrüglichen Richtungssinn. An diesem zweiten Tag unseres Marsches musste ich ihn nicht mehr stützen, er schien sich wirklich von Stunde zu Stunde mehr zu erholen, und nur ab und zu bat er um eine kurze Rast. Gegen Mittag ließ er sich meinen Dolch geben und schaffte es tatsächlich, mit einem Wurf eine braun gefleckte Schlange an einem Baumstamm festzunageln. Vanessa erschlug das Reptil mit einem Stein, und wir zogen ihm die Haut ab und aßen das Fleisch roh.
Der Geschmack? Egal.

Trotz allem kamen wir langsamer voran, als Virian geschätzt hatte. Am Abend des zweiten Tages erst wurde der Waldboden felsiger und stieg leicht nach Westen an. Wir marschierten weiter, bis wir fast nichts mehr sehen konnten, und schafften es gerade noch, bevor es vollkommen dunkel war, den Orgin zu erreichen, einen schmalen schnell strömenden Fluss, der aus den westlichen Bergen kam und sich irgendwo östlich von Verrn mit dem Solvian vereinigte. Das Gewässer hatte sich seinen Weg durch den felsigen Boden gegraben und so eine ungefähr zehn Meter tiefe Schlucht geschaffen, die den Wald von Westen nach Osten zerschnitt. Ich war erleichtert, dass wir uns auf dem richtigen Weg befanden - aber wir waren einen Tag zu spät dran.

2.
„Und jetzt?", flüsterte Laq in mein Ohr.
„Wir warten!", gab ich zurück und beobachtete weiter.

Es war früher Nachmittag und die Sonne stand hoch am Himmel. Selbst unter den Bäumen spürte man die Hitze. Wir drei lagen auf einer kleinen Anhöhe oberhalb des
Wirtshauses unter den bis fast auf den Boden hängenden Ästen einer Weide und versuchten, unten in der Schlucht irgend einen Hinweis zu erkennen, dass unsere Gefährten schon angekommen waren.

Die Herberge war zweistöckig, bis auf das Fundament und einen Schlot vollständig aus Holz gebaut, und befand sich in einem kleinen Tal, das die Orginschlucht hier bildete. Ein Trampelweg, den ein Ochsenkarren wohl befahren konnte, folgte in einigem Abstand dem Fluss nach Osten, wo wir hergekommen waren.

Das ganze Bauwerk wirkte ziemlich alt, machte aber durch die in bunten Farben gestrichenen Fensterläden und den gepflegten Gemüsegarten hinter und neben dem Haus einen einladenden Eindruck.

Ich langte in meine Jackentasche und zog den Packen Karten heraus. Laq sah mir staunend zu, als ich sie einzeln aufblätterte, bis ich den Braunen Ritter in der Hand hielt.

Mit den Fingerspitzen tastete ich über die Oberfläche der Karte und stellte mir im Geiste Virian von Rogue vor. Fast erschrak ich, als ich sofort Kontakt bekam:

Na endlich! Divvnu'môn sei Dank! Daniel! Habt ihr es alle geschafft?

Ja. Es hat länger gedauert, als wir dachten, aber es ist alles gutgegangen. Und bei dir?

Bestens.

Also in einer Stunde!

Ich steckte den Kartenpack zusammen, wobei ich der Versuchung nicht widerstehen konnte, die Blaue Königin einmal nachdenklich zu betrachten und wie versehentlich mit den Fingerspitzen zu berühren. Vanessa zuckte zusammen und ich grinste.

„Daniel", meinte sie, „ich ..."
„Später!", wehrte ich ab. „Wir haben eine Stunde Zeit, um eine Trage zu bauen. Also suchen wir uns ein paar geeignete Äste!"
„Eine Trage?", fragte Laq erstaunt. „Wozu das?"
„Für dich!", lachte ich. „Du liegst im Sterben!"

Eine Stunde später erschienen Jocelin, Ybkallis, Virian und Jedediah auf unserem Hügel. Der Souvaner kniete sofort neben der Trage Laqs nieder und fühlte seinem Freund, der wie halbtot dalag, die Stirn. Ich hoffte nur, dass der Jjarde seine Rolle als Sterbender überzeugend spielte und wandte mich Virian zu.
Der Braune Ritter reichte mir die linke Hand und drückte sie. Dabei konnte ich spüren, dass er zitterte. Auf seiner Stirn perlten feine Schweißtropfen, und seine Lippen wiesen eine leicht bläuliche Verfärbung auf. Ich sagte nichts, und er nickte resignierend: „Ihr seht recht, Daniel. Einen Tag noch, vielleicht zwei. Also lasst uns diese Sache zu Ende bringen!"
Ich nickte nur und wies auf die Trage: „Wir sollten Laq in die Herberge bringen. Er sollte wenigstens kühl liegen und etwas zu trinken bekommen."
Jocelin und Jedediah hoben den Jjarden hoch und schritten voran, den Hügel hinunter. Vanessa und Ybkallis folgten, hinter ihnen Virian und ich. Eine wirklich seltsame Prozession! Laq, der leben würde, wurde getragen, und Virian, der sterben würde, lief neben mir.

Die Gaststube sah aus wie alle anderen auf dieser Welt: ein holzgetäfelter großer Raum mit niedrigen Fenstern, einem Tresen mit dem obligatorischen Bierfass, dahinter ein Gläser- und Tellerregal; roh gezimmerte Tische und Stühle.
Ganz automatisch ließ ich meinen Blick genauer umherwandern und prägte mir weitere Einzelheiten ein: zwei Türen in

der hinteren Wand, vermutlich zur Küche und den privaten Räumen; eine schmale steile Holzstiege zur Rechten, die in den ersten Stock führte.
Der Wirt, ein kleiner aber kräftiger Mann, hielt die Tür auf und betrachtete sich den leblosen Jjarden genau, wobei er den Kopf seltsam zur Seite drehte: Er konnte auf seinem linken Auge, das wie von einem weißen Film überzogen war, nichts sehen.
„Habt ihr einen kühlen Raum für meinen Freund, Herr Wirt?", fragte Jocelin, und dieser nickte: „Ihr könnt ihn in das Schlafgemach dort rechts legen - und ich werde ihm gleich kalten Kräutersud geben."
Er stieß einen schrillen Pfiff aus, und zwei junge Männer erschienen aus der Küche. Die Ähnlichkeit war unverkennbar: Es mussten seine Söhne sein. Ich achtete nicht weiter auf sie und sah zu, wie Jocelin und Jedediah den Jjarden in die Schlafstube trugen. Dann wandte ich mich an Virian:
„Was ist mit Euren Leuten?"
„Sie werden rechtzeitig hier sein!"
„Gut. Wie viele werden es sein?"
„Ungefähr fünfzig. Das muss genügen! Übrigens, Ihr könnt dem Wirt trauen. Er ist auf unserer Seite und hat schon öfters für meine Leute gearbeitet."
Ich nickte und wir setzten uns an einen Tisch. Nachdem die Anspannung der letzten beiden Tage momentan nachließ, fühlte ich mich plötzlich unendlich müde - und hungrig und durstig. Ich bestellte mir bei einem der Söhne des Wirts Brot und Schinken, dazu einen großen Krug verdünntes Bier.
„Ihr solltet Euch wenigstens ein, zwei Stunden schlafen legen", empfahl Virian, und ich stimmte zu. Meine Jacke nahm ich als Kopfkissen und streckte mich auf der Holzbank aus. Obwohl ich vor zwei Tagen noch über die Unbequemlichkeit einer solchen Lagerstatt geklagt hatte, war ich jetzt eingeschlafen, kaum dass ich die Augen geschlossen hatte.

Nach zwei Sekunden, so erschien es mir jedenfalls, wachte ich auf, weil mich jemand heftig an der Schulter rüttelte. Ich wünschte demjenigen Hölle, Tod und Teufel an den Hals und schlug die Augen auf. Ybkallis grinste mir ins Gesicht.
„Mit fröhlich' Worten aufgewacht - und munter gleich ans Werk gemacht!", reimte er, und ich lächelte säuerlich.
„Wie lange habe ich geschlafen?" fragte ich und rieb mir die Augen.
„Zwei Stunden. Virian meinte, es wäre nun an der Zeit, die Einzelheiten zu besprechen. Du wüsstest schon, was."
Ich brummte zustimmend, rappelte mich mühsam hoch und trat aus der Tür ins Freie. Die Sonne stand niedriger im Westen. Ringsum war das kleine Tal von flachen bewaldeten Hügeln eingerahmt, lediglich westlich konnte ich die Umrisse höherer Gipfel im Gegenlicht ausmachen. Vogelgezwitscher drang aus den Bäumen zu mir herüber.
Eine friedliche Szenerie. Na, das würde sich vermutlich bald ändern. Es war an der Zeit, den Vorhang zum letzten Akt des Dramas zu heben.
Ich spazierte die hundert Meter zum Ufer des Orgin hinunter, kniete nieder und tauchte meinen Kopf in das eiskalte Wasser. Danach fühlte ich mich besser. Schließlich blieb ich noch fünf Minuten so sitzen und überdachte noch einmal alles.
Ein Scharren von Stiefeln auf Stein ließ mich hochblicken. Vanessa stand neben mir.
„Daniel, ich ...", begann sie zögernd, aber ich winkte ab: „Nicht jetzt! Es gilt, erst etwas anderes zu klären. Komm mit!"
Wir gingen ins Haus zurück, wo sich die anderen bereits in der Gaststube versammelt hatten. Ich blickte in die Runde: Links am Tresen lehnte der Wirt; am großen Tisch hatten Jedediah, Virian, Ybkallis und Jocelin Platz genommen. Alle starrten mich gespannt an, und eine gewisse Spannung lag in

der Luft. Lediglich um Virians Lippen spielte ab und zu ein feines Lächeln, obwohl es ihm am schlechtesten ging.
Ich setzte mich und ließ mir einen Krug Bier bringen. Nach einem großen Schluck war ich in der richtigen Stimmung: „Wir werden bald Besuch bekommen", begann ich etwas banal, aber eine bessere Eröffnung fiel mir im Moment nicht ein.
„Glaubst du, dass man uns oder euch verfolgt hat?", fragte Jocelin erstaunt. Ybkallis und Jedediah kniffen die Augen zusammen und sahen mich prüfend an. Ich blickte einmal schnell zu Virian, und er nickte mir unmerklich zu.
„Nun", fuhr ich fort, ich weiß nicht, ob man uns verfolgt hat, aber ich weiß, dass ein Trupp hierher unterwegs sein wird."
Die anderen sahen sich verblüfft an. „Wie ... woher ...?", stotterte der Souvaner. „Also sind wir hier nicht sicher?"
„Keineswegs!", verneinte ich. „Im Gegenteil. Wir befinden uns hier in einer wunderbaren Falle, gerade weil wir annehmen sollten, hier sicher zu sein."
„Aber woher kann der Feind wissen, dass wir hierher flüchten wollten?"
Ich lächelte in die Runde und sah meine Gefährten genau an. „Ich schätze, dass die Königin unseren Aufenthaltsort durch ihr Kartenspiel erfahren hat. Wahrscheinlich kann sie mir auf geistigem Wege folgen."
In den Gesichtern der anderen zeigte sich äußerste Beunruhigung.
„Und woher wisst Ihr, dass sie das kann?", fragte Jedediah, der leicht blass geworden war. „Ihr scheint gar nicht einmal sehr besorgt!"
„In der Tat nicht!", bestätigte ich. „Wenn man von einer Falle weiß, dann kann man schließlich rechtzeitig seine Gegenmaßnahmen treffen. Und unser Freund Virian hat das getan. Bitte!"

Ich machte eine Handbewegung zu dem Braunen Ritter hin und ließ ihn weitererzählen. Seine Stimme klang etwas brüchig, als er fortfuhr:
„Etwa fünfzig Mann meiner Leute halten sich in den Hügeln im Hinterhalt versteckt und beobachten die ganze Umgebung genau. Vor einer halben Stunde habe ich das vereinbarte Signal erhalten, dass sie angekommen sind. Die Feinde vermuten uns in der Falle und werden selbst hineinlaufen. Wenn wir angegriffen werden, dann können wir neun Mann uns hier drinnen lange genug verteidigen, bis meine Leute zur Stelle sind."
„Und dabei werden wir höchstwahrscheinlich einen unserer Hauptfeinde zu fassen bekommen", ergänzte ich, „Azfard, der sich mit der Königin zusammen den ganzen Plan ausgedacht hat."
„Und der mit schuld ist, wenn Verrn den Lyshiten in die Hände fällt!", knirschte Jocelin. „Mit Freude werde ich ihm ..."
„Nichts wirst du!", unterbrach ich ihn rüde. „Unser Freund Azfard meint, dass er noch eine Rechnung mit mir offen hat - und um dieses Vergnügen möchte ich ihn keinesfalls betrügen."
„Du willst dich auf dieses Duell einlassen?"
„Aber natürlich!", lachte ich. „Ich habe inzwischen erkannt, dass ich doch ein Mann von Ehre bin. Und als solcher kann ich eine formelle Herausforderung nicht einfach ignorieren, nicht wahr?"
Die anderen sahen mich skeptisch an, also fuhr ich fort:
„Ich glaube sogar zu ahnen, wie er sich die Sache vorgestellt hat: Er wird uns nicht sofort mit seinen Soldaten angreifen, weil er versuchen wird, zuerst mich auszuschalten. Und zwar, weil er mich mit meiner Waffe für den Gefährlichsten hält - und weil ich der Grüne Ritter bin!"
„Ihr seid der Grüne Ritter, Daniel?", stieß Jedediah hervor.

„Nein!", widersprach und lachte innerlich über das Mienenspiel des Kundschafters. Er hatte sogar seinen unvermeidlichen Schlapphut abgenommen und drehte ihn in den Händen. „Ich fürchte, ich verstehe nicht ..."
„Ihr werdet es verstehen, Jedediah! Jetzt ist es am wichtigsten, dass wir bereit sind ..."
Von draußen ertönte ein schriller Pfiff und Virian erhob sich. Er schwankte leicht, hatte sich aber sofort wieder in der Gewalt. „Das war das Zeichen", erklärte er. „Das heißt, meine Leute haben den Verfolgertrupp gesehen. In Kürze werden wir mehr wissen."
„Wir sollten den Balken vor die Tür legen und zwei oder drei Beobachtungsposten im oberen Stockwerk beziehen", schlug ich vor. „Verteilt euch im Haus!"
„Und was tust du?", fragte Jocelin, als ich aufstand und zur Tür des hinteren Raums trat.
„Ich sehe noch einmal nach Laq und beobachte die hintere Front des Hauses."

Der Jjarde lag ruhig in seinem Bett unter einer großen Wolldecke und schlief tief und fest, wie es schien. Ganz leise zischte ich ihm zu: „Ich bin es, Daniel! Alles in Ordnung?"
Zur Antwort öffnete er einmal kurz das linke Auge. Ich klopfte ihm auf die Schulter und ging zum hinteren Fenster. In dem dichten Grün des Waldes konnte ich nichts Verdächtiges erkennen.
Ich blieb so stehen und sinnierte vor mich hin, aber ich musste nicht lange warten. Ein Luftzug warnte mich. Nicht einmal die Tür hatte geknarrt; mein Besucher war wirklich äußerst vorsichtig und sehr geschickt.
Ich wandte mich langsam um und sah Jedediah ins Gesicht.
„Ah, unser neuer Freund, der Kundschafter. Wolltet Ihr ebenfalls nach Laq sehen?"
Er sah mich abschätzend an. „Ja. Wie geht es ihm?"

„Ich fürchte, nicht gut. Die schwere Verletzung, das Wundfieber, und die Entbehrungen der letzten drei Tage ... Es sieht nicht gut aus."
Der Kundschafter beugte sich über den Jjarden und betrachtete dessen eingefallene Wangen. Dann drehte er sich zu mir herum und sagte: „Verzeiht mir, Daniel, wenn ich gerade in dieser angespannten Situation einige Fragen an Euch habe, aber ..."
„Oh", ich winkte ab, „Ihr habt durchaus das Recht, Fragen zu stellen, Jedediah. Ihr habt Euch uns als Gefährte angeschlossen, um die Gefahren unseres weiteren Weges mit uns zu teilen, und da ist es selbstverständlich, dass wir keine Geheimnisse voreinander haben wollen, nicht wahr?"
Er nickte und überlegte einen Moment. „Eine Sache verstehe ich nicht: Ihr sagtet vorhin, dass Ihr der Grüne Ritter wärt, aber dann wieder doch nicht. Wie soll ich das verstehen?"
„Ich bin es nicht", lächelte ich, „aber es war von Vorteil, dass gewisse Mächte dies glaubten. Ich schätze, dass wir etwas Zeit haben, also möchte ich Euch eine Geschichte erzählen."
Jedediah runzelte die Stirn und kratzte sich an der Backe, dann machte er eine wischende Bewegung mit der Hand und forderte mich auf: „Gut. Erzählt!"
Ich lehnte mich lässig gegen die Wand und begann: „Die Königin Asangia hatte mit ihrem Vertrauten Azfard einen wunderbaren Plan, wie Verrn, die uneinnehmbare Stadt, trotzdem mit wenig Mühe der lyshitischen Invasion zum Opfer fallen sollte: Eine Seuche, die kurz vor dem Angriff unter der ahnungslosen Bevölkerung wütete, würde jede organisierte Verteidigung unmöglich machen."
„Ja", stimmte er zu, „aber das weiß ich doch!"
„Aber nicht alles!", erklärte ich weiter. „Sie hatte noch einen zweiten schlauen Plan, nämlich den Zufall auszunutzen, der es ihr zur gleichen Zeit möglich machte, den Braunen Ritter, ihren Hauptgegner, ebenfalls auszuschalten - durch mich."

„Den Braunen Ritter - Virian! Aber ihr habt es ja nicht getan!"
„Natürlich nicht! Aber hört weiter zu; die Geschichte ist noch nicht zu Ende: Als letztes Hindernis musste schließlich ich selbst aus dem Weg geräumt werden - ich, der Grüne Ritter!"
Jedediah schüttelte verwirrt den Kopf: „Aber ich denke, Ihr seid es nicht. Wie ...?"
Ich lachte wieder. „Es genügte, dass sie annehmen musste, ich sei es. Aber zurück zu der Geschichte: Ich sollte in einem Duell mit diesem Azfard sterben. Und zwar, indem ein gewisser Val'qaî meine Fähigkeit zu entmaterialisieren in dem Moment blockiert, wenn Azfard zuschlägt. Deshalb diese blödsinnige Aufforderung zum Duell. Wenn ich erst tot bin, glauben sie, leichtes Spiel mit euch anderen zu haben. Von Virians Männern wissen sie ja nichts."
Der Kundschafter sagte eine geraume Zeit gar nichts. An seinem Mienenspiel konnte ich sehen, wie es in seinem Kopf arbeitete. Schließlich räusperte er sich und fragte: „Aber woher wisst Ihr das alles? Und wenn ihr wisst, dass dieser ... Val'qaî Euch blockieren kann, dann ..." Er zuckte mit den Schultern. Selbst im Halbdunkel des Zimmers konnte ich die Blässe seines Gesichts deutlich wahrnehmen.
„Nun", fuhr ich fort, „ich müsste also nur unter Azfards Truppen diesen Val'qaî ausfindig machen und vorher ausschalten - dann könnte ich dem Duell getrost entgegensehen, nicht wahr?"
Er wollte etwas sagen, aber ich unterbrach ihn: „Dieser Kerl muss, damit er mich blockieren kann, selbst eine Macht sein. Eine Macht, die auf der Roten Seite steht; eine Macht, die über ihr Kartenspiel Informationen an den Feind weitergeben kann - zum Beispiel über unseren Fluchtweg -; eine Macht, der die Königin vertraut, der sie so vertraut, dass sie ihr die Leitung einer eminent wichtigen Mission - zum Beispiel die Vernichtung von Verrn - anvertrauen würde."

Jedediah blitzte mich aus zusammengekniffenen Augen an: „Was meint Ihr damit?"
„Ich meine damit, dass Ihr dies seid, Jedediah, oder Val'qaî - wie Ihr wünscht!"
„Verdammt!" Er trat einen Schritt auf mich zu und zischte mich an: „Seid Ihr wahnsinnig geworden, Daniel? Was soll dieser Unsinn?"
Aus dem Augenwinkel konnte ich sehen, wie seine Hand nach dem Schwertgriff tastete, aber ich blieb gelassen und erklärte ruhig weiter:
„So schwierig war das nicht zu erraten, Jedediah. Als ich Asangia und Azfard belauschte, wussten sie, dass ich außer meiner Schusswaffe über die Fähigkeit verfügte, diese Ebene für kurze Zeit zu verlassen - ein unschätzbarer Vorteil in jedem Kampf! Und wissen konnten sie das nur von Euch! Der freundschaftliche Kampf von Jocelin und mir in der Nacht, als wir Euch trafen. Ihr hattet uns schon vorher geraume Zeit beobachtet. Seitdem habe ich diese Fähigkeit nicht mehr eingesetzt.
Zweitens der Überfall von Gill und seinen Kumpanen vor der Herberge in Verrn: Ihr wolltet mich nicht gleich dorthin führen, sondern erst eure Freunde von meiner Absicht unterrichten. Später im Kampf habt Ihr dann zwei Eurer eigenen Knechte umgebracht, damit ich Euch vertrauen sollte - was ich beinahe auch getan hätte! Niemand außer mir selbst, Jocelin und Euch wusste, was wir vorhatten!
Und drittens: Ihr wart schlau genug, Euch nicht zu bewegen, als Divvnu'môn erschien und alles erstarrte; als ich neben Euch trat, hieltet Ihr sogar den Atem an, aber ein Schweißtropfen rann Euch von der Stirn - tja, das kann man eben nicht beeinflussen!"
Jedediah grinste böse: „Sehr schlau, Daniel, wirklich sehr schlau! Und Ihr habt Euer Spiel gut gespielt: Der arme Azfard wird Euch wohl in die Falle gehen! Aber ich nicht!"

Fast schneller, als ich zusehen konnte, hatte er seine Klinge aus der Scheide gezogen und deutete mit der Spitze auf meine Brust.

„Vielleicht werde ich jetzt sterben - aber Ihr ebenfalls! Eine kleine Chance habe ich: Bevor Eure Freunde hier sind, seid Ihr tot. Und ich werde aus dem Fenster steigen und mich in den Wald davonmachen."

„Wollt Ihr mich erstechen, Jedediah?"

„Natürlich!", lachte er. „Und wie Ihr schon sagtet: Ich kann Eure Eigenschaft blockieren - ich bin der Blaue Ritter!"

Ich stieß die Luft pfeifend aus. „Auf Eurer Stirn steht schon wieder ein Schweißtropfen. Seid Ihr Eurer Sache wirklich so sicher?"

Er wischte sich mit der Linken fahrig über das Gesicht und sah mir forschend in die Augen. Die Klinge in seiner Hand fuhr blitzschnell herum, als ihm die Bedeutung meiner Worte aufging.

Trotzdem war er zu langsam.

Obwohl ich darauf vorbereitet war, zuckte ich zusammen, als der Schuss dröhnend losging. Die Flinte in Laqs Hand spuckte einen langen Feuerstrahl aus, und die Schrotladung schmetterte Jedediah gegen die Wand, wo er langsam zu Boden rutschte, Brust und rechte Schulter eine einzige rote Masse aus Blut, Fleisch und Knochensplittern.

Ich trat näher und sah, dass er noch lebte. Seine Lippen formten Laute, während schaumiges Blut aus seinem Mundwinkel lief, aber ich konnte nichts hören. Ich beugte mich über ihn, wobei ich auf sein Schwert achtete, aber es bestand keine Gefahr mehr: Mit dem zerfetzten Oberarm würde er die Klinge nicht mehr heben können.

„Wer zum Teufel bist du wirklich?", lallte der Sterbende, und sein Blick überzog sich bereits mit dem Schleier des Todes. Ein Hustenanfall schüttelte seinen Körper.

„Mein Name ist Bond, James Bond – du Schwein!", knurrte ich, und der Jjarde schüttelte den Kopf. Dann starb Val'qaî, der Blaue Ritter, den wir als Jedediah gekannt hatten.
Eine Blutlache breitete sich langsam unter seinem Körper aus.

3.
Eine Stunde später klopfte es leise an der Tür des Gasthauses. Virian öffnete, und ein dunkel gekleideter Mann mit einem langen Bogen in der Hand huschte herein.
„Das ist Leon, einer meiner Männer", erklärte Virian. „Was gibt es?"
Der Mann erzählte leicht außer Atem: „Es ist, wie Ihr vorausgesagt habt, Lord Virian: Der Offizier, der sie anführt, kommt mit fünf Mann hierher. Die anderen haben sich unter den nächstenn Bäumen links und rechts auf den Hügeln versteckt."
„Wie viele sind es im Ganzen?"
„Zweiundzwanzig Mann. Sie fühlen sich ziemlich sicher", grinste Leon.
Virian klopfte ihm leicht auf die Schulter. „Gut gemacht. Bist du sicher, dass sie euch nicht entdeckt haben?"
„Vollkommen sicher. Es müsste schon ..." Er unterbrach seinen Satz, weil Virian plötzlich heftig schwankte, und hielt ihn an den Schultern fest. Auch ich griff mit zu, und wir bugsierten den schwer Atmenden zu einem Stuhl. Ich fühlte seine Stirne: Sie war glühend heiß und klebrig von Schweiß.
„Was ist mit Euch, Mylord?", fragte Leon besorgt.
„Es ist nichts ... es wird schon besser", keuchte Virian. Seine Hand zitterte.
Von draußen erklang Hufschlag.
„Sechs Mann auf Pferden!" rief Jocelin vom Fenster her. „Ihr habt recht gehabt: Der erste ist Azfard."

Ich trat ebenfalls an das Fenster und sah hinaus. Der 'Erste Schwertkämpfer der Yllianmark' zügelte sein Ross auf dem freien Platz vor dem Haus, ließ seinen Blick einmal über die Umgebung wandern, und sprang dann in einer eleganten Bewegung aus dem Sattel. Er mochte dem Frieden wohl nicht recht trauen, denn er kam nicht näher, sondern legte die Hände an den Mund und rief:
„Daniel! Hier ist Oberst Azfard! Kommt heraus! Ich will mit Euch reden!"
Virian stand schwankend auf und nickte mir zu: „Wie ich gedacht hatte: Er will Euch zum Duell fordern."
„Und während des Kampfes werden seine anderen Männer über euch - die Zuschauer - herfallen", ergänzte ich. „Fein ausgedacht."
„Kommt heraus, Daniel!", rief es wieder von draußen. „Ich verspreche Euch, dass niemand auf Euch schießen wird!"
„Na dann!", meinte ich und zuckte die Achseln. „Wenn er unbedingt will ..."
Ich öffnete die Tür und trat ins Freie. Hinter mir verteilten sich Jocelin, Virian, Vanessa und Ybkallis. Laq, Leon, der Wirt und seine zwei Söhne waren im Haus geblieben.
Azfard zog in einer gezierten Bewegung sein Schwert. „Seid gegrüßt, Daniel", meinte er spöttisch. „Erinnert Ihr Euch an unsere Abmachung?"
„Seid gegrüßt, Oberst Azfard", gab ich zurück. „Es freut mich außerordentlich zu hören, dass Ihr befördert worden seid. Ich darf doch wohl annehmen, dass Euer Besuch hier nicht ganz ohne tieferen Sinn ist, oder?"
Er lachte. „Nein. In der Tat nicht. Seid Ihr bereit, für Eure Frechheiten jetzt und hier mit der Waffe in der Hand einzustehen?"
Ich zog meinen Degen und ließ wie gedankenverloren die Klinge an meiner linken Hand entlang gleiten.

„Gut!", stimmte ich zu und trat einen Schritt vor. „Was wollt Ihr, Azfard?"
Lächelnd trat er ebenfalls einen Schritt vor: „Ihr habt mich beleidigt, Daniel! Und ich fordere Genugtuung!"
„Kann man Euch beleidigen, Azfard? Das sollte mich wundern!"
Er grinste überheblich und ließ sein Schwert zweimal pfeifend durch die Luft sausen.
„Nein, nein, diesmal werdet Ihr mich nicht aus der Fassung bringen", höhnte er.
Ich ging einen Schritt zurück, hielt meinen Degen aber zur Abwehr erhoben.
„Azfard, ich muss Euren Mut wirklich bewundern", stichelte ich. „Die Tollkühnheit, mit der Ihr gegen einen überlegenen Gegner antretet, ist wirklich bewundernswert."
Er lachte schallend. Ich beobachtete ihn genau: Unter seinen in die Stirn fallenden Haaren spähte er angestrengt zum Vorbau des Rasthauses hinauf, wo meine Freunde im Halbdunkel standen. Jetzt lächelte ich: Er suchte seinen Freund Val'qaî, der ihm helfen sollte, mir das Licht auszublasen.
Dort öffnete sich jetzt die Tür, und ein Mann mit Schlapphut, den er sich tief in die Stirn gezogen hatte, trat langsam heraus.
Azfard grinste breiter, und ich ebenfalls - Leon hatte sich die Jacke des Kundschafters übergezogen und den Hut aufgesetzt. Die Idee zu dieser Spiegelfechterei hatte Jocelin gehabt.
Aus dem Wald ertönte ein doppelter schriller Pfiff. Das war das Zeichen für Virian, dass alles in Ordnung war.
„Genug nun!", zischte Azfard. „Lasst es uns jetzt zu Ende bringen! Die Königin wartet darauf, dass ich ihr Euren Kopf als Trophäe überreiche - und das werde ich tun!"

„Na schön!", stimmte ich zu. „Ich darf doch wohl hoffen, dass er einen Ehrenplatz in der großen Halle erhält. Nur nicht zu nahe beim Feuer - Ihr wisst, wegen des Rauchs!"
Er stieß geringschätzig die Luft aus: „Ich weiß, Daniel, Ihr seid ein Meister des Spotts, aber das nützt Euch hier nichts."
„Wer weiß? Wie ich hörte, seid Ihr ein Meister des Schwerts. Wäre das nicht ein interessanter Wettstreit - Spott gegen Klinge?"
Langsam wurde er ärgerlich, das sah ich an seinen zusammengekniffenen Augenbrauen. Aber ich gedachte, das Spielchen noch ein bisschen weiterzuspielen.
„Was ist mit meinen Freunden?", fragte ich. „Wenn Ihr mich tötet, dürfen sie dann unbehelligt abziehen?"
Er warf sich in die Brust. „Natürlich. An ihnen liegt mir gar nichts."
„Ihr haltet mich wohl für einen vollkommenen Narren?", höhnte ich jetzt. „Eure Königin hat mich mit dem Leben meiner Freunde erpresst, damit ich Virian von Rogue töte; und jetzt wollt Ihr ihn unbeschadet ziehen lassen, wenn ich aus dem Weg geräumt bin? Dass ich nicht lache!"
„Schluss jetzt mit dem Gewäsch!", knurrte er. „Verteidigt Euch, oder ich steche Euch einfach so nieder!"
„Oh, was für ein seltsames Zusammentreffen der Ereignisse", deklamierte ich in dramatischem Ton. „Das wollte gerade schon einmal jemand - ein gewisser Jedediah; vielleicht kanntet Ihr ihn ...?"

Das Gesicht, das Azfard machte, war wirklich das Eintrittsgeld meiner kleinen Vorstellung wert. Von einer Sekunde auf die andere wurde er aschfahl. Ich konnte direkt sehen, wie seine Gedanken jagten. Seine Hand mit dem Schwert senkte sich unwillkürlich, und er biss sich auf die Lippen. Dann blickte er nervös zum Haus hinauf, wo Leon den Hut vom

Kopf nahm und einmal durch die Luft schwenkte - genau wie Jedediah das immer getan hatte. Jocelin lachte laut.
„Tja, mein lieber Oberst Azfard", meinte ich gedehnt, „Ihr habt recht, machen wir Schluss mit dem Gerede und beginnen wir."
Jetzt war er es, der einen Schritt zurückwich. „Hört, Daniel", stotterte er, „ich ... ich ..."
„Wie erbärmlich – Oberst!", stellte ich fest, und schwang meine Klinge einmal spaßeshalber in seine Richtung. Er war sicherlich ein hervorragender Schwertkämpfer, aber im Moment so schockiert, dass er jämmerlich ungeschickt parierte, beinahe rückwärts stolperte und eine Schnittwunde am Arm davontrug. Ich lachte verächtlich: „Na, na, für das 'Erste Schwert der Yllianmark' war das eben ein klägliches Bild!"
„Daniel, wir sollten ...", stotterte er abermals, und wich weiter zurück, wobei er hilfesuchend nach seinen Männern sah, die sich aber nicht einmischten. Sie hatten wohl begriffen, dass die Sache keineswegs nach Plan lief, und warteten erst einmal ab, was weiterhin geschehen würde.
Ich ging Schritt um Schritt vor und wischte mit meinem Degen nur in seine Richtung, wobei ich fortfuhr: „Ihr wolltet meinen Kopf der Königin bringen? - Euer Freund Val'qaî sollte meine Macht blockieren? - Und dann sollten Eure im Wald versteckten Soldaten über uns herfallen?"
Bei jeder Frage schlug ich nach ihm, und er wich weiter zurück. Jetzt stand ihm die nackte Angst ins Gesicht geschrieben. Seine Leute schauten ebenfalls betroffen drein, dass ihr Plan verraten war.
„Greift doch an!", schrie er ihnen zu. „Verdammt, greift an!"
Ich blieb stehen, um mich nicht zu weit von meinen Freunden zu entfernen und so zwischen zwei Gegner zu geraten.
„Bleibt stehen, wo ihr seid!", erschallte Virians Stimme vom Haus her. „Hinter euch im Wald sind fünfzig meiner besten Männer. Eure Kameraden können euch nicht mehr helfen.

Werft eure Waffen fort und ergebt euch - dann kommt ihr mit dem Leben davon!"
Azfards Soldaten standen einen Moment lang unschlüssig da, als es unter den Bäumen lebendig wurde. Mindestens zwanzig in dunkles Leder gekleidete Männer sprangen aus dem Grün des Waldes hervor und spannten ihre Bögen. Azfard stöhnte, als die Yllianer resigniert aufgaben und ihre Waffen ins Gras warfen.
„Nun, mir scheint, du stehst alleine da, Held der Yllianmark", spottete ich.
Er starrte mich an wie ein gehetztes Tier - seine Hand zitterte und sein linkes Auge zuckte unentwegt.
„Hört zu, Daniel!", begann er noch einmal winselnd. „Verschont mich, lasst mich laufen, und ich ... ich kann Euch nützlich sein!"
„Und wie?", fragte ich und trat wieder einen Schritt auf ihn zu. Er stolperte weiter zurück und stand mit dem Rücken schon fast am Flussufer.
„Ich ... ich kann Euch gegen Asangia helfen. Denn ich weiß Dinge ..."
Ich winkte ab. „Geschenkt. Auf deine Unterstützung kann ich verzichten!"
Er heulte auf und griff an. Ich hatte die ganze Zeit auf eine verzweifelte Attacke von ihm gewartet, nachdem er sich vollkommen in die Enge getrieben sah, und war bereit.
Ich musste nicht einmal entmaterialisieren: Er vergaß alle Technik und schwang sein Schwert in einem Halbkreis wie eine Sense. Ich riskierte lieber nicht, mit meiner dünnen Klinge zu parieren, tauchte unter dem Hieb durch und stieß zu: Die Spitze meines Degens drang tief in seine linke Hüfte ein.
Aufkreischend krümmte er sich zusammen und ließ sein Schwert fallen. Dann knickte sein Bein ein, und er sackte zu

Boden. Ich sprang vor, und er hob beide Hände und flehte: „Bitte ... ich bin verletzt ..."
„Natürlich!", bestätigte ich. „Das war ja der Zweck!"
„Ich ergebe mich, ich gebe auf!", winselte er. „Ihr könnt doch nicht so grausam sein!"
„Aber du konntest mit deiner Königin zusammen eine ganze Stadt vergiften, nicht wahr?"
„Es war nicht mein Plan. Sie ... sie ist die Rote Königin, ich war nur der Helfer. Bitte lasst mich am Leben!"
„Was ist mit den Lyshiten?", fragte ich und klopfte ihm mit der flachen Seite der Klinge auf die Schulter. „Wann werden sie auftauchen und die Stadt angreifen?"
Er presste beide Hände auf seine Hüftwunde, und zwischen den Fingern quoll das Blut in dicken Tropfen hervor. Hinter mir knirschte es auf den Steinen, und ich wandte mich kurz um: Virian humpelte langsam herbei, gestützt von Jocelin und Leon.
„Ja, wann greifen die Roten an?", keuchte er.
Azfard schüttelte den Kopf. „Vorgestern sind die ersten Vorausabteilungen des Heeres gesehen worden, als wir aufbrachen. Mehr weiß ich nicht, wirklich!"
Virian knirschte mit den Zähnen: „Verdammt, dann wird Verrn jetzt schon belagert. Divvnu'môn möge den Einwohnern gnädig sein!"
Ich ging zu ihm und sah ihn genau an. Der nahende Tod zeichnete ihn bereits deutlich: Seine Augen glänzten fiebrig und lagen tief in den Höhlen, Schweiß stand auf seiner Stirn, und die ehemals kräftige Stimme hatte gezittert.
„Wir haben einen kleinen Sieg errungen, aber die große Schlacht verloren", murmelte er niedergeschlagen. Dann knickten seine Knie ein, und Leon fing ihn auf, bevor er zu Boden stürzte. Vier von seinen Männern rannten herbei.
„Tragt ihn ins Haus", bat ich. „Ich werde gleich nachkommen."

4.

Die letzten Sonnenstrahlen von Westen tauchten die Wipfel der höchsten Bäume in dunkelroten Schein. Eine leichte Brise hatte sich erhoben und brachte kühle Luft von Norden. Ich stand vor der Tür des Gasthauses, ließ noch einmal die Ereignisse des Tages geistig Revue passieren, und sah zu den fernen Bergen im Westen, deren schroffe Spitzen im Gegenlicht wie ein gezacktes Band schimmerten.

Azfard hatte darum gebeten, nicht von mir getötet zu werden, und ich hatte ihm seinen Wunsch erfüllt: Seine Leiche hing an einem kurzen Strick vom untersten Ast einer großen alleinstehenden Eiche auf dem Hügel oberhalb des Gasthauses und schaukelte leicht im Wind. Jocelin, Vanessa und Leon hatten das Urteil über ihn gesprochen und vollstreckt. Ich selbst hatte nichts dazu gesagt, aber den Tod hatte er sicherlich mehr als einmal verdient.

Ich riss mich von dem Anblick los und betrat das Innere des Raumes, wo die anderen trotz unseres Sieges in gedrückter Stimmung herumsaßen.

Virians Männer hatten, da das Haus sie nicht alle aufnehmen konnte, ein Feldlager neben dem Rückgebäude aufgeschlagen. Er selbst, der Braune Ritter, lag in dem Bett, in dem Laq am Nachmittag den Sterbenden gespielt hatte. Leon saß neben ihm und wischte ihm ab und zu den Schweiß von der Stirn.

Ich schickte ihn hinaus und schloss die Tür.

„Virian?", sprach ich den Sterbenden an, und er schlug die Augen auf und sah zu mir hoch. „Sagt nichts", fuhr ich fort, „ich möchte erzählen."

Er nickte schwach, und in seinen Augen schien ein Licht aufzuglimmen.

„Ihr sagtet vorhin, dass wir einen kleinen Sieg errungen, aber die Schlacht verloren hätten. Ihr hattet recht, aber unser Sieg

ist vielleicht nicht so unbedeutend, wie er scheint. Val'qaî, der Blaue Ritter ist tot ..."
„Und ich bin tot!", ergänzte er und sprach stockend weiter. „Damit steht die Sache wohl ausgeglichen. Verrn ist verloren, und unser eigentlicher Feind, Asangia ..."
Ich unterbrach ihn, denn das Sprechen strengte ihn sichtlich an:
„Lasst mich weiter erzählen! Ich habe Euch in der Nacht, als ich Asangia und Azfard belauschte, nicht gesagt, wie es weiterging, als ich alleine in der geheimen Kammer war ..."

Asangia lehnte sich bequem in ihrem Sessel zurück und grinste selbstzufrieden. Trotz der Schwierigkeiten, die ihr die Fremden bereitet hatte, konnte sie im Großen und Ganzen sagen, dass der Plan vorzüglich aufgegangen war.
Natürlich hatte sie sich gewaltig geärgert, dass der Jjarde und die Frau - und Daniel mit ihnen - entkommen waren, aber die Möglichkeit, den Braunen und den Grünen Ritter gegeneinander auszuspielen, war nur eine zusätzliche Variante des Spiels gewesen. Und das eigentliche Spiel, das hatte sie gewonnen!
Die Roten Truppen standen vor der Stadt. Spätestens in ein oder zwei Tagen würden die letzten Verteidiger von Verrn sich ergeben oder überrannt werden.
Sie lachte: Verrn, die Uneinnehmbare! Sie hatte es geschafft, was selbst der Rote König, Xxeret Khan, für unmöglich gehalten hatte: die Hauptstadt der Yllianmark, das größte Hindernis des Roten Vormarsches, von innen auszuhöhlen. Die Truppen der Stadt, von der furchtbaren Seuche dezimiert, konnten gegen das gigantische Heer der Lyshiten nicht lange Widerstand leisten.
Asangia entkorkte die Karaffe mit schwarzem Wein und schenkte sich einen großen Pokal ein. Genüsslich wälzte sie die süße Flüssigkeit mehrmals in ihrem Mund herum, bevor

sie sie langsam die Kehle hinunter fließen ließ, und ein warmes Gefühl sich in ihrem Magen ausbreitete.
Diese Yllianer mit ihrem Bier und ihrem dünnen sauren Wein hatten wirklich keinen Geschmack!
Seltsamerweise musste sie in diesem Moment an den merkwürdigen Fremden denken, Daniel. Er hatte irgendetwas Außergewöhnliches an sich gehabt - alleine schon die Frechheit, sie mit seiner Waffe zu bedrohen! Trotzdem ...
Jetzt saß sie in Sicherheit in ihrer Burg, während in der Stadt die Scheiterhaufen loderten. Sie wusste, dass sie sich auf ihre Wachtruppen verlassen konnte, schließlich hatte sie sie mit genug Gold bestochen.
Und die Bürger von Verrn fluchten zwar auf ihre Herrscher - sie wussten noch nicht einmal, dass König Rainald nicht mehr lebte - waren aber mit der Verteidigung der Stadt vollauf beschäftigt. Wirklich, der Plan war perfekt!
Asangia hatte während ihres Sinnierens fast unbewusst den Pokal ausgetrunken. Sie merkte es erst, als sie das Gefäß ein weiteres Mal ansetzte, und nichts mehr darin war.
Der schwarze Wein! Sie hatte vorhin die letzte Karaffe aus der geheimen Kammer geholt, um ihren Triumph alleine, aber stilvoll zu feiern. Nun ja, in Zukunft würde sie keinen Mangel an diesem göttlichen Getränk leiden - Xxeret Khan befand sich vermutlich persönlich bei seinem Heer, und er führte immer einen größeren Vorrat mit sich.
In sich hineinkichernd stellte Asangia fest, dass sie leicht betrunken war, als sie sich vorbeugte, um den Pokal nochmals vollzuschenken.
Und dann starrte sie entsetzt in die dunkle Flüssigkeit im Kelch: Inmitten des Weins schwamm ein Stück Fleisch - der kleine Finger der Qeasis-Leiche aus der geheimen Kammer!

5.
Virian war lächelnd gestorben. Ich hoffte, dass er das Ende meines Berichts noch gehört hatte. Ich ging hinaus zu den anderen und nickte nur. Mir war innerlich seltsam leer zumute, und so trat ich ins Dunkel vor der Tür und spazierte langsam zum Fluss hinunter. Ich wusste nicht, was ich dort eigentlich wollte, vielleicht nur Klarheit in meine Gedanken bringen.
Ich setzte mich ans Ufer und starrte in das schwarze schäumende Wasser, in dem sich das Mondlicht auf- und abhüpfend spiegelte.
Der Mond.
Das war nicht der Mond, das war ein Gesicht, das sich im Fluss spiegelte. Es zerfloss und setzte sich wieder zusammen, verzerrte sich in die eine und die andere Richtung, trotzdem - es war unzweifelhaft ein menschliches Gesicht. Und ich kannte es: Die unergründlichen Augen schienen mich anzusehen, tief in mich zu dringen bis zum Grunde meiner Seele.
Crusan.
Der Mund der Spiegelung verzog sich zu einem höhnischen Lächeln, aber dies konnte auch an der Wellenbewegung liegen.
Wollte er etwas sagen? Die Karten!
Aus meiner Jackentasche zog ich das Spiel hervor und legte es auf den Steinen aus. Ich berührte jede einzelne mit den Fingerspitzen und ... Verdammt! Es waren nur noch siebzehn! Ich langte nochmals in die Tasche und fühlte nach, aber ohne Erfolg - die achtzehnte Karte blieb verschwunden.
Dann ging ich die anderen durch:
Die Karte, die fehlte, war die Schwarze!
Die Konsequenz aus dieser Tatsache wollte ich jetzt nicht bedenken - es galt, eine Verbindung herzustellen. Nochmals legte ich meine Fingerspitzen nacheinander auf alle Karten und dachte dabei intensiv an Crusan von Gatarr.

Ein Lachen erklang in meinem Kopf, und das Abbild im Wasser bewegte die Lippen - ich hatte Kontakt bekommen. Meine Finger berührten den Blauen Ritter.
Den Blauen Ritter?
Du bist nicht der einzige, der eine Karte verändern kann, Daniel Christian Smith!
„Verdammt, Crusan", sagte ich laut, bis mir bewusst wurde, dass die Stimme nur in meinen Gedanken sprach. *Ich habe geahnt, dass du nicht tot bist. Wo bist du?*
Denk nach, Daniel! Ich spreche aus dem Wasser zu dir, darum habe ich die Karte des Blauen Ritters gewählt.
Weil sie jetzt leer ist?
Er lachte. *Du hast inzwischen einiges von dem Spiel verstanden. Außerdem bist du wirklich schlauer, als ich gedacht hatte.*
Ich wusste nicht recht, was ich zu diesem Lob sagen sollte, also griff ich die vorherige Frage wieder auf: *Wo bist du, Crusan?*
Nirgends. Und überall. Die schwarze Kreatur hat mich körperlich vernichtet - aber nicht getötet! Ich kann nur auf eine Art getötet werden. Und jetzt befinde ich mich im Wasser.
Mir kam eine Idee. *Hast du mich vor dem verseuchten Wein gewarnt? Im Wasser?*
Richtig, Daniel! Ich ...
„Was zum Teufel tust du hier? Und mit wem sprichst du?", erklang eine Stimme hinter mir. Meine Konzentration brach zusammen, und mit ihr die Verbindung. Ich drehte mich ärgerlich um und erkannte Laq und Jocelin, die mich anstarrten.
„Verdammt!", fluchte ich. „Haltet einen Moment nur die Schnauze und ..." Ich winkte ab und nahm die Blau-Ritter-Karte in die Hand, aber im gleichen Moment schob sich eine Wolke vor den Mond, so dass es merklich dunkler wurde.

Das verschwommene Gesicht im Wasser verblasste und verschwand.
Nach mehreren Versuchen gab ich auf: Ich bekam keine Verbindung mehr mit Crusan. Die beiden anderen sahen mir schweigend zu, wie ich die Spielkarten zusammenfasste und einsteckte. Langsam stand ich auf und streckte meine Glieder.
„Du hattest eine Verbindung mit irgendjemandem, richtig?", mutmaßte der Jjarde, und ich nickte. Irgendetwas hielt mich davon ab, jetzt gleich von Crusan zu sprechen, irgendetwas ... Hatte ich die achtzehnte Karte verloren, oder ... Ausgerechnet die Schwarze?

Ich vertröstete Laq und Jocelin auf später und lief zum Haus hinauf. Dort suchte ich die Kammer auf, in der Virian gestorben war.
Lange musste ich nicht suchen: Die Schwarze Karte lag hinter einem kleinen Schränkchen am Fenster im Staub, dort, wo ich gestanden hatte, als ich zum letzten Mal mit Jedediah sprach. Hatte ich sie wirklich dort verloren?
Nachdem ich das Spiel vervollständigt und sorgfältig weggesteckt hatte, ging ich in die Gaststube zurück. Am großen Tisch saßen meine Gefährten und sahen mich an: Vanessa neben Laq, Ybkallis und Jocelin. Leon und drei der Männer Virians standen am Tresen; sie würden ihren Anführer morgen früh begraben.
Ich setzte mich neben Jocelin und nickte ihm dankbar zu, als er mir ein großes Glas mit Schnaps zuschob. Die scharfe Flüssigkeit brannte im Hals und Gaumen, aber das war jetzt genau das Richtige.
Wir würden morgen in aller Frühe aufbrechen und den Weg nach Nordwesten fortsetzen. Mit Sicherheit würde der Rote Herrscher, Xxeret Khan, eine Abteilung seiner lyshitischen Truppen hinter uns herschicken.

Ich nahm noch einen großen Schluck, und jetzt brannte es schon nicht mehr so stark.

Wir hatten ungefähr eine Woche Vorsprung, genügend Pferde erbeutet, und niemand wusste, in welche Richtung wir uns wenden würden. Die anderen sahen mich erstaunt an, als ich in mich hineinlachte.

Niemand?

Rot konnte es sich ausrechnen, und Schwarz wusste es mit Sicherheit.

Wir konnten dem Krieg nicht entkommen. Es war illusorisch gewesen, dies anzunehmen. Wohin immer wir auch fliehen würden, er würde uns einholen, dies hatten die Ereignisse in Verrn gezeigt. Jocelin war zu tief in das Spiel verstrickt, Vanessa war es - und vor allem ich! Dass sich Crusan mit mir in Verbindung gesetzt hatte, bewies das.

Ich langte über den Tisch und angelte mir die Flasche mit dem Schnaps.

ENDE DES ERSTEN TEILS

ZWEITER TEIL

KAPITEL NEUN : IST DAS LEBEN DER GÜTER HÖCHSTES?

-

Unsere Freunde setzen ihre Reise nach Nordwesten fort, ohne ihr Ziel überhaupt zu kennen, und erfahren, dass sie wieder einmal unfreiwilliger Bestandteil eines größeren Planes sind. Sie unterstützen nochmals die Braune Seite - aber der Samen des Zweifels ist gesät.

-

1.
Leon wandte sich ihm Sattel zu mir um und erklärte: „Ab jetzt sollten wir vorsichtig sein. Am Nachmittag können wir den Turm sehen - und natürlich auch gesehen werden!"
„Und es ist wirklich der einzige Weg?", fragte ich.
„So ist es, leider, Daniel. Darum hat ihn vor dreihundert Jahren König Roderick genau an dieser Stelle erbauen lassen. Damals wurde die westliche Yllianmark furchtbar von Räuberbanden aus dem Marschland heimgesucht ..."
„Damals?", lachte ich. „Ihr seid doch selbst eine Räuberbande!"
Er zuckte gleichmütig mit den Schultern. „Das liegt im Sinne des Betrachters. Wir kämpfen für die Braune Seite. Dass unser Kampf uns zuweilen auch materielle Güter einbringt ... Im Übrigen habe ich mich in den letzten Tagen einige Male mit Eurem Gefährten Ybkallis unterhalten; er scheint ebenfalls eine gewisse großzügige Einstellung zum Eigentum anderer zu haben."
Ich lachte und winkte dem Hofnarren zu, der schräg hinter mir ritt. Er schnalzte mit der Zunge und trieb sein Pferd ne-

ben das meine. Natürlich musste jetzt der obligatorische Vers kommen; eine solche Gelegenheit konnte er sich auf keinen Fall entgehen lassen.

Umso mehr erstaunte es mich, als er ganz normal fragte: „Die edlen Herren haben von mir gesprochen?"

„Gewissermaßen", bestätigte ich. „Es ging um die Auffassung von Rechtsgrundsätzen – speziell, was das Eigentum betrifft."

„Aha", heuchelte er Erstaunen. „Vermutlich will man mir hier meine verschiedenen Tätigkeiten in Mattincourts Unterwelt vorwerfen. Nun, ich habe aus durchaus ehrenwerten Motiven gehandelt: um die Armen zu unterstützen."

Dabei machte er ein derart harmloses Gesicht, das selbst den Großinquisitor Torquemada von seiner vollständigen Unschuld überzeugt hätte.

„Allerdings", fuhr er fort, „musste ich feststellen, dass ich selbst der Ärmste der Armen bin." Ich nickte ernsthaft, und damit ich auch mein Scherflein zu diesen hochgeistigen Erklärungen beitragen konnte, dozierte ich: „In der Tat hat ein ... äh ... gelehrter Mann behauptet, Eigentum sei Diebstahl."

„Na also", nickte Ybkallis befriedigt. „Wo ist er hingerichtet worden? Denn: Bleibst du gern als Dieb gesund - halt den Mund!"

„Na also!", äffte ich ihn nach. „Ich hätte mir wirklich ernsthafte Sorgen um dich gemacht, wenn kein Reim gekommen wäre."

Leon hatte unserem kleinen Disput kopfschüttelnd zugehört. Jetzt trieb er sein Pferd an und setzte sich wieder an die Spitze unseres kleinen Trupps.

.

Der schlanke kräftige Bergbewohner mit den kurzen braunen Haaren und dem Langbogen über dem Rücken hatte sich anerboten, uns weiter nach Nordwesten zu führen. Virian selbst hatte ihn kurz vor seinem Tod um diesen Dienst gebeten, und er hatte zugestimmt.

Außer ihm begleiteten uns noch zwei seiner Männer, Brüder, beide mit wallenden Vollbärten, die sie älter schienen ließen als sie wirklich waren. Sie hatten sich als Vardor und Simon vorgestellt und ansonsten nicht viel gesprochen. Beide führten Äxte und den Langbogen der Moerblows aus den westlichen Bergen, und machten ganz den Eindruck, als könnten sie damit umgehen.

Seit wir das Gasthaus in der Orginschlucht verlassen hatten, waren sechs Tage vergangen. Wir hatten den Weg zurück zur Straße der Alten Götter eingeschlagen, obwohl die Gefahr bestand, dass wir eben hier einem weiteren Verfolgertrupp in die Arme liefen, aber Leon hatte auf dieser Richtung bestanden. Er hatte erklärt, dass der Weg durch die westlichen Berge derart mühsam sei, dass wir an die zwei Monate benötigen würden, um auf der anderen Seite das Marschland von Zvarrain zu erreichen.

Ich hatte ihm zugestimmt, denn ein inneres Gefühl sagte mir, dass es besser sei, keine Zeit zu verschwenden. Warum? Ja, warum eigentlich?

Der Weg durch die Berge würde uns mit Sicherheit außer Reichweite von möglichen Verfolgern bringen. Zudem stand überhaupt nicht fest, dass wir verfolgt würden.

Doch! musste ich mir hier selbst eingestehen. Der Rote König, Xxeret Khan, würde alles daransetzen, unserer habhaft zu werden.

Und er würde wissen, dass Azfards Plan fehlgeschlagen war.

Trotzdem: Der Weg auf der Straße der Alten Götter, obwohl gefährlicher, brachte uns um ein Vielfaches schneller voran. Und die Zeit drängte, das spürte ich, denn unser Feind in diesem Spiel würde jetzt schon seine nächsten Züge vorbereiten. Es war ohnehin schon unglaublich, mit welcher Geschwindigkeit die lyshitische Armee von Mattincourt auf Verrn vormarschiert war.

Wir waren auf der Straße unbehelligt geblieben und schnell vorangekommen, die Berge zur Linken und die Wälder der Yllianmark zur Rechten, die allmählich lichter wurden und mehr Laub- als Nadelwaldcharakter zeigten. Leon hatte erklärt, dass sich das Terrain nördlich absenkte und in die Ebene des Rhiwan überging. Unser Weg führte nach vier Tagen direkt nach Westen, und jetzt erhoben sich auch rechts Ausläufer der Yllianberge, so dass sich der Horizont merklich einengte.

Am fünften Tag unserer Reise zeigte sich das Gelände zunehmend abweisender: Im Süden und Norden drohten schroffe Felswände, mit verkrüppelten Bäumchen und Flechten spärlich bewachsen, nur das ebene Band der Straße schien unbeeindruckt von der bizarren Felslandschaft und nahm unbeirrt seinen Weg nach Westen.

Wir ritten zwischen turmhohen Steinsäulen und gezackten Zinnen dahin, während die Felswände immer enger zusammenrückten, bis wirklich nur noch am frühen Morgen und späten Abend das Sonnenlicht bis zu uns herunterdrang.

In der Schlucht ging ein ständiger starker Wind, hervorgerufen von der unterschiedlichen Temperatur der Luftschichten hier unten und oberhalb der Felsen. Manchmal wehte der Wind von vorne, manchmal von hinten. Ich konnte kein System darin feststellen - die Thermodynamik rechnet eben mit vielen Parametern.

Diese grandiose Landschaft nur aus Stein und ab und zu verstreuten Flecken aus Moos und dünnem Gras war durchaus imstande, zu beeindrucken, aber von Stunde zu Stunde stieg in mir die Besorgnis, dass wir in eine Falle geraten konnten.

Ich sprach Leon darauf an, und er zuckte die Schultern: „Seht Euch die Felswände an, Daniel! Selbst wenn jemand imstande ist, dort hinauf zu steigen, dann kann er uns aus dieser

Höhe nicht viel schaden: Es gibt nicht viel loses Geröll, und ein Pfeil würde bei diesem Wind sonstwohin fliegen."
„Und ein direkter Angriff? Wenn uns ein Trupp den Weg verlegt, und ein anderer hinter uns die Schlucht versperrt? Dann sitzen wir wie die Mäuse in der Falle!"
Er winkte ab. „Nein. Erstens könnten wir dann nach Süden in die Berge entkommen ..."
Als ich ihn ungläubig ansah, fuhr er milde lächelnd fort: „Wir Moerblows kennen die versteckten Wege - von Rivell bis zu den Sümpfen von Zvarrain. Kein Yllianer wird uns fangen, wenn wir in der Nähe unserer Berge sind!"
Auf diese selbstsichere Behauptung verbis ich mir einen Kommentar. Und dann begann ich selbst zu überlegen:
Wir hatten bei dem Fußmarsch zum Orgin drei Tage verloren, einen Tag dort, einen Tag zurück zur Straße - fünf Tage. Ich konnte nicht wissen, wie schnell sich der Rote König einen Überblick über die Lage verschaffte, aber lange würde es nicht dauern. Und dann?
Was würde er tun?
Erst jetzt kam mir die Idee, mich zumindest in einer Beziehung zu versichern - Asangia. Jocelin, der sein Pferd neben meines gesetzt hatte, sah aufmerksam zu, wie ich das Kartenspiel durchblätterte, bis ich die Rot-Königin-Karte in der Hand hielt.
Sie war leer.
„Und – Zauberer?", fragte er. Das Wort berührte mich seltsam, aber ich enthielt mich einer dummen Antwort.
„Asangia lebt nicht mehr", stellte ich fest. „Ich bin mir ziemlich sicher."
„Und?"
Es gab Momente, da ging mir Jocelin, dieser Tyrone-Power-Verschnitt, ziemlich auf die Nerven. Jetzt war ein solcher Moment. Trotzdem beschloss ich, ruhig zu bleiben, und erklärte:

„Wenn Xxeret Khan schon vorher mit Asangia in Verbindung gestanden hat, dann wäre es möglich, dass wir am Grenzturm erwartet werden!"
„Warum das?"
Ich seufzte, aber nicht, weil ich glaubte, dass der Souvaner mich nicht verstand, sondern weil ich nicht recht wusste, wie ich ihm meine Mischung aus logischer Überlegung und Ahnung klar machen sollte.
„Hör zu, Jocelin: Der Rote König - oder der Schwarze - ich weiß bis jetzt noch nicht, welche unterschiedlichen Ziele beide verfolgen - sie wissen seit Mattincourt, dass wir nicht so leicht hinters Licht zu führen sind. Also könnte ich mir vorstellen, dass zumindest versucht wird, uns hier in der Yllianmark doch noch zu erwischen. Wenn wir nämlich glauben, schon davongekommen zu sein."
Der Souvaner wollte etwas sagen, aber ich winkte ab: „Hör weiter zu! Wenn der Rote König - beschränken wir uns auf diesen - vielleicht zu der Ansicht kommt, dass der überschlaue Plan Asangias nicht hinhaut ..."
„Nicht was?"
„Wenn er fehlschlägt! Na, was wird er dann wohl tun?"
Jocelin überlegte nicht lange: „Er würde von vornherein seine Maßnahmen treffen, uns den Weg zu verlegen."
„Und wo würde er das machen? Und was würde er außerdem noch tun?", fragte ich weiter.
„Daniel, du machst mich krank mit deiner Fragerei!", stöhnte der Souvaner. „Er würde uns natürlich noch eine zweite Abteilung hinterherschicken, damit wir in der Falle sitzen!"
„Und, mein Prinz", meinte ich in leicht spöttischem Ton, „gibt dir das nicht zu denken?"
Leon hatte unserem Gespräch aufmerksam zugehört. Jetzt meldete er sich erstmals wieder zu Wort: „Ihr habt vollkommen recht, Lord Jocelin: Wir werden in der Falle sitzen - hoffentlich!"

Der Souvaner sah mich an, und ich zuckte die Schultern. „Was hast du erwartet, Jocelin?", fragte ich. Er strich sich nachdenklich über seinen Schnauzbart. „Zumindest nicht, der Köder in einer Falle zu sein!"

2.
Laq hatte sich, da sein geliebter Säbel irgendwo in Verrn lag, eine kurzstielige Axt geben lassen. Er meinte, mit dieser Waffe noch am besten zurechtzukommen, da die in den Ostländern gebräuchlichen Langschwerter für ihn zu unhandlich wären. Ich hatte den Jjarden schon im Kampf gesehen, und ich konnte bestätigen, dass er wusste, wovon er sprach. Mit seiner Schnelligkeit und geringen Körpergröße unterlief er mühelos einen Gegner mit einer schweren Waffe.

Am frühen Abend des sechsten Tages unserer Reise lag ich mit dem Jjarden und Leon, unserem Führer, oberhalb des Grenzturms auf einem Felsvorsprung und starrte wieder einmal in die Tiefe.
Direkt vor mir konnte ich auf die obere Plattform des Turms blicken, und auf die schmale Brücke, die das Bauwerk mit der anderen Seite der Schlucht verband.
Leon hatte uns auf einem steinigen Gebirgspfad nach oben geführt. Er stieß mich an und deutet nach unten: „Siehst du? Das sind nicht einmal Yllianer!"
Ich folgte seinem Blick und erkannte auf der Plattform des Turms einige untersetzte, aber äußerst breitschultrige Soldaten mit Armen, die bis zum Knie reichten, und seltsam runden Gesichtern mit grotesk dünnen Lippen - Lyshiten!
„Verdammt!", raunte ich dem Jjarden zu. „Ich hatte recht! Die sind uns voraus!"
„Und was tun wir jetzt?"

Leon antwortete an meiner Stelle: „Es gibt nur eine Möglichkeit: Die Brücke ist immer von drei, vier Mann besetzt. Sich einfach auf die andere Seite zu schleichen ist unmöglich. Wenn wir hier durchkommen wollen, dann müssen wir den Turm einnehmen!"
„Das habt Ihr Euch fein ausgedacht, Leon", stellte ich fest. „Wir müssen euch helfen, diese Festung zu erobern, oder?"
„Es ist für die Braune Seite", meinte er. „Und es ist mir nicht wohl in meiner Haut, wenn ich dies sage, aber Lord Virian ..."
„Verdammt!", fluchte ich wieder einmal. „Virian hat also schon vorausgesehen, dass wir hier hängen bleiben. Und wenn wir uns nicht auf die Braune Seite schlagen, dann ..."
Leon antwortete sehr ernst: „Dann seid ihr auf der anderen Seite. Aber ich glaube, ihr habt keine Wahl. Ich bin derjenige, der euch durch das Sumpfland führen kann ..."
„Ich fasse es nicht!", grollte ich. „Jetzt werden wir schon von unseren Verbündeten erpresst. Ist es, zum Teufel noch mal, nicht möglich, einmal eine eigene Entscheidung zu treffen?"
„Lord Virian hoffte, dass ihr freiwillig ...", beschwichtigte Leon. „Er ging sogar fest davon aus."
„Hm." Beim Gedanken an den Braunen Ritter war mein Ärger eigentlich schon verraucht. Und nachträglich musste ich ihn bewundern, dass er über seinen eigenen Tod hinaus zu seiner Sache stand - und vorausgeplant hatte.
Ich suchte den Blick des Jjarden, und dieser nickte mir zu.
„Na schön. Wir sind es wohl schuldig. Was glaubt Ihr, wie viele Lyshiten dort unten sind?"
„Den Pferden nach zu schließen, zwanzig bis fünfundzwanzig Mann - vielleicht auch mehr!"
„Und Ihr, Leon, seid gewillt, uns durch das Marschland zu führen?"

„Ja. Und glaubt mir, der Weg ist nicht leicht zu finden und äußerst gefährlich. Es sind über zweihundert Meilen durch ein tückisches Gebiet."
Laq brummte Zustimmung, und ich sagte nichts mehr zu diesem Thema, obwohl mir die Art und Weise, wie hier um Freundschaftsdienste geschachert wurde, nicht gefiel.
„Was denkst du", wandte ich mich an den Jjarden, „Wie machen wir das?"
Er lehnte sich etwas weiter über den Felsenrand vor und seufzte:
„Lass mich überlegen! Die warten zwar auf uns, aber einen Vorteil haben wir: Sie wissen nicht, ob wir wirklich kommen."
„Richtig!", stimmte Leon zu. „Und wir hätten schon einen Plan - aber dazu brauchen wir euch!"

3.
Drei Stunden später war alles besprochen und wir trennten uns.
Ein starker Wind von Westen schlug uns entgegen, als Laq, Vanessa und ich zum zweiten Mal den schmalen Pfad zu dem Plateau oberhalb des Turmes hinaufkletterten. Der Plan beruhte darauf, dass wir drei uns ein weiteres Mal von einem hohen Standpunkt aus abseilten, darum hatte ich ein langes Seil, das mir Leon gegeben hatte, um die Schulter gewunden. Es hatte mich zwar gewundert, dass er gewusst hatte, dass wir es benötigen würden, aber dann dachte ich an Virian. Der Braune Ritter hatte wirklich exakt vorausgeplant!
Auf der Höhe des Felsens angelangt, verschnauften wir kurz und arbeiteten uns dann über das zerklüftete Gestein weiter nach Westen oberhalb des Turms vorbei. Hier fiel der Fels so steil ab, dass ein normaler Abstieg unmöglich war, deshalb das Seil.

Auf der gegenüberliegenden Wand, so hatte Leon erklärt, konnte man mit einigen Mühen hinaufsteigen. Wir waren also der Voraustrupp, der die Brücke über die Schlucht von der rückwärtigen Seite aus einnehmen sollte. Mit einem Angriff aus dieser Richtung würde die Besatzung des Turms niemals rechnen. Ich hielt diesen Plan für gut - bis auf die Tatsache, dass er auf meinen bergsteigerischen Fähigkeiten beruhte, und auf der Annahme, dass wir die Brücke auch halten konnten.
Warum hing eigentlich immer alles von mir ab? Die Frage war rein rhetorisch, denn die Antwort scheute ich.

．

Vanessa hatte ihre Lektion gut gelernt: Ohne dass ich noch einmal etwas erklären musste, schlang sie sich das Seil herum und machte sich an den Abstieg. Nach wenigen Sekunden war sie in der Dunkelheit verschwunden. Anhand ihres Beispiels hatte ich Laq beschrieben, was er zu tun hatte. Der Jjarde begriff die Technik sofort - was ich von ihm auch nicht anders erwartet hatte -, wartete ab, bis das Seil erschlaffte, und stieg dann ebenfalls in die Tiefe. Er stieß sich einmal kurz mit den Füßen ab und spöttelte: „Okay, was?"
Dann konnte ich nur warten.

．

Wir mussten etwas suchen, bis wir einen geeigneten Aufstieg auf der anderen Seite fanden, was vor allem im dürftigen Mondlicht nicht einfach war, aber Leon hatte recht gehabt: Die Wand auf der dem Turm abgewandten südlichen Seite der Schlucht bestand nicht aus glattem Gestein, sondern war von Wind und Regen vielfach zerklüftet und von tiefen Spalten durchzogen, so dass man gute Griffmöglichkeiten fand.
Nach - dem Stand des Mondes nach zu urteilen - zwei Stunden standen wir auf dem gegenüberliegenden Plateau und schüttelten uns die Hände. Hier oben tauchte das Mondlicht die Umgebung in fahlen gelblichen Schein, also gingen wir

hinter einer breiten Steinsäule in Deckung, um nicht durch einen Zufall doch entdeckt zu werden.
Laq grinste mich an: „Wir haben es geschafft! Und aus dieser Richtung werden sie nicht mit einem Angriff rechnen!"
Ich nickte und nahm aus dem Augenwinkel heraus wahr, wie er Vanessas Hand suchte.

.

Jocelin zog seinen Kopf hinter den Felsen zurück und raunte Leon zu: „Zwei Mann vor der Tür. Einer auf dem Felsen oberhalb. Hoffentlich hat der die anderen nicht gesehen!"
„Hat er nicht", gab dieser zurück. „Der Aufstieg kann von dort aus nicht eingesehen werden. Und wenn - dann hätte er längst Alarm gegeben!"
Der Souvaner musste ihm recht geben, obwohl ihm die ganze Sache nicht gefiel. Laq, Vanessa und Daniel waren jetzt schon zwei Stunden unterwegs. Gut, der Plan hatte diese Frist vorgesehen, aber trotzdem machte er sich Sorgen.
Leon kroch neben ihn und deutete auf die rechte Seite des Turms. „Seht Ihr den Rauchabzug oberhalb des zweiten Stockwerks? Das ist es! Und im Erdgeschoss keine Fenster!"
Jocelin drehte den Kopf etwas auf die Seite, da man bei Halbdunkel Schwarz-Weiß-Kontraste aus dem Augenwinkel besser sehen konnte, und gab ihm recht: „Stimmt. Also glaubt Ihr, dass sich die Feuerstelle im untersten Geschoss befindet?"
„Ja. Der Kamin heizt das zweite Geschoss noch mit - aber die Brennholzvorräte sind mit Sicherheit im untersten! Und da es jetzt auf den Herbst zugeht, und die Beschaffung einige Zeit in Anspruch nimmt, dürften sie jetzt zumindest schon halb aufgefüllt sein."
„Verdammt!", fluchte Jocelin. „Der Plan könnte wirklich aufgehen. Trotzdem ..."
Leon kroch langsam zurück und flüsterte ihm dabei noch zu: „Achtet auf das Signal!"

„Und wenn sie es nicht schaffen?", fragte Jocelin, aber er bekam keine Antwort.

.

Der Aufgang zur Brücke war von zwei gewaltigen Felsen eingefasst, zwischen denen eine schmale Treppe gemauert war. Die Brücke selbst war vielleicht zwei Meter breit und spannte sich in einem Rundbogen über die Schlucht. Sie verfügte über eine niedriges Geländer aus Stein, das an manchen Stellen schon ziemlich abgebröckelt war. Am höchsten Punkt konnte ich die Silhouette einer menschlichen Gestalt erkennen.
„Ich glaube, es ist noch einer auf der anderen Seite, neben der Tür, die in den Turm führt", flüsterte mir Laq ins Ohr. „Den müssen wir auch erledigen!"
„Bist du sicher, dass es nur zwei sind?" gab ich zurück.
„Wenn wir einen übersehen ... Ich wünschte, wir hätten Ybkallis mitgenommen - der kann im Dunkeln sehen!"
„Es sind nur zwei!", raunte Vanessa. „Ich kann zwar nicht im Dunkeln sehen, aber ich kann die Konzentration von Wasser gegenüber der Umgebung wahrnehmen."
Na fein, dachte ich mir in diesem Moment. Obwohl die Situation wahrhaft nicht dafür geeignet war, hatte sie gerade profunde biologische Kenntnisse an den Tag gelegt, nämlich dass der menschliche Körper zum größten Teil aus Wasser besteht.
Und sie konnte Wasser manipulieren!
Verdammt noch mal!

.

„Vanessa!" Ich packte sie an der Schulter. „Das ist es! Wir können den einen auf der Brücke herüberlocken, aber der andere ist das Problem. Wenn er Alarm schlägt ..."
„Ich verstehe nicht ganz! Was ..."
„Du musst irgendetwas mit deiner Fähigkeit tun. Verwandle ihn in Eis, oder ... Ich weiß nicht!"

„Ich kann das nicht, Daniel! Ich müsste ihn sehen, oder fühlen, oder wenigstens kennen!"
Laq flüsterte mir zu: „Den einen kann ich mit einem Axtwurf töten. Das Mondlicht ist hell genug."
„Okay, aber ..." Ich winkte ab und überlegte. Wasser. Der Posten auf der Brücke ging in regelmäßigem Zyklus auf und ab, wobei er natürlich jedes Mal den Scheitelpunkt passierte. Er ließ sich dabei viel Zeit. Das war es!
Ich zog Vanessa zu mir herüber und flüsterte ihr ins Ohr: „Ich hätte eine Idee, aber das hängt von dir ab. Pass auf: Kannst du die Wassermoleküle beeinflussen, die sich ständig in der Luft befinden?"
„Die was?"
„Die winzig kleinen Wasserteilchen, die in der Luft sind!"
Sie überlegte einen Moment. „Ich glaube ja. Aber einfach und schnell geht das nicht."
„Gut. Kannst du diesen Effekt räumlich einigermaßen exakt abgrenzen?"
„Du meinst, dass ich nur an einer bestimmten Stelle ..."
„Genau! Hör zu ..."

.

Der lyshitische Wachsoldat wechselte offenbar einige Worte mit seinem Kameraden, der den oberen Zugang zum Turm bewachte, und schlenderte langsam und gemächlich wieder zu uns herüber.
Die Sekunden gerannen mir zu Ewigkeiten, als ich unwillkürlich Schritt für Schritt mitzählte. Jetzt hatte er den höchsten Punkt der Brücke erreicht und ... Nein. Er blieb stehen und beugte sich über den jenseitigen Rand. Meine Fingerspitzen kribbelten. Doch gleich darauf richtete der Mann sich wieder auf und setzte seine Runde fort. Wahrscheinlich hatte er nur ein Tier gesehen oder in die Tiefe gespuckt.
Und dann ging es rasend schnell:

Als der Lyshite den Scheitelpunkt des Brückenbogens überschritt, stieß er plötzlich einen kehligen Laut der Überraschung aus. Seine Füße glitten auf dem eisigen Grund unter ihm weg, und er schlug schwer mit der linken Schulter auf den Boden. Vor Schreck war er im ersten Augenblick zu keiner Handlung fähig, und so waren die letzten Empfindungen seines Lebens das Gefühl des Rutschens, Drehens, des Schlitterns auf Eis, seine Hände, die verzweifelt nach irgendeinem Halt suchten, und ein Schlag, der alles Fühlen auslöschte.

„Der andere hat den Laut sicher gehört", flüsterte Laq. Er zog die Axt frei und stieß den Leichnam mit den Füßen zwischen die Felsen. Ich schluckte eine leichte Übelkeit hinunter. „Was ist?", erklang es von der anderen Seite der Brücke in der zischelnden Mundart der Lyshiten. „Heh, Ssarm, was ist los?" Zu meiner Überraschung antwortete Vanessa: „Sieh dir das an!"
„Was?"
„Sieh selbst!"
Fast musste ich lachen, so perfekt hatte sie den Tonfall mit den „sss" nachgeahmt. Zudem in einer derartig tiefen Stimmlage, die ich ihr gar nicht zugetraut hätte, halb gesprochen, halb gezischt, so dass man wirklich denken konnte, hier riefe ein Lyshite dringend nach seinem Kameraden.
Ich musste nichts weiter tun: Der andere Wachposten murmelte irgendetwas, das ich nicht verstand, und kam herüber. Laq wartete nicht einmal ab, ob der Trick mit dem Eis ein zweites Mal funktionierte: Sobald der Oberkörper des Mannes sich deutlich gegen den Himmel abzeichnete, warf er seine Axt.
Ohne einen Schrei von sich zu geben, stürzte der Posten in die Tiefe. Das einzige Geräusch war ein halblautes Klatschen zwei Sekunden später.

Kurz darauf standen wir auf der anderen Seite der Brücke. Die Tür, die in den Turm hineinführte, war halb offen, und das Licht aus dem Inneren zeichnete ein dünnes gelbes Band auf den Boden.
Die ganze Gegend schien in tiefem Frieden zu liegen. Im Osten wie im Westen konnte man die Straße auf vielleicht einen Kilometer Entfernung einsehen. Rings um uns erhoben sich die Felszacken in den Himmel.
„Da drin ist niemand", stellte Laq fest. „Eine, nein, zwei Ölfunzeln. Gehen wir!"
Er öffnete langsam die Tür und trat ein. Ich hatte Melissa gezogen, aber die Vorsichtsmaßnahme war nicht nötig:
Was sich unseren Blicken bot, war ein einziger großer runder Raum. Mehrere schmale Fenster ermöglichten bei Tageslicht einen Ausblick nach allen Seiten. Die Einrichtung war mehr als spartanisch: zwei grob gezimmerte Tische, sechs Stühle, zwei Strohmatratzen und eine hölzerne Truhe mit Decken darinnen.
Trotzdem: Ich grinste, als ich den Aufgang sah, und stieß Laq mit dem Ellbogen in die Seite. Eine schmale Leiter reckte durch ein viereckiges Loch im Boden ihre obersten Sprossen in das Stockwerk. Eine Klappe gab es nicht - aber die Truhe.
Der Jjarde legte sich auf den Bauch und kroch nach vorne. Nach kurzer Zeit drehte er sich herum und meinte: „Viele Stimmen weiter unten. Es riecht nach Essen. Direkt unter uns ist niemand!" Ich reichte ihm meine Hand und half ihm auf. „Also so wie geplant!"
Er nickte und sah zu Vanessa. Diese ließ ihren Blick kurz zwischen uns beiden hin- und herwandern. „Wir haben es bis hierher geschafft. Lasst es uns zu Ende bringen!" So leise wie möglich stellten wir die Truhe über den Aufgang.

Während Vanessa Wache stand, hatten Laq und ich einige Arbeit zu tun: von der anderen Seite der Brücke möglichst viele schwere Steinbrocken herüber zu tragen.

Nach einer halben Stunde wischte Laq sich den Schweiß von der Stirn und schnaufte: „Ich denke, das genügt! Gib das Signal!" Ich schaute mir noch einmal die mit Steinen gefüllte Truhe an - fünf Mann würden dieses Gewicht nicht hochstemmen können! Dann trat ich auf die Brücke hinaus. Wir lagen gut in der Zeit: Der nächste Wachwechsel würde erst in einer halben Stunde fällig sein.
In meiner Tasche fühlte ich die Schrotpatrone. Ich holte sie heraus und schnitt sie mit meinem Schnappmesser auf. Das kleine Häuflein Pulver ließ ich auf das Steingeländer rieseln. Dann hielt ich die Flamme des Feuerzeugs daran.
Zischend entzündete sich das Pulver und sandte eine kleine weiße Rauchwolke zum Himmel.
„Und nun?", fragte Vanessa, die neben mich getreten war.
„Jetzt können wir nur noch hier warten!", sagte ich.

4.
„Das war das Signal!", flüsterte Jocelin. „Sie haben es wirklich geschafft!" Er musste sich selbst zurückhalten, um nicht in Jubel zu verfallen.
Leon war da schon wesentlich gelassener. „Aber jetzt beginnt unser Teil - und das wird kein Spaziergang!"
Widerwillig gab Jocelin ihm recht. Also sagte er nichts mehr, als Leon seine beiden Männer nach vorne winkte. Vardor und Simon krochen bis zur Kante des Felsens und spähten nach unten.
Die drei Moerblows - Was für ein blöder Name! dachte sich der Souvaner - palaverten einige Minuten, nickten sich zu und umarmten sich herzlich. Dann nahmen die beiden Brüder

ihre langen Bögen zur Hand, schütteten ihre Köcher mit den Pfeilen auf den Boden und untersuchten jeden einzelnen.
Jocelin konnte selbst mit dem Langbogen umgehen, und so wusste er, was hier geschah: Es ging um einen entscheidenden Schuss, der einfach treffen musste. Auch Leon nahm seinen Bogen zur Hand und überprüfte die Sehne. Nachdem dies offenbar zu seiner Zufriedenheit ausgefallen war, wandte er sich wieder an den Souvaner:
„Seid Ihr bereit, Jocelin de Martin? Ist diese Waffe bereit?"
Jocelin wusste nicht recht, was er sagen sollte. Daniel hatte ihm die Funktion der Flinte erklärt, wie man sie abfeuerte, wie man sie nachlud, aber ... Er betrachtete die Winchester eingehend. Er hatte sie jetzt schon öfters im Einsatz gesehen, und er kannte ihre furchtbare Wirkung. Die Vorstellung, dass auf Daniels Welt Kriege mit solchen Waffen geführt wurden, machte ihn schaudern.

Das Entscheidende waren die Pferde. Zwanzig oder fünfundzwanzig von ihnen tummelten sich in einem Corral, den man aus einigen wenigen Zaunlatten zwischen der Straße und der Felswand errichtet hatte. In einem kleinen, nach vorne offenen Schuppen neben der Tür lagerten Heuballen.
„Seht Ihr?", flüsterte Leon. „Das Tor zum Turm öffnet sich nach außen, davor sind die Pferde, zwei Mann stehen Wache, und einer ist auf dem Felsen dort oben!"
„Soll ich das wirklich tun?", fragte Jocelin.
Leon lachte, aber es war ein unangenehmes Lachen: „Wollt Ihr lieber Menschen opfern?"
„Ich glaube, dass hier ohnehin genug Menschen geopfert werden!", meinte Jocelin resignierend. „Aber Pferde ..."
Leon nickte zustimmend: „Natürlich. Aber auf so etwas können wir keine Rücksicht nehmen. Im Übrigen hätte ich gerade Euch dieses Zartfühlen nicht zugetraut."

„Ja, ja!", brummte der Souvaner ärgerlich und sagte nichts weiter.

Er sah noch einmal zum zweiten Obergeschoss des Turmes hinauf, wo aus der Abzugsöffnung eine dünne weiße Rauchwolke zum Nachthimmel stieg. Die Nacht war nicht sehr kalt, also wurde wahrscheinlich eine Mahlzeit zubereitet oder Tee gekocht.
Die Bergbewohner zielten lange und sorgfältig. Ein leises Zirpen ertönte, als die drei Pfeile fast synchron abgeschossen wurden und im Halbdunkel verschwanden. Es erschien Jocelin quälend lange, dauerte jedoch in Wirklichkeit nur zwei Sekunden, bis sie ihr Ziel fanden. Mit einem heiseren Gurgeln fasste der Lyshite auf dem Felsen sich an die Brust, taumelte zur Seite und stürzte mit einem halblautem Klirren von Metall auf Stein rückwärts in eine Spalte.
Einer der Wachsoldaten an der Tür sackte in sich zusammen, ohne einen Laut von sich zu geben - aber der andere blieb stehen.
„Verdammt!", fluchte Leon, aber Simon legte ihm die Hand beruhigend auf den Arm und deutete nach unten. Auch Jocelin wollte schon aufspringen, da er jeden Augenblick einen Alarmruf erwartete, aber dann sah er noch einmal zur Tür des Turms.
Der zweite Posten rührte sich immer noch nicht, nur sein Kopf war offenbar auf die Brust gesunken. Der Souvaner verstand: Der Schuss hatte ihn getötet - und am Holz festgenagelt. „Phantastisch geschossen!", flüsterte er den beiden Brüdern zu, die dieses Lob nickend zur Kenntnis nahmen. Sie lächelten kurz, dann wurden ihre Gesichter wieder ernst.
„Es ist gelungen", meinte Vardor zu Leon. „Jetzt gilt es! Ich wünsche dir viel Glück auf deinem Weg!"
„Und euch auch!", fügte sein Bruder hinzu.
„Zünden wir die Fackeln an und gehen wir!", sagte Leon.

Jocelin umklammerte das Gewehr mit beiden Händen und sprang hinter den beiden Brüdern her die Felsen hinunter. Sie hatten ihre Bögen und die Köcher abgelegt, um nicht in ihrer Bewegungsfreiheit gehindert zu werden, und hielten in einer Hand die brennende Fackel, in der anderen ihre Streitäxte.
Unten angekommen strauchelte der Souvaner kurz, fing sich aber, und nutzte die Gelegenheit, um sich schnell umzusehen. Unmittelbar hinter ihm folgte Leon, der seinen Bogen mitgenommen hatte, und hinter diesem Ybkallis.
Noch waren sie nicht bemerkt worden, als Vardor und Simon auch schon bei der Tür anlangten. Simon riss den Leichnam los und schleuderte ihn zur Seite. Sein Bruder steckte sich die Axt in den Gürtel, ergriff einen der Heuballen aus dem Schuppen und schleifte ihn hinter sich her.
„Wenn wir drin sind, werft noch zwei hinterher!", rief er Ybkallis und Leon zu, dann riss Simon auch schon die Tür des Turms auf und stürmte mit einem lauten Schrei hinein. Der Hofnarr tat sofort wie geheißen und schob einen zweiten Ballen Leon zu, der ihn in fieberhafter Eile weiter zog.
Simon überblickte die Situation in Bruchteilen von Sekunden: ein runder Raum, Holztische und -bänke, mehrere strohgedeckte Pritschen, eine schmale Treppe, die in die Höhe führte, die Feuerstelle mit gemauertem Kamin darüber auf der rechten Seite, ein Kessel an einem Metallgestell über dem Feuer - und ein großer Verschlag mit zurechtgesägtem Holz. Sieben, acht Gesichter mit weit auseinanderstehenden Augen und dünnem Mund starrten ihn vollkommen überrascht an.
Er wunderte sich einen Moment lang, dass die Lyshiten das Geräusch des einschlagenden Pfeils nicht gehört hatten, aber das mochte am lauten Prasseln des Feuers aus dünnen trockenen Ästen gelegen haben. Dann handelte er.
Vardor hatte den Heuballen in Brand gesteckt und warf ihn mitten zwischen die Soldaten hinein, die erschrocken ausein-

ander stoben. Sofort sprang Simon weiter vor, schleuderte seine Fackel in den Brennholzverschlag, wirbelte herum und stieß das Metallgestell mit dem Kochtopf um. Irgendeine dünne Flüssigkeit mit Fleischbrocken darin ergoss sich zischend über den Boden.

Aus dem Augenwinkel nahm er wahr, wie sein Bruder den zweiten Heuballen in die Flammen warf, wo er sofort in Brand geriet. Dann sprang er mit seinen schweren Stiefeln mitten in das Kochfeuer hinein und trat es nach allen Seiten auseinander, so dass die brennenden Scheite durch den Raum flogen. Einige von ihnen landeten auf den Strohpritschen, die auf der Stelle Feuer fingen, stellte er befriedigt fest. Beißender Qualm stieg auf, und er glitt beinahe in der fettigen Brühe aus, als er aus der Feuerstelle heraussprang. Er packte seine Axt fester, als er sah, dass die Lyshiten sich endlich von ihrem Schreck erholt hatten und angriffen.

Eine Stimme schrie laute Befehle, und weitere Soldaten kamen die Treppe heruntergestürmt. Vardor hatte sich an der Tür aufgestellt und lachte grimmig, als drei Soldaten das brennende Stroh mit den Füßen beiseite stießen und auf ihn losgingen. So schnell sollten sie nicht an ihm vorbeikommen!

Er schwang seine schwere Axt und spaltete dem ersten Angreifer den Schädel, zog die Waffe sofort zurück und konnte gerade noch einem Schwerthieb ausweichen. Der Lyshite kam einen Moment aus dem Gleichgewicht, und Vardor stieß ihm den eisernen Sporn an der Spitze der Axt mitten ins Gesicht. Aufheulend brach der Mann zusammen. Der dritte Angreifer, dem in dem beißenden Rauch die Augen tränten, hieb blind mit seinem Schwert zu, und erzielte einen Zufallstreffer, der Vardors Lederrüstung an der Schulter durchschlug.

Der Bergbewohner spürte, wie der scharfe Stahl durch sein Schlüsselbein drang, und im Fleisch stecken blieb. Der

Schmerz raubte ihm beinahe die Besinnung, aber in die Knie brechend schwang er die Axt noch einmal aufwärts, sodass sich die Schneide tief in den Unterleib des Gegners versenkte. Ein Blutschwall ergoss sich über ihn und vermischte sich mit seinem eigenen Blut, als der Mann kreischend auf ihn fiel und beide in das brennende Stroh kollerten.
Er sah mit brechenden Augen ein weiteres Paar Beine vor sich und wollte zuschlagen - aber er hatte keine Waffe mehr in der Hand. Ein schwerer Stiefel trat ihm ins Gesicht und zerschmetterte ihm den Unterkiefer, aber das spürte er schon nicht mehr. Das Letzte, was er sah, war sein Bruder, der mit zwei Lyshiten kämpfte.

Leon stieß den Ballen mit dem Fuß nach vorne, warf einen letzten Blick in das Inferno im Innern und stieß die Tür mit der Schulter zu. Er würde diesen Anblick nicht mehr vergessen:
Vardor, mit brennenden Haaren und Bart, der im Tode noch die Beine eines Mannes umklammerte, der zur Tür gelangen wollte.
Er musste sich fast gewaltsam zurückhalten, um nicht dem Impuls nachzugeben, seinem Freund zu Hilfe zu eilen, oder wenigstens seinen Tod zu rächen, aber wenn er das tat, würde er selbst in nutzlose Einzelkämpfe in dem engen Eingang verwickelt werden.
Vardor hatte sein Ziel erreicht: Die Lyshiten verloren einige wertvolle Sekunden. Leon rieb sich die Tränen aus den Augen und rief: „Jetzt! Die Pferde!"
Er schüttelte sich in einem heftigen Hustenanfall.
Ybkallis hatte auf diesen Moment gewartet, und trieb fünf, sechs der Tiere unter lautem Rufen und mit Schlägen seines Gürtels zum Eingang des Turms, wo Leon sie mit weit ausgebreiteten Armen aufhielt und dann schnell zur Seite sprang.

Jocelin handelte sofort: Es setzte die Flinte an und schoss zwei der Pferde direkt vor der Tür in den Kopf. Sie brachen auf der Stelle zusammen. Die anderen wieherten schrill und gingen in die Höhe, so dass der Souvaner sich nur durch einen schnellen Sprung davor bewahrte, durch einen Huf am Kopf getroffen oder zertrampelt zu werden. Einen Moment lang sah er nur wirbelnde Schatten um sich und hörte Leons Stimme, konnte ihn aber wegen des lauten Hufschlags nicht verstehen, dann hatte er sich wieder orientiert.
Die Tiere waren in blindem Schrecken in alle Richtungen auseinander gelaufen, aber die beiden, die er erschossen hatte, genügten: Sie lagen so vor dem Eingang des Turms, dass keine zehn Männer imstande wären, die Tür mehr als einen Spaltbreit nach außen aufzuschieben. Dicke Rauchwolken quollen unter dem Holz hervor, und jemand schlug von innen dagegen. Auch aus den Fenstern im ersten Stock drang Rauch. Dieses Feuer war nicht mehr zu löschen.

Simon hatte gesehen, wie sein Bruder zu Boden ging, und das verdoppelte seine Wut. Mit einem grimmigen Schrei sprang er zwei Lyshiten an und riss sie zu Boden. Eine Schwertklinge ging zwischen seinem linken Arm und seinen Rippen hindurch und verletzte ihn nur leicht. Im Fallen stieß er mit der Axt zu und spürte, wie die Spitze in Fleisch eindrang, aber in dem beißenden Rauch konnte er nicht sehen, ob er richtig getroffen hatte.
Hustend rollte er zur Seite und schlug mit der Axt nochmals blind zu, traf auf Widerstand und hörte trotz des prasselnden Feuers das Knirschen von Knochen. Dann sprang ihm jemand auf den Rücken, so dass ihm die wenige Luft aus der Lunge gedrückt wurde.
Einen Moment lang wurde ihm schwarz vor Augen, aber er verlor nicht die Besinnung, wälzte sich herum und hörte Schmerzgebrüll, als sein Gegner mitten im Feuer landete. Er

wollte sich aufrichten, aber ein kräftiger Arm umklammerte von hinten seinen Hals, also schob er sich keuchend mit den Füßen weiter zurück, bis er selbst die Hitze des Feuers an seinen Oberarmen spürte. Der Mann unter ihm strampelte und schrie, aber Simon drückte ihn in die Flammen hinein, bis der Griff um seinen Hals sich lockerte. Es stank erbärmlich nach verbranntem Fleisch und Haar.
Der Bergbewohner riss sich los und kam auf die Knie, als ein weiterer Lyshite aus dem Rauch auftauchte und mit dem Schwert ausholte. Simon war fast blind, stolperte und fiel gegen den Angreifer, gerade als dieser zustieß. Die Schwertklinge durchbohrte seinen Bauch und trat am Rücken wieder heraus, aber sein Schwung warf den Mann um, so dass die Kämpfenden zwischen die brennenden Trümmer eines Tisches stürzten.
Der Lyshite schrie auf, krümmte sich zusammen, und Blut drang aus seinem Mund. Simon lachte hustend und ebenfalls Blut spuckend, als er begriff, dass er seinem Gegner das gleiche Ende bereitet hatte wie dieser ihm - aufgespießt, vermutlich auf ein spitzes Bruchstück des Tisches. Die Hitze wurde allgegenwärtig, und er sah, wie die Treppe unter zwei Lyshiten, die sich nach oben retten wollten, funkenstiebend zusammenbrach.
Mit letzter Anstrengung, während mit jedem Herzschlag mehr Blut aus seiner Bauchwunde strömte, drehte er den Kopf: Drei Mann versuchten unter größter Anstrengung vergeblich, die Tür aufzuschieben. Sie husteten und keuchten, und warfen sich schließlich in verzweifeltem Bemühen gegen das Holz, aber ohne Erfolg.
Simon schloss die Augen - sie hatten es geschafft!

Jocelin beobachtete von außen, wie dicke Rauchwolken aus allen Fensteröffnungen des Turms quollen. Das Klopfen und Rütteln an der Tür hatte nach wenigen Minuten aufgehört.

Irgendjemand hatte aus einem Fenster im ersten Stock geschrien, aber die Öffnungen waren zu schmal, um einem Mann Durchlass zu gewähren.
Wenn Laq, Vanessa und Daniel den oberen Ausgang blockiert hatten …
Die drei Bergbewohner hatten sich die Sache ausgedacht, und es bestand kein Zweifel mehr daran, dass der Plan aufging. Der Souvaner verzog das Gesicht, als er daran dachte, dass dort innen jetzt zwanzig oder mehr Menschen verbrannten oder erstickten.
Er betrachtete zum wiederholten Mal nachdenklich Daniels Waffe in seiner Hand. Früher hatte er geglaubt, eine ehrliche und offene Art zu kämpfen zeichnete den Mann aus, aber die Ereignisse der letzten Wochen hatten ihm aufs Deutlichste gezeigt, dass Hinterlist und Heimtücke den größeren Erfolg versprachen - und jetzt hatten sie ihre Lektion gelernt und griffen selbst zu solchen Mitteln.
Er seufzte, als er sich selbst eingestand, dass er irgendwie ein anderer geworden war.
Verflucht, was tun wir hier überhaupt - und für wen?

5.
Ich hatte das Dröhnen der Schüsse vernommen, und kurz darauf drangen bereits Rauchschwaden durch die Bodenöffnung. Wir hielten uns bereit, falls es doch jemand schaffte, die schwere Truhe zur Seite zu schieben, aber dies war nicht nötig. Ich hörte Schreien und Husten von unten, und jemand schlug gegen den Boden der Truhe, dann herrschte Stille - tödliche Stille. Laq sah mich an, und ich konnte in seinem Gesicht lesen, was er jetzt dachte.
Wie besprochen warteten wir noch eine halbe Stunde, bevor wir über die Felsen wieder hinunter stiegen, da mit Sicherheit zu erwarten war, dass im Turm die Treppen verbrannt waren.

Als wir bei Jocelin, Ybkallis und Leon anlangten, drückte mir der Souvaner schweigend die Flinte in die Hand. Ich sah nach oben: Der Turm sah von außen natürlich unbeschädigt aus, aber aus den Fensteröffnungen drang immer noch Rauch. Ein seltsames Bild, als ob ein Raucher in eine Blockflöte blies.

Wir halfen, die toten Pferde vom Eingang wegzuziehen, und Leon betrat als Erster den Ort der Verwüstung.

Es war kein erfreulicher Anblick, der sich uns bot: geschwärzte Wände, verkohltes Holz und bis zur Unkenntlichkeit verbrannte Leichen in den bizarrsten Stellungen. Über allem lastete der penetrante Geruch von verschmortem Fleisch.

„Darf man uns nun zu diesem Erfolg gratulieren?", fragte Jocelin bitter, aber derjenige, an den die Frage gerichtet war, Leon, achtete nicht auf ihn. Er prägte sich das Bild ein und ging schweigend zurück in die Nacht hinaus. Zwanzig Meter vom Turm entfernt setzte er sich auf einen Felsen und stützte den Kopf in die Hände.

Nach einer Weile hob er ihn wieder und meinte stockend: „Es war ein guter Plan, und Simon und Vardor wussten, was sie taten."

„Und wie geht es jetzt weiter?", fragte Vanessa. „Wir haben den Turm erobert, aber besetzt halten können wir ihn nicht!"

„Das ist auch nicht nötig. Wenn der Verfolgertrupp eintrifft, wird er sich hier nicht aufhalten, sondern uns weiter folgen, dessen war sich Lord Virian sicher. Und ich habe Anweisung gegeben, dass eine Abteilung der Braunen in einigen Tagen den Turm besetzt. Dann gehört er endlich uns, und wir kontrollieren den Zugang zur nordwestlichen Yllianmark!"

„Und das hat Virian alles vorausgesehen?", fragte ich kopfschüttelnd. Mehr und mehr rührte sich in mir ein gewisser Unwillen, nicht Herr meiner eigenen Entscheidungen zu sein.

„Ja. Er wusste, dass ihr uns helfen würdet. Und dass das Glück - oder das Schicksal, wie auch immer - auf eurer Seite ist."
Das Schicksal. Ich sah gedankenverloren an der Spitze des Turms vorbei zum Himmel und vermeinte die seltsamsten Gestalten in den ziehenden Wolken zu erkennen. Deshalb - oder aus einem anderen Grund? - beschlich mich ein eigenartiges Gefühl, als ich diese Worte hörte.
„Wie hat er das gemeint?", forschte ich.
Leon fuhr sich mit der Zunge über die Lippen, dann antwortete er: „Er ahnte irgendwie, dass eure Rolle in diesem Spiel noch nicht gespielt ist."
„Eure? Meine?"
„Nein. Er sagte 'ihre'."
Ich sah die anderen an und sie mich: Vanessa, Ybkallis, Jocelin, Laq - und Leon, der jetzt unser Führer sein würde. Am Himmel zog eine große Wolke vor dem Mond vorbei, und meine Phantasie gaukelte mir ein böse lachendes Gesicht vor.

KAPITEL ZEHN : ALTE FEINDE

-

Hier werden wir Zeugen der weiteren Reise unserer Helden durch eine tückische Gegend, das Sumpfland von Zvarrain. Sie erfahren, dass die Feinde die Verfolgung keineswegs aufgegeben haben und ihnen näher sind, als sie dachten, und Daniel gerät aus Leichtsinn prompt wieder einmal bis zum Hals in Schwierigkeiten.

-

1.
Ich schlug mir fluchend auf die Backe und betrachtete den blutigen Fleck auf meiner Hand. Ybkallis neben mir grinste. Aus irgendeinem unerfindlichen Grund schienen die Moskitos eine Abneigung gegen den Hofnarren zu haben; kein einziger Insektenstich zierte sein Gesicht. Im Gegensatz zu uns anderen: Jeder von uns hatte schon ausführlich Bekanntschaft mit der Zuneigung der geflügelten Blutsauger des Marschlandes gemacht, wie zahlreiche geschwollene und juckende Pusteln im Gesicht und auf den Armen bewiesen.
Kratzte man an diesen Stellen, begannen sie zu bluten und lockten so weitere Moskitos an, von denen an den sumpfigen Ufern der größeren Wasserflächen wahrhaft Myriaden zu existieren schienen. Manchmal glaubte man, eine graue Wolke am Himmel zu sehen, so viele Insekten schwärmten durcheinander. Leon hatte erklärt, man könne sich mit dem ausgepressten Saft einer bestimmten Pflanze, auf die Haut gestrichen, schützen, da der Geruch die Moskitos abschreckte, aber bis jetzt hatte er noch kein Exemplar gefunden.
So mussten wir uns mit Schlamm behelfen, was aber weniger als gedacht nutzte, denn in der Hitze trocknete die Paste sehr schnell aus und bröckelte ab, wenn man nur das Gesicht verzog.

Wir waren nun sechzehn Tage in dem ausgedehnten Sumpfland von Zvarrain unterwegs, einer riesigen Niederung zwischen den Yllianbergen im Süden und dem Rhiwan im Norden. Entstanden war dieses Gebiet durch den Zvar, einen kleinen Fluss, der irgendwo im westlichen Grenzgebirge entsprang, das Tiefland überschwemmte und sich in Tausenden von Armen weiter nordöstlich mit dem Rhiwan, dem größten Fluss der Ostländer, vereinigte.

Mit der Zeit hatte sich so das ganze Land auf einer Breite von zweihundert und einer Länge von hundertfünfzig Meilen in einen gigantischen Sumpf verwandelt, mit einer Vegetation wie im Mississippidelta - und einer entsprechenden Fauna, wie uns ständig schmerzlich bewusst wurde.

Nach zwei Tagen - und vor allem Nächten, in denen die Blutsauger besonders erbarmungslos wüteten - sehnte ich mich von Herzen in die karge Unwirtlichkeit der Yllianberge zurück. Ich begann schon Berechnungen anzustellen, wie viel Tage es wohl dauern würde, bis man von den Biestern bis auf den letzten Tropfen ausgesaugt wäre, und verdrängte lieber sämtliche Gedanken an übertragene Krankheiten, Fieber oder Blutvergiftung.

Den anderen - bis auf den Hofnarren - erging es nicht viel besser, und so war die allgemeine Stimmung so ziemlich auf dem Nullpunkt. Der einzige Vorteil, das musste ich zugeben, bestand darin, dass wir seit langer Zeit zum ersten Mal wieder mehr als genug zu essen hatten. Es gab eine Unzahl genießbarer Pflanzen und jagdbarer Tiere, die hier wie im Paradies lebten und Menschen offenbar nicht oft zu Gesicht bekamen; jedenfalls ließen sie sich leicht erwischen.

Der normale Amerikaner oder Europäer ist natürlich eher an Fleisch der drei Wirbeltierarten Fisch, Vogel oder Säugetier gewöhnt, aber so schlecht sind die anderen beiden - Reptilien und Amphibien - auch nicht, wenn man sie einigermaßen zubereitet.

Allerdings schleppte Leon bisweilen Tiere an, bei deren Anblick mir nicht nur der Appetit, sondern wirklich alles verging. Jedoch muss ich zugeben, dass sie mir in gebratenen Stücken dann schon wieder sympathischer erschienen und meistens auch ganz annehmbar schmeckten.

Leon erwies sich überhaupt als ausgezeichneter Führer und Ratgeber, wenn er persönlich auch nicht gerade von aufheiterndem Naturell war. Meistens zeigte er sich ziemlich wortkarg und mürrisch, was natürlich im Opfertod seiner beiden Kameraden seinen Grund haben mochte - oder in der Tatsache, dass ihm die Aufgabe, uns durch das Marschland zu führen, von seinem Lord Virian mehr oder weniger als Ehrenschuld auferlegt worden war.

Jedenfalls waren wir froh, einen erfahrenen Mann bei uns zu haben, der mit den vielfältigen Tücken dieser Landschaft vertraut war. Mit untrüglichem Gespür fand er auch an den gefährlichsten Stellen noch einen Weg und warnte vor möglichen Gefahren.

Die größte Schwierigkeit bei einer Durchquerung des Sumpflandes bestand darin, dass ein einmal gefundener gangbarer Weg ein Jahr später schon nicht mehr vorhanden sein konnte oder seinen Verlauf geändert hatte, da manche Stellen inzwischen versunken oder vollkommen mit undurchdringlichem Gestrüpp und Luftwurzeln zugewuchert waren, sodass man Tage brauchen würde, um nur einige Hundert Meter zurückzulegen.

Manchmal führten wir die Pferde durch hüfthohes Wasser, in dem Leon den Weg nur erahnen konnte, aber mit traumwandlerischer Sicherheit fand.

Wie er das machte, war mir ein Rätsel, denn die Brühe war oft so trüb und schlammig, dass man den Grund nicht einmal sah. Wenn man hier einen Fehltritt machte, konnte man natürlich schwimmen, aber der Gedanke an Wasserschlangen

und sonstiges Getier unter der Oberfläche verursachte mir einiges Unbehagen.
Die richtigen Sumpflöcher mit zähem Schlamm konnten wir nur umgehen - wenn sie sich als solche zeigten. Manchmal versteckte sich eine solche Todesfalle unter einer trügerischen Schicht von Sumpfgras, das festen Boden vortäuschte. Aber auch hier bewies Leon untrüglichen Instinkt.
Stellenweise existierte auf mehrere Kilometer sicherer Grund, nur ab und zu von einem schmalen Wasserlauf durchzogen, sodass man sogar reiten konnte, und wir schneller vorankamen, als ich gedacht hatte. Meistens aber bewegten wir uns durch eine Landschaft aus riesigen Urwaldbäumen, Sumpfgras, Schilf und Schlingpflanzen, die, wohin man blickte, ein dichtes Geflecht in allen denkbaren Grünschattierungen bildeten.

.

Wir lagerten gegen Mittag nahe des Zuflusses eines kleinen Sees inmitten der grünen Wildnis. Das Wasser war so klar, dass man bis zum Grund sehen konnte, und, wie Leon erklärte, trinkbar.
Die ganze Gegend machte an sich keinen freundlichen Eindruck, aber der Boden war ausnahmsweise so fest, dass man sogar aufs Pferd steigen konnte.
Ich seufzte vor Wohlbehagen, als ich mich nach der drückenden Hitze des Vormittags an einer schattigen Stelle mitsamt meiner Kleidung einfach ins Wasser fallen ließ.
Nach dem Bad beschlossen Laq und ich, diesmal für die Mahlzeit zu sorgen, während die anderen entweder ruhten oder ebenfalls die Gelegenheit zu einem Aufenthalt in sauberem Wasser nutzten.
Nach kurzer Zeit erspähte der Jjarde, der sich einen Bogen mitgenommen hatte, ein Tier, eine Art Schwein mit einem langen Rüssel wie ein Ameisenbär oder Tapir, das in dem

weichen Grasboden nach Nahrung grub. Ich nickte ihm aufmunternd zu - richtiges Fleisch!
Obwohl der yllianische Langbogen fast zu groß für den Jjarden war, konnte er ausgezeichnet damit umgehen - wie überhaupt mit jeder Waffe. Der Schuss traf das Tier in die Flanke und warf es um. Es überschlug sich quiekend, rollte zappelnd einige Male herum und blieb dann liegen. Wir eilten hinzu, betrachteten die Beute, und ich klopfte Laq anerkennend auf die Schulter:
„Gut geschossen, Jjarde. Man könnte wirklich glauben, du wärst ein Großer."
Er lachte. Scherze über seinen Wuchs war er ohnehin von seinem Freund Jocelin gewöhnt. Außerdem war er in Mattincourt aufgewachsen, und die Souvaner überragten ihn fast durchwegs um Haupteslänge.
„Vielen Dank!", gab er zurück. „Das war übrigens mein Teil unserer Arbeit. Deiner wird es sein, das Vieh zum Lagerplatz zu schleppen. Das ist deine Gelegenheit, mich ebenso zu beeindrucken, okay, nicht wahr, das schaffst du doch links!"
Da hatte ich es! Wer Wind sät, wird Sturm ernten. Er zahlte mit gleicher Münze heim und machte sich einen Spaß daraus, mich mit meinen Redewendungen aufzuziehen, die für ihn natürlich keinen Sinn ergaben. Also machte ich gute Miene zum bösen Spiel (das hätte er sicher verstanden!) und verbesserte nur: „Mit Links!"
Als ich mich bückte, vernahm ich plötzlich Stimmen. Neben mir duckte sich Laq ins hohe Gras; auch er hatte es gehört. Er schien einige Augenblicke zu wittern anstatt zu lauschen, und drehte den Kopf dabei von einer Seite zur anderen. Schließlich deutete er in die Richtung zu einer Reihe von niedrigen Bäumen, die wahrscheinlich einen Bachlauf markierte.
„Dort!", raunte er. „Von uns kann das keiner sein. Lass das Vieh liegen; wir sehen uns das erst einmal an. In dieser Ge-

gend ist es sicher schlauer, Bescheid zu wissen, wer sich noch hier herumtreibt."
„Wenn jemand unter den Bäumen dort ist, dann sieht er uns zuerst, es sei denn, wir kriechen hin", gab ich zu bedenken.
„Gut, Daniel", grinste er, „vielleicht wird doch noch einmal ein brauchbarer Waldläufer aus dir. Aber der Klang ist von weiter her gekommen. Wir konnten ihn nur hören, weil der Wind einen Augenblick lang den Ton getragen hat. Wer immer dort ist, er befindet sich auf der anderen Seite des Bachs. Und wenn wir schnell sind, sind wir zuerst unter den Bäumen."
„Dann los!"

Ich kroch zwischen den Schlingpflanzen durch, die von den untersten Ästen herunterhingen, und hatte schließlich freien Blick auf die andere Seite. Wie erwartet säumten die Bäume ein schmales Gewässer ein - einen Bach hätte ich diese trübe stinkende Brühe allerdings nicht genannt.
Neben mir schob der Jjarde sich nach vorne und stieß die Luft pfeifend aus, als er sah, was ich auch erblickte:
Das Gelände vor uns unterschied sich in nichts von der Sumpflandschaft, die wir seit über zwei Wochen um uns sahen, aber ...
„Das kann doch nicht wahr sein, zum Teufel!", fluchte Laq.
Ich stimmte ihm von ganzem Herzen zu. Etwa hundert Meter von uns entfernt lagerte ein Trupp von ... ich zählte im Geiste ... sicherlich fünfzig Mann. Selbst auf diese Entfernung erkannte ich die gedrungenen Gestalten mit den langen Armen.
Auf die Gefahr hin, den Herrn der Unterwelt über Gebühr zu bemühen, stellte ich mir ebenfalls die Frage: Wie zum Teufel hatten die Lyshiten es geschafft, uns so schnell zu folgen - und vor allem auf dem richtigen Weg? Gab es etwa nur eine einzige gangbare Route durch das Marschland?

Laq schien sich dieselben Gedanken gemacht zu haben, denn er murmelte: „Ich verstehe eines nicht: Ist das Zufall, oder konnten die sich ausrechnen, welchen Weg wir nehmen würden?"
„Zufall?" Ich schüttelte den Kopf. „Hier geschieht nichts zufällig. Leon sagte, dass sich die Route durch die Marschen ständig ändert. Das schließt aber ein, dass es ebenso gut auch mehrere mögliche geben kann. Viele wahrscheinlich sogar."
„Sehr wahrscheinlich", stimmte er zu, „aber ..."
Ich unterbrach ihn: „ ... und seit wir zufällig auf Jedediahs Karawane stießen, und diese zufällig gerade zu diesem Zeitpunkt überfallen wurde, glaube ich nicht mehr an den Zufall!"
Er nickte und meinte: „Ich fürchte, du hast recht. Aber die Schlussfolgerung will mir rein gar nicht gefallen: Entweder sie können sich denken, welchen Weg wir einschlagen - oder sie wissen es!"
„Ja, aber wissen wir es denn überhaupt?", sinnierte ich halblaut.
„Wir wollen eigentlich nur auf irgendeinem Weg das Sumpfland durchqueren, um auf der anderen Seite die Straße der Alten Götter wieder zu erreichen. Und wenn es mehrere Möglichkeiten gibt ..."
„Leon!", sagte Laq. „Er ist eigentlich der Einzige, der den Weg weiß - er bestimmt ihn."
„Das ergibt aber überhaupt keinen Sinn. Wenn er, so abwegig das klingt, uns verraten wollte, dann hätte er das längst viel einfacher und sicherer machen können."
Der Jjarde stimmte zu: „Und vor allem - warum? Nein, das ergibt keinen Sinn!"
Ich schwieg und dachte nach. Nein, ich war mir fast vollkommen sicher, dass wir Leon vertrauen konnten. Die andere Erklärung gefiel mir allerdings noch weniger: Der Feind wusste, wo wir uns befanden - oder er kannte unser Ziel. Die

zweite Möglichkeit schloss ich zunächst aus, denn wenn es mehrere Wege gab ...
Nein, hier käme schon wieder der Zufall ins Spiel. Also kannte er unseren Aufenthaltsort. Und das hieß: Vanessa oder ich - einer von uns beiden war der Peilsender, dem man folgen konnte. Verdammt, vielleicht war es doch ein Fehler gewesen, dass ich mich als Grün-Ritter getarnt hatte, denn von mir selbst existierte keine Karte, und damit keine Zugriffsmöglichkeit für andere Mächte.
Wirklich nicht?
Ob ich die Karte auch wieder löschen konnte?

2.
Zwei Reiter trennten sich von dem Trupp und trieben ihre Pferde in unsere Richtung. Ich kniff die Augen zusammen: der linke war sicherlich kein Lyshite. Die Körpergröße stimmte zwar, aber die Reithaltung war ganz anders, und seine Arme waren viel zu kurz. Irgendwie kam mir der Mann bekannt vor.
„Das sind Späher!", zischte der Jjarde neben mir. „Aber die können uns nicht gesehen haben. Also wollen sie nur die Gegend auskundschaften."
„Bist du sicher?"
„Einigermaßen!", schränkte er ein. „Aber weißt du, was das bedeutet?"
„Dass sie wenigstens nicht genau wissen, wo wir sind, sonst würden sie sich nicht damit aufhalten, Kundschafter auszusenden, sondern unser Lager umzingeln und angreifen."
„Genau!", grinste er. „Aber noch mehr: Sie wissen nicht einmal, dass wir in der Nähe sind, sonst würden sie keine Reiter aussenden. Aber gerade das ist es: Sie müssen jemanden bei sich haben, der die Gegend kennt und weiß, dass der Boden hier für Pferde geeignet ist."

„Also haben sie genau wie wir einen erfahrenen Führer!", stimmte ich zu. „Und ich kann dir auch sagen, wer das ist." Ich deutete nach vorne, wo man die beiden Reiter, die auf eine Stelle rechts von uns zuhielten, um den Bach zu überqueren, jetzt deutlich erkennen konnte. Der eine war ein Lyshite, die ich ohnehin schlecht unterscheiden konnte, so wie ein Europäer manchmal Schwierigkeiten hat, Asiaten auseinanderzuhalten. Aber den anderen kannte ich: Gill, der Adjutant Azfards, der mich, wenn auch nur zum Schein, vor der Herberge in Verrn angegriffen hatte.

„Wenn sie in dieser Richtung weiter reiten, dann treffen sie auf unser Lager", stellte Laq fest.
„Wir schnappen uns die beiden!", meinte ich nur. „Wir können nicht riskieren, dass sie die anderen benachrichtigen - und mit diesem Gill habe ich ohnehin noch eine Rechnung offen!"
Der Jjarde sah mich skeptisch an, schließlich nickte er.
Nach einem letzten Blick auf das Lager der Lyshiten arbeiteten wir uns aus dem Dickicht heraus und rannten in Richtung unseres Lagers. Der Fußmarsch hatte uns vielleicht eine halbe Stunde gekostet, die Reiter würden etwas schneller sein - wenn sie die Richtung einschlugen.
Das taten sie, wie ich sogleich sehen konnte. Viele Möglichkeiten, wohin sie sich wenden konnten, hatten sie auch nicht: Weiter links zeigte sich dichtes Buschwerk, durch das man keinesfalls mit einem Pferd kommen würde, rechts markierten hohes Schilf und Binsen höchstwahrscheinlich eine sumpfige Stelle.
„Sie werden das Lager finden - sie können ja gar nicht anders!", bestätigte Laq meine Gedanken.
„Aber das ist für uns auch von Vorteil: Auf jeden Fall werden sie denselben Weg zurück nehmen. Und wahrscheinlich ziemlich eilig."

„Richtig. Ich kann mir nicht vorstellen, dass keiner von den anderen sie bemerkt. Zumindest Ybkallis entgeht nichts!"
„Also teilen wir uns auf!", entschied der Jjarde. „Ich links - du rechts. Und wenn sie zurückkommen ..."

Ich schlug mich nach rechts ins Gebüsch und lockerte den Degen, den ich mir mitsamt dem Wehrgehänge auf der linken Schulter befestigt hatte. Die Winchester hatte ich ohnehin nicht mitgenommen, um meine Patronen nicht für die Jagd zu verschwenden, solange es andere Möglichkeiten gab. Beinahe geriet ich ins Stolpern, als mein rechter Fuß ins Leere trat. Nein, er sank nur ein Stück ein und steckte fest. In Gedanken fluchend zerrte ich ihn frei und schüttelte den klebrigen Morast ab. Der Boden war doch nicht so sicher, wie ich gedacht hatte. Obwohl die Oberfläche aus Gras bestand, gab es offenbar überall tückische Fallen, die nur auf ihr Opfer warteten.
Ich bezog hinter einem typischen Gewächs dieser Sumpflandschaft Posten: eine Pflanze, halb Baum, halb Strauch, eine Art großer Farn mit riesigen Blättern, der einen unangenehmen süßlichen Duft absonderte, wie Honig mit Schimmelpilz.
Ich musste nicht sehr lange warten: Nach etwa einer halben Stunde erklang lauter Hufschlag aus der Richtung unseres Lagers, und eine Stimme rief etwas. Ich beugte mich vor und erkannte die zwei Reiter, die ihre Pferde einen Moment lang zügelten und miteinander sprachen, wobei Gill heftig gestikulierte. Ich konnte mir vorstellen, was er wollte, und sah meine Vermutung sofort bestätigt, als sie sich trennten und in verschiedenen Richtungen weiter ritten.
Der Lyshite wandte sich nach links, gab seinem Pferd die Sporen und schien im selben Augenblick im Sattel zu erstarren: Wie durch Zauberei steckte plötzlich ein langer Pfeil in seiner Brust. Der Mann warf die Arme hoch und stürzte ohne

einen Laut seitwärts von seinem Tier. Ich achtete nicht weiter auf das Geschehen dort, denn meine Aufgabe war schwieriger - ich hatte keine Schusswaffe.
Ich überlegte kurz: Gill würde sich höchstwahrscheinlich weit nach rechts halten, und dabei mein Versteck in kurzer Entfernung passieren. Ich musste also nur sein Pferd zu Fall bringen; wenn er sich nicht schon beim Sturz den Hals brach, dann war ich doch auf jeden Fall im Vorteil.
Ich machte mich bereit, vorzuspringen, um dem Tier mit meiner Klinge in vollem Lauf einen Hieb in die Flanke zu versetzen, zumindest würde es dann scheuen und seinen Reiter abwerfen. Einen Schlag gegen die Beine wollte ich nicht wagen, dabei konnte mir die Waffe aus der Hand geprellt werden.
Aber wie meistens, wenn man sich einen schönen Plan zurechtgelegt hat, kam es anders:
Gill drehte sich im Sattel um, als er noch hundert Meter von mir entfernt war, und sah, dass sein Kamerad am Boden lag. Sofort riss er sein Pferd zur Seite und setzte mit einem gewaltigen Sprung in das Strauchwerk zu seiner Linken hinein.
Verdammt, er hatte den Braten gerochen. Er musste annehmen, dass auf seiner Seite ebenfalls ein oder mehrere Bogenschützen auf ihn warteten, und tat das einzig Richtige: Deckung suchen. Das sumpfige Gelände war zwar für einen Reiter vollkommen ungeeignet, aber immer noch besser, als vom Pferd geschossen zu werden.
Einen Moment lang sah ich noch seinen Oberkörper über dem hohen Schilf, dann verschwand er. Ein schrilles Wiehern erklang. Ich konnte mir vorstellen, was geschehen war: Das Pferd war in ein Sumpfloch getreten und hatte ihn entweder abgeworfen, oder er war noch rechtzeitig abgesprungen.

Wenn er abgeworfen worden war, dann hatte er sich auf dem weichen Grund sicher nichts gebrochen. Ich überlegte: Laq war zu weit weg, also musste ich, um Gill zu erwischen, selbst in den Sumpf hinein. Darauf zu hoffen, dass er bei seiner weiteren Flucht zu Fuß irgendwo in einem Schlammloch versank, war zu riskant. Wenn er das Lager seiner Truppe erreichte, dann wussten sie, dass wir ganz in der Nähe waren, und unser weiterer Weg durch das Marschland würde zur wilden Flucht werden.

Mir blieb nichts anderes übrig, als ihn zu stellen. Da zu erwarten war, dass er sich tiefer in den Sumpf schlagen würde, um den Hinterhalt weiträumig zu umgehen, musste ich mich ebenfalls in diese Richtung halten, um ihn abzufangen.

Während ich mich vorwärts bewegte, wobei ich sorgfältig darauf achtete, wohin ich trat, und ständig erwartete, mit dem tastenden Fuß einzusinken, überlegte ich: Von den Lyshiten konnte keiner der Führer durch das Marschland sein; sie waren Wüstenbewohner und noch nie in den Ostländern gesehen worden. Falls sich nicht noch weitere Yllianer bei dem Verfolgertrupp befanden, war Gill dieser Führer.

Also kannte er sich hier im Marschland bestens aus. Und er kannte die Gefahren. Das war sein Vorteil, aber auch meiner, denn so konnte ich seine Handlungen einigermaßen berechnen.

Er war mit den Tücken des Landes vertraut, also würde er nicht blind drauflos stürmen, sondern seinen Weg mit Bedacht wählen, und das hieß: vorsichtig - und langsam. Die Wahrscheinlichkeit, durch Unachtsamkeit in den Sumpf zu geraten, war viel größer, als in diesem Gelände von Verfolgern erwischt zu werden. Zudem konnte er auch damit rechnen, dass die Feinde bei überhastetem Vorgehen in Schwierigkeiten gerieten.

Je länger ich überlegte und mich dabei vorsichtig durch die Schlingpflanzen kämpfte, um so mehr wurde mir eines klar:

Er hatte wirklich fast alle Vorteile auf seiner Seite. Außer einem - dass ich dies wusste. Das war ein ziemlich kleiner Aktivposten auf meiner Seite, aber mir blieb nichts anderes übrig.

Wahrscheinlich würde er versuchen, die Stelle, wo er den Feind vermutete, in einem weiten Viertelkreis zu umgehen, um so irgendwo wieder auf festen Grund zu gelangen und sich dort östlich zu halten, bis er auf den Wasserlauf stieß, wo seine Leute lagerten. Und das war meine Chance. Ich konnte den Viertelkreis abschneiden - wenn ich genauso schnell vorankam.

Das Schilf war an manchen Stellen höher als ich, zudem wuchsen überall diese riesigen Farne, ich durfte darum nicht darauf hoffen, ihn vorzeitig zu sehen. Also versuchte ich, die Richtung bis zum errechneten Treffpunkt einigermaßen einzuhalten, wobei ich öfters trügerische Stellen umgehen musste.

Was ich mir hier vorgenommen hatte, das merkte ich schon nach wenigen Minuten, als mich plötzlich vermehrt Insekten umkreisten, und ich bis zu den Unterschenkeln in trübem Wasser stand, dessen Grund unter meinen Füßen langsam aber sicher nachgab.

Die Binsen und Schlingpflanzen um mich überragten mich um einiges, sodass ich nur noch anhand des Sonnenstandes meine Richtung einhalten konnte. Und langsam wurde mir mein Unternehmen doch suspekt, als ich überall einsank, wohin ich auch trat. Ich war gezwungen, mich ständig weiterzubewegen, um eine Stelle jeweils nur kurz zu belasten. Zudem schwirrte und summte eine regelrechte Wolke von Mücken, Bremsen und Moskitos um mich herum, die ich nicht einmal abwehren konnte, weil es volle Aufmerksamkeit erforderte, wohin ich meine Füße setzte.

Ich fluchte innerlich, mich auf dieses Unternehmen eingelassen zu haben. Mein rechter Fuß sank tief ein, und es kostete

mich einige Mühe, ihn aus dem klebrigen Morast herauszuziehen. Eine dicke Bremse ließ sich auf meiner Nase nieder und ich erschlug sie, wobei ein grüngelber Fleck zurückblieb. Gerade, als ich mit dem Gedanken spielte, umzukehren, wobei es mir langsam egal war, was aus Gill wurde, solange ich hier wieder lebend heraus kam, erklang links von mir ein halblauter Fluch, gefolgt von einem Platschen.
Fast wollte ich es nicht glauben: Meine Berechnung hatte offenbar gestimmt. Einige Schritte weiter erschien mir der Boden etwas vertrauenerweckender als da, wo ich jetzt war, und ich sprang hinüber. Zum Glück hatte ich mich nicht geirrt: Ich stand zwar immer noch im schlammigen Wasser, aber der Grund darunter war fest und trug mich. Ich seufzte vor Erleichterung, zog meinen Degen aus der Scheide und sah mich um:
Offenbar hatte ich das seltene Glück gehabt, auf eine der wenigen begehbaren Stellen hier zu stoßen. Eine riesige Fläche von stinkendem Schlamm erstreckte sich fast vollständig rings um mich, so dass ich wie auf einer Insel stand. Überall stiegen dicke Blasen auf und zerplatzten an der Oberfläche - daher der Gestank: Methan, Sumpfgas.
Bevor ich noch recht Position beziehen konnte, teilte sich in einigen Metern Entfernung das Buschwerk und ein Mensch stürzte keuchend hervor. Ich erkannte Gill, obwohl er über und über mit Schlamm bespritzt war. Offenbar hatte er ausführlich mit den Tücken dieses Sumpfes Bekanntschaft gemacht, aber ich selbst sah sicher auch nicht viel besser aus. Er wischte sich schnaufend über das Gesicht und sah dann hoch.
„Du?", stieß er überrascht hervor.

3.
Ich grinste und hob meinen Degen. Einen Moment lang überlegte er, dann zog er eine Grimasse und stapfte langsam auf mich zu. Er griff sich über die Schulter und hielt ein Schwert in der Hand - genau wie ich hatte er die Waffe auf dem Rücken befestigt.
Ich konnte mir vorstellen, was gerade in seinem Kopf vorging: Er musste an mir vorbei. Das nächtliche Gefecht vor der Herberge in Verrn war für ihn nur ein inszeniertes Schauspiel gewesen, obwohl zwei seiner Leute dabei getötet wurden - aber jetzt war es ernst!
Ich ging ebenfalls einen Schritt vor und merkte sofort, dass ich einen Fehler gemacht hatte. Mein linker Fuß sank so tief ein, dass ich beinahe das Gleichgewicht verlor und wild mit den Armen ruderte, um nicht vollends ins Wasser zu stürzen.
Gill nutzte seine Chance und reagierte sofort. Ungeachtet des tückischen Grunds sprang er in zwei wilden Sätzen auf mich zu und holte mit dem Schwert aus.
Ich hatte natürlich von vornherein angenommen, dass er ein besserer Schwertkämpfer als ich war, und beschlossen, meine Fähigkeit als Trumpf ins Feld zu führen, so dass ich jetzt wenigstens richtig reagierte und kurz aus der Ebene sprang, als die Klinge auf mich zu zischte.
Wie immer rematerialisierte ich sofort wieder und ... Verdammt, mein Fuß steckte immer noch fest!
Gill hatte gar keine Zeit gehabt, von meinem Verschwinden überrascht zu sein, sein eigener Schwung ließ ihn gegen mich prallen, während sein Schwerthieb ins Leere ging. Ich wurde von den Füßen gerissen und umgeworfen, sodass ich rückwärts ins Wasser platschte.
Instinktiv schlang ich die Arme um meinen Gegner, damit er seine Klinge nicht noch einmal einsetzen konnte, zog ihn mit unter Wasser, und drehte mich dabei herum. Ich ließ den

Griff meines Degens los; er würde mir im Nahkampf nichts nützen.

Die Überraschung war auf meiner Seite. Er hatte nicht damit gerechnet, gegen mich zu prallen, und wahrscheinlich gerade Luft holen wollen, als ich ihn unter Wasser zog; er hustete krampfhaft und Luftblasen drangen aus seinem Mund, während er alle Muskeln anspannte, um sich aus meiner Umklammerung zu lösen.

Er war zwar kleiner, aber stärker als ich, also ließ ich lieber gleich los und tastete nach dem Messer in meinem Gürtel. Wahrscheinlich tat er das Gleiche, denn er versuchte nicht, mich festzuhalten. Ich fühlte den Griff, zog die Klinge heraus und stach einmal blind in seine Richtung, verfehlte jedoch. Bei unserem Kampf hatten wir den schlammigen Grund so aufgewirbelt, dass das Wasser inzwischen vollkommen undurchsichtig war. Der Luftmangel zwang mich zum Auftauchen.

Ich kam prustend an die Oberfläche und musste mir erst Matsch und Blätter aus dem Gesicht wischen, um überhaupt etwas zu sehen. Zwei Meter neben mir tauchte Gill auf; wie ich mir gedacht hatte, hatte er ein Messer in der Hand und stach damit auf Verdacht in die Richtung, wo er mich vermutete, denn im ersten Moment konnte er ebenfalls nichts sehen.

Der Stich ging natürlich ins Leere, und jetzt nutzte ich die günstige Gelegenheit. Ich tauchte ins Wasser, um sein Messer zu unterlaufen, während er noch beschäftigt war, sich den Schlamm aus den Augen zu streichen.

Meine Bewegung wurde abrupt gebremst, denn irgendetwas hielt mein rechtes Bein fest.

Verflucht, steckte ich schon wieder im Morast fest? Gerade jetzt konnte ich das wirklich überhaupt nicht gebrauchen!

Ich versuchte hektisch, mich frei zu strampeln, hatte damit aber wenig Erfolg. Der Schlamm schien Eigenleben zu ent-

wickeln und mein Bein noch weiter nach unten zu ziehen. Der Schlamm? Obwohl Gill jeden Augenblick seine Orientierung zurückerlangen konnte, tauchte ich unter.
Irgendetwas weißliches Schlauchartiges hatte sich um meinen Unterschenkel gewunden und zog mich nach unten. In dem trüben schlierigen Wasser sah ich kaum etwas, aber der Schlauch schien ziemlich lang zu sein und sich von mir weg beträchtlich zu verdicken. Als ich tiefer ging, wirbelte das Wasser vor mir durcheinander und ich konnte vage einen menschlichen Umriss erkennen, der sich schwimmend auf mich zu bewegte.
Zum Glück konnte Gill genauso wenig wie ich sehen, sondern nur vermuten, wo ich mich befand. Ich paddelte mit den Armen zur Seite, wobei ich noch mehr Schlamm aufwirbelte, und krümmte mich zusammen, sodass ich nach meinen Füßen greifen konnte. Der Fangarm, oder was immer das war, des Wesens, das mich ständig tiefer zog, fühlte sich an wie weicher Pudding, unter dessen Oberfläche stärkere Muskelstränge wie Plastikwäscheseile verliefen.
Ich stach mit dem Messer hinein und durchtrennte einen der Stränge. Sofort verhärtete sich das ganze Gewebe um die Einstichstelle, ein Zucken durchlief das Fleisch, und die Umklammerung ließ einen Moment lang nach. Ich war auf so etwas gefasst gewesen, zog meinen Fuß schnell frei und schwamm so schnell ich konnte am Grund entlang einige Meter weiter.
Eine gewaltige Schwingung schien durch das Wasser zu laufen, eine Art stehende Welle, die sämtliche Wassermoleküle erfasste. Ich konnte es zwar nicht hören, aber spüren, wie das Wesen einen Schrei ausstieß, ein Schreien voller Schmerz und Zorn im Infraschallbereich, unter der Frequenzgrenze eines Menschen, und doch in seiner wahnsinnigen Wut körperlich wahrnehmbar.

Zuerst brauchte ich Luft, sonst war es aus. Ich durchstieß mit dem Kopf die Oberfläche, spuckte hustend aus, nahm einen tiefen Luftzug, und tauchte sofort wieder unter, wobei ich abermals einige Schwimmstöße machte. Die Richtung war mir im Moment egal, ich achtete auch nicht auf Gill, ich wollte nur Distanz zwischen mich und dieses Sumpflebewesen bringen. Und wieder klares Wasser erreichen, um wenigstens etwas zu sehen.
Meine ausholenden Arme stießen gegen etwas Hartes - Gestein.
Jetzt erst merkte ich, dass mein Messer weg war; es musste in dem Körper des Wesens stecken geblieben sein. Egal. Steinboden bedeutete relative Sicherheit.
Ich suchte mit den Füßen nach einem festen Stand, fand ihn und stieß mich ab. Fast sofort tauchte ich auf - grelles Sonnenlicht. Strampelnd arbeitete ich mich weiter nach oben und schaffte es schließlich, mich mit dem ganzen Oberkörper auf eine kleine Insel aus Steinen und Gras zu rollen.
Meine Lunge verlangte nach Luft, und ich atmete mehrmals tief ein und aus, während ich meine Beine nachzog und auf den Ellbogen weiter kroch. Obwohl ich mich auf festem Grund befand, tanzten immer noch braune und schwarze Schlieren vor meinen Augen auf und ab, als ob ich immer noch unter Wasser wäre.
Ich wälzte mich herum und sah als Erstes Gill, der ebenfalls schlammbedeckt aus dem Wasser stieg und mich höhnisch angrinste - er hatte ein Messer, ich nicht.
„Na, Sir Daniel, oder wie sie dich nennen", spottete er, „nun sind wir wohl nicht mehr so ganz überheblich, nicht wahr? Ich werde dir den Bauch aufschlitzen und deine Gedärme den Sumpfbestien zum Fraß vorwerfen!"
Ich zog es vor, darauf nicht zu antworten. Was hätte ich auch sagen sollen? Fast alle Vorteile lagen auf seiner Seite. Er kam langsam näher und spielte betont lässig mit dem Dolch

in seiner Hand herum. Ich machte mir keine Illusionen: Meine Fähigkeit würde mich vor einem Stich bewahren, aber ein Angriff mit einem Messer, vor allem wenn man es von einer Hand in die andere wechselte, konnte so schnell erfolgen, dass ich zu spät reagierte.
Oder er brauchte nur einen Scheinangriff zu führen, und dann zustechen, wenn ich rematerialisierte.
Also musste ich etwas ganz anderes tun. Als er gerade seine Überlegenheit auskostete, und böse grinsend das Messer elegant von der Rechten in die Linke wechselte, griff ich an:
Auf die Gefahr hin, einen Stich in die Seite zu erhalten, sprang ich ihn an und rammte ihm meinen rechten Ellbogen in die Magengrube.
Ein scharfer Schmerz durchzuckte meinen rechten Oberschenkel, aber mein Angriff hatte Erfolg: Er stieß pfeifend die Luft aus, ruderte mit dem linken Arm und klatschte rückwärts in den zähen Schlamm. Ich fiel auf ihn und umklammerte sofort mit beiden Händen seinen linken Unterarm, um nicht noch einen Stich abzubekommen.
Er schlug mit der Rechten nach meinem Gesicht, aber unter Wasser hatte der Hieb keine rechte Wucht. Also rollte er sich herum und griff nach meiner Kehle. Er hatte wirklich ziemliche Kraft und krallte Daumen und Finger tief in meinen Hals. Ich hielt immer noch seine linke Hand umklammert, konnte ihm aber auf diese Art das Messer nicht entwinden. Es gab nur eines: Ich zog seinen Arm heran, obwohl sein eiserner Griff um meine Kehle mein Blut abschnürte und dunkle Flecken vor meinen Augen tanzten, und biss tief in die Handwurzel hinein.
Sofort schmeckte ich Blut und biss noch tiefer, bis ich auf Widerstand stieß. Gill stieß unter Wasser einen blubbernden Schrei aus und ließ das Messer los. Ich rollte mich mit ihm herum, aber seine Rechte drückte immer noch meinen Hals zu. Jetzt war mir alles egal: Ich krallte meine Hand in sein

Gesicht und tastete nach seinen Augen, aber er drehte den Kopf zur Seite. Seine Linke fuhr an meinem Oberkörper entlang nach unten. Wahrscheinlich dachte er, dass ich noch ein Messer im Gürtel stecken hätte. Obwohl er heftig den Kopf schüttelte, bekam ich seine Nase zu fassen. Er warf den Kopf zurück, aber ich bohrte Zeigefinger und Mittelfinger in seine Nasenlöcher, machte die Faust zu und drehte sie mit aller Kraft herum, gerade, als er nach meinen Hoden fasste.
Irgendetwas riss, meine Hand war frei, und das Wasser vor meinen Augen färbte sich rot. Mein Gegner machte sich strampelnd los und tauchte auf. Ich folgte sofort. Als ich die Oberfläche durchstieß und einen schnellen Atemzug nahm, traf mich ein Schlag seitlich gegen den Kopf, der mich wieder unter Wasser schickte. Ich tauchte ein zweites Mal auf, und zwei Hände legten sich um meinen Hals.
Einen Moment lang wurde mir schwarz vor Augen, aber ich blieb zum Glück bei Bewusstsein. Gill drückte mit aller Kraft zu, sein blutüberströmtes Gesicht schwebte über mir, und unverständliche Laute drangen aus seinem Mund. Ich schlug mit aller Kraft mitten in die blutige Fratze hinein, aber das schien er gar nicht wahrzunehmen.
Schon drohten mir die Sinne zu schwinden, als ich aus dem Augenwinkel sah, wie sich die Oberfläche des Wassers teilte, und ein riesiges schlangenähnliches Wesen seinen dreieckigen Kopf hervorstreckte. Bis auf die milchigweiße Haut ähnelte das Tier einer großen Muräne; es öffnete sein spitzes Maul, entblößte dabei mehrere Reihen scharfer Zähne und stieß einen lauten Schrei voller Wut und Hass aus.
Dann schnappte es zu.
Gill hatte bei dem durchdringenden Laut vor Überraschung seinen Griff gelockert, und ich stieß ihm mein Knie in den Bauch und tauchte unter.
Keinen Moment zu früh. Ich wurde von einer gewaltigen Kraft zur Seite gestoßen und mehrmals herumgewirbelt, als

das Wesen mit seinem Kopf ins Wasser stieß. Eine Strömung, eine Art Strudel, erfasste mich und trug mich weiter fort.
Ich tauchte, so dicht ich konnte, am Grund entlang, bis ich glaubte, meine Lunge müsste platzen. Als die ersten farbigen Ringe vor meinen Augen tanzten, tauchte ich in einem Gewirr von Wasserpflanzen vorsichtig auf, da das Tier mit Sicherheit Störungen der Schwingung der Wasseroberfläche wahrnehmen konnte.
Im ersten Augenblick sah ich nur undeutlich verwaschenes Grün um mich, und irgend ein Blatt oder Pflanzenstängel hing von meiner Stirn und nahm mir die Sicht. Ich wollte es wegwischen, aber es schien festzukleben, und fühlte sich auch gar nicht wie pflanzlich an, eher wie ein Stück Gartenschlauch, oder ... Scheiße!
Das hatte mir gerade noch gefehlt. Ich riss, ohne momentan die Folgen bedenken zu können, den Blutegel von meiner Stirn herunter, und sofort lief mir Blut in die Augen. Trotzdem, die größte Gefahr ging immer noch von dem riesigen Sumpfwesen aus. Wenn es auch noch mehrere davon gab ...
Sicherlich hatte es Gill mit einem einzigen Bissen verschlungen. Ich reckte mich vorsichtig etwas höher aus dem Wasser und spähte in die Richtung, wo der Kampf stattgefunden hatte. Bis auf eine riesige Blutlache, die wie ein Ölfleck langsam zerfloss, war nichts zu sehen. Doch! Ein Stiefel dümpelte träge auf der Oberfläche, schien plötzlich einmal in die Höhe zu hüpfen und verschwand dann unter Wasser.
Das gefiel mir gar nicht. Entweder das Wesen hatte sich noch einen Nachschlag holen wollen, oder es gab noch andere, kleinere Raubtiere in dieser brackigen Brühe, die einen menschlichen Fuß nicht verschmähten.
Ich musste so schnell wie möglich hier heraus - aber nicht ohne meine Waffe. Der Degen steckte auf der kleinen Insel, wo der Kampf begonnen hatte, im Boden, wie ich erkennen

konnte, und schien mich direkt aufzufordern, ihn zurückzuholen. Der Weg dorthin war alles andere als ungefährlich, aber jeder andere Weg in diesem Sumpf auch. Aus welcher Richtung war ich überhaupt gekommen?
Ich beschloss, die Strecke bis zu der Insel tauchend zurückzulegen, um wenigstens größere Gefahren unter Wasser rechtzeitig wahrzunehmen. Wohl war mir dabei nicht.

Das trübe Wasser um mich war direkt verdächtig ruhig, als ich meinen Fuß auf festen Boden setzte, und mich misstrauisch umsah. Ich zog meinen Degen aus dem Grund, behielt ihn aber lieber in der Hand, auch wenn er mir gegen ein Wesen von der Größe, wie es Gill verschlungen hatte, nicht sehr viel nützen würde. Als ob man einen angreifenden Alligator mit einem Schaschlikspieß abwehren wollte.
Nun, jedenfalls schien das Vieh mir die Arbeit abgenommen zu haben. Ich musste jetzt nur den Weg zurück zum Lager finden. Nachdem ich mich nicht allzu weit in den Sumpf vorgewagt hatte, müsste es in westlicher Richtung liegen.
Moment! Gill war von dort gekommen, und er schien, nach seinem Aussehen zu schließen, mit mehr als einem Schlammloch Bekanntschaft gemacht zu haben.
Also war es für mich vernünftiger, den Weg zurück zu nehmen, den ich gekommen war, um wieder auf die Stelle zu stoßen, wo ich mich von Laq getrennt hatte. Laq! Sicher suchte er nach mir, wagte aber nicht, laut zu rufen, falls noch andere Erkundungstrupps unserer Feinde in der Nähe waren.
Also den Weg zurück nach Süden, bis der Grund wieder sicher war. An einen weiteren Angriff von einem Sumpfwesen wollte ich lieber nicht denken, aber das konnte auf jedem anderen Weg genauso geschehen. In einer spontanen Eingebung hob ich Gills Schwert auf, das unweit im Matsch lag, und steckte es in die Erde wie ein Kreuz auf einem Grab. Die christliche Symbolik kam nicht ganz von ungefähr: Hier war

ein Mensch für einen guten Zweck gestorben - nämlich dass wir unbemerkt verschwinden konnten.

Nach einigen Hundert Metern watete ich schon wieder bis zu den Hüften im Wasser und war mir nicht mehr sicher, ob mein Weg wirklich stimmte. Ich kam auch wesentlich langsamer voran als beim Herweg, weil ich ganz vorsichtig Fuß vor Fuß setzte, einerseits um den Schlamm nicht zu sehr aufzuwirbeln, damit ich den Grund wenigstens einigermaßen sehen konnte, und andererseits, um möglichst wenig Wellen zu erzeugen, die weitere Sumpfbestien auf den Plan rufen konnten.
Längere Strecken zu tauchen erschien mir ebenfalls nicht ratsam, da sich auf meinen Armen und der Brust inzwischen so an die zwanzig Blutegel festgesaugt hatten - und mich schüttelte es bei dem Gedanken, weitere dieser ekelhaften Würmer im Gesicht kleben zu haben.
Wenn das nächste Mal ein Kandidat gesucht würde, um bei Sturm und Kälte an einem dünnen Seil einen Turm hinaufzusteigen, dann würde ich mich freiwillig melden - aber im Leben wollte ich nicht mehr durch einen Sumpf waten!
An einer höher liegenden Stelle, auf der einige Büsche wuchsen, geschah es schließlich: Ich dachte, dass der Boden hier sicher sei, und passte nur einen Moment nicht auf. Der grasbewachsene Grund gab unter meinem rechten Fuß so plötzlich nach, dass ich vorwärts kopfüber in den Schlamm stürzte.
Nach dem ersten Schreck ruderte ich wild mit den Armen und schaffte es, meinen Kopf aus der zähen Brühe zu recken. Hustend spuckte ich Dreck und Blätter aus und merkte sofort, dass ich einen Fehler gemacht hatte: Die heftige Bewegung hatte meinen Körper tiefer gedrückt, und mit den Füßen spürte ich keinen Grund.

Ich befand mich nur einen Meter von einem dieser Riesenfarne weg, dessen Wurzeln halb aus dem Wasser ragten. Zumindest dort musste es also festen Grund geben. Jetzt wurde mir erst bewusst, dass ich immer noch den Degen umklammert hielt. Ich zog den Arm langsam aus dem Schlamm, wobei ich trotzdem ein Stück tiefer einsank, und warf die Waffe ans Ufer.
Schräg über mir hingen einige Schlingpflanzen von einem Baum herab. Ich streckte mich, um danach greifen zu können, und sackte wieder etwas tiefer. Wenn ich mich drehte, konnte ich mit der rechten Hand eine der Pflanzen erreichen. Obwohl mir bei der Drehung das Gesicht unter Wasser geriet, schaffte ich es, und zog mich einige Zentimeter heraus.
Der dicke Schlamm schien an meinen Beinen nicht nur zu kleben, sondern mich ansaugen zu wollen. Mit äußerster Kraftanstrengung zog ich mich so weit heraus, dass ich mit der Linken ebenfalls nach der Ranke greifen konnte - als ich zufasste, riss sie ab, und ich sank tiefer als zuvor ein. Mein Fluch erstickte, als ich wiederum Schlamm schluckte.

Hustend kämpfte ich mich nochmals hoch, als irgendetwas auf meinen Kopf schlug. Ich hörte eine Stimme rufen, verstand aber nicht, was sie sagte. Es war kein harter Schlag gewesen, eher ein Antippen, als ob ... Trotz des Luftmangels verstand ich und griff mit der Rechten blind in die Luft.
Beinahe hätte ich gejubelt, aber das war im Augenblick unmöglich. Ich umfasste ein Stück Holz, einen starken Ast, und klammerte mich daran fest. Sofort spürte ich eine Kraft, die mich Zentimeter für Zentimeter herauszog. Irgendjemand musste es wohl gut mit mir meinen.
Es erschien mir wie eine Ewigkeit, bis ich endlich festen Grund unter mir fühlte. Ich drehte mich herum und lag japsend auf dem Rücken, im Augenblick unfähig zu sprechen. Eine Hand strich mir den Schlamm aus dem Gesicht, und das

Tageslicht, das ich schon nicht mehr erwartet hatte zu sehen, lachte mich an.
Ybkallis tat das Gleiche: „Du hast schon besser ausgesehen, Daniel!"
„Bitte keinen Vers!", konnte ich nur keuchen.

KAPITEL ELF : DAS SCHLOSS IM SUMPF

-

Auf diesen Seiten bietet sich unseren Freunden eine Gelegenheit, dem unwirtlichen Sumpfland und ihren Verfolgern endgültig zu entkommen. Dabei machen sie die Bekanntschaft einer seltsamen Schlossherrin, die mehr als nur gewöhnliches Interesse an ihrem Schicksal zeigt. Schließlich müssen sie einen harten Kampf bestehen, und sie tauschen einen Gewinn gegen einen Verlust ein.

-

1.
Lysanne legte die Gabel zur Seite und betrachtete versonnen die Reste ihrer Mahlzeit auf dem kostbaren Teller. Sie hatte mehr als die Hälfte übrig gelassen, obwohl die Köchin aus den erlesensten Zutaten ein Mahl bereitet hatte, wie es sonst nur einer Königin geziemte.
Eine Königin. Sie lächelte bitter.
Nach einer Weile erwachte sie aus ihren trüben Gedanken und wischte in einer plötzlichen Aufwallung von Ärger den Teller zur Seite, sodass die Reste des Mahls über den Tisch spritzten. Egal, irgendeine ihrer Mägde würde es wegwischen; wenn nicht, dann gäbe es eben wieder eine Auspeitschung.
Als ob eine innere Stimme sie dazu aufforderte, erhob sie sich, durchquerte den Saal und betrat den Baderaum. Hier hing über dem Waschbecken der einzige Spiegel, der noch übrig war. Alle anderen hatte sie schon vor Wochen abnehmen lassen, aber irgendetwas hinderte sie daran, auch diesen zu entfernen, so als wenn man alte Briefe wegwirft, aber einen einzigen zur Erinnerung doch aufbewahrt.

Vielleicht hoffte sie auch nur darauf, in den Spiegel zu sehen und festzustellen, dass die Entwicklung sich umgekehrt hatte - oder wenigstens stehen geblieben war.
Wie immer wurde sie auch diesmal enttäuscht. Wie aus einem Fenster zu einem anderen Universum oder zur Zukunft sah sie das runzlige Gesicht einer alten Frau an. Nur das synchrone Zusammenziehen der Augenbrauen bewies ihr, dass sie sich selbst anstarrte.
Sieht man es eigentlich im Spiegel, wenn man zwinkert?
Das war wieder die Stimme in ihrem Kopf.
Sie ignorierte sie und konzentrierte sich darauf, wenigstens einen kleinen Hinweis zu entdecken, dass der Alterungsprozess sich umgekehrt hatte. Vorsichtig zog sie die Falten an den Wangen mit den Fingerspitzen mal in die eine, mal in die andere Richtung, aber die Haut erschien noch schlaffer als beim letzten Mal. Zudem verfärbte sie sich langsam vom ausgelaugten Grau ins Kränklich-Gelbliche. Sie zog die Oberlippe hoch und entblößte dabei in morbider Faszination die Lücke im Oberkiefer. Der Schneidezahn war ihr vor wenigen Tagen herausgebrochen, als sie probeweise daran herumgewackelt hatte. Seitdem aß sie fast nichts mehr und kaute nur noch klein geschnittene Bissen auf den Backenzähnen.
Trotzdem würde es nicht mehr lange dauern, und sie konnte nur noch Brei und Flüssigkeiten zu sich nehmen. Nach einem letzten Blick auf ihre Augen, die tief in den Höhlen lagen, die wenigen grauen Haarsträhnen und die eingefallene Nase wandte sie sich ab und schlurfte in die Wohngemächer zurück.
Sie trat an eines der Fenster und sah hinaus auf den kleinen See, in dessen Mitte das Schloss errichtet war, und auf die grüne Unendlichkeit des Sumpfes dahinter, die sich flach bis zum fernen Horizont ausdehnte.
Auf was wartete sie eigentlich? Dass ein Wunder geschah und der Alterungsprozess stoppte, der vor wenigen Wochen

begonnen hatte? Sie war neunundzwanzig Jahre alt und eine schöne Frau gewesen. Jetzt sah sie aus wie eine achtzig Jahre alte Hexe, und der Verfall schritt jeden Tag schneller fort.
Sollte sie einfach auf den Tod warten, der die unausweichliche Folge sein würde? Lebten nicht die meisten Menschen einfach nur so und warteten auf den Tod? Und wenn sie ihn nahen fühlten - waren sie dann nicht trotzdem entsetzt von der Vorstellung zu sterben? Nicht mehr zu sein, weggewischt, aus dem Spiel genommen?
Die Stimme in ihrem Kopf lachte. Es war ein böses, gehässiges Lachen. Sie hatte sich eigentlich vorgenommen, nicht mehr darauf zu achten, weil es ihre Verzweiflung verstärkte. Aber so wie es unmöglich ist, Zahnschmerzen zu ignorieren, weil man sich eher noch in Gedanken auf die schmerzende Stelle konzentriert, quälte sie sich selbst, indem sie sogar antwortete.
Warum lachst du?
Wegen deines Ausdrucks: Aus dem Spiel genommen. Besser hätte man es nicht formulieren können, Hexe!
Du hasst mich, weil ich dich nicht herauslasse!
Nein! Die Stimme lachte wieder. *Ich hasse dich nicht!*
Aber du würdest mich töten, wenn du könntest?
Natürlich. Aber das wird nicht nötig sein.
Weil ich sowieso sterbe - an dieser Krankheit?
Es ist keine Krankheit, Hexe! Es ist der natürliche Lauf der Dinge. Du hast dich mit einer Macht eingelassen, um selber mächtig zu werden - und jetzt zahlst du den Preis dafür! Man hat dich betrogen.
Betrogen? Woher weißt du das? Und wer bist du?
Wer weiß? Vielleicht dein Gewissen. Aber sei getrost: An dieser Krankheit, wie du sagst, wirst du nicht sterben.
Lysanne schüttelte den Kopf und blockte die Verbindung ab. Sofort verstummte das Lachen der Stimme. Sie musste erst

nachdenken. Wenn sie wenigstens sicher wäre, dass er ihren Gedanken wirklich nicht lauschen konnte!
Aber der mysteriöse Alterungsvorgang konnte eigentlich nichts mit ihm zu tun haben. Und ihr Gewissen war er sicherlich nicht. Die Stimme in ihrem Kopf war zum ersten Mal vor zehn Tagen erklungen, als sie das Phänomen im Keller betrachtete.
Nein, sie wusste nur genau, dass sie ihn auf keinen Fall freigeben durfte. Warum? Ihr graute bei dem Gedanken an ihr bevorstehendes Ende, aber was dort unten auf seine Befreiung wartete, jagte ihr wirklich elementaren Schrecken ein. Und nur ihre Kraft hielt es dort fest.
Eine Dienerin trat ein und brachte eine Flasche Wein. Das Mädchen hielt die Augen zu Boden gesenkt, wie es ihr befohlen war, und wagte nicht aufzublicken. Sie stellte die Flasche auf den kleinen Tisch und flüsterte: „Ich werde eine Magd zum Aufwischen schicken, Herrin."
Als sie hinausging, rief Lysanne ihr zu: „He! Und was ist das?"
Das Mädchen sah nicht auf, sondern drehte sich nur langsam in ihre Richtung und fragte, den Kopf immer noch gesenkt: „Was meint Ihr, Herrin?"
„Es ist nichts, geh!", schnappte Lysanne, und die Dienerin beeilte sich, dieser Aufforderung nachzukommen.
Lysanne ärgerte sich über sich selbst. Der Trick war zu leicht zu durchschauen gewesen. Hätte die Magd sie angesehen, dann hätte sie sie bestrafen lassen können, aber das kleine Biest war zu schlau gewesen. Sie könnte sie natürlich einfach ohne Grund auspeitschen lassen oder auf die Folter spannen, aber das verschaffte keine Befriedigung der geistigen Überlegenheit. Trotzdem, die kleine Hure würde später noch ihren Teil erhalten!
Später? Die Stimme lachte dröhnend.

Verdammt, sie hatte für einen Moment in ihrem Ärger über das entgangene Vergnügen ihre geistige Deckung offen gelassen!

Sie warf sich einen Umhang um und machte sich auf den Weg in den Keller. Nur zwei Mägde begegneten ihr auf dem Gang, und ein Knecht auf der breiten Treppe. Sie schlugen angesichts ihrer Herrin die Augen nieder und schlichen wortlos vorbei.
Was wollte sie eigentlich im Keller? Wenn sie es sich recht eingestand, dann wusste sie es nicht. Er flößte ihr jedes Mal Furcht ein, wenn sie ihn betrachtete; trotzdem zwang sie irgendetwas, fast jeden Tag wenigstens einmal herunterzukommen.
So auch diesmal: Sie schob die Tür auf und sofort schlug ihr die vertraute Atmosphäre von Kühle und reiner Luft entgegen - wahrscheinlich der einzige Ort dieser Art in dem ganzen riesigen Sumpfland.
Sie entzündete eine Fackel an einer Öllampe im Gang, trat in die große Höhle hinein und zog die Tür hinter sich zu.
Schritt für Schritt ging sie langsam die Steintreppe hinunter bis zum Rand des Teichs. Ein leichtes Frösteln durchlief ihren abgemagerten Körper, aber das war normal. Der von unterirdischen Quellen gespeiste Teich im Keller des Schlosses war immer eiskalt, knapp über dem Gefrierpunkt, und eine dünne Nebelschicht bedeckte seine Oberfläche.
Exakt in der Mitte der kreisrunden Wasserfläche schwamm der Eisblock, den sie geschaffen hatte. Aufgrund der geringeren Dichte ragte eine seiner unregelmäßigen Kanten immer etwas heraus.
Sie hob die Fackel in die Höhe und betrachtete fasziniert das Spiel der Lichtreflexe auf der Oberfläche des Eises. Obwohl der Teich vollkommen unbewegt schien, drehte der Block

sich ganz langsam, nicht wahrnehmbaren Strömungen oder Kräften folgend.
Und im Inneren ...
Der riesige Krieger in silberner Rüstung mit seinem gewaltigen Langschwert in der Hand war der beunruhigendste Anblick, den sie je gesehen hatte. Obwohl er wie eine in Glas gegossene Statue wirkte, ging von ihm eine fühlbare Bedrohung aus - und nicht nur aufgrund seiner sicher enormen Körperkraft. Der Mann schien Tod auszustrahlen. Seine unbewegten und doch irgendwie lebenden kalten Augen versprachen Unheil - für sie und für ihre Ziele. Und der schmale verkniffene Mund kündete von der grimmigen Entschlossenheit, mit der der Krieger seinen Willen durchzusetzen wusste. Trotzdem konnte sie ihren Blick nicht abwenden. Gerade die Gegenwart des Todes, selbst ihres eigenen, übte eine ungeheure Faszination aus. Und noch war sie die Stärkere.
Noch, Hexe!
Sie lachte gedanklich in sich hinein. Damit hatte sie natürlich gerechnet und ihre geistige Deckung bewusst aufgegeben. Manchmal machte ihr das Spiel sogar Spaß - solange sie sich in der überlegenen Position befand. Und wenn nicht mehr? Würde sie nicht ohnehin an ihrer Krankheit sterben?

Vor zehn Tagen hatte ihr eine Magd, die eiskaltes Wasser zum Kühlen von Getränken aus dem Teich schöpfen wollte, von dem merkwürdigen Phänomen berichtet, das sich im Keller des Schlosses ereignete: Aus einer bestimmten Blickrichtung konnte man eine halb durchsichtige, verschwommene Gestalt im Wasser erkennen, so wie man Glasstücke oder Diamanten unter Wasser nur unter gewissen Winkeln aufgrund der unterschiedlichen Lichtbrechung sehen kann.
Lysanne wusste beim ersten Anblick des seltsamen Vorgangs, dass hier etwas unglaublich Gefährliches geschah, zumindest für sie und ihre Herrschaft über diesen Teil des

Sumpflandes gefährlich. Wenn nicht sogar für das große Ziel! Dieser Gedanke hatte sich fast wie von selbst in ihr Bewusstsein eingeschlichen und war imstande, sie in manchen Augenblicken mehr zu beunruhigen als ihr eigener Tod.
Nach wenigen Tagen hatte sich der Körper des Wesens im Teich soweit verfestigt, dass man Einzelheiten erkennen konnte. Und nach einer Woche trieb Lysanne eine tiefsitzende, irrationale Angst, das endgültige Erwachen der Kreatur nicht abzuwarten.
Sie verbot allen Bediensteten, den Keller zu betreten, und setzte ihre Kraft ein: In der Mitte des Teichs schuf sie einen gewaltigen Eisblock, in dem der riesige Krieger gefangen war, und der jegliche weitere Energiezufuhr abschirmte.
Sie hatte zuerst versucht, ihn direkt anzugreifen und zu zerstören, bevor er erwachte. Aber es gelang ihr weder, Eiskristalle in einem lebenswichtigen Organ entstehen zu lassen, noch das Blut zu verdampfen - all ihre Versuche, die Wassermoleküle in seinem Körper zu beeinflussen, scheiterten an einer unsichtbaren Barriere, die stärker als alles war, was sie je an Macht erlebt hatte.
Wer konnte dieser Krieger sein? Ein Gott - ein As? Aber von welcher Farbe? Er hatte sich schließlich aus dem Wasser herangebildet, ihrem Element, und widerstand trotzdem jedem Bemühen, ihn mit blauer Energie anzugreifen. Sie konnte ihn nur blockieren und gefangen halten, aber wenn ihre Kraft weiter nachließ ...
Sie warf noch einen letzten halb ängstlichen Blick auf den eingefrorenen Riesen und schlurfte die Treppe wieder hoch. Wie fast jeden Abend in den letzten Wochen würde sie sich von einer Dienerin eine Karaffe starken süßen Wein bringen lassen und trinken, bis gnädiges Vergessen sie umfing, und sie sich einbildete, die Wirklichkeit mit ihren Widerwärtigkeiten sei der Traum.
Leider wurde in dieser Nacht nichts daraus.

2.
Sie erwachte aus einem kurzen unruhigen Schlummer, weil ihr Ellbogen zur Seite gerutscht war und das Weinglas vom Tisch gestoßen hatte. Das klirrende Geräusch drang zwar gedämpft durch ihren leicht benebelten Verstand, aber sie war noch nicht betrunken genug, um es vollständig zu ignorieren.
Sie würde jetzt einfach noch das verbliebene Drittel des Weins trinken und sich dann zu Bett begeben. Es passierte in letzter Zeit öfters, dass sie kurz einnickte. Die Stille, die über dem Schloss lag, nur ab und zu unterbrochen von einem leisen Klatschen oder Flattern, wenn einer der großen Wasservögel auf dem See aufsetzte oder startete, dazu das monotone Säuseln des Windes und das abendliche Konzert der Frösche ...
Sie tastete ungeschickt nach der Karaffe, und als diese nicht dort stand, wo sie sie vermutet hatte, kniff sie ein Auge zu und riss das andere weit auf, um sich zu orientieren.
Schlagartig war der Wein Nebensache: Vor ihr stand ein Mann.
Sie zwinkerte, um die Erscheinung zu verscheuchen. Niemals würde einer ihrer Diener es wagen ...
Das Zwinkern hatte nicht geholfen: Der Mann stand immer noch dort. Er schien sie sogar anzugrinsen. Sie wollte sich vorbeugen, um ihn genauer in Augenschein zu nehmen, aber sie konnte nicht, weil irgendetwas Spitzes gegen ihren Hals drückte. Eine Schwertspitze.
Langsam wichen die vom Weingenuss verursachten Nebel vor ihren Augen und vor ihrem Verstand und die klare Überlegung kehrte zurück. Kein Zweifel: Ein fremder Mann war bei ihr eingedrungen und bedrohte sie mit seinem Schwert.
Aber er schien nicht die Absicht zu haben, sie sofort zu töten, sonst hätte er dies längst tun können. Und sie konnte ihn auf der Stelle mit ihrer Macht umbringen. Sie wischte sich die Augen aus und betrachtete den Eindringling genauer:

Vor ihr stand ein großer schlanker junger Mann mit dunklem halblangen Haar und ebenso dunklen Augen, die sie spöttisch anblitzten. Der leicht arrogante Eindruck wurde noch verstärkt von einem schmalen Oberlippenbart über einem im Moment süffisant grinsenden Mund. Sie gestand sich ein, dass ihr der Mann gefiel - das Schwert, das er ihr an die Kehle hielt, allerdings überhaupt nicht.
Und noch etwas fiel ihr auf: Seine Kleidung war unglaublich dreckig und voller Schlammflecken. Also jemand, der durch das Marschland gekommen war und keine Zeit gehabt hatte, die nötige Vorsicht walten zu lassen - ein Flüchtling.
All diese Überlegungen waren ihr blitzschnell durch den Kopf gegangen und hatten den Alkohol vollends verscheucht. Jetzt musste sie handeln - aber vorsichtig. Wenn die gefährliche Schwertspitze erst einmal von ihrem Hals weg war, dann war sie die Überlegene, was der Mann natürlich nicht ahnen konnte. Sie konnte in einer Sekunde seine Augäpfel vereisen, und dann war er hilflos.
Also erst einmal Zeit gewinnen.
Sie wollte etwas sagen, brachte aber nur ein heiseres Krächzen zustande, sodass sie sich erst einmal räuspern musste.
„Na Mütterchen", meinte der Mann mit ruhiger Stimme, in der ein leicht belustigter Unterton schwang, „etwas zu viel von dem guten Wein erwischt?"
„Ich ...", brachte sie nur zustande, weil ihr diese Frechheit die Sprache verschlug.
„Na, na", sprach der Besucher weiter, „macht Euch keine Sorgen. Ich will Euch nichts tun." Zum Beweis trat er einen Schritt zurück und senkte die Klinge, steckte sie aber nicht weg. „Wir sind auf der Flucht durch diese arboreysthverfluchten Sümpfe und wollen eigentlich nur um ein Quartier bitten, und vielleicht ..." Er ließ das Ende des Satzes offen, zog die Schultern hoch und lächelte wie zur Entschuldigung.

Zwei Worte verhinderten, dass Lysanne ihre Macht einsetzte, sobald die unmittelbare Bedrohung vorüber war, und retteten Jocelin das Leben: „wir", das darauf schließen ließ, dass er nicht allein war, und „arboreysthverflucht".
Dieses Wort - der Grüne Gott. Sollte ihr Gegenüber ein Anhänger oder gar ein Priester des Arboreysth sein? Eigentlich unmöglich. Dann hätte er sicher ihre Ausstrahlung wahrgenommen, da sie in ihrem betrunkenen Zustand nicht auf die Abschirmung geachtet hatte. Unter anderen Umständen ein fataler Fehler - aber wer konnte schon mit so etwas rechnen!
Sie heuchelte Verwirrung und konzentrierte sich kurz nach innen. Dort baute sie einen undurchdringlichen Schild um ihr Machtzentrum auf und sondierte dann den Mann vor ihr.
Er war keine Macht. Es sei denn, sein Schirm wäre so dicht wie der ihre. Aber wenn - er hätte sie leicht töten können. Nein.
Nun gut. Langsam fand sie Gefallen an der Situation.
.
„Wer seid Ihr? Und wie kommt Ihr hier herein?", keuchte sie, weiterhin Verwirrung vortäuschend.
Der Fremde deutete eine leichte Verbeugung an. „Mein Name würde Euch nichts sagen. Aber seid versichert, dass ich keine Absicht hege, Euch ein Leid zuzufügen. Und wenn ich Euch in Eurem wohlverdienten Schlummer gestört haben sollte ..." Er ließ den Satz erneut unvollendet und verzog den Mund zu einem leicht spöttischen Lächeln. Eine Spur von Ärger stieg in Lysanne hoch, aber sie beherrschte sich und lächelte zurück:
„Ihr drückt Euch sehr gewählt aus, mein Herr. Trotzdem ist die Art Eures Eindringen hier nicht gerade eine Empfehlung für Eure Manieren, wenn ich das bemerken darf."
„Ich bin zutiefst zerknirscht, Lady ..."
„Lysanne."

„ ... Lady Lysanne. Leider ließen die Umstände keine formellere Art der Vorstellung zu. Darf ich annehmen, dass Ihr die Herrin dieses Schlosses seid?"
Das Spiel begann ihr Spaß zu machen, also nickte sie, und der Mann fuhr fort: „Verzeiht zunächst, dass ich Euch für ... nur für eine Hofdame hielt, aber ..."
Ein Teil ihres Bewusstseins lachte innerlich, ein anderer ärgerte sich. Eine Hofdame! Sie wusste genau, dass sie trotz der kostbaren Kleidung wie eine alte Küchenmagd aussah. Wie sehr sie sich gerade jetzt ihre frühere Schönheit zurückwünschte! Sie hätte das verbale Spiel mit dem jungen Mann genossen, und wer weiß ...?
„Es ist verziehen, Sir ...?" - „Jocelin."
Befriedigt registrierte sie, dass der zweite Versuch, seinen Namen in Erfahrung zu bringen, von Erfolg gekrönt war - auch wenn er vielleicht gelogen hatte.
„Nun, Ihr seid willkommen, Sir Jocelin. Und ich entschuldige auch die unkonventionelle Art Eurer Vorstellung ..."
„Dies ließ sich leider nicht umgehen, Mylady. Das Tor war verschlossen, die unteren Fenster sind vergittert, und die Schlingpflanzen an den Mauern eignen sich vorzüglich zum Klettern. Aus bestimmten Gründen war es unmöglich, erst lange um Einlass zu bitten."
Sie machte eine wegwischende Handbewegung. „Nun dann, nehmt Platz, und erweist mir die Ehre, ein Glas Wein mit mir zu trinken, Sir Jocelin."
Als sie nach der Karaffe langen wollte, stellte sie fest, dass diese wirklich nicht an der Stelle stand, wo sie sie abgestellt hatte. Sie stand überhaupt nicht auf dem Tisch.
„Vielen Dank, Mylady", sagte eine andere Stimme hinter ihr, „aber ich habe mich bereits bedient!"
Sie verzog das Gesicht und wandte sich um. Mit so etwas hatte sie gerechnet. Direkt hinter dem Sessel stand ein zweiter Mann.

Er war wesentlich kleiner als der andere und hatte stoppelkurzes blondes Haar - ein Einwohner des Jjardenlandes! Innerlich beglückwünschte sie sich selbst zu ihrer Vorsicht. Wenn sie diesen Jocelin angegriffen hätte, dann hätte ihr der andere vermutlich sofort von hinten mit seiner kurzstieligen Axt den Schädel gespalten. Die beiden waren also keinesfalls zu unterschätzen. Und vermutlich waren sie nicht nur zu zweit.

Lysanne spielte die Überraschte und sah wortlos zu, wie der Jjarde einen großen Schluck aus der Weinkaraffe nahm. Währenddessen überlegte sie fieberhaft.

Sie verfügte über achtzehn Mägde und elf Knechte. Es gab keine Soldaten im Schloss - das war nicht nötig, denn sie war die Macht. Vielleicht rächte sich diese Sorglosigkeit jetzt, aber sie war durchaus imstande, auch zwei oder mehr Gegner zu töten. Aber wie viele waren es wirklich? Die Art und Weise, wie diese beiden sich gegenseitig deckten, obwohl sie es anscheinend nur mit einer hilflosen alten Frau zu tun hatten, ließ darauf schließen, dass sie über Erfahrung verfügten, misstrauisch waren - und vor allem nicht dumm.

Trotzdem: Ihre beste Waffe war im Moment, so sehr sie den Gedanken verabscheute, ihr altes und kränkliches Aussehen. Wer auch immer diese Kerle waren, vogelfreie Flüchtlinge aus dem Sumpfland oder Banditen aus den nördlichen Steppen - sie konnten natürlich nicht wissen, dass sie es mit einer Macht zu tun hatten - der Blauen Königin!

3.

Der Jjarde hatte sich aus dem Fenster gelehnt und einen schrillen Pfiff ausgestoßen. Kurze Zeit später stiegen noch vier weitere Personen herein. Zuerst ein Zwerg oder wenigstens sehr kleinwüchsiger Mann mit einem unglaublich breiten Mund und wirren schwarzen Haaren, dann ein schlanker

aber kräftiger Bewohner der Yllianberge, der einen Langbogen über dem Rücken trug.
Der Dritte, der vom Fenstersims herein sprang, erregte sofort ihr Interesse. Der junge Mann war sehr groß, ziemlich dünn - und trotz des Schmutzes in seinen langen blonden Haaren konnte sie erkennen, dass diese teilweise schwarz und grün eingefärbt waren. Die Strähnen waren schon ziemlich herausgewachsen, was irgendwie noch fremdartiger aussah. Und auf den ersten Blick erkannte sie, dass dies kein Ostländer war. Ein Einwohner des fernen Nordens konnte es aber auch nicht sein, diese waren zwar auch blond, aber sehr kräftig und gedrungener und hatten grobe Gesichtszüge.
Bevor sie noch Gelegenheit hatte, sich weitere Gedanken über den seltsamen Fremden zu machen, stieg noch eine Person herein.
Eine Frau. Beim ersten Anblick ihres Gesichts schien die Zeit stehen zu bleiben. Es war, als ob ihr jemand die Wirbelsäule aus dem Körper zog. Jeder Nerv schien plötzlich in Flammen zu stehen, und unwillkürlich entrang sich ihr ein Stöhnen.
Die Frau hatte nichts Besonderes an sich, außer dass sie genauso verdreckt war wie ihre Begleiter. Sie war hübsch und gut gewachsen und lächelte sie im Augenblick sogar an, aber... Lysanne konnte beim ersten Blick in ihre Augen sofort die starke Ausstrahlung wahrnehmen. Vor ihr stand eine Macht, und diese versuchte nicht einmal, sich abzuschirmen. Und was noch erschreckender war: Diese Macht war zweifelsohne blau.
Das konnte doch nicht sein! Träumte sie das, oder war sie schon tot, und eine andere hatte ihre Stelle eingenommen?

„ ... ist mit Euch?", drang eine Stimme an ihr Ohr. Es war dieser Jocelin, der sich besorgt über sie beugte. Lysanne nahm sich zusammen. Die Situation war wesentlich gefährlicher, als sie zuerst gedacht hatte, und wenn sie jetzt ihre Rolle als alte, kranke, leicht vertrottelte aber gutmütige Provinzbaronesse nicht überzeugend weiterspielte, dann war sie verloren.

„Es ist schon gut", keuchte sie, „Nur das Alter, und diese Aufregungen mitten in der Nacht ... Ihr seid natürlich willkommen, Sir, Ihr und Eure Freunde. Ich werde Anweisung geben, dass man Euch ein Nachtlager herrichtet."

„Nein!", widersprach der Jjarde. „Wie viele Wachen und Knechte befinden sich in diesem Schloss?"

Sie wandte sich zu dem Sprecher um und musterte ihn genauer, wobei sie sich bemühte, nicht zu ärgerlich dreinzuschauen. Dieser kleine Jjarde war offensichtlich nicht leicht zu täuschen. Sie beschloss, sich vor ihm in Acht zu nehmen.

„Es sind nur elf Knechte und achtzehn Mägde - keine Soldaten!"

„Keine Soldaten?", fragte der Jjarde ungläubig zurück.

„Nein, Sir! Dieses Schloss liegt mitten im Sumpfland; es ist noch niemals angegriffen worden."

„Hm", brummte Jocelin, „es gibt hier natürlich genügend frisches Wasser und Fische und sonstige Nahrung aus dem See, aber darf ich fragen, woher Ihr Eure sonstigen Vorräte bezieht?"

„Natürlich. Der See speist einen schmalen Fluss, der fünfzig Meilen östlich in den Rhiwan mündet. Von dort braucht man nur einen Tag flussaufwärts zu segeln oder zu rudern, um Arrnvil zu erreichen. Einmal im Monat machen sich drei meiner Knechte und der Haushofmeister mit dem Lastkahn auf die Reise ..."

„Ein Lastkahn?", unterbrach der Jjarde ihre Erklärung. „Ihr verfügt über einen Lastkahn, der den Fluss hinunter fahren kann? Könnte der Pferde tragen?"

Lysanne lächelte innerlich. Sie hatte den Köder ausgeworfen. Die Fremden hatten zwar noch nicht angebissen, aber zumindest eines verraten: Sie waren auf der Flucht!
„Pferde? Sicher!", antwortete sie, wobei ihre Gedanken sich fast überschlugen. Sie konnte noch kein System, keine eindeutige Zuordnung in den ganzen seltsamen Ereignissen der letzten Wochen erkennen, aber eines wusste sie jetzt gewiss: All dies hing irgendwie zusammen: der Krieger im Eis, das Auftauchen dieser Leute - und ihr Altern.
Wenn sie alles auf eine Karte setzte, konnte sie dieses Spiel vielleicht doch noch gewinnen. Denn einen entscheidenden Trumpf hatte sie: Niemand konnte wissen, welche Rolle sie wirklich spielte!
Abwarten, sondieren, und im richtigen Moment zuschlagen! So schlecht war ihre Position gar nicht. Nur die Frau konnte gefährlich werden.

.

Jocelin und der Jjarde sahen sich vielsagend an, während die anderen anscheinend unbeteiligt daneben standen und sich den Raum betrachteten.
„Das ist es!", stellte der Jjarde schließlich grinsend fest. „Wir haben einen oder zwei Tage Vorsprung, das ist nicht viel, aber auf dem Wasserweg können wir sie abhängen. Nicht wahr, Daniel - abhängen!"
Der Angesprochene nickte und grinste ebenfalls: „Richtig. Du lernst."
Lysanne gab sich einen gleichgültigen Anschein, hörte aber höchst aufmerksam zu. Jede Information, die sie aufschnappte, konnte von entscheidender Bedeutung sein. Die Fremden hatten also untereinander Verständigungsschwierigkeiten. Ein weiteres Indiz, dass dieser Daniel nicht aus einem der bekannten Länder stammte. Sollte er von jenseits des Schneewolkengebirges kommen? Unmöglich, oder ...?

„Hört, Mylady", sprach Jocelin sie wieder an, „wir möchten Euch keinen Schaden zufügen. Wir werden uns also morgen früh Euren Kahn ausleihen - und zwei Eurer Diener mitnehmen. Sobald wir Arrnvil erreicht haben, können diese das Schiff zurückbringen. Ich hoffe, dass Ihr Verständnis für diese Maßnahme zeigt!"

„Habe ich eine andere Wahl, Sir Jocelin?"

„Nein! Aber es wäre uns sehr an einer einvernehmlichen Lösung des Problems gelegen, Lady Lysanne."

Sie nickte. Dieser junge Mann, so sehr sein Äußeres im Augenblick auch zu wünschen übrig ließ, verfügte über Geist und ausgezeichnete Umgangsformen - der Zweit- oder Drittgeborene eines Adligen? Es versetzte ihr einen weiteren Stich, als sie sich im Geiste ausmalte, wie es sein könnte, wenn sie ihr früheres Aussehen hätte und mit ihm alleine wäre.

Trotzdem. Das Auftauchen der Frau hatte ihr, so groß der erste Schock auch gewesen war, einen Hinweis gegeben. Es war nur eine Ahnung, aber so viel wert, als wenn man in einem zugemauerten Raum wenigstens erfährt, dass es doch eine Tür gibt - und wenn sie noch so gut versteckt ist.

Der Schlüssel zur Lösung ihrer Probleme lag jedenfalls bei dieser Frau - und sie gedachte, ihn zu finden!

4.

Eine Stunde später verkündeten gedämpfte Schnarchtöne, dass die Fremden schliefen - zumindest ein Teil von ihnen. Sie hatten sich aus Kissen und Polstern ein Nachtlager bereitet, ganz ungeniert in den Gemächern der Schlossherrin. Ein wenig ärgerte sich Lysanne über diese Missachtung ihrer Person, aber sie wusste, ihre Stunde würde kommen.

Natürlich hatten sie eine Wache aufgestellt, um selbst nicht überrascht zu werden und sie daran zu hindern, ihre Diener-

schaft zu benachrichtigen. Ausgerechnet der Jjarde hatte sich bereit erklärt, die ersten Stunden zu übernehmen und sollte dann von dem großen Fremdling abgelöst werden, den sie Daniel nannten. Ein seltsamer Name.
Sie selbst hatte sich in einem kleinen Nebengelass mit offenem Durchgang zur Ruhe gebettet, wo sie zwar alleine war, aber nicht entkommen konnte. Jedenfalls war nicht zu befürchten, dass eine Frau ihres Alters aus dem Fenster stieg und an den Kletterpflanzen hinunterturnte. Und mit dieser Überlegung hatten die Fremden sogar recht, gestand sie sich selbst bitter ein. Wenn sie abstürzte, brach sie sich alle Knochen.
Trotzdem: Die größte Gefahr ging nicht von der Dienerschaft aus, sondern von ihr selbst - und das wussten diese 'Gäste' nicht!

.

Sie wartete lange genug, um sicher zu sein, dass alles schlief - bis auf den Jjarden. Dass gerade er seine Wachtätigkeit nicht ernst nahm, war nicht zu erwarten, so schätzte sie diesen Menschen ein. Und er traute ihr nicht, das spürte sie.
Aber sie hatte ohnehin nicht vor, etwa zu entwischen oder Hilfe zu holen. Nein, die Fremden hatten ihr, freilich ohne es zu wissen, in die Hände gespielt, als sie ihr das Nebenzimmer zuwiesen. Ob das aus Respekt vor ihr geschehen war, oder weil sie unter sich bleiben wollten, wer weiß?
Das Entscheidende war jedenfalls: In der obersten Schublade des kleinen Schränkchens lagen die Karten!
Sie richtete sich so leise wie möglich auf, lehnte sich hinüber und zog die Schublade auf. Das Schränkchen aus Zedernholz war sauber gearbeitet, und kein Quietschen oder Knarren ertönte.
Nach kurzem Tasten hatte sie in der Hand, was sie suchte.
Sie legte sich auf das Lager zurück und drehte sich so, dass,

wenn der Jjarde zufällig zu ihr hereinsehen sollte, der Eindruck entstand, sie läge auf der abgewandten Seite.
Fieberhaft und mit einer fast körperlich wahrnehmbaren Furcht, wirklich das zu finden, was sie suchte, blätterte sie das Spiel durch, bis sie die Blaue Königin in der Hand hielt.
Sofort nahm sie die starke Ausstrahlung wahr. Etwas in ihr zog sich ängstlich zusammen, und ein Schauer durchlief ihren Körper, als sie ihre schlimmsten Befürchtungen sich bewahrheiten sah.
Sonst hatte sie bei der Betrachtung der Blau-Königin-Karte nichts gespürt, allenfalls einen psychischen Widerhall, so als ob sie in einen mentalen Spiegel sah. Jetzt war dies anders: Das Bild auf der Karte war zu abstrakt, um etwas zu erkennen, aber hinter ihm konnte sie deutlich das Gesicht der Frau wahrnehmen, schwach überlagert von ihrem eigenen.
Obwohl sie darauf gefasst war, lähmte sie der Schreck für einen Augenblick, und der kalte Schweiß brach ihr aus.
Es gab keinen Zweifel: Diese Vanessa war die wirkliche Blaue Königin!
Lysanne zwang sich zu ruhiger Überlegung, obwohl sie am ganzen Leib zitterte. Noch war nicht alles verloren, auch wenn sie gerade festgestellt hatte, dass sie bis jetzt in einer Illusion gelebt hatte. Die wirkliche Blaue Königin existierte noch! Der Rote König hatte sie also betrogen!
Und genau das hatte die Stimme in ihrem Kopf gemeint!

.

Die plötzliche Erkenntnis ließ ihre Gedanken sich einen Moment lang überschlagen, aber ihr kühler Intellekt gewann sehr schnell wieder die Kontrolle. Irgend etwas hatte sie noch übersehen, etwas eminent Wichtiges ...
Richtig! Der Zusammenhang! Es konnte nur eine Blaue Königin geben, also war das Wiederauftauchen der richtigen der direkte oder indirekte Grund für ihr schnelles Altern. Diese

Vanessa entzog ihr - wahrscheinlich ohne es zu wissen - durch ihre bloße Existenz die Lebensenergie.
Und sie war die legitime Blau-Königin. Also würde der Prozess so weitergehen, bis nur noch eine existierte. Und wer hierbei auf der Strecke bleiben würde, darüber bestand kein Zweifel. Trotzdem: Zum ersten Mal seit Wochen sah Lysanne einen Hoffnungsschimmer am Horizont. Jetzt wusste sie wenigstens, was mit ihr geschah - und warum. Die Gefahr für sie selbst hatte sich zwar durch die Anwesenheit der Fremden vervielfacht, aber sie sah jetzt einen Ansatzpunkt, um sich doch noch zu retten: Vanessa!
Wenn sie die wahre Blaue Königin aus dem Weg räumte, dann würden die Gesetzmäßigkeiten der Macht dafür sorgen, dass diese wieder ihr zufloss. Die Rechnung war einfach: Die Energie war liquid, sie brauchte ein Gefäß - und wenn eines zerstört war ... sie würde in das fließen, das übrig blieb!
Und die Frau schien entweder gar nicht zu wissen, wer sie war, oder sich zumindest über die vollen Möglichkeiten ihrer Macht nicht bewusst zu sein. Sonst hätte sie doch sofort erkennen müssen, dass Lysanne ...
Halt! Der Alterungsprozess hatte erst vor wenigen Wochen eingesetzt, und das bedeutete ... das konnte doch nur bedeuten, dass diese Vanessa erst seit diesem Zeitpunkt ihre Energie an sich saugte. Vielleicht, nein, sicher war sie noch nicht imstande, alle Aspekte der Blauen Macht einzusetzen - und ganz sicher verfügte sie über kein Kartenspiel!
Lysanne dachte vernünftig genug, um jetzt nicht in verfrühte Euphorie zu verfallen, aber hier sah sie eine Chance, das Ruder noch einmal herumzureißen: Sie musste Vanessa töten!
Und ihre Aussichten waren nicht einmal schlecht: Auch wenn sie nicht mehr über die volle Energie verfügte, so war doch ihre Erfahrung in der Anwendung der Macht ein unschätzbarer Vorteil! Zwei Risiken blieben jedoch übrig: Wenn Vanessa stark genug - und reaktionsschnell genug -

war, den ersten psychischen Angriff abzuwehren, dann konnte sie sich mit ihrer überlegenen Energie vollständig gegen mentale Einflüsse blockieren, und brauchte nur noch abzuwarten, bis Lysanne so schwach war, dass sie keine Gefahr mehr darstellte. Der Zeitvorteil lag also bei der anderen!
Und zweitens: Die anderen Fremden! Sicher würden sie es wohl nicht gerade als Schicksalsschlag oder göttliche Fügung hinnehmen, wenn ihrer Gefährtin plötzlich der Kopf platzte. Was also tun? Der Jjarde und seine Freunde standen unter Zeitdruck - irgendjemand war hinter ihnen her. Sie würden sich den Lastkahn schnappen und damit versuchen, östlich den Rhiwan zu erreichen. Damit blieb ihr auch nicht viel Zeit, aber eines lag klar auf der Hand: Es war nicht zu erwarten, dass diese Leute umkehren würden, selbst wenn Vanessa unvermutet starb.
Und Lysanne konnte einen nicht darauf gefassten Feind auch auf eine gewisse Entfernung töten - mit der Karte der Blauen Königin sicher!

Obwohl sie einen Anflug von Selbstzufriedenheit nicht unterdrücken konnte, zwang sie sich zu kalter und nüchterner Überlegung.
Nein, es wäre viel zu riskant zu versuchen, ihre Fähigkeit jetzt zu versuchen, solange die Fremden schliefen. Der massive Einsatz Blauer Energie würde Vanessa sofort wecken, wenn sie zuerst die anderen tötete. Es war viel klüger, abzuwarten, bis alle außer unmittelbarer Reichweite waren - und dann die Frau umzubringen. Was ihre Gefährten dann unternahmen, war eigentlich egal. Sie, Lysanne, würde wieder über die ungeteilte Macht verfügen.
Damit hatte sie alle Risikofaktoren ausgeschaltet, bis auf den einen: Wenn Vanessa stark genug war, einen Fernangriff abzuwehren, dann ...

Lysanne grinste böse. Dann war ohnehin alles verloren. Dieses Risiko musste sie also eingehen.

.

Sie steckte das Spiel zusammen, als ein leichter elektrischer Impuls durch die Nervenenden in ihren Fingerkuppen zuckte. Irritiert blätterte sie die letzten drei Karten nochmals durch und stockte, als sie den Grünen Ritter in der Hand hielt.
Kein Zweifel: Hier spürte sie ein Echo, deutlich sogar. Wie war das möglich? Sie konzentrierte sich intensiv auf das Bild und merkte, wie ihr Blick die Oberfläche der Karte durchdrang. Der Schock war fast ebenso groß wie bei Vanessas wahrer Identität: Der Grüne Ritter zeigte eindeutig die Züge des seltsamen Fremden - Daniel!
Und noch etwas: Hier spürte sie plötzlich einen Zugang zu dem eingefrorenen Krieger im Keller des Schlosses. Obwohl vollkommen verschieden, schien die Matrix der Energiezustände des einen einen Zugang zu dem anderen zu ermöglichen - so als ob man Terme oder Polynome unendlicher Ordnung miteinander verknüpft und dabei überraschenderweise einen endlichen reellen Wert erhält.
Lysanne überlegte fieberhaft. Wie ließ sich das erklären?
Eigentlich nur durch Zugehörigkeit zu derselben Farbe. Aber der Eingefrorene hatte sich bis jetzt keiner Farbe zuordnen lassen, während dieser Daniel eindeutig der Grüne Ritter war. Entweder sie wusste selbst noch nicht alles über die Logik der Farben, oder aber ...
Vor der Konsequenz ihrer eigenen Überlegung schauderte ihr. Sie verdankte ihre Macht dem Roten König. Wenn es allerdings noch weitere Spieler gab, von deren Existenz sie bis jetzt nichts ahnte ...

.

Sie verstaute das Spiel in der Schublade und wälzte sich auf die andere Seite. Einige Stunden würde sie noch warten müssen, bis Daniel die Wache übernahm, aber sie konnte kaum erwarten, mit ihm zu sprechen. Denn er war die Trumpfkarte, die sie ins Feld führen konnte, um Vanessa sicher zu schlagen. Er stand zwar auf der feindlichen Seite, aber Lysanne hatte ein Machtmittel in der Hand, das ihn gefügig machen würde: seinen Bruder!

5.
Daniels Hand zuckte zum Griff seines Degens, als er das leichte Rauschen ihres Nachtgewandes vernahm. Sie lächelte amüsiert, denn sie hatte sich absichtlich nicht gerade lautlos bewegt, um ihn nicht zu erschrecken und so Misstrauen zu schaffen.
Er erkannte sie im Schein der zwei Öllampen neben der Tür sofort und entspannte sich. Bevor er noch etwas sagen konnte, sprach Lysanne ihn an: „Ich möchte mit Euch sprechen, Sir ... Daniel?"
Der junge Mann grinste, nur konnte sie im ersten Augenblick nicht feststellen, ob dies freundlich oder spöttisch gemeint war. Dann sagte er so etwas wie „Okee" und nahm die Hand vom Griff der Waffe.
„Wie kann ich Euch helfen, Lady ... Lysanne?" Sie beschloss zu ignorieren, dass er ihre dramaturgische Pause nachgeäfft hatte, und konzentrierte sich auf ihr Vorhaben:
„Ich denke, dass ich Euch helfen kann, Daniel!"
Seine Augenbrauen zogen sich zusammen, und ihrer gespannten Aufmerksamkeit entging nicht, dass seine Linke, offenbar unbewusst, auf dem Rücken nach irgendetwas tastete. Vielleicht nach dem seltsamen Rohr mit Holzgriff, das er in einer Lederhülle über der Schulter trug? Konnte das eine Waffe sein? Sie beschloss, größte Vorsicht walten zu lassen bei allem, was sie sagte und tat. Allein das Anerbieten der Hilfe schien ihn schon misstrauisch zu stimmen.

„Ihr wollt mir helfen, Madame?", brummte er. „Darf ich fragen, warum?"
Sie lachte leise, um die anderen nicht zu wecken. „Vielleicht, weil ich mich Eurer Dankbarkeit versichern will. Und vielleicht, weil Ihr mir ebenfalls einen ... Dienst erweisen könntet."
„Ein Geschäft also. Hm."
„Hört mir erst zu, und entscheidet dann. Ihr habt sicher nichts zu verlieren. Das Wort 'Geschäft' - nun, es gefällt mir nicht. Sagen wir, ein gegenseitiges Arrangement, zum Nutzen beider Beteiligten."
Daniel grinste anzüglich. Lysanne ebenfalls - aber nur innerlich. Hatte sie ihn am Haken?

Bevor er sich äußerte, sprach sie weiter: „Kann es sein, dass Ihr vielleicht jemanden sucht? Einen sehr großen Krieger, ein Riese, der eine silberne Rüstung trägt, und der ..."
Sie konnte den Satz nicht vollenden, weil Daniel sie am Arm packte, so dass sie ein unwillkürliches Stöhnen nicht unterdrücken konnte. Der Schmerz ließ sie verstummen, aber innerlich triumphierte sie: Er hatte angebissen!
„Woher wisst Ihr das?", fragte Daniel in drohendem Ton, lockerte aber sofort seinen Griff, als er sah, wie sie das Gesicht verzog, und fügte hinzu: „Verzeiht! Was wisst Ihr von diesem Mann? Und wie könnt Ihr wissen, dass ich ihn suche?"
„Weil ich mit ihm gesprochen habe! Erst vor Kurzem!", log sie und betrachtete dabei das Gesicht ihres Gegenübers genau. Er konnte im ersten Moment seine Gemütsbewegung nicht unterdrücken, hatte sich aber sofort wieder in der Gewalt. Trotzdem konnte er sie nicht täuschen, und das verschaffte ihr eine tiefe innere Befriedigung. Der Grüne Ritter!
„Ihr habt mit ... mit ihm gesprochen? Wo ist er jetzt?"
„Nun, Sir", gab sie zu bedenken, „dann wäre es vielleicht angebracht, über unseren Handel zu sprechen. Ich werde Euch

mitteilen, wo Ihr Euren ..." Irgend etwas hielt sie davon ab, das Wort „Bruder" zu gebrauchen, aber sie wusste nicht, was. „ ...Freund findet - und Ihr werdet mir einen Gefallen erweisen!"
Daniel kräuselte die Lippen. „Welcher Art soll dieser Gefallen sein?"
„Oh, nichts, was Euch in Gefahr bringt oder große Mühe bereitet. Ich möchte nur einen Moment Eurer Zeit."
„Einen Moment meiner Zeit? Wie soll ich das verstehen?"
Lysanne lachte verhalten, als ob sie verlegen sei. „Nun, es mag Euch vielleicht albern erscheinen, aber ich bin eine alte Frau, und ich habe schon lange nicht mehr ... wie soll ich sagen ...?" Als sie sah, dass er große Augen machte, beschwichtigte sie sofort: „Nein, nein, ich möchte nur Eure Hand halten, eine Minute lang, und mich dabei an Zeiten erinnern, als Männer sich nichts sehnlicher wünschten, als meine Hand zu halten. Könnt Ihr das verstehen?"
Einen Moment lang sah Daniel verblüfft drein. Lysanne zitterte beinahe vor innerer Anspannung: Dies war der entscheidende Augenblick. Wenn er verneinte ...
Er nickte und lächelte verstehend. „Na schön, Lady. Wenn Euch so daran gelegen ist - hier habt Ihr meine Hand!"
Als sie seine dargebotene Rechte ergriff, musste sie sich zusammennehmen, um nicht einen lauten Triumphschrei auszustoßen - sie hatte ihn!

.

In ihrer Linken hielt sie die beiden Karten verborgen, die sie für den Energietransfer benötigte - den Grünen Ritter und die Blaue Dame. Sobald sie Kontakt mit ihm hatte, begann sie einen Teil seiner Macht an sich zu saugen. Sie musste dabei unglaublich vorsichtig vorgehen, aber solange er keinen Verdacht hegte und sein eigenes Kartenspiel nicht in der Hand hielt, würde er von dem kleinen Diebstahl nichts bemerken.

Sie selbst würde die gestohlene Energie nicht lange speichern können, da sie artfremd war, aber für einen oder zwei Tage könnte sie - die Blaue Königin - zusätzlich Grüne Macht einsetzen. Ein Synergismus, der eine unglaubliche Konzentration von Kraft in ihr darstellte, wenn auch nur für kurze Zeit.
Aber diese kurze Zeit würde ihr genügen, um Vanessa zu vernichten. Und Daniel, dieser arme Trottel, der immer noch ihre Hand hielt und sie dabei anlächelte, hatte es ihr ermöglicht.
Beinahe hätte sie laut gelacht.

Nach kurzer Zeit ließ sie los und nickte ihm dankbar zu, wie es ihrer Rolle entsprach.
„Ich bin Euch wirklich sehr verbunden, Sir Daniel", hauchte sie und lachte innerlich über die Doppeldeutigkeit dieser Worte. Das Gefühl des Triumphs drohte sie zu zerreißen, so mächtig fühlte sie sich.
„Wo ist mein Freund?", gemahnte sie Daniel und sah ihr mit einem Anflug von Misstrauen in die Augen. Hatte sich ihr momentanes Hochgefühl zu deutlich in ihrem Gesicht abgezeichnet? Egal. Jetzt brauchte sie keine Rücksicht mehr zu nehmen. Die grüne Energie war zu kostbar, und sie würde sie für Vanessa aufsparen, aber Daniel war gerade jetzt auf einen Blauen Angriff sicher nicht gefasst - und darauf verstand sie sich!
Beinahe tat er ihr leid, aber der Tod würde schnell und gnädig sein. Sie sah ihn an und konzentrierte sich.

6.
Ein lautes Klopfen ertönte an der Tür und Daniel fuhr herum. Lysanne wurde in ihrer Konzentration unterbrochen - was ihm vermutlich das Leben rettete.

„Lady Lysanne, Lady Lysanne!", schrie eine hysterisch klingende weibliche Stimme von draußen. „Öffnet bitte die Tür! Das Schloss wird angegriffen!"
„Verdammt!", fluchte Daniel. „Die Lyshiten! Sie waren dichter hinter uns, als wir dachten!"
Er stürmte los, um seine Gefährten zu alarmieren, ohne weiter auf Lysanne zu achten. Diese stand zuerst wie vom Schlag gerührt und war zu keinem vernünftigen Gedanken fähig. Das Schloss wurde angegriffen?
„Mylady!", erklang wieder die Stimme von draußen, diesmal noch drängender. „Fremde Krieger sind über die Außenmauer gestiegen und haben das Tor geöffnet. Die Knechte konnten sie nicht daran hindern!"
Von einer Sekunde zur anderen kehrte Lysannes Denkvermögen zurück. Sie schob den Riegel zurück und riss die Tür auf. Vor ihr stand eine der Mägde, ganz offensichtlich äußerst verstört, und packte sie am Arm. Normalerweise war dies ein schweres Vergehen, das mit einer empfindlichen Körperstrafe geahndet worden wäre, aber sie sah angesichts der Lage darüber hinweg.
„Beruhige dich!", schrie sie die Magd an und versetzte ihr eine schallende Ohrfeige. „Wie viele Feinde sind es? Und wie ist die Lage? Antworte!"
Das Mädchen schluchzte hysterisch auf und stammelte: „Ich weiß nicht, wie viele es sind - bestimmt Hunderte. Sie werden uns alle umbringen ..."
Lysanne stieß sie ärgerlich beiseite, schloss die Tür wieder, und eilte, so schnell ihre gebrechlichen Beine sie trugen, durch den Raum. Die Fremden hatten sich zum Schlafen nicht entkleidet, sondern nur die Waffen, von denen jeder von ihnen ein ganzes Arsenal mit sich herumtrug, abgelegt. Nach diesen wenigen Sekunden schon waren sie auf den Beinen und kampfbereit. Niemand schien auf die greise Herrin des Schlosses zu achten.

Lysanne sah sich kurz um und stellte beruhigt fest, dass sie nicht beobachtet wurde. Schnell entschlossen öffnete sie die Tür eines großen Wandschranks, trat hinein und zog sie hinter sich zu. Nur einen Moment lang tastete sie im Dunkeln umher, dann hatte sie den Griff gefunden, der den Mechanismus zum Zurückschwingen der Geheimtür in der Wand in Bewegung setzte.

Zehn Minuten später ließ sie sich keuchend in einem bequemen Sessel nieder, der neben einem niedrigen Tisch und einem Schrank mit Büchern in einer kleinen Turmkammer stand. Hierher hatte sie sich früher ab und zu zurückgezogen, wenn sie nachdenken oder ungestört über dem Kartenspiel meditieren wollte.

Die abgeschiedene Lage des Raums versprach eine gewisse Sicherheit - wenn auch nur für kurze Zeit - vorerst nicht in den Kampf der verschiedenen verfeindeten Parteien verwickelt zu werden.

Und Zeit brauchte sie jetzt. Zeit zum Nachdenken.

Nachdem sich ihr fliegender Atem etwas beruhigt hatte, stand sie auf und trat an das schmale Fenster, das sonst bei Tageslicht einen guten Überblick über den Schlosshof ermöglichte. Selbst bis in diese Höhe drang das Geräusch von hallenden Schritten, von halblauten Kommandos, und das Klappern und Klirren von Harnischen und Waffen. Hin und wieder leuchtete aus den Fenstern des Innenhofs für einen Moment Fackelschein, der bizarre Schatten von sich bewegenden Gestalten an die Mauern warf, die mit unglaublicher Geschwindigkeit vorbeihuschten, wenn die Lichtquelle sich weiter bewegte. Ein schriller Todesschrei brach abrupt ab, aber das Echo schwang noch ein, zwei Mal zwischen den hohen Mauern hin und her, stieg höher und entschwand schließlich mit einem klagenden Wimmern in den nächtlichen Himmel.

Lysanne wusste, dass sie eigentlich keine Minute verschwenden durfte, aber ihre nächsten Schritte mussten wohlüberlegt sein. Durch den Angriff hatte sich die Situation grundlegend verändert. Das Schloss war verloren, aber war dies wirklich ein Nachteil?
Solange keiner der Kämpfenden sie selbst überhaupt als Macht erkannte, befand sie sich nicht in Gefahr. Die lachende Dritte?
Der Gedanke gefiel ihr mehr und mehr. Trotzdem durfte sie nicht einfach abwarten; in ihrer Lage konnte sie sich das nicht erlauben. Sie musste ihren ursprünglichen Plan weiter verfolgen und Vanessa ausschalten. Der Zeitpunkt war jetzt vielleicht sogar der günstigste - und alles Weitere würde sich finden!
Das Kartenspiel lag in dem Schränkchen im Schlafgemach, aber sie hatte, was sie brauchte: die Blaue Dame und den Grünen Ritter!

7.
„Wo ist die Alte?", schrie Jocelin. „Sie ist weg!"
Vanessa musste zugeben, dass er recht hatte. Sie hatte in der momentanen Aufregung nicht auf die Schlossherrin geachtet, der sie eigentlich sowieso keinerlei Bedeutung zugemessen hatte.
Daniel lachte. „Sie ist dort in den Schrank gestiegen. Und ich halte jede Wette, dass wir sie dort nicht mehr finden werden!"
Einen Moment lang herrschte Schweigen, dann grinste der Jjarde und meinte: „Ein Geheimgang? Und sie hat sich von dir beobachten lassen?"
„Nicht direkt. Ich hatte nur fest darauf vertraut, dass sie sich verdrückt, wenn ihr alle nach euren Waffen greift. Und sie hat die Tür verriegelt - also musste sie ja wohl irgendwie an-

ders verschwinden, nicht wahr? Und ich habe sie hinter dem Vorhang dort beobachtet. Übrigens: Sie behauptete zu wissen, wo ich Crusan finden kann!"
Der Jjarde starrte ihn sprachlos an.
„Verschwinden wir auch erst einmal!", empfahl Daniel.

Nach kurzer Zeit hatten sie den Mechanismus entdeckt, der die geheime Tür öffnete, und sahen in dem dürftigen Licht einer Öllampe einen in den Stein gehauenen Schacht vor sich. In jeweils einem halben Meter Abstand waren Steigeisen in die Wand eingelassen, die einen einigermaßen zuverlässigen Eindruck machten. Der Rauch der Flamme stieg nach oben und verwehte im Dunkel.
„Oben oder unten?", fragte Vanessa.
„Nach unten!" antwortete Laq flüsternd. „Wenn das stimmt, was die Alte gesagt hat, dann dauert es keine Stunde, bis die Lyshiten das ganze Schloss eingenommen haben."
„Und dann sitzen wir in einem der Türme in der Falle", ergänzte Jocelin. „Also sollten wir nach unten und versuchen, diesen verfluchten Lastkahn flott zu machen. Es muss einen Ausgang aus diesem Schloss zum See hin geben - wenn die Geschichte gestimmt hat!"
„Ich denke, in diesem Punkt hat sie gestimmt", warf Daniel ein. „Hier stimmt irgendwie einiges nicht, aber ..." Er ließ das Ende des Satzes offen und zuckte mit den Schultern, dann stieg er zuerst in den dunklen Schacht hinunter.

Vanessa war gleich als Zweite hinter Daniel in die schwarze Tiefe geklettert. Sie zählte die Sprossen: Bei achtundfünfzig stieß er ein leises Zischen aus und verkündete: „Fester Boden! Wartet einen Augenblick!"
Sie hörte das Scharren von Stiefeln auf Stein unter sich, dann blitzte ein winziges Licht auf. Sie kannte das inzwischen: Es

war Daniels kleines Gerät, das eine Flamme erzeugen konnte. Feuermacher oder so ähnlich nannte er es.
Ein lautes Knirschen drang zu ihr herauf, und ein Schwall kälterer Luft, der von unten hereinströmte, ließ sie für einen Moment frösteln.
„Ihr könnt herunterkommen! Wir sind anscheinend im Weinkeller!", flüsterte Daniel. „Aber leise!"
Vanessa stieg die wenigen Sprossen hinunter, fühlte sich am Arm gepackt und vorsichtig vorwärts gezogen. Das Lichtlein leuchtete kurz auf und zeigte ihr für einen Augenblick die Umgebung: ein großer Kellerraum mit gewölbter Decke, überall Holzregale mit unzähligen Weinflaschen; eines dieser Regale hatte Daniel beiseite geschoben, es verbarg den geheimen Schacht.
Hinter ihr stieg Laq die letzte Sprosse herunter. Er zog sofort die Axt aus dem Gürtel und sah sich misstrauisch um, als die kleine Flamme wiederum kurz den Raum erhellte.
„Genug zu trinken haben wir jedenfalls!", kommentierte Daniel ironisch und leuchtete den anderen nach unten. Schließlich erschien Jocelin, der die ganze Zeit die Fackel in der Hand gehalten hatte, und nun konnten sie deutlich erkennen, wo sie sich befanden.
„Kein Zweifel", stellte er fest, „ein Weinkeller."
„Na dann Prost!", fügte Ybkallis hinzu, und Vanessa konnte ein Lächeln trotz der Lage, in der sie sich hier befanden, nicht unterdrücken. Das Schicksal hatte sie mit wahrhaft seltsamen Gefährten zusammengeführt!
Leon stieß als Letzter zu ihnen. „Was sollen wir jetzt tun?", brummte er. „Wenn ich mich nicht verschätzt habe, befinden wir uns hier genau auf der Höhe des Wasserspiegels. Wenn es also eine innerhalb der Mauern gelegene Anlegestelle für diesen Lastkahn gibt, dann in diesem Stockwerk."
„Es muss eine geben!", erklärte Daniel. „Von außen war kein Anlegesteg oder so etwas zu sehen, aber die Ostseite des

Schlosses grenzt direkt ans Wasser, und sie ist vollkommen mit Kletterpflanzen überwuchert - die beste Möglichkeit, einen Zugang vom See her zu tarnen."
Die anderen nickten.
„Also, wenn wir nicht in diesem Kellerloch versauern wollen", fasste Jocelin die Lage zusammen, „dann sollten wir versuchen, den Anlegeplatz zu finden."
„Und schnellstens verschwinden!", ergänzte Laq.
Daniel hob die Hand. „Was ist damit, dass die Alte sagte, sie wüsste über Crusan Bescheid? Wenn das stimmt ..."
„Darauf können wir jetzt keine Rücksicht nehmen!", winkte Jocelin ab. „Dein Freund in allen Ehren, aber ..."
„Immerhin hat er auch dir indirekt das Leben gerettet!"
„Na schön. Aber bist du sicher, dass sie dich nicht angeschwindelt hat? Hat sie seinen Namen genannt?"
„Nein", gab Daniel zu und sagte nichts mehr. Vanessa spürte genau, dass er verstimmt war. Sie selbst fühlte sich dem Riesen ebenfalls verpflichtet - wenn er noch lebte. Dies war unwahrscheinlich, aber hatten nicht gerade die Ereignisse der letzten Zeit bewiesen, dass „wahrscheinlich" oder „unwahrscheinlich" Begriffe darstellten, die man nur noch mit einer gewissen Skepsis verwenden konnte?

·

In ihrer Kammer legte Lysanne die Blau-Königin-Karte beiseite und massierte sich die Stirne. Es kostete sie mehr Anstrengung, als sie gedacht hatte, Vanessas Bewegungen zu verfolgen. Zudem schien der Einfluss, den sie nehmen konnte, jetzt schon auf kurze Entfernung dahinzuschwinden. Immerhin wusste sie, dass die Fremden den Schacht entdeckt hatten, und nach unten gestiegen waren.
Also waren sie jetzt im Weinkeller. Was würden sie nun tun?

·

Vanessa griff sich unwillkürlich an den Kopf, als der ziehende Schmerz zurückkehrte. Den ganzen Abend schon hatte sie

dieses unangenehme Gefühl wahrgenommen, als ob jemand irgendetwas aus ihrem Gehirn herauszog, hatte aber nichts zu den anderen gesagt, um die Lage nicht noch komplizierter zu machen. Als einzige Frau in dieser verschworenen Gemeinschaft litt sie ohnehin manchmal unter dem Gefühl, dass ... Ja, was eigentlich?
Jocelin und Laq hatten die Tür aufgebrochen, die auf einen kahlen finsteren Gang hinausführte. Eine schmale steile Treppe wand sich in die Höhe, und der Felsentunnel verzweigte sich dreifach in die Dunkelheit.
Von oben erklang Geschrei und das helle Klirren von Schwertern.
„Wir müssen nach Osten!" erinnerte der Jjarde. „Ich schätze, die Lyshiten metzeln dort oben alles nieder. Und bevor sie den Zugang zum Keller entdecken, sollten wir verschwunden sein!"
„Also den rechten Gang!", entschied Jocelin und rannte mit der Fackel in der Hand voraus.

.

Lysanne stellte fest, dass das Spiel sich nicht so ganz entwickelte, wie sie gedacht hatte. Die Angreifer hatten offenbar das ganze Schloss in ihre Gewalt gebracht - bis auf die Türme und das Kellergeschoss. Es schien sich um Lyshiten zu handeln, somit eigentlich Verbündete, aber konnte sie dessen sicher sein? Vielleicht auch Marodeure, die aus dem roten Heer desertiert waren und sich jetzt als Banditen durchschlagen wollten.
Egal: Es würde ein Leichtes sein, sie mit der vollen Macht einfach hinauszuwerfen. Nur Vanessa: Mit zunehmender Entfernung schien sie sich einem Zugriff zu entziehen.

.

Jocelin riss eine Tür auf, und eiskalte Luft schlug ihnen entgegen. Vanessa sah eine riesige Höhle vor sich: Die Fackel, die der Souvaner in der Hand hielt, erhellte das Areal in eini-

gen Metern Umkreis, sodass man gerade die Steinstufen erkennen konnte, die nach unten führten.
„Das ist ein Teich!", murmelte er und hielt die Fackel in die Höhe, sodass einige Lichtreflexe auf der Oberfläche aufblitzten, obwohl eine dichte Dunstschicht über dem Wasser lag. In der Mitte des Teichs schien irgendetwas zu schwimmen.
„Ein Boot ist das nicht", stellte der Jjarde fest.
„Nein!", pflichtete Jocelin bei. „Ein Stück Baumstamm vielleicht. Außerdem hat dieser Teich keine Verbindung nach draußen, soweit ich sehen kann. Hier sind wir also falsch!"
Sie wandten sich um, um den Raum wieder zu verlassen.
„Was ist, Daniel?", fragte Laq. Dieser stand wie zu Stein geworden und starrte reglos auf das Wasser. Als er sich auch auf die Frage nicht rührte, stieß ihn der Jjarde in die Seite.
„He, wach auf! Was ist los mit dir?"
Daniel schien wie aus einem Traum zu erwachen und fasste sich an die Stirn. „Ich ... ich dachte eben ...", stotterte er, „ ... aber das war wohl ... ich weiß nicht!"
Vanessa runzelte die Stirn. So verwirrt hatte sie Daniel noch nie erlebt. Aber sie selbst fühlte sich ebenfalls seltsam. Es war, als ob eine Nebelschicht nicht nur über dem Teich, sondern auch über ihren Gedanken lag. Gerade hatte sie noch etwas sagen wollen, und jetzt wusste sie schon nicht mehr, was. Trotz der Kälte fühlte sie Schweiß auf der Stirn und wischte ihn weg.

Lysanne wischte sich ebenfalls in ihrem Versteck den Schweiß von der Stirn. Das war gerade noch gut gegangen! Sie hatte zu spät gespürt, dass die Fremden den unterirdischen Teich gefunden hatten - und beinahe auch ihren Gefangenen. Nicht auszudenken, was geschehen wäre, wenn sie ihn bewusst entdeckt hätten. So hatte sie es gerade noch geschafft, das Energiefeld um den Eingefrorenen so zu verstärken, dass die Fremden zwar sahen, aber nicht begriffen. Da-

bei hatte sie ihre ganze Kraft aufbieten müssen, um Daniels Wahrnehmungen zu verschleiern.
Nein, die ganze Sache drohte, ihr aus der Hand zu gleiten. Wenn sie nur einmal in ihrer Konzentration nachließ, konnte es geschehen, dass ein Teil des Gefüges ihres Plans herausbrach, und damit war die Gesamtheit gefährdet.
Sie musste sich auf das wichtigste Ziel konzentrieren - Vanessa!
Seufzend stemmte sich Lysanne aus dem Sessel hoch. Ihr blieb nichts anderes übrig als ihrer Gegnerin Auge in Auge gegenüberzutreten!

8.
„Wo zum Teufel ist Osten?", zischte Jocelin, als sie eine Kreuzung zweier Gänge erreichten. „Ich habe vollkommen die Orientierung verloren."
„Ich glaube, nach rechts", meinte Leon. - „Du glaubst?" - „Der Instinkt der Bergbewohner. Dafür garantieren kann ich nicht!"
„Na schön", zuckte der Souvaner die Achseln. „Besser Instinkt als gar nichts! Also nach rechts!"
Niemand widersprach, und sie gingen langsam in der erwählten Richtung weiter.
Vanessa stolperte, als der Schein der Fackel, die Jocelin trug, vor ihr plötzlich zu einem diffusen Wirbel aus Lichtreflexen verschwamm. Der Kopfschmerz kehrte zurück, als ob ihr jemand gegen die Stirn geschlagen hatte.
„Was ist los?", fragte Laq besorgt. Vanessa schüttelte nur den Kopf und wankte weiter - bis sie gegen einen anderen Körper stieß. Sie versuchte, sich irgendwo festzuklammern, und bekam eine lederne Jacke zu fassen. Dann erschütterte ein heftiger Schlag mit der flachen Hand auf ihre Backe ihr getrübtes Bewusstsein.

„Wach auf!", Es war Daniels Stimme, die sich ihren Weg durch den Nebel bahnte, und sie hatte etwas an sich, das keinen Widerspruch zuließ.
„Vanessa! Kämpfe dagegen an! Irgendjemand versucht, uns zu beeinflussen!"
Sie hörte die Worte, aber der Sinngehalt der Information schien mit einer zeitlichen Verzögerung einzutreffen. Beeinflussen? Eine Glocke schlug. Es war nicht der erste Schlag. Auch nicht der zweite. Sie bemühte sich verzweifelt, die vorherigen Schläge, die sie nur unterbewusst wahrgenommen hatte, ins Gedächtnis zurückzurufen und zu addieren. Wenn sie die einzelnen Töne zusammenzählte, dann würde sie wissen, wie spät es war.
Warum wollte sie das eigentlich wissen?

Nach einer unendlich lang erscheinenden Zeit, während der sie an beiden Armen durch dunkle Gänge gezerrt wurde, brachte sie ein weiterer Schlag ins Gesicht zum Bewusstsein zurück.
„ ... Schiff! Dort ist es!"
Vanessa schlug die Augen auf, als ob sie dies das erste Mal im Leben tat, und sah sich um:
Die Höhle war größer als die andere mit dem kleinen Teich und schien teilweise künstlichen Ursprungs zu sein, wie zwei Ziegelwände bewiesen, zwischen denen ein gewaltiger Rundbogen aufgemauert war. Im flackernden Licht dreier Fackeln konnte sie erkennen, dass ein dichtes Gestrüpp von Ranken außen herunterhing und so den kleinen Anlegeplatz am Rande der unterirdischen Bucht vor fremden Blicken schützte.
Dieser bestand einfach aus einem groben Steg aus zusammengenagelten Holzplanken, befestigt an breiten Pfosten, und an einem dieser Pfosten hing an einem starken Tau ...
„Dort ist es! Das Schiff!", schrie Daniels Stimme an ihrem Ohr.

Warum brüllte er so laut? Natürlich war das ein Schiff!

Lysanne schüttelte ärgerlich den Kopf. Nicht nur, dass sie beim Abstieg durch den Schacht beinahe abgestürzt wäre, sich gerade noch festklammern konnte und sich dabei drei Fingernägel der rechten Hand herausgerissen hatte! Sie ärgerte sich über sich selbst, dass sie nutzlos Energie verschwendet hatte, um Vanessa von ferne anzugreifen. Irgendetwas hatte ihre erste mentale Attacke derart abgelenkt, dass die Frau höchstens Kopfschmerz oder Schwindelgefühl davongetragen haben konnte.
War dieser Effekt auf die Entfernung, auf ihre nachlassenden Kräfte zurückzuführen - oder hatte sich eine andere Macht eingemischt? Die Abwehr war jedenfalls nicht von Vanessa selbst gekommen. Es war eher so gewesen, als hätte jemand das sie umgebende Energiefeld so verzerrt, dass alle Angriffe in eine ganz andere Richtung abgelenkt wurden - so wie man einen Fisch im Wasser an einer anderen Stelle sieht, als er wirklich ist.
Daniel? Dann hätte er doch von ihren Absichten wissen müssen!
Trotzdem: Wenn sie Vanessa direkt gegenüberstand, dann würde kein fremder Einfluss etwas nutzen. Nur begab sie sich selbst dabei in keine geringe Gefahr. Sie wischte ihre vom Blut schmierig gewordene Rechte achtlos an ihrem Kleid ab und humpelte keuchend weiter.

9.
Vanessa fühlte sich seltsam leicht und beschwingt, als ob ein stundenlang bohrender Kopfschmerz von einer Sekunde auf die andere plötzlich verschwunden war. Sie lächelte ihre Gefährten an, die seltsamerweise irgendwie nervös oder beunruhigt schienen.

Was war denn so aufregend an einem Schiff?
Der Lastkahn sah genauso aus wie alle anderen dieser Art: hoher Bug, hohes Heck, ein hausähnlicher Aufbau auf der hinteren Hälfte - und ein umgeklappter Segelbaum in der Mitte, damit man in die niedrige Höhle einfahren konnte.
Die Besatzung winkte und sprang an Land, um ... An dieser Stelle ihres Gedankenflusses schien auf einmal etwas nicht mehr zu stimmen, als ob sich in einen harmonischen Gleichklang mehrerer Instrumente eine falsche, dissonante Stimme gemischt hätte.
Die Besatzung?

.

„Verdammt!", schrie Jocelin, und Vanessa wunderte sich leicht, dass dieses Wort von ihm kam. In den letzten Tagen hatte sie es am häufigsten von Daniel vernommen.
Die Matrosen, die das Schiff bemannten, rannten über den Landungssteg auf sie zu, dabei schwenkten sie etwas in den Händen.
„Die haben den Eingang gefunden und das Schiff besetzt!", erklang eine laute Stimme neben ihr, aber als sie den Kopf langsam wendete, konnte sie nicht erkennen, wer da geschrien hatte. Ein merkwürdiger Traum, in der Tat! Wenn sie wenigstens eingreifen könnte!

.

Lysanne hielt an einer Gangkreuzung inne, um erstens ihren fliegenden Atem zu beruhigen, und zweitens um sich kurz in Vanessas ungeschützte Gedanken einzuschalten. Nach einem Versuch gab sie es auf: Entweder die Frau war wahnsinnig geworden, oder die Gesetzmäßigkeiten der Karten hatten ihre Wirkung verloren.
Als sie zum wiederholten Male nach der Blau-Königin-Karte greifen wollte, die sie mit der des Grünen Ritters in eine Tasche ihres Gewandes gesteckt hatte, hörte sie ein Scharren

von Metall auf Stein von der Treppe, die von oben herunterführte.
Sie fluchte in sich hinein. Zweifellos hatten die Angreifer den Weg in das unterirdische Geschoss gefunden. So sehr sie es auch begrüßen würde, wenn Vanessa im Kampf getötet würde, darauf verlassen konnte sie sich nicht. Es war eher anzunehmen, dass sie aufgrund ihrer magischen Kräfte davonkam - und dann gab es keine Chance mehr, sie zu töten.

Die Lyshiten grinsten wölfisch im Bewusstsein ihrer Übermacht und kamen näher. Jocelin schätzte ihre Zahl grob ab: fünfzehn bis zwanzig Mann.
Die Wüstenkrieger wussten offenbar sehr wohl, dass sie Vorsicht walten lassen mussten: Sie schwärmten auseinander, um sich gegenseitig nicht zu behindern, wobei jeweils ein Kämpfer hinter zwei anderen zurückblieb, um notfalls einen seiner Kameraden verteidigen zu können - oder als Joker in einen Kampf einzugreifen.
Der Souvaner blickte sich nach beiden Seiten um: Rechts von ihm hatten Leon und Laq ihre Waffen gezogen und bereiteten sich auf den Angriff vor. Der Jjarde sah im selben Moment zu ihm herüber und grinste ihm aufmunternd, aber trotzdem säuerlich zu.
Links erhaschte er einen Blick von Daniel, der resignierend die Achseln zuckte: Vanessa lächelte geistesabwesend in die Runde, als ob sie träumte. Ybkallis hatte ein Messer gezogen und sah abwechselnd von dem Schiff zu Daniel und zurück.
Als die ersten beiden Lyshiten auf ihn einstürmten, verbannte Jocelin alle Gedanken wegen der anderen aus seinem Bewusstsein und handelte. Der linke Gegner hatte sich auf die Deckung seines Partners verlassen und nicht mit der Schnelligkeit des souvanischen Prinzen gerechnet: Jocelins lange Klinge zuckte vor wie eine Steppenviper aus der taskischen

Ebene und durchtrennte den Hals des Angreifers, bevor dieser noch eine Bewegung der Abwehr machen konnte. Der andere Lyshite schlug mit seinem Schwert zu, aber der Souvaner hatte den Erfolg seines Hiebs nicht abgewartet, sondern war vorwärts gesprungen, hatte den kopflosen Körper mit dem Ellbogen beiseite gestoßen, und attackierte zu dessen Überraschung den dritten Lyshiten in der hinteren Angriffsreihe.

Ein helles Klingeln ertönte, als die beiden Langschwerter aufeinanderschlugen. Jocelin fluchte in Gedanken, dass sein Gegner trotz des überraschenden Angriffs pariert hatte. Jetzt saß er in der Klemme. Er ließ sich fallen, um einen mit der Rückhand geführten Schlag gegen die Beine zu führen, aber ein gewaltiger Tritt traf ihn in die Seite, und ein Körper fiel über ihn. Der andere Lyshite hatte ihn angreifen wollen und war über ihn gestolpert! Die Lyshiten trugen keine Beinschienen und keine Panzerung des Unterkörpers! Jocelin zog sein Schwert frei und hieb und stach blind in die Last über ihm hinein. Irgendjemand schrie erbärmlich, und für einen Moment lang verschwamm das Gesichtsfeld des Souvaners in einem Wirbel aus roten Schlieren.

Er schnappte nach Luft und spuckte.

Ein dünnlippiger Mund mit spitzen Zähnen grinste ihn an. Für einen Moment war sich Jocelin nicht sicher, ob er sich noch im Land der Lebenden befand. Ein Lichtreflex auf Metall blitzte auf. Ein Schwert? Er versuchte, seine eigene Klinge zur Parade zu erheben, aber sie steckte fest.

.

Die beiden Lyshiten kamen grinsend näher. Lysanne wusste nicht genau, ob sie wirklich grinsten, oder ob dies nur anatomisch bedingt war durch den schmalen Mund mit den spitzen Zähnen, der ständig aussah, als wäre er spöttisch verzogen. Der Vordere sah sich misstrauisch nach den beiden Seiten des Gangs um, und, als er keine unmittelbare Gefahr feststellte, zischelte er seinem Kameraden etwas zu und trat langsam näher.

Es wäre klüger gewesen, sofort etwas zu unternehmen, aber Lysannes Boshaftigkeit und ihr latenter Sadismus konnten nicht widerstehen, das Spiel wenigstens kurz mitzuspielen. Sie wich in gespielter Angst mit flehend erhobenen Armen zurück und versuchte, ein entsetztes Gesicht zu machen.

Der Krieger vor ihr ließ sein erhobenes Schwert ein Stück sinken und verzog seinen Mund noch mehr. Also doch ein Grinsen! Der andere sah sich nochmals nach beiden Seiten um und schüttelte dann den Kopf, wobei er die Achseln zuckte - so, als wollte er damit ausdrücken: Bring die alte Vettel um und komm weiter!

Lysanne beschloss, das Spiel abzubrechen. Sie wusste nicht, was inzwischen beim Schiff geschah, und wenn sie nichts dagegen unternahm, dann konnte Vanessa ihre Macht einsetzen. Sie sah dem vorderen Mann direkt in die Augen. Mit ihm musste sie schnell verfahren, da er ihr immer noch mit seiner Waffe gefährlich werden konnte.

Ihr vorstoßender Impuls drang durch die Augen direkt zum Gehirn vor, ohne auf Widerstand zu stoßen, da der Mann im ersten Moment vollkommen verblüfft war, dass etwas Fremdes in ihn eindrang.

Nach nur einer Sekunde hatte sie ein großes Blutgefäß erreicht und konzentrierte dort ihre Macht. Es wäre natürlich ästhetischer und eleganter gewesen, Nervenverbindungen zu suchen und außer Kraft zu setzen, aber diese waren schwierig aufzuspüren und erforderten eine diffizile Dosierung der Kräfte. Der Weg, den sie jetzt beschritt, war grober, aber schneller und ebenso effektiv.

Sie zog aus dem Blut weiteres Wasser heran und brachte es zum Sieden. Dies ging so schnell, dass das Blutgefäß auch schon platzte, bevor sie den Befehl richtig zu Ende gedacht hatte. Der Prozess ließ sich nun nicht mehr einfach stoppen -

der lyshitische Krieger stieß ein schauerliches Gurgeln aus, seine Augen verdrehten sich nach innen, und er sank in die Knie. Aus seinen Ohren, seiner Nase und seinem Mund drang Blut. Als er auf dem Boden zusammenbrach, klapperte das Schwert laut über die Steinplatten.
Lysanne lachte gehässig und genoss das Schauspiel. Das war ihr Fehler. Der andere Lyshite reagierte schneller, als sie gedacht hatte. Als er seinen Kameraden zu Boden stürzen sah, verschwendete er keinen einzigen Moment mit Überlegungen, sondern sprang vor und schlug zu.
Die lange Klinge beschrieb einen blinkenden Halbkreis im Fackellicht. Lysanne zuckte instinktiv zurück, aber ihre ausgezehrten Muskeln folgten ihrem Willen nicht schnell genug. Ein heftiger Schlag riss sie von den Füßen und schleuderte sie seitlich zu Boden. Ein weiterer Schlag mit etwas Stumpfem traf ihr Gesicht. Trotz des Schocks über diesen plötzlichen Angriff behielt sie klaren Verstand. Ein weiterer Schwerthieb würde sie das Leben kosten. Es ging plötzlich um alles.
Sie konnte sich dieses Angriffs nur erwehren, wenn sie all ihre Kraft einsetzte. Keine Zeit, um Blickkontakt aufzunehmen.
Ein Lyshite. über ihr. Mit der verzweifelten Gewalt eines in die Enge getriebenen und verwundeten Tieres konzentrierte sie ihre ganze Macht unkontrolliert in eine einzige Absicht. Ein explosionsartiges Geräusch ertönte, und Fleisch- und Gewebefetzen klatschten um sie herum auf den Stein.

.

Der Knall schien Jocelins ganzes Universum auszufüllen. Es war, als ob er einen Albtraum in einem Albtraum erlebte. Das diabolisch grinsende Gesicht, das gerade noch sein ganzes Blickfeld eingenommen hatte, zerplatzte plötzlich in tausend Fetzen und übergoss ihn mit ... mit was?

„Steh auf, du Idiot!", drang eine Stimme von weit, weit entfernt in sein Bewusstsein.
Von einem Augenblick zum anderen war er wieder da. Daniel hatte ihn gerade angeschrien, am Arm gepackt und zog ihn hoch.

Der Knall hatte noch andere Auswirkungen: Vanessa erwachte. Und plötzlich verstand sie. Was hatte sie die ganze Zeit getan? Um sie herum tobte ein erbitterter Kampf - ihre Gefährten gegen ... gegen Lyshiten? Wie zum Teufel ...
Einige Meter rechts von ihr - sie musste sich die Augen auswischen, um klar zu sehen - half Daniel gerade Jocelin auf die Füße. Der Souvaner troff nur so von Blut und bückte sich, um sein Schwert zu suchen.

10.
Lysanne spürte im ersten Augenblick eine gewisse Befriedigung, dass sie diesen Kampf gewonnen hatte. Dann, nachdem die mentale Anspannung nachließ, überfiel sie der Schmerz mit erschreckender Intensität. Das Gefühl, dass in ihrem Körper einige Proportionen nicht mehr stimmten, brachte sie beinahe zur Verzweiflung. Aber wenn sie jetzt aufgab, dann war sie verloren.
Noch konnte sie sich retten.
Sie wollte sich auf die Seite wälzen und fiel aufheulend ein weiteres Mal aufs Gesicht, als der Knochen, der aus ihrem rechten Oberarm herausragte, über den Stein scharrte. Nur ihre übermenschliche Beherrschung bewahrte sie davor, das Bewusstsein zu verlieren.
Vanessa! Sie musste Vanessa töten, und mit der ungeteilten Blauen Kraft konnte sie sich regenerieren! Also ... Sie wälzte sich auf die andere Seite und wollte sich aufrichten. Ein starker Hustenreiz krampfte ihre Innereien zusammen, und wür-

gend spuckte sie den Inhalt ihres Magens auf den Boden. Die klumpige Flüssigkeit war von roten Schlieren durchzogen.
Als sie mit der Zunge ihre Zähne abtastete, stellte sie fest, dass vorne drei weitere fehlten. Der obere Schneidezahn auf der linken Seite war nur halb abgebrochen, und sie schnitt sich die Zunge auf, als sie an der scharfen Kante entlang fuhr.
Es war egal - sie musste weiter! Sicher war Vanessa inzwischen wieder klar im Kopf. Die verdammten Lyshiten hatten Lysanne zu lange abgelenkt. Sie versuchte zum wiederholten Mal, sich aufzurichten und gab es schließlich auf. Ihr linkes Bein schien von dem Schwerthieb halb abgetrennt worden zu sein. Knapp über dem Knie klaffte eine riesige Wunde, und der Unterschenkel schien nur noch an einem Muskelstrang zu hängen - als sie sich auf die andere Seite wendete, drehte er sich nicht mit.
Obwohl ihr die Tränen in die Augen stiegen, fühlte sie seltsamerweise keinen Schmerz in dem Bein, und zwang sich, ruhig zu überlegen. Zuerst musste sie die Blutung stoppen, sonst war sie in wenigen Minuten tot.
Ein Abbinden versprach hier nicht viel, die Wunde musste ausgebrannt werden. Sie zögerte, aber mit jeder Sekunde, die sie nicht handelte, floss das Leben aus ihr. Sie konnte die Blutgefäße durch ihre Kraft verschweißen, aber es wäre einfacher, wenn ...
Neben ihr lag das Schwert des Lyshiten.

Vanessa sah, dass sie Daniel und Jocelin im Augenblick nicht zu helfen brauchte. Wo war Laq? Als sie nach links zum Treppenaufgang blickte, glaubte sie für einen Moment den Jjarden im dichten Getümmel zu sehen. Mehr als ein halbes Dutzend Lyshiten drängten sich dort und schienen wahllos auf irgendetwas einzuschlagen.

Sie stürmte los und zog ihr Schwert. Das Getümmel lichtete sich kurz, als einer der Wüstenkrieger rückwärts aus der Kampflinie gestoßen wurde, und dabei einen seiner Kameraden mit zu Boden riss. Der Mann hielt sich mit beiden Händen den Unterleib und schrie erbärmlich, bevor er starb.
Laq und Leon standen dort mit dem Rücken zur Treppeneinfassung, und hatten Ybkallis, der im direkten Kampf fast kein Gegner war, in die Mitte genommen. Der Jjarde versuchte, die dichten Hiebe der Angreifer abzuwehren, während Leon aus der Deckung heraus mit seinem Schwert wie eine Schlange zustieß. Die Taktik erwies sich als wirkungsvoll, wie vier tote Lyshiten bewiesen, aber letztlich mussten sie unterliegen, da sie von den Feinden immer dichter bedrängt wurden und ihre größere Schnelligkeit wegen des Platzmangels nicht mehr ausspielen konnten.
„Daniel!", gellte Vanessas Stimme, sich mehrfach an den Wänden brechend, durch die Höhle. „Laq - dort oben!" Sie hoffte nur, dass Daniel ihren Ruf vernommen und verstanden hatte. Seine Schusswaffe war die einzige Chance, die der Jjarde noch gegen die Übermacht der Angreifer hatte. Im Laufen drehte sie sich herum:
Er kniete am Boden und lud das Rohr nach, während Jocelin verzweifelt zwei Lyshiten abwehrte. Verflucht, hier konnte sie Hilfe nicht sofort erwarten.
Zwei Schüsse krachten laut hinter ihr, aber sie achtete nicht darauf und lief weiter. Sie setzte im Sprung über einen Toten hinweg und schlug in vollem Lauf zu, als ihr der erste Feind nahe genug war. Der Hieb riss dem Mann den Kopf und die halbe Schulter weg. Vanessa hielt in ihrem Lauf nicht inne, sondern stieß die Leiche beiseite und rannte einem anderen ihre Waffe durch den Leib, prallte schließlich mit diesem gegen die rückwärtige Mauer und spürte, wie die Klinge an den Steinen brach.

Einen Moment lang war sie von dem plötzlichen Aufprall wie betäubt, als sie die Stimme des Jjarden durch den Kampflärm vernahm: „Nicht schlecht, Mädchen, aber viel zu hitzig! Pass auf - hinter dir!"
Sie warf sich herum und zog - Verdammt! - den Stumpf ihres Schwertes aus dem Toten, als auch schon ein über und über mit Blut bespritzter Lyshite mit seiner langen Axt ausholte. Mit dem Blick der erfahrenen Kämpferin analysierte sie in Bruchteilen von Sekunden die Situation:
Der Hieb befand sich kurz vor dem Ende seines Aufwärtsschwungs. Mit einem intakten Schwert hätte sie jetzt noch eine Chance gehabt, den Mann zu erledigen, bevor er seine Absicht ausführte. Aber so nicht!
Sie warf den Stumpf in die Richtung des Angreifers und erzielte einen kleinen Erfolg, als er von dem Griff im Gesicht getroffen wurde und zusammenzuckte. Der Axthieb ging fehl - aber Vanessa befand sich schon längst woanders.
Eine Stimme erklang, die ihr bekannt erschien. Nicht die des Jjarden - Ybkallis! Sie wandte sich um, und sah, wie der Hofnarr ein Schwert aufhob, das vor seinen Füßen am Boden lag, es an der Klinge fasste, und ihr mit dem Griff voran zuwarf.
Mit erstaunlicher Präzision landete die Waffe in ihrer zupackenden Hand. In diesem Moment hätte sie den Narren für seine Umsicht küssen können, aber dazu war keine Zeit. Der Lyshite mit der Axt glotzte blöde, als er seinen eigenen Schwung schließlich gebremst hatte, sich umwandte, und einer bewaffneten Gegnerin gegenüberstand.
Soweit sie im Mienenspiel eines Lyshiten lesen konnte, lächelte dieser anerkennend und gleichzeitig traurig. Er wusste nach der vorherigen Aktion, dass er nun keine Chance mehr hatte.
Trotzdem stieß er ein gepresstes Brüllen aus und schwang die Axt in die Höhe. Vanessa erwiderte das Lächeln für einen Moment und bereitete ihm ein schnelles Ende. Sie wartete

einen Moment kurz vor dem Zenit seines Axtschwungs ab und sprang dann vor. Der Kopf des Mannes kollerte die Treppe hinunter und blieb auf den Felsen liegen.

Sie wirbelte herum, um sich Überblick zu verschaffen. Laq und Leon wurden von weiteren hinzugekommenen Feinden dichter und dichter bedrängt, von Ybkallis war in dem Gedränge nichts zu sehen, und Daniel und Jocelin hatten sich von ihren Gegnern gelöst und stürmten über die Felsen herauf, verfolgt von mehreren Lyshiten, die ein wildes Triumphgeheul ausstießen.
Es sah verdammt schlecht aus! Selbst mit Daniels Waffe würden sie sich gegen diese Übermacht nicht mehr lange halten können.
Wie zur Bestätigung knallte wieder ein Schuss durch die Höhle. Das Echo raste mehrfach hin und her und verhallte schließlich rauschend.
Vanessa schüttelte resignierend den Kopf. Jetzt Nebel zu erzeugen, erforderte Konzentration und würde zu lange dauern. Sie konnte sich nur in den Kampf stürzen - und mit dem Jjarden zusammen sterben? Wie melodramatisch, verflucht!
Sie lief die Steintreppe hinauf, um von dieser erhöhten Warte aus einzugreifen, als sie ein Schlag gegen den Kopf traf. Gleichzeitig dröhnte eine Stimme in ihren Gedanken, dass sie glaubte, der Schädel müsste ihr zerspringen: *„PASS AUF!!!"*
Der Schock ließ sie zusammenzucken, sodass sie beinahe ihr Schwert fallen ließ. Instinktiv errichtete sie sofort einen Abwehrblock um ihr Energiezentrum, der so dicht war, dass sie nur noch undeutlich sehen konnte.
Das rettete ihr das Leben.
Lysannes mit voller Wucht vorgetragener Angriff prallte gegen eine Mauer und wurde reflektiert. Für einen Moment war sie vollkommen überrascht. Woher hatte Vanessa gewusst,

dass sie in diesem Augenblick alle Kraft in die Abwehr legen musste?
Aber Lysanne war zu erfahren, um sich jetzt entmutigen zu lassen. Sie konnte die reflektierte Energie wieder für ihre Zwecke nutzbar machen und sofort ein zweites Mal zuschlagen.
Überdies hatte sie dank Daniel ja noch einen Trumpf: Grün.
Vanessa öffnete ihren Schild ein wenig, um deutlich zu sehen. Was sie am oberen Ende der Treppe erblickte, war so grotesk, dass sie für einen Augenblick den Kampf um sich herum vergaß:
Dort lag eine alte Frau, nein, es war die Herrin des Schlosses, nur schien sie innerhalb der wenigen Stunden noch mehr gealtert zu sein. Sie hatte nur noch wenige dünne Haare auf ihrem blutverschmierten Schädel, und die Haut spannte sich halb durchsichtig über den Wangenknochen. Der Eindruck eines Totenkopfes wurde durch den dünnen Mund mit den ausgeschlagenen Zähnen noch verstärkt - aber sie grinste!
Vanessa verstärkte in kreatürlicher Furcht ihre Deckung, als sie in dieses Gesicht sah. In diesen Augen konnte sie alles Böse dieser Welt lesen: Grausamkeit, Vernichtungswillen - und abgrundtiefen Hass. Hass auf sie!
Und jetzt, jetzt endlich verstand sie.

11.
Jocelin hielt unwillkürlich inne, als der Lyshite seinen Angriff unterbrach und erschrocken in Richtung der Treppe sah.
Aber der Souvaner war ein zu erfahrener Kämpfer, um sich diese Chance entgehen zu lassen. Seine lange Klinge zuckte gedankenschnell vor und bohrte sich durch die Brust des Mannes, der röchelnd zusammenbrach, während er immer noch entsetzt nach oben starrte.

Was zum Teufel ...? Jocelin wirbelte herum und überzeugte sich, dass ihn kein weiterer Angriff überraschen konnte. Daniel stand regungslos neben ihm, das Gewehr in der Hand, und schien ebenfalls vollkommen gebannt von den Ereignissen auf der Treppe.
Jetzt erst nahm der Souvaner das tiefe Dröhnen wahr, das die ganze Höhle erzittern ließ und die Luft derart in Schwingung versetzte, dass man meinte, selbst mitzuschwingen. Er war von Daniels Schüssen direkt neben seinem Ohr halb taub gewesen, sodass er zuerst nichts gehört hatte. Jetzt aber steigerte sich die Schwingung in einem Maße, dass Wellen durch seinen Körper zu laufen schienen. Daniel, der Oberschlaue, erklärte dies später mit 'Schwebung, hervorgerufen durch zwei fast gleiche Frequenzen, die sich überlagern', aber in diesem Augenblick vermeinte der Souvaner, sämtliche Teufel der Unterwelt brüllten, um die Höhle zum Einsturz zu bringen.
Seltsamerweise war nichts zu sehen, außer bewaffneten und blutbespritzten Männern, die dort, wo sie gerade standen, wie die Denkmäler erstarrt schienen und fasziniert nach oben starrten.
Einige hatten ihre Schwerter von sich geworfen und hielten sich die Ohren zu, aber ihre schmerzverzerrten Gesichter zeigten die Vergeblichkeit dieses Unterfangens.
Auf der Treppe schien das Fackellicht in Schlieren zu zerfließen und um eine Gestalt herum zu wirbeln, die dort stand.
Nein, es schien zwei Zentren zu geben, von denen diese ungeheure Energie abstrahlte. Aus dem Augenwinkel nahm Jocelin wahr, dass sich neben ihm etwas bewegte: Daniel ging vorwärts, Schritt für Schritt, wobei jeweils eine Ewigkeit zu verstreichen schien, bis er einen Fuß vor den anderen setzte.
Der Souvaner hatte den Fremden, obwohl sein Freund, schon immer für verrückt gehalten, aber sich in diesen Kampf der

Titanen einzumischen ... Mit äußerster Kraftanstrengung schaffte er es, einen Schritt vorwärts zu tun.

·

Der zweite Angriff schlug ebenso fehl wie der erste: Vanessa hatte ihre Deckung derartig verstärkt, dass kein Durchkommen möglich war. Lysanne sog sofort die reflektierte Energie zurück und igelte sich in ihrem eigenen Zentrum ein, da jetzt sicherlich der Gegenschlag erfolgen würde - eine Spitze aus der Deckung heraus. Wenn sie diese ablenkte und eine eigene abschoss, noch bevor Vanessa ihre fehlgeleitete Energie wieder bündeln konnte, dann hätte sie eine Chance, den Schild zu durchstoßen - nur für einen Moment, aber der würde genügen.

·

In einem Punkt hatte sich Lysanne verschätzt: Vanessa handelte nicht wie eine erfahrene Trägerin der Blauen Macht, sondern reagierte fast panisch auf den mentalen Angriff: Sie war sich ihrer Möglichkeit, selbst eine tödliche Gedankenspitze abzuschießen, im Moment gar nicht bewusst, sondern wollte sich nur selbst schützen. Es war, als ob sich ihr Verstand in zwei Hälften geteilt hatte: die eine lenkte die Abwehrmaßnahmen, die andere überlegte fieberhaft, was sie tun könnte.
Ein weiterer Schlag erschütterte ihre Verteidigung.

·

Lysanne fluchte innerlich. Diese verdammte Hure vor ihr hatte ihre ganze Energie so zusammengezogen, dass die Spitze wirkungslos abprallte. Als ob sie gar nicht die Absicht hatte, zurückzuschlagen. Moment! War das möglich? War es möglich, dass die Frau gar keine Ahnung hatte, was sie mit der Macht tun konnte? Ein kurzer Versuch mit einer scheinbaren Blöße würde ihr Aufschluss geben.

·

Jocelin stapfte Schritt um Schritt hinter Daniel her. Sein gestörtes Zeitempfinden gaukelte ihm vor, dass sie die einzigen einer Menge von Kriegerstatuen waren, die sich bewegen konnten. Während er sich darauf konzentrierte, langsam aber stetig voranzuschreiten, liefen die Wellen der hochdimensionalen Schwingung durch seinen Körper. Ein Teil seines Wahrnehmungsvermögens registrierte, dass diese ständig die Richtung wechselten. Ein anderer Teil seines Ichs beschäftigte sich mit der Frage, was er hier eigentlich tat. Wenn er diesen Ausbruch der Urgewalten des Willens überlebte, dann würden ihn die Lyshiten vermutlich in Stücke hacken. Trotz der furchtbaren Wirkung von Daniels Waffe waren sie immer noch drei zu eins in der Übermacht.
Er ignorierte beide Stimmen und kämpfte sich weiter vor.

Vanessa Panik ließ nach, als sie feststellte, dass selbst heftigste Angriffe an ihrer fest gefügten Verteidigung scheiterten. Der Instinkt der Kriegerin sagte ihr, dass, wer über eine mächtige Abwehrmauer verfügte, hinter dieser hervor auch angreifen könnte.
Sie schoss eine Spitze ab und spürte sofort, wie diese eindrang - und festgehalten wurde. Das war der Augenblick, auf den Lysanne gewartet hatte. Die Finte hatte funktioniert. Wenn sie jetzt selbst zuschlug, dann ... Sie kam nicht dazu, diesen Gedanken zu vollenden, denn Vanessa reagierte wie eine Schwertkämpferin. Sie deckte Lysanne mit einem Hagel von mentalen Hieben ein, einem breiten Fächer gedanklicher Energie, so dass diese momentan in die Abwehr gedrängt wurde und zurückweichen musste. Als Vanessa schließlich nicht weiter nachstieß, schoss Lysanne sofort eine Spitze ab, die aber nur wieder auf die Mauer traf. Verdammt, die Frau lernte schnell!
Einen Moment lang nur, aber für beide schienen die Sekunden wie geschmolzenes Blei zäh vorbei zu fließen, starrten

sich die beiden Blauen Königinnen wie erschöpfte Ringkämpfer an. Lysanne wusste, dass sie die Entscheidung jetzt suchen musste.
Sie verfügte über die größere Erfahrung, aber die Erschöpfung ihres geschundenen Körpers griff nun langsam auf ihren Geist über. Und sie wusste, wie sie diese entscheidende Auseinandersetzung ihres Lebens gewinnen würde. Einen Augenblick nur, einen winzigen Augenblick, griffen ihre Gedanken voraus in die Zukunft, und sie sah sich selbst, versehen mit Vanessas frischer Energie, wie sie ein Leben voller Macht und ausgefallener Freuden führte - die wirkliche Blaue Königin!

.

Vanessa fühlte den Angriff schon in seiner Vorbereitung, und sie ahnte, was diesmal geschehen würde: keine Spitze, um den Schild an einer schwachen Stelle zu durchstoßen, sondern ein Sturm auf breiter Front mit allen Kräften. Als sie sich darauf eingestellt hatte, brandete auch schon die Woge Lysannes geistiger Energie gegen ihre Verteidigungslinien. Der erste Schwung warf Vanessa ein Stück zurück, aber sie hielt stand und drückte dagegen. Erstaunt stellte sie fest, dass sie stärker war als die Angreiferin.
Eine Finte? Nun, sie brauchte ihre Verteidigung ja nicht zu öffnen, sondern nur alle Kräfte des Gegners mit ihren eigenen zu binden. Falls Lysanne auf einen Ausfall gewartet hatte, dann würde sie sich getäuscht sehen. Solange Vanessa sich ihrer Fähigkeiten nicht vollkommen sicher sah, würde sie kein Risiko eingehen.

.

Jocelins Blickfeld trübte sich immer mehr ein, aber er konnte noch wahrnehmen, wie Daniel am Fuß der Treppe stehen blieb. Um sie herum waren mindestens zehn Lyshiten in krampfartigen Verrenkungen erstarrt, als wollten sie die bizarre Szene wie lebende Denkmäler einrahmen.

Ganz plötzlich, als ob es den immensen Druck in ihren Köpfen nie gegeben hatte, verschwand dieser und machte einer vollkommenen Leere Platz. Der Souvaner fühlte sich einen Augenblick lang, als ob er sich im luftleeren Raum befände. Er rieb sich die Augen. Als er sie wieder öffnete, sah er, wie die Feinde um ihn ebenfalls wieder zum Leben erwachten.
„Scheiße!", murmelte er. Was für ein eindrucksvolles letztes Wort, dachte er noch.

12.
Lysanne triumphierte innerlich. Sie hatte es geschafft! Sie hatte es geschafft, Vanessas Energie vollständig zu binden und so zu neutralisieren. Sie würde diesen Zustand nicht lange aufrechterhalten können, denn die Frau war stärker, aber das war auch nicht nötig.
Jetzt war der Moment gekommen, da ihre Gegnerin schutzlos vor ihr stand, die Trumpfkarte einzusetzen - Grün. Sie konzentrierte sich kurz, um die gespeicherte schlafende Macht zu wecken.

.

Vanessa merkte mit erschreckender Deutlichkeit, dass sie in eine teuflische Falle gelaufen war. Sie hatte sich auf ihre überlegene Stärke verlassen und den Angriff angenommen. Jetzt schien plötzlich ihre ganze geistige Kraft festzustecken. Ein Teil ihres Bewusstseins wiederholte das eine Wort:
... geistig ... geistig ... geistig ...
Geistig?

.

Die unterschiedliche Polarisation der Blauen Energie bewirkte, dass diese sich in ihrer Gesamtheit neutralisierte, und Lysanne sah in der höheren Ebene eine völlig freie Fläche vor sich. Mit einem gehässigen, grimmigen Lachen setzte sie die gespeicherte Grüne Macht frei. Dank sei diesem Idioten Daniel, der ihr das ermöglicht hatte!

.

Nichts! Nichts geschah! Die vermeintliche Reserve erwies sich als nicht existent, ein in sich rotierender Energiewirbel, der zerplatzte, als sie ihn benutzen wollte. Daniel, dieses verfluchte Schwein, hatte sie hinters Licht geführt! Er war nicht der Grüne Ritter, er hatte es nur vorgetäuscht.
Wie war so etwas möglich?
Von einer Sekunde auf die andere zerstoben Lysannes ganze Träume und Hoffnungen in ein wesenloses, höhnisches Nichts, als sie die Tragweite dieser Erkenntnis begriff.

.

Vanessa blieb von existentiellen Überlegungen dieser Art verschont. Ihr Unterbewusstsein hatte ihr den richtigen Weg gewiesen:
Geistig? Sie nutzte das momentane Machtvakuum aus und schlug mit dem Schwert zu.
Die scharfe Klinge spaltete Lysannes Schädel bis zu den Zähnen und löschte damit alle Gedanken aus.

.

Jocelin reagierte schneller als irgendjemand anders. Bevor die halb betäubten Lyshiten noch recht begriffen, sprang er mitten in die Menge der Gegner um Laq und Ybkallis hinein, zwei schnelle Hiebe nach links und rechts austeilend.
Jetzt kam Leben in die Wüstenkrieger. Der Souvaner duckte sich unter einem Axthieb weg und rammte dem anderen den Griff seines Schwertes ins Gesicht. Er stolperte über einen Körper am Boden und geriet einen Moment ins Wanken, aber eine schnelle Klinge wehrte einen Schlag ab, der ihn mindestens einen Arm gekostet hätte - Laq.
Der Jjarde blutete aus vielen kleinen Wunden, sein Mut schien aber ungebrochen. Er lächelte seinen Freund kurz schief an, und Jocelin wusste genau, was er damit aus-

335

drücken wollte.

Egal.

„Was ist mit den anderen?", schrie Laq über den Lärm hinweg, während er langsam vor den heftig nachdrängenden Feinden zurückwich.

„Auf der Treppe!", brüllte Jocelin zurück. Wie zur Bestätigung brüllte Daniels Gewehr zwei Mal auf.

„Was ist ...?" Der Souvaner verschluckte den Rest seiner Frage, denn zum zweiten Mal stolperte er über einen Toten, und als er einen kurzen Blick nach unten warf, erkannte er Leon, der dort lag. Mehrere Axthiebe hatten den Körper des Bergbewohners buchstäblich in Stücke gehackt, aber sein Kopf war unverletzt, und sein Gesicht zeigte noch die grimmige Entschlossenheit, die auch die beiden Brüder Simon und Vardor bei der Einnahme des Grenzturms an den Tag gelegt hatten.

Leb wohl, Leon, dachte Jocelin kurz, schade, dass ich dich nicht genauer kennengelernt habe. Dann warf er sich nach vorne und schlug erbittert auf die Feinde ein, die vor der verzweifelten Wut seines Ausfalls einen Moment zurückwichen. Er stieß einem Mann seine Klinge durch die Brust, als der seine Deckung zu hoch nahm, und verletzte einen anderen an der Stirn, sodass dieser zurücktaumelte, weil ihm das Blut in die Augen lief und ihm die Sicht nahm. Neben dem Souvaner webte die schnelle Klinge des Jjarden ein Netz aus Stahl und wehrte so manchen Hieb ab.

Jocelin wurde von einem heftigen Gegenangriff zurückgedrängt und erhielt einen Stich in die linke Schulter. Er traf seinen Gegner mit einem Tritt in den Unterleib und taumelte selber zurück, als dieser zusammensackte und sich auf dem Boden wälzte. Für einen Moment, einen Augenblick nur, hatte er Zeit, nach Daniel und Vanessa zu sehen: Die beiden standen Rücken an Rücken auf halber Höhe der Treppe und wehrten die sie bestürmenden Gegner ab. Daniel hieb mit

seinem Degen nach allen Seiten, also war das Gewehr leergeschossen.
Die Reihen ihrer Feinde hatten sich schwer gelichtet. Als die drei Lyshiten, die ihm gegenüberstanden, sich schwer atmend zurückzogen, um kurz Kräfte zu sammeln, konnte Jocelin erst erkennen, wie sehr er und seine Gefährten gewütet hatten:
In der ganzen Höhle lagen verstümmelte Leichen, viele von ihnen mit grauenvollen Wunden, die von Daniels Flinte stammten. Aber die Wüstenkrieger zählten noch zehn, zwölf, vielleicht noch mehr Mann - zu viel für das schwer angeschlagene Häuflein der Freunde.
Er winkte matt zu Daniel hinauf, der den Gruß ironisch grinsend erwiderte.
Die Lyshiten nickten sich zu und griffen an. Wider Willen musste Jocelin zugeben, dass sie klug handelten: Eine längere Kampfpause hätte Daniel die Möglichkeit verschafft, sein Gewehr neu zu laden.
Der Souvaner suchte den Blick seines Freundes Laq. Ohne ein weiteres Wort zu verlieren, stellten sie sich so auf, dass sie sich gegenseitig decken konnten und Ybkallis von direkten Angriffen abschirmten. Mehr konnten sie nicht tun.
Die Lyshiten schwangen ihre Schwerter und Äxte in grimmiger Wut über ihre Verluste und griffen an.

.

Waren es Sekunden, Minuten oder Stunden, in denen er sein Schwert schwang? Jocelins Empfinden reduzierte sich auf Ausholen, Zuschlagen, Parieren, Ausweichen und Luftholen.
Irgendwann nach langer, langer Zeit stürzte er rückwärts über einen Leichnam, prallte mit dem Kopf gegen etwas Hartes und hatte nicht mehr die Kraft, sein Schwert zu heben.
Durch die roten Nebel, die vor seinen Augen waberten, erkannte er verschwommen eine gedrungene Gestalt mit langen Armen, die sich vor ihm in die Höhe streckte.

Ein lautes Dröhnen riss ihn aus seiner Lethargie. Ein Schuss aus Daniels Gewehr, belehrte ihn ein Teil seines Bewusstseins.
Der Lyshite, der über ihm stand, holte weit aus. Jocelin rutschte auf dem Rücken zurück, aber er wusste, dass ihn dies nicht retten würde.
Wie hatte Daniel schießen können? Dazu hätte er die Waffe laden müssen, und die Zeit hatte er nicht!

Ein silberner Blitz schien direkt vor ihm einzuschlagen und den Oberkörper des Lyshiten hinwegzufegen. Etwas schweres Metallisches klirrte neben Jocelin auf die Felsen, und Wasser spritzte ihm ins Gesicht. Nicht Wasser - Blut!
Wie im Traum beobachtete Jocelin, wie ein Wirbelsturm aus silbernem Stahl die verbliebenen Angreifer niedermähte. Der letzte Rest seiner bewussten vernünftigen Wahrnehmungsfähigkeit schrieb diese Bilder der eigenen Agonie zu, während ein anderer, primitiverer Teil vor dem Dämon erschauerte, der hier wütete.
Der Souvaner nahm noch wahr, wie zwei weitere Schüsse donnerten, dann versank sein Geist in tiefer Schwärze.

13.
Die Schmerzen waren so allgegenwärtig, dass Jocelin den Gedanken, tot zu sein und sich in einer besseren Welt zu befinden, gar nicht erst in Erwägung zog. Mit Mühe schlug er die Augen auf und war in Versuchung, sie sogleich wieder zu schließen. Offenbar war er nur kurz weggetreten gewesen.
Ein Gesicht starrte ihn an - wie ein lebendig gewordener Alptraum. Die eisigblauen Augen schienen seine Seele bis auf ihren tiefsten Grund zu durchdringen, und seine geheimsten Gedanken an die Oberfläche zu fördern.

„Es ist gut, Jocelin!", sprach eine Stimme von der Seite auf ihn ein, und als er mühsam den Kopf wandte, erkannte er Daniel.
„Wir haben gesiegt - und wir werden das Schiff nehmen, um aus diesem Scheiß-Sumpf herauszukommen."
Jocelin atmete auf. Die Ausdrucksweise hatte ihn überzeugt, dass wirklich Daniel mit ihm gesprochen hatte.
„Wer zum Teufel ...", brachte er hervor, und Daniels Gesicht über ihm verzog sich zu einem breiten Grinsen:
„Auch wenn du jetzt gerade nicht auf der Höhe bist, Alter: Darf ich dir Crusan von Gatarr vorstellen?"

KAPITEL ZWÖLF : DIVVNU'MÔN

-

Das letzte Kapitel des zweiten Buchs schildert uns kurz den weiteren Weg Daniels und seiner Gefährten in den fernen Nordwesten, wo im Schneewolkengebirge die Welt enden soll. Wir erfahren, dass dem nicht so ist, und werden Zeugen eines verwirrenden Gesprächs mit einem Gott.

-

Vierhundert Meilen westlich der Mündung des kleinen Flusses in den Rhiwan hatten wir die Straße der Alten Götter wieder gefunden. Wir folgten ihr entlang der Ostflanke des Schneewolkengebirges - Vanessa, Laq, Ybkallis, Jocelin, ich - und Crusan.

In Arrnvil hatten wir das Schiff verkauft und verfügten zum ersten Mal seit Beginn unserer Reise über eine gewisse Barschaft, was uns auf dem Weg entlang des Rhiwan nach Westen sehr zustatten kam, da es hier in der Flussniederung an der Handelsstraße fast alle fünfzig Meilen ein Rasthaus gab.

Dies ersparte uns das Jagen, so dass wir relativ schnell vorankamen.

Waren wir eigentlich immer noch auf der Flucht? Im Sumpfland von Zvarrain hatten wir unsere Verfolger abgeschüttelt, so könnte man meinen, aber ich wusste es besser: Xxeret Khan, der Rote König, würde nicht aufgeben, mich zu jagen - und Crusan, den er wohl als seinen gefährlichsten Gegner betrachtete, und der jetzt wieder zu uns gestoßen war.

Meine Befürchtungen bestätigten sich, als reitende Eilboten in den Gasthäusern die Kunde verbreiteten, dass eine riesige Kriegshorde, wie sie die Welt noch nicht gesehen hatte, die ganze Yllianmark eingenommen hatte, und schnell wie die Heuschrecken nach Norden und Westen vorstieß. Die fremden Krieger mit den langen Armen und spitzen Zähnen schienen unbesiegbar und hinterließen auf ihrem Eroberungszug eine breite Spur von Toten, Verstümmelten, geschändeten Frauen und brennenden Städten.

Also flohen wir weiter nach Nordwesten, anders kann man es nicht nennen, einem ungewissen Ziel am Ende der Straße der Alten Götter entgegen. Zu meiner und unser aller Überraschung bemerkte Crusan eines Tages, dass diese nicht im Schneewolkengebirge endete, wie ich gedacht hatte, sondern auf der anderen Seite eine Fortsetzung fände.

Laq und Jocelin schüttelten nur den Kopf bei der Vorstellung, das Schneewolkengebirge zu überqueren, aber Crusan versicherte, dass es möglich sei, und er den Weg kenne.

Seine eiserne Zuversicht gab schließlich den Ausschlag.

Zwei Monate nach den geschilderten Ereignissen erreichten wir den Esaii, einen schmalen reißenden Fluss, der sich seinen Weg aus dem gewaltigen Massiv des Schneewolkengebirges freigekämpft hatte und weiter nach Norden strömte, um dort irgendwo in das Binnenmeer in den taskischen Steppen zu münden.

Das Bild, das sich im Westen bot, konnte man wirklich nur grandios nennen: Die eisbedeckten Gipfel des Schneewolkengebirges schienen wirklich mit den weißen Wolken zu verschmelzen. Hier, nach einem langen Aufstieg über moosbedeckte Almen, endete die Straße der Alten Götter unter den Ausläufern eines Gletschers, der sich bis in das schmale Tal vorgestreckt hatte, in dem wir lagerten.

Ich hatte natürlich in den vergangenen Wochen versucht, aus Crusan mehr Informationen herauszuholen, aber er erwies sich als mindestens genauso einsilbig und rätselhaft wie damals, als wir uns zum ersten Mal trafen.

Damals! Ich dachte an jene Ereignisse schon, als ob sie Jahre zurück lägen. Um so mehr erschien mir meine eigene Vergangenheit auf der Erde wie eine Chronik des achtzehnten

Jahrhunderts - oder wie Erinnerungsfetzen eines alten Films, mit dessen Held man sich einmal identifiziert hatte.
Crusan? Er bestätigte bereitwillig meine Einschätzung der Vorgänge, dass der Kampf der beiden Blauen Königinnen, und dadurch bedingt die Neutralisierung Lysannes Macht, ihn aus seinem eisigen Gefängnis befreit hatte. Aber er war nicht bereit, nähere Auskünfte über das Spiel selbst zu geben. So blieb es mir wiederum überlassen, mir meine Gedanken zu machen. Der Bruder? Virian? Oder Crusan?!

.

Eigentlich könnte ich diesen Teil der Geschichte mit unserem Aufstieg in das Schneewolkengebirge soweit abschließen. Immerhin verließen wir den bekannten Teil der Welt. Ob die Eroberungsgelüste des Roten Herrschers so weit gingen, diese natürliche Barriere mit einer ganzen Armee zu überschreiten - wer konnte es wissen?
Derjenige, der es wissen konnte - Crusan - schwieg sich aus, und drängte nur darauf, den einmal eingeschlagenen Weg weiter zu verfolgen.
Ich widersprach nicht.
Wir hatten uns natürlich in Bernhem, der letzten Stadt an der Straße der Alten Götter, ausreichend mit Vorräten und vor allem mit warmer Kleidung und Pelzen versehen.
Bernhem ist aus einem alten Handelsfort entstanden, liegt schon etwa fünfzehnhundert Meter hoch, und hat in den letzten hundert Jahren einen gewissen Aufschwung erlebt, weil die taskischen Steppenbewohner des Nordwestens inzwischen die Chancen erkannten, die friedlicher Handel bot. Hier wurden Felle, Leder und Edelsteine gegen Gebrauchsgüter, Gewürze, Salz und Waffen eingetauscht.
Wir mieteten uns zwei Tage dort in einer Herberge ein, um noch einmal auszuruhen und Kräfte zu sammeln, dann mahnte Crusan zum Aufbruch.

.

Der Aufstieg über den Gletscher erwies sich als nicht so anstrengend, wie ich angenommen hatte, da der Schnee nach dem warmen Sommer fest und gut begehbar geworden war. Falls wir jedoch erst einmal in die höheren Gebirgsregionen vorstießen, sollten wir uns vor Lawinen in Acht nehmen.
Über einer Höhe von viertausend Metern wurde die Luft ziemlich dünn, und wir kamen langsamer voran und mussten öfters Pausen einlegen.
Nach einer solchen Rast hatte ich das seltsame Treffen mit dem Gott Divvnu'môn.
Ich war der Letzte in der Reihe und etwas zurückgefallen, als ein lautes Rauschen neben mir erklang, und ein großer Vogel sich flügelschlagend auf einem schmalen Felszacken, der aus dem Schnee ragte, niederließ.
Zuerst erschrak ich, aber in den Augen des Tieres, das mich durchdringend - und wie es mir schien, leicht spöttisch - ansah, erkannte ich etwas wieder, das ich schon einmal gesehen hatte.
„Sei gegrüßt, Divvnu'môn, Gott der Berge!", grüßte ich und deutete eine leichte Verbeugung an. Meine Kameraden schienen nichts bemerkt zu haben und stapften unbeirrt weiter bergauf. Zu meinen Erstaunen antwortete der Adler: „Du bist sehr freundlich, Daniel - und offenbar nicht sehr überrascht. Hast du mit mir gerechnet?"
„Nein!", gab ich zu. „Aber sehr verwundert darüber bin ich auch nicht! Übrigens auch nicht darüber, dass du sprichst."
„Natürlich nicht!", lachte er und betrachtete mich mit schief gelegtem Kopf. „Ich hatte auch nur die Absicht, dich einmal genauer anzusehen - und vielleicht mit dir zu sprechen, hier, in meinem ureigensten Gebiet. Mach dir keine Sorgen um deine Gefährten - sie merken nichts von unserer Unterhaltung, obwohl ich die Zeit nicht angehalten habe, und du wirst sie wieder einholen."

„Dein Gebiet? Du vergisst den ganzen Schnee hier, und das Eis - das ist blau!"
„Trotzdem ist es mein Reich, und ihr seid hier vor Nachstellungen sicher! Im Übrigen kann keine Farbe ohne die anderen existieren."
„Das war mir klar. Aber warum liegt dir so viel an mir?"
„Nun", er lachte, „weil dein Erscheinen hier einen grandiosen Betrug bedeutet - der übrigens nicht von mir ausgeht, aber er amüsiert mich wirklich."
„Er amüsiert dich? Ich vermute eher, er nutzt dir, nicht wahr?"
„Das ist möglich."
Ich beschloss, die Gelegenheit zu nutzen, und fragte weiter: „Es liegt also in deinem Interesse, wenn wir das Gebirge überqueren? Die Straße der Alten Götter geht jenseits weiter?"
„Sicher. Crusan hatte recht, und er wird euch führen."
„Aber Crusan ist nicht von deiner Farbe!"
„Genauso wenig wie du - aber das tut nichts zur Sache."
„Warum bin ich auf diese Welt gerufen worden?"
Der Adler schüttelte sein Gefieder, so dass einige Schneeflocken davon spritzten. „Das werde ich dir nicht sagen, Daniel. Ich kann es nicht - und ich darf es nicht! Du bist tiefer in das Spiel eingedrungen als sonst ein Außenstehender - und trotzdem hast du offenbar nichts verstanden!"
„Verdammt!", fluchte ich. „Ich bin es wirklich leid, ständig nur dubiose Anspielungen zu hören! Vor allem, wenn sie ganz offensichtlich nicht stimmen. Wie zum Teufel kann ich ein Außenstehender sein? Ich habe mehr als einmal das Spiel entscheidend beeinflusst!"
Divvnu'môn lachte, und es klang sehr menschlich, dieses Lachen.
Kopfschüttelnd dachte ich an Virian von Rogue zurück: 'Ein Vogel hat keine Stimmbänder, die imstande sind, menschli-

che Laute hervorzubringen!' Er hatte offenbar die Fähigkeiten seines eigenen Gottes falsch eingeschätzt.

„Du? Daniel? Was glaubst du denn", meinte der Adler in lehrerhaftem Ton, „um was in diesem Spiel eigentlich gestritten wird?"

„Das ist mir inzwischen scheißegal!", schnappte ich. „Was mich interessiert, ist, warum gerade ich in diese Sache verwickelt worden bin."

Er lachte. „Dir ist eine gewisse Rolle zugeteilt worden, und du kannst sie so oder so spielen - aber heraus kommst du nicht!"

Jetzt lachte ich. „Und wenn ich die Rolle falsch spiele? Was ist dann mit eurem Plan? Was ist, wenn ich jetzt sage: 'Ihr könnt mich alle am Arsch lecken, ihr Götter!'? Was ist dann?"

„Nun, dann wird wohl die Schwarze Seite gewinnen!"

„Und was bedeutet das?"

Der Adler lachte nochmals. „Was die Schwarze Seite bedeutet? Vernichtung, Auflösung, der Triumph des Negativen, des Bösen."

Ich stieß geringschätzig die Luft aus: „Der Triumph des Bösen? Du wirst melodramatisch, Divvnu'môn! Das klingt ja wie in einem alten Film!"

„Wie in einem alten Film? Nun, da gab es zumindest keinen Nihilisten wie dich, sondern überzeugte Vertreter der guten Sache, nicht wahr?"

Jetzt war ich ehrlich verblüfft. „Du kennst diese Wörter? Verdammt, du weißt genug von meiner Welt! Wie ..."

Der Adler schüttelte nochmals sein Gefieder und erklärte: „Diese Welt ist die Projektion der Prinzipien deiner eigenen. In vereinfachter Form. Hast du das bis jetzt nicht verstanden? Es gibt vier Grundkräfte ..."

„Sechs!"

„Na schön. Sechs Grundkräfte, wenn du so willst. Schwarz und Weiß stehen aber als Prinzipien über der Sache. Auch das hast du bis jetzt nicht verstanden!"
„Ist dies ein Prinzip, das man verstehen sollte?"
Divvnu'môn lächelte. „Nicht ungeschickt, wie du argumentierst. Natürlich existieren die zwei Elementarprinzipien unabhängig ..."
„Schwarz und Weiß - Böse und Gut?"
„Was ist böse? Kannst du das definieren?"
„'Definieren' ist ein Wort aus meiner Welt! Aber bitte: Was ist böse? Einfach kontraproduktiv? Das wäre zu einfach!"
„Richtig. Und ist 'produktiv' wirklich 'gut'? Das wäre in der Tat auch zu einfach, nicht wahr?"
„Na schön. Was ist 'böse'? Sag du es mir!", beharrte ich.
Der Adler trat von einem Fuß auf den anderen. „Was ist 'böse'?" wiederholte er. „Welche wirklich bis zu den eigentlichen Ursachen zurückgreifende Erklärung würdest du akzeptieren? Ohne metaphysischen Firlefanz! Eine disharmonische Schwingung? Eine Gleichung, die sich nicht auflösen lässt? Ein Polynom ohne Nullstelle?"
Jetzt lachte ich. „Ein Polynom?"
„Urteile nicht vorschnell, Daniel! Überlege: Ist ein Mord böse?"
„Ja. Es sei denn ..."
„Ja was? Es sei denn, er dient einem guten Zweck, nicht wahr? Einen bösen Menschen umzubringen? Was schlecht für die Schlechten ist, ist gut für die Guten?"
Ich zuckte die Achseln und suchte nach einer Antwort, als Divvnu'môn auch schon fortfuhr: „Überlege dir die Relativität von Gut und Böse ..."
„Die Relativität? Es ist erstaunlich, dass du dieses Wort beherrschst, nicht wahr? Welche Verbindungen hast du zu meiner Welt?"

„Lenke nicht ab! Die Relativität von Gut und Böse bedeutet, dass du dies nicht beurteilen kannst! Und wer auch immer dies versucht - er wird scheitern!"
„Eine wirklich grandiose Philosophie!", spottete ich. „Ich kann es nicht beurteilen, weil ich dazu zu blöde bin, aber in dem Spiel mitspielen, das soll ich, oder?"
„Du sollst? Du musst!"
„Obwohl ich aus einem anderen Spiel stamme?"
„Ach!? Das hast du also verstanden? Respekt!"
Ich hätte dem Vogel jetzt gerne erzählt, wohin er sich seinen Respekt stecken kann, aber wie spricht man mit einem Gott? Ich schulterte die Flinte, aber bevor ich mich abwandte, kam mir noch eine Frage in den Sinn:
„Sag mir wenigstens noch eines, Divvnu'môn! Wohin führt die Straße der Alten Götter?"
Der Adler stieß ein heißeres hustendes Krächzen aus, das ich wiederum als Lachen einordnete: „Nach Gatarr natürlich!"
Dann hob er mit peitschendem Flügelschlag ab, der die Schneeflocken aufwirbeln ließ, und verschwand in den weißen Wolken.
„Natürlich!", flüsterte ich ihm hinterher.
Ich zog mir die Pelzmütze weiter über die Ohren herunter und stapfte in den tief eingetretenen Spuren der anderen nachdenklich bergauf.

ENDE von BLAU UND BRAUN